Christa Holtei

DREI TAGE IM NOVEMBER

Düsseldorf 1811

ROMAN

Droste Verlag

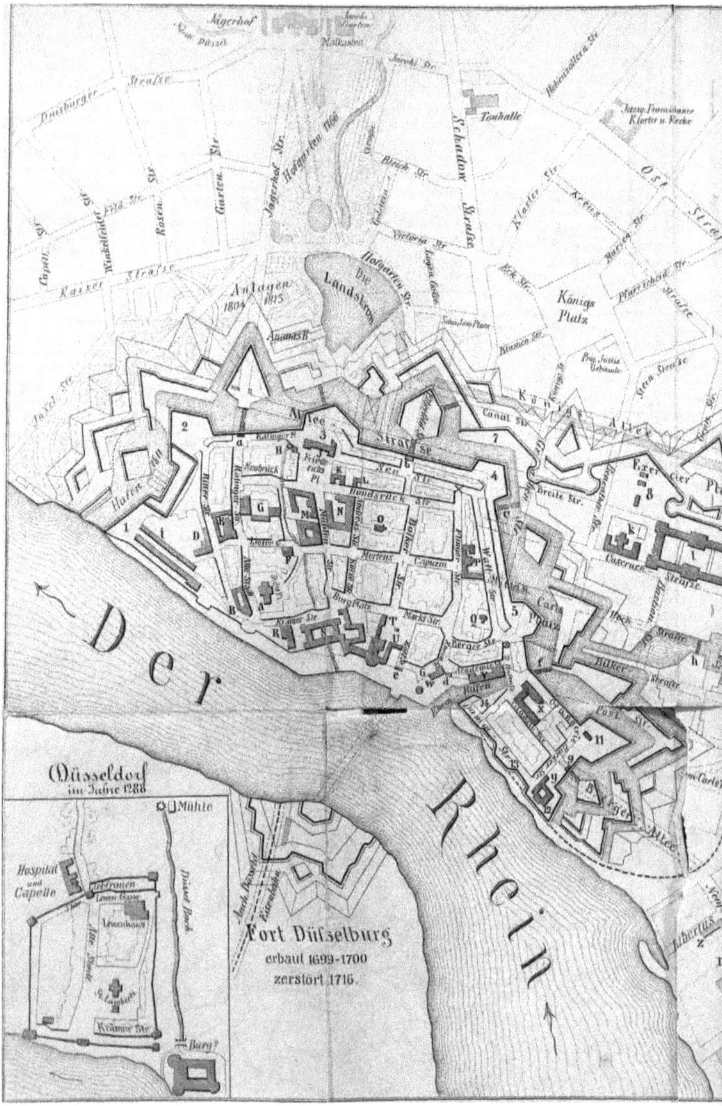
Jägerhof
Malkasten
Duisburger Strasse
Hofgarten 1766
Jägerhof Str.
Schadow Strasse
Tonhalle
Ost Strasse
Kaiser Strasse
Anlagen 1804 1815
Die Landskron
Königs Platz
Königs Allee
Canal Str.
Exercier Platz
Breite Str.
Neustr.
Bolker Str.
Hafen
Carls Platz
Der Rhein
Fort Düsselburg
erbaut 1699-1700
zerstört 1716.
Düsseldorf im Jahre 1288
Hospital und Capelle
Mühle
Alte Stadt
St. Lambert
Krämer Str.
Burg?

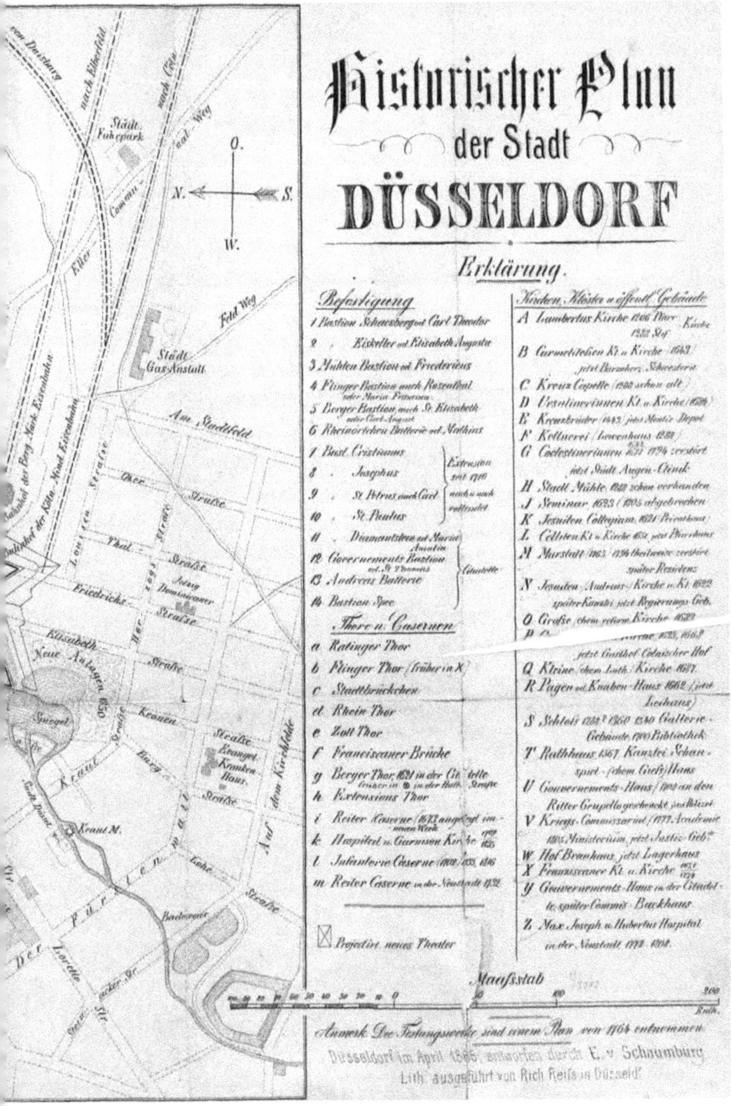
Historischer Plan
der Stadt
DÜSSELDORF
Erklärung.
Befestigung
1 Bastion Schaesberg od. Carl Theodor
2 " Eiskeller od. Elisabeth Augusta
3 Mühlen Bastion od. Fredericus
4 Flinger Bastion auch Rosenthal oder Maria Francisca
5 Berger Bastion, auch St. Elisabeth oder Carl August
6 Rheinörtchen Batterie od. Mathias
7 Bast. Cristianus
8 " Josephus
9 " St. Petrus auch Carl
10 " St. Paulus
Extension seit 1710 nach u. nach vollendet
11 " Diamantstein od. Maria Anna
12 Governements Bastion od. St. Thomas
13 Andreas Batterie
14 Bastion Spee
Citadelle
Thore u. Casernen
a Ratinger Thor
b Flinger Thor (früher in X)
c Stadtbrückchen
d Rhein Thor
e Zoll Thor
f Franciscaner Brücke
g Berger Thor, 1621 in der Citadelle früher in ⊗ in der Hafen Straße
h Extensions Thor
i Reiter Caserne (1673 angelegt im neuen Werk
k Hospital u. Garnison Kirche
l Infanterie Caserne
m Reiter Caserne in der Neustadt 1732
Projectirt neues Theater
Kirchen, Klöster u. öffentl. Gebäude
A Lambertus Kirche 1206 Pfarr Kirche 1288 Stift
B Carmelitessen Kl. u. Kirche (1643) jetzt Barmherz. Schwestern
C Kreuz Capelle (1288 schon alt)
D Ursulinerinnen Kl. u. Kirche
E Kreuzbrüder (1443) jetzt Montir Depot
F Kellnerei (Lowenhaus 1288)
G Coelestinerinnen 1794 zerstört jetzt Städt. Augen-Clinik
H Stadt Mühle 1288 schon vorhanden
J Seminar 1623 (1805 abgebrochen
K Jesuiten Collegium 1621 Privathaus
L Cellitenkl. u. Kirche jetzt Pfarrhaus
M Marstall 1794 theilweise zerstört später Residenz
N Jesuiten (Andreas-) Kirche u. Kl. 1622 später Kanzlei jetzt Regierungs Geb.
O Große (chem. reform. Kirche
jetzt Gasthof Cölnischer Hof
Q Kleine (chem. luth.) Kirche 1687
R Pagen od. Knaben-Haus 1662 (jetzt Leihaus)
S Schloss Gallerie-Gebäude Bibliothek
T Rathhaus 1567 Kanzlei Schauspiel-(chem. Gieß)Haus
U Gouvernements-Haus
V Kriegs-Commissariat Academie Ministerium jetzt Justiz-Geb.
W Hof Brauhaus jetzt Lagerhaus
X Franziscaner Kl. u. Kirche
Y Gouvernements-Haus in der Citadelle, später Commis-Backhaus
Z Max Joseph u. Hubertus Hospital in der Neustadt
Maassstab
0
100
200
Ruth.
Anmerk. Die Festungswerke sind einem Plan von 1764 entnommen.
Düsseldorf im April 1866, entworfen durch E. v. Schaumburg
Lith. ausgeführt von Rich. Reiss in Düsseld.
O.
N.
S.
W.
Städt. Fuhrpark
Städt. Gas-Anstalt
Feld Weg
Am Stadtfeld
Friedrichs Straße
Neue Anlagen
Spiegel
Kraut M.
Evangel. Kranken Haus
Auf dem Kirchfeld
Bahnhof der Berg. Mark. Eisenbahn
Bahnhof der Köln. Mind. Eisenbahn
nach Elberfeld
nach Cöln

Bekanntmachung

»Donnerstag den 21. dieses [Monats] soll der auf der Elberfelder Straße errichtete Triumphbogen Morgens 10 Uhr auf dem Mairie-Bureau an den Meistbietenden verkauft werden, wo die Bedingnisse einzusehen sind. Lusttragende werden hierzu eingeladen.
Düsseldorf, den 16. November 1811
Der Maire Freiherr von Pfeil.«

(Großherzoglich Bergische Wöchentliche Nachrichten 47, 1811)

Dienstag, 15. Oktober 1811

Jacques Bonnard ritt in hohem Tempo über die Kaiserswerther Chaussee auf Düsseldorf zu. Während der letzten Tage hatte er sich selbst und seinem Pferd viel abverlangt, denn in der Ledertasche über seiner Schulter verbarg sich eine eilige Botschaft Napoleons für Beugnot, den Statthalter des Großherzogtums Berg. Es sei dringend, hatte man ihm gesagt, Beugnot benötige die Nachricht umgehend, sie beträfe den Besuch des Kaisers in Düsseldorf. Jacques hatte sich eilends auf den Weg gemacht und nur noch angehalten, um das Pferd zu wechseln und kurz zu rasten. Im diffusen Licht der Abenddämmerung nahm er jetzt zu seiner Rechten einen neu angelegten Friedhof wahr, er musste also bereits die Golzheimer Insel erreicht haben. Vom Fluss her zogen leichte Nebelschwaden darüber hinweg und verbreiteten sich allmählich auch über die angrenzenden Wiesen und über die Chaussee. Der Tag war für die Jahreszeit erstaunlich warm und sonnig gewesen und ging nun in eine kühle Oktobernacht mit fast gespenstischer Atmosphäre über. Zum Glück würde er höchstens noch eine Viertelstunde zum Statthalterpalais auf der Mühlenstraße unterwegs sein. Dann erwartete ihn endlich eine wohlverdiente Pause.

Ohne Vorwarnung bäumte sich sein Pferd plötzlich wiehernd auf, Sekunden später fand er sich auf dem Boden wieder und rieb seine schmerzende Schulter. Etwas benommen bemerkte er erst jetzt den kleinen kläffenden Hund, der aus dem

Nichts mitten auf dem Weg aufgetaucht war und sein Pferd erschreckt hatte. Ein Mann und eine Frau stürzten laut rufend aus der Wirtschaft »Zum Luftballon« auf die Chaussee. Die Frau scheuchte den Hund auf den Hof zurück und versuchte, das Pferd zu beruhigen. Der Mann half ihm auf die Beine, klopfte den Sand aus seinen Kleidern und führte ihn ununterbrochen redend und gestikulierend in den leeren Gastraum. Jacques verstand nur ein paar Worte Deutsch, aber wenn er den Tonfall richtig einschätzte, wurde er gerade mit Entschuldigungen überschüttet. Offenbar war der Mann der Besitzer der Wirtschaft, denn er bedeutete ihm, sich auf einen Stuhl zu setzen und sich zu erholen. Im Nu standen ein Abendbrot und ein Krug Bier vor ihm auf dem Tisch. Mit vielen Gesten forderte der Wirt ihn auf, tüchtig zuzugreifen. Das ließ Jacques sich nicht zweimal sagen. Die letzte, schnell heruntergeschlungene Mahlzeit hatte er am Mittag in irgendeinem gottverlassenen Dorf bekommen. Beim Anblick der guten Dinge begann sein Magen heftig zu knurren. Hungrig aß er das deftige Brot, dazu würzigen Käse und einen erstaunlich zarten Schinken. Zu seinen Füßen saß der Übeltäter, der kleine Kläffer, und beobachtete aufmerksam jede seiner Bewegungen. Eigentlich ein netter Hund. Er warf ihm ein Stück Brot zu, das der kleine Kerl geschickt aufschnappte und triumphierend in einen versteckten Winkel des Raumes trug.

Nun, er hatte keine Zeit, Hunde zu füttern. Er musste weiter. Inzwischen war es zwar dunkel geworden, aber er kannte ja den Weg in die Stadt. Wenn er die Botschaft überbracht hatte, würde ihm ein Tag zur Verfügung stehen, um auf Antwort Beugnots zu warten. Ein wunderbarer, langer Tag. Er hatte sich nicht ohne Grund um den Auftrag gerissen, aus Amsterdam, wo sich Napoleon im Augenblick aufhielt, als Kurier in die Residenz des Großherzogtums zu reiten. Zu Anna. Er lächelte bei dem Gedanken an sie. Eine zierliche Person, quirlig, immer lachend, als wäre das Leben sogar in diesen unruhigen Zeiten schön, eben weil es das Leben war. So war sie ihm in Erinnerung, und so freute er sich auf sie.

Bon, allons-y! Er trank den letzten Schluck Bier, wischte sich mit dem Handrücken über den Mund und machte dem Wirt ein Zeichen, dass er gehen wolle. Leise stöhnend zog er seine Jacke über die schmerzende Schulter und griff nach seiner Ledertasche. Erneut versuchte er, die Gesten des Wirts richtig zu deuten. Der machte abwehrende Bewegungen mit den Händen, als er ihm ein paar Münzen entgegenhielt, und schüttelte den Kopf. Mit einer entschuldigenden Geste zeigte er auf seinen Hund. Jacques nickte. Er steckte die Münzen wieder ein und sagte freundlich »*Merci!*«, worauf der Wirt ihm mit einem breiten, erleichtert wirkenden Lächeln die Tür öffnete.

Draußen war der Nebel dichter geworden. Die Laterne über der Tür zur Wirtschaft verbreitete kaum mehr als einen milchigen Schein, und es war absolut still. Die feuchte Nachtluft schluckte jedes Geräusch. Vor dem Stall wartete sein Pferd auf ihn. Die Wirtin hatte es gut mit frischem Wasser und Hafer versorgt, ohne dass er sie darum hätte bitten müssen. Sie hatte noch nicht einmal Geld dafür verlangt. Wahrscheinlich, dachte er schmunzelnd, hatten die Wirtsleute wirklich ein schlechtes Gewissen wegen seines Sturzes. Als er das Pferd losband, hörte er plötzlich doch Geräusche. Wispernde Stimmen. Jemand musste im Stall sein. Etwas fiel dumpf auf den Boden, dann war wieder das Flüstern zu hören. Jacques schlich näher und versuchte, durch einen Spalt in der Bretterwand etwas zu erkennen. Er sah eine verrußte Laterne, um deren schwaches Licht ein paar Burschen standen. Sie gestikulierten aufgeregt, und es fiel ihnen schwer, ihre Stimmen zu dämpfen. Jacques lauschte konzentriert, verstand aber nur ein einziges Wort:

»Gendarmerie«. Was machten die Männer hier? Sie führten sicher nichts Gutes im Schilde. Ob die Wirtsleute davon wussten? Wie dem auch war, er sollte sich schnell aus dem Staub machen, bevor sie ihn noch entdeckten und er seinen Auftrag nicht ausführen konnte. Eilig wandte er sich um. Der Schlag auf den Kopf traf ihn völlig unerwartet. Er sackte in sich zusammen, spürte beim Aufprall auf dem Boden noch einen stechenden Schmerz, dann war alles dunkel.

Mittwoch, 16. Oktober 1811

Commissar Jakob Hartenfels eilte mit gemischten Gefühlen zum Polizeibureau im Rathaus. Es war kaum ein halbes Jahr her, dass er in der Polizeihierarchie aufgestiegen war. Heinrich von Borcke, Präfekt des Departements Rhein, hatte ihn zum Commissar für das Arrondissement Düsseldorf ernannt. Jakob war zwar noch recht jung für einen Commissar, brachte aber die richtigen Eigenschaften mit, die ein neuer Zeitgeist inzwischen verlangte. Stockhiebe und Daumenschrauben galten zunehmend als unangemessene polizeiliche Maßnahme bei Verhören von Straftätern. Was nicht hieß, dass es sie nicht mehr gab, nur begann man wenigstens, darüber nachzudenken. Jakob war von Natur aus freundlich und ging verständnisvoll mit anderen um. Für ihn waren Menschen keine mechanischen Puppen, sondern vielschichtige Wesen mit Gefühlen und Befindlichkeiten, die man respektieren musste. Zumindest sollte man versuchen, sie zu verstehen. Seine Arbeit als Commissar gestattete ihm einen Einblick in die unterschiedlichsten Seelen, und darin lag sein eigentliches Interesse. Jeder Mensch war ein Individuum, ein unteilbares Ganzes, und in den Tiefen seines Innern verbarg sich Unbekanntes, oft auch Unheimliches. Manchmal trat dieses Unheimliche für andere sichtbar zu Tage, und dann waren Jakobs Fähigkeiten gefragt, denn dann war zumeist ein Verbrechen geschehen.

Seit einem Jahr wurde der gesamte Polizeiapparat im Großherzogtum an französische Verhältnisse angepasst. Als Commissar war er für die schweren Verbrechen zuständig und zusätzlich für Straftaten, mit denen die städtische Polizei überfordert war. Dadurch saß er mit seiner Arbeit zwischen zwei Stühlen, und genau deshalb hatte er sich unbeliebt gemacht. Der Wachtmeister und seine Polizeidiener sahen nicht ein, warum sein Amt überhaupt existierte. Sie fanden, dass er sich nur einmischte. Von Anfang an hatten sie sich ihm gegenüber unfreundlich verhalten. Bisher waren sie in allen Fällen ja auch sehr gut allein zurechtgekommen. Jetzt stand jedoch die Polizei sozusagen selbst unter Beobachtung. Sie war nicht mehr einem weit entfernten Kurfürsten unterstellt, sondern Personen direkt in der Stadt, nämlich dem *Maire.* So musste man jetzt zum Bürgermeister Freiherr von Pfeil sagen. Die nächsthöheren Instanzen waren der Präfekt von Borcke und der Innen-, Polizei- und Kriegsminister des Großherzogtums, Graf von Nesselrode-Reichenstein. Und gerade Letzterer hatte an diesem Morgen bei Bürgermeister von Pfeil für Aufregung gesorgt. Das hatte den Bürgermeister dazu bewogen, die Aufregung gleich an »den neuen jungen Commissar« weiterzugeben. Er hatte Jakob also damit beauftragt, die Polizeiwache von den dringenden Neuigkeiten des Innenministers in Kenntnis zu setzen – wohl wissend, was seine Männer davon halten würden.

Nun stand Jakob vor der Tür zur Wache und ärgerte sich, dass er sich von der Nervosität des Bürgermeisters hatte anstecken lassen. Das konnte er jetzt gar nicht brauchen. Dabei waren Aufregungen aller Art hier im Augenblick nichts Besonderes. Er fasste die Dinge gern in deutliche Worte, und die Situation war einfach zu beschreiben: Düsseldorf stand kopf. Kaiser Napoleon wollte auf seiner Reise durch das Großherzogtum Berg natürlich auch die Residenz besuchen, nur wusste niemand genau, wann. Letzten Gerüchten zufolge hielt er sich immer noch in Holland auf, obwohl sein Besuch zwischen dem 15. und 20. Oktober avisiert und damit eigentlich schon überfällig war. Die besten Köche der Stadt hatten den Eiskellerberg geplündert, um Zutaten und teilweise bereits hergestellte Speisen kühl lagern zu können. Handwerker und Dekorationsmaler hatten alles stehen und liegen lassen, um den Jägerhof für die erlauchten Gäste bewohnbar zu machen und außerdem zwei Säle der inzwischen leer stehenden kurfürstlichen Gemäldegalerie am Burgplatz für den geplanten großen Ball herzurichten. Schauspieler, Sänger und Musiker litten an permanentem Lampenfieber. Hoteliers mussten mehr Gäste unterbringen, als ihnen möglich war, und Lösungen dafür finden. Bürger, die trotz der Einquartierungen französischer Soldaten noch ein Zimmer übrighatten, waren nur zu gerne bereit, gegen entsprechendes Entgelt schaulustige Fremde zu beherbergen. Kurz, die gesamte Stadt hatte sich in einen Bienenkorb verwandelt. Und von allen Kräften der Polizei erwartete man, dass sie in dem Durcheinander den Überblick behielten. Jakob Hartenfels holte tief Luft und straffte den Rücken. Dann öffnete er die Tür zur Höhle des Löwen.

»*Mösjö le Commissaire!* Welche Ehre!«

Wachtmeister Overheid grinste maliziös auf ihn herunter. Er besaß eine imposante Gestalt und war sich seiner einschüchternden Wirkung auf andere wohl bewusst. In seinem Beruf kam sie ihm auch zugute. Jakob hatte ihn jedoch beobachtet und gemerkt, wie gerne er mit der Verunsicherung anderer spielte, nur um zu sehen, wie sie reagierten. Er brauchte diese kleinen Scharmützel. Jakob war mittlerweile sicher, dass man von Overheid nur respektiert wurde, wenn man sich eben nicht einschüchtern ließ.

»Ihnen auch einen guten Morgen!«, antwortete er ruhig

und versuchte, so freundlich wie möglich zu bleiben. »Ich komme im Auftrag des Bürgermeisters und muss mit Ihnen und Ihren Polizeidienern sprechen. Es hat mit dem Besuch Napoleons zu tun. Es ist dringend.«

»Und warum informiert uns der Bürgermeister nicht selbst?«, fragte Overheid pikiert. »Immerhin geht es um seine Leute. Aber wenn es denn sein muss, bitte schön! – Männer!«, donnerte er in den Raum. »Der Herr Commissar hat euch etwas mitzuteilen. Also hört zu!«

Die Reaktion war so, wie Jakob sie erwartet hatte. Gleichgültig.

»Will er sich endlich verabschieden?«, fragte Polizeidiener Finck zur allgemeinen Erheiterung.

Jetzt wurde Overheid doch ungehalten, schließlich hatte man seinen Anordnungen Folge zu leisten. Er reckte sich zu seiner vollen Größe empor, stützte die Hände in die Seiten und zog seine buschigen Augenbrauen drohend zusammen. Jakob betrachtete ihn fasziniert. Es wirkte tatsächlich. Die Polizeidiener schwiegen auf der Stelle und schauten Jakob aufmerksam an. Mit einer auffordernden Handbewegung erteilte Overheid ihm das Wort.

»Ich habe Neuigkeiten vom Innenminister in puncto des kaiserlichen Besuchs in Düsseldorf für Sie«, begann er. »Sie wissen alle, dass es nicht wenige Unzufriedene in unserem Großherzogtum gibt, die mit den Änderungen durch die französische Politik nicht einverstanden sind und damit für Unruhe sorgen. Ich nenne nur die hohen Zölle und das Verbot von Handelswaren aus England.«

Von einigen Männern war aufgebrachtes Murmeln zu hören.

»Das kann man ja auch verstehen«, rief Polizeidiener Peters. »Das Brot ist dreimal so teuer geworden wegen der hohen

Zölle. Ist doch alles französisch jetzt, drüben auf der anderen Rheinseite. Da kommt aber unser Getreide schon immer her!«

Seine Kollegen gaben ihm lautstark recht.

Jakob hob die Hand, damit wieder Ruhe einkehrte. »Das ist richtig, aber im Moment nicht das Problem der Polizeikräfte. Wir müssen uns um Folgendes kümmern: Beim Besuch Seiner Majestät des Kaisers gilt möglichen Unruhestiftern besonderes Augenmerk. Das ist schwierig, weil schon jetzt zu viele Menschen in der Stadt sind, die wir nicht kennen und daher nicht einschätzen können. Aus diesem Grund hat Seine Exzellenz der Innenminister heute Morgen persönlich ein Dekret vom Präfekten des Rhein-Département an uns weitergegeben. Demnach muss nunmehr für jeden Fremden in der Stadt eine Sicherheitskarte ausgestellt werden. Diese hat der Fremde immer bei sich zu tragen und Ihnen bei Aufforderung zu zeigen. Wenn ein Fremder keine Karte besitzt, wird er umgehend zur Anzeige gebracht und überprüft. Bei Befinden der Unbedenklichkeit wird ihm eine Karte ausgestellt, ansonsten bleibt er für die Zeit des kaiserlichen Besuchs in Haft. Dieses Dekret gilt vorerst bis zum 1. November. Je nachdem, wann Napoleon kommt, wird eine Verlängerung nötig. Haben Sie dazu Fragen?«

Polizeidiener Bruck meldete sich zu Wort. »Wer stellt die Karten aus?«

»Grundsätzlich obliegt dies der Polizei«, antwortete Jakob. »Die Organisation liegt bei Wachtmeister Overheid.«

»Wir können das machen«, rief Klöckner, »Deyter und ich.«

Jakob schaute den Wachtmeister fragend an.

»Warum nicht! Ihr beiden übernehmt das«, nickte Overheid.

»Und noch etwas«, fuhr Jakob fort. »Die Sicherheitskarte bekommt keinen Stempel und ist deshalb unentgeltlich. Sie gilt nur im Zusammenhang mit einem Pass nach den Richtlinien von 1809. Sie müssen sich also den Pass einer Person zeigen lassen, bevor Sie eine Karte ausstellen. Sind Ihnen die französischen Formulierungen in Pässen geläufig?«

Klöckner blies die Wangen auf, Deyter zuckte die Schultern. »Das schaffen wir schon«, versicherte er.

»Also gut. Die Fremden werden ab heute aufgefordert, sich hier auf der Wache zu melden, sodass Sie beide also in nächster Zeit sehr beschäftigt sein werden. Sollten Ihre Kollegen aus irgendeinem Grund verhindert sein«, wandte Jakob sich an die anderen, »wäre es gut, wenn Sie alle in der Lage wären, einzuspringen. Also sollten Sie sich alle mit den Sicherheitskarten vertraut machen, Sie müssen sie ja auch kontrollieren. Ist so weit alles verstanden?« Einige Polizeidiener nickten, andere seufzten, was Jakob auch als Zustimmung wertete. »Ihre Aufgabe heute wird sein, überall entsprechende Bekanntmachungen auszurufen und auszuhängen sowie sämtliche Hoteliers, Gastwirte und private Vermieter anzuweisen, sich bei jeder Anmeldung die Sicherheitskarte zeigen zu lassen. Fremden ohne eine solche Karte dürfen sie kein Zimmer vermieten. Wachtmeister Overheid wird Ihnen Ihre Aufgaben zuteilen.« Jakob ignorierte das allgemeine Aufstöhnen. »Für uns alle gilt verschärfte Wachsamkeit. Beim Besuch Seiner Majestät des Kaisers darf nicht das kleinste Unglück passieren, und deshalb können wir uns nicht früh genug darum kümmern, schon im Vorhinein für Sicherheit und Ordnung zu sorgen. Machen Sie sich also den Ernst der Lage immer bewusst.«

»Wenn Napoleon dann auch irgendwann kommt …«, murmelte Peters laut genug, dass die anderen es hören konnten.

»Zum Glück geht er auch wieder!«, rief Finck und erntete Gelächter.

Jakob warf Finck einen scharfen Blick zu. Er war nicht ganz sicher, ob der Polizeidiener diesen Satz ausschließlich als Scherz verstand. Auch in Düsseldorf gab es nicht gerade wenige Gegner des Kaisers. Er registrierte, dass Wachtmeister Overheid die Dinge offenbar genauso sah, denn er blickte seinen Untergebenen mit hochgezogenen Brauen an. Wahrscheinlich würde er Finck nun verstärkt im Auge behalten. Overheid polterte zwar gern, war aber im Grunde seines Herzens absolut integer. Zumindest war das Jakobs Einschätzung. Er nickte dem Wachtmeister zu, verabschiedete sich und verließ die Wache.

Draußen vor der Tür blieb er einen Moment stehen und seufzte erleichtert. Das war überstanden. Und er hatte sich gar nicht mal so schlecht geschlagen.

Im Statthalterpalais, der »Residenz« von Düsseldorf, hatte Graf Jacques Claude de Beugnot ganz andere Sorgen. Vom Fenster seines Arbeitszimmers starrte er auf die belebte Mühlenstraße hinunter, ohne das geschäftige Treiben wirklich wahrzunehmen. Er war tief in Gedanken versunken. In solchen Momenten fiel das herausragende Merkmal seiner schmalen Gesichtszüge besonders auf: seine lange, gerade, spitz zulaufende Nase, an der er sich niemals herumführen ließ. Eine Nase, die ihn noch nie im Stich gelassen hatte, wenn es darum ging, Gefahren jeglicher Art, insbesondere für seine Person, zu wittern. Für den Alltag eines französischen Politikers und Diplomaten in der jetzigen Zeit war er damit gut gerüstet. Im Augenblick waren diese Fähigkeiten für ihn sogar überlebenswichtig.

Obwohl von draußen die Sonne warm durch die Fensterscheiben schien, zog er fröstelnd die Schultern hoch. Es war die Aufregung, beruhigte er sich, die ihn jetzt manchmal einholte, wenn er kurze Minuten der Ruhe hätte genießen können. In diesen kleinen Pausen lasteten jedoch die Herausforderungen der nahen Zukunft umso schwerer auf ihm. Napoleon wollte Düsseldorf besuchen, und er – Beugnot – musste alles Menschenmögliche unternehmen, um diesen Besuch reibungslos verlaufen zu lassen. Nichts, aber auch gar nichts Unvorhergesehenes durfte geschehen. Er war der *Commissaire,* der Statthalter des Großherzogtums, er genoss das Vertrauen des Kaisers, und das wollte er unter keinen Umständen verlieren. Wie aber sollte er die Aufgabe meistern, wenn er nicht genauestens darüber informiert war, wann der Kaiser nun eintraf? *Bon,* es passte zu ihm, zu überraschen und bis zum letzten Moment die Nerven anderer zu strapazieren. Dann folgten harte Worte der Kritik und – *voilà* – im nächsten Moment Freundlichkeit. Aber hier musste eine ganze Region auf den Besuch vorbereitet werden. Nach allem, was man über die Bevölkerung wusste, würde dem Kaiser kein so begeisterter Beifall gespendet werden, wie er ihn in Paris gewöhnt war. Das würde ihn betrüben, vielleicht sogar erzürnen. Um den Folgen des kaiserlichen Zorns vorzubeugen, hatte Beugnot die ganzen letzten Wochen geopfert. Alles war organisiert. Bis hin zum letzten Kräuterweiblein am Wegesrand war jedem deutlich gemacht worden, was verlangt war, wenn der Tross Napoleons vorüberzog: *ovations, cris d'allégresse.* Jubel und Freudengeschrei. Überzeugend vorgetragen, ehrlich und aufrichtig. Das war das Wichtigste. Nun, alle Bürgermeister der Gemeinden wussten inzwischen darüber Bescheid, was er sich vorstellte. Dafür durften sie auch kurze Begrüßungsreden halten, was sie allesamt in grenzenlose Aufregung versetzt hatte. Beugnot schmunzelte bei dem Gedanken, wie viele von ihnen nun wahrscheinlich jeden Tag vor dem Spiegel standen und ihre

Reden übten. Sie würden sich wundern, wenn der Moment gekommen war. Sie wussten noch nicht, wie ungehalten Napoleon werden konnte, wenn er statt einer Rede lieber eine Pause und eine leichte Mahlzeit wünschte. Auch dafür hatte er – Beugnot – gesorgt. Räume für ebendiesen Zweck waren in den Durchgangsorten bereitgestellt und auch für die Kaiserin jede erdenkliche Bequemlichkeit überlegt und angeordnet worden.

Schwierig war nur, diesen Schwebezustand der aufgeregten und hoffentlich freudigen Erwartung bei den Menschen aufrechtzuerhalten. Das Interesse würde rasch nachlassen und in gelangweiltem Überdruss münden. Rheinländer fackelten da nicht lange, wie er hatte feststellen müssen. Sie ließen die Dinge zunächst gelassen auf sich zukommen, debattierten endlos mit einer kräftigen Prise Spott, um nach einer Weile, wenn nichts weiter passierte, mit dem gleichen Elan gehörig darüber zu lästern. Beugnot hatte ihre Art vor drei Jahren noch bestaunt, als er nach Düsseldorf gekommen war. Inzwischen mochte er jedoch besonders ihren Humor und hielt die Rheinländer für kreativ, gescheit und witzig. Insofern bedauerte er ihren – in seinen Augen – einzigen Nachteil, nämlich, dass sie keine Franzosen waren. Nicht auszudenken, was sie sich jetzt wieder einfallen lassen würden, wenn der Besuch Napoleons sich noch weiter hinauszögerte. Ein genaues Datum würde da von großem Nutzen sein.

Zumal man Napoleon letztes Jahr im August schon einmal umsonst erwartet hatte. Man dachte, der Kaiser würde von Frankreich her anreisen, also war am Bergertor, dem südlichen Eingang in die Stadt, ein prächtiger Triumphbogen aus Holz und bemalter Leinwand aufgestellt worden. Die Vorbereitungen waren bereits in vollem Gang, als aus Paris die Nachricht eintraf, dass alles nur ein Missverständnis gewesen sei, ein Gerücht, das Hugues-Bernard Maret in die Welt gesetzt habe, der damalige Minister-Staatssekretär des Großherzogtums Berg. Eigentlich hatte Beugnot ihn immer beneidet, denn der Amtssitz Marets war Paris geblieben. *Ah, le cher Paris!* Beugnot verspürte große Sehnsucht nach seiner geliebten Stadt. Aber Napoleon brauchte ihn hier, wie er ihm stets versicherte. *Eh bien*, die politischen Kreise in Paris konnten auch durchaus schädlich für den Ruf sein. Monsieur Maret hatte das nach dem Debakel im letzten Jahr zu spüren bekommen. Noch vor zwei Jahren hatte der Kaiser ihn zum Herzog von Bassano ernannt, weil er ein loyaler, eifriger Politiker und kluger Diplomat in Napoleons Diensten war. Das beflügelte gefürchtete Pariser Spötter wie Talleyrand, inzwischen selbst von Napoleons Gnaden Fürst von Benevent, natürlich umso mehr, keinen noch so kleinen Fehltritt ungenutzt verstreichen zu lassen. Bis nach Düsseldorf war die Kunde von Talleyrands Bonmot gedrungen: »Es gibt nur einen, der dümmer ist als Monsieur Maret, das ist der Herzog von Bassano.« Jedermann hatte hinter vorgehaltener Hand angestrengt zu hüsteln begonnen, was für den Betroffenen noch weniger gut zu verkraften war als lautes Gelächter. Davon war Beugnot jedenfalls fest überzeugt.

Kopfschüttelnd wandte er sich vom Fenster ab. Das alte Parkett knarrte, als er zu seinem Arbeitstisch hinüberging. Bis gestern Abend hatte er noch Hoffnungen gehabt, den genauen Termin der Ankunft Napoleons zu erfahren. Da war Pierre-Louis Roederer aus Paris eingetroffen, der derzeitige Minister-Staatssekretär für das Großherzogtum Berg, und hatte eine Weisung des Kaisers mitgebracht. Das Schreiben lag nun ganz oben auf Beugnots Papieren. Er strich langsam über seine lange Nase, während er es zum wiederholten Mal eingehend betrachtete, als könne er den Schriftzügen auf diese Weise doch noch entlocken, was er wissen wollte. Es war einfach lächerlich.

Da stand der Termin, zu dem Roederer alle Autoritäten des Großherzogtums in Düsseldorf versammeln sollte, was gleichzeitig bedeutete, dass auch der Kaiser zu diesem Termin ankommen würde. Nur breitete sich über der Stelle des genauen Datums ein Tintenklecks aus. Es war der einzige im ganzen Brief. Roederer vermutete zwar, Napoleon käme pünktlich im avisierten Zeitraum, und zwar am 18. Oktober – *Mon Dieu*, das war ja schon übermorgen, und es gab noch so viel zu tun! Aber sollte er dieses Datum nun als gesichert veröffentlichen? Es würde alle Beteiligten, ja eine ganze Stadt in endgültige Aufruhr versetzen, und das nur aufgrund einer Vermutung. Wieder schüttelte Beugnot den Kopf. Einfach lächerlich! Ein Tintenklecks!

Zwei Straßen weiter, auf der Bolkerstraße, stand Anna Schmitz vor dem Spiegel und löste Pappwickler aus den Haarsträhnen über ihren Ohren. Zwei bis drei Locken auf jeder Seite, wie zufällig aus der Frisur gefallen und deshalb ruhig ein wenig asymmetrisch, so war es gerade modern. Die Modekupfer aus England und Frankreich zeigten die Frisur mit den unauffällig hochgesteckten Haaren, Löckchen über der Stirn, Löckchen im Nacken und eben den längeren Locken über den Ohren, immer von allen Seiten. Die Bilder lagen in den Buchhandlungen aus, und Anna hatte sie dort genau studiert. Die Löckchen überall gaukelten vor, dass man als gesittete junge Dame frivole, kurz geschnittene Haare besaß. Die drei längeren Locken gaben dann schon wieder Rätsel auf. Annas lebendige braune Augen blinzelten ihr im Spiegel spitzbübisch zu. Sie liebte Rätsel, wieso sollte sie nicht selbst ein bisschen rätselhaft sein? Es wusste ja niemand, dass sie sich niemals ihre wunderschönen langen Haare abgeschnitten hätte. Die wenigen rundherum für die kurzen Löckchen hatten ihr schon weh genug getan. Sie fegte die Pappröllchen mit der Hand von der Marmorplatte der Waschkommode in eine bemalte Porzellandose und betrachtete noch einmal ihr Werk. Ja, so ging es. Friedrich, ihr kleiner Bruder, würde wie immer »Ringelschwänzchen« hinter ihr herrufen, aber das gehörte bei kleinen Brüdern dazu. Obwohl er inzwischen siebzehn war und es eigentlich besser wissen müsste.

Anna setzte sich die Bänderhaube auf den Kopf, die so genau passte, dass sie keines der mühsam gedrehten Löckchen zerdrückte. Anna Schmitz, Kaufmannstochter. So hatte sie sich als kleines Kind immer vorgestellt, wenn ihr Vater Fremde mit nach Hause brachte. Sie war unendlich stolz auf ihren Vater gewesen und hatte seine Kolonialwarenhandlung unten im Haus sehr geliebt. Waren aus aller Welt hatten die Regale gefüllt, es duftete fremd und abenteuerlich nach unbekannten Dingen, die von weit her kamen. Manchmal war ihre Mutter, den kleinen Friedrich auf dem Arm, mit ihr hinunter in die Geschäftsräume gegangen, »um Papa bei der Arbeit zu besuchen«. Ihr Vater hatte dann aus dem Gefäß mit dem blütenweißen Zucker lachend einen Teelöffel voll herausgenommen und ihr gegeben. Aber sie hatte ihn sich nicht einfach in den Mund gesteckt, sondern mit dem Zeigefinger voller Spucke die winzigen Zuckerkörnchen aufgetupft und genießerisch auf der Zunge schmelzen lassen. Dabei hatte ihr Vater von meterhohen Gräsern erzählt, in deren breiten Halmen diese Süßigkeit verborgen war. Was für ein wunderbares fernes Land musste das sein, wo Zucker auf Feldern wuchs?

Es war eine unbeschwerte, fröhliche Zeit gewesen, von der sie immer noch zehrte. Vor fünf Jahren, als ihre Mutter plötzlich gestorben war, war alles anders geworden. Mit vierzehn

Jahren war Anna die Hausfrau. Sie sorgte für Vater und Bruder, sagte der Köchin, wie der Speiseplan für die Woche aussah, wies das Dienstmädchen auf die Spinnweben hin, zeigte den Spediteuren das Lager im Hof und hütete den Laden, wenn ihr Vater unterwegs war. Sie hatte gelernt, ihr oft ungestümes Wesen zu bändigen, weil sie mit ruhiger Überlegung mehr erreichte, besonders, wenn es um ihren kleinen Bruder ging. Friedrich hatte den Verlust der Mutter nur sehr schwer verkraftet. Er war mit seinen zwölf Jahren empfindsamer als sie gewesen und hatte sich oft in den Schlaf geweint. Auch durch die französische Politik hatte sich ihr ganzes Leben verändert. Der Laden unten im Haus bot jetzt mehr einheimische Waren an, denn von irgendetwas musste man leben. Heutzutage roch es nach Äpfeln und Birnen, nach Lauch und Zichorie. Und nur, wenn einer von Friedrichs Freunden nachts da gewesen war, konnte man unter der Theke Tee, echten Zucker oder duftende Kaffeebohnen anbieten. Anna wollte gar nicht viel darüber wissen, wer die Leute waren und woher die Waren kamen. Und Friedrich erzählte kaum etwas. Jedenfalls sorgten diese Waren dafür, dass ihre Familie nicht völlig verarmte.

Insgeheim genoss sie es, wenn Friedrichs Freunde sie ein wenig umwarben und sogar versuchten, sich gegenseitig auszustechen. Der kleine Theo zum Beispiel, der schon als Kind mit großen, traurigen Augen in die Welt geblickt hatte. Irgendwie war er ihr unheimlich, denn er besaß die Gabe, sein Gesicht in eine undurchdringliche Maske zu verwandeln. Nur der »peinliche Peter«, wie sie ihn im Stillen spöttisch nannte, machte bei dieser Art Wettbewerb gar nicht erst mit, weil er meinte, es nicht nötig zu haben. Er fand sich unwiderstehlich, und seitdem ihre Väter einmal darüber gesprochen hatten, vielleicht ihre beiden Häuser über eine Heirat ihrer Kinder zu verbinden, betrachtete er Anna sowieso schon fast als seinen

Besitz. Anna grinste in sich hinein. Er hatte keine Chance, das wusste er nur noch nicht. Sie hatte ihn schon als Kind gekannt. Peter Reichart war jähzornig gewesen und hatte andere Kinder in den Dreck geschubst. Heutzutage war er zwar erwachsen, hatte sich aber im Grunde nicht geändert. Sie mochte ihn immer noch nicht. Das hatte sie ihrem Vater erzählt, und damit war der Fall auch für ihn erledigt gewesen. Zumal der alte Reichart bei der derzeitigen Wirtschaftslage die Partie wohl auch nicht mehr so erstrebenswert fand, denn er hatte nie mehr darüber geredet. Nun ja, ihr konnte es recht sein.

Die Bänder der Haube saßen richtig, jetzt brauchte sie nur noch ihr großes rotes Umhängetuch. Wo hatte sie es nur hingetan? Es war ihr Traum gewesen, ein solches Tuch in der Modefarbe zu besitzen: dunkelrot und an den Rändern mit einem gemusterten Band eingefasst. Als ihre Großeltern ihr das Tuch letztes Jahr geschenkt hatten, waren Anna vor Freude die Tränen in die Augen geschossen. Sie hatte geschworen, es niemals zu verlieren, und jetzt war es verschwunden. Sie fand es schließlich unter dem Kleid, das sie über einen Stuhl gelegt hatte, um eine Naht am Saum zu reparieren, und stellte sich wieder vor den Spiegel. Für Mitte Oktober war es draußen noch ziemlich warm, aber der rote Farbtupfer auf ihrem weißen Kleid machte sich gut. Sie legte das Tuch wie eine Stola über ihre Schultern und ließ es dann den Rücken hinuntergleiten, bis nur die Enden über beiden Armen lagen. Es musste locker wie ein langer Schal quer über den Rücken fallen, dann war es richtig.

So gewappnet ging Anna aus ihrem Zimmer und klopfte an die Tür ihres Bruders.

»Friedrich, bist du wach? Aufstehen, Faulpelz!«

Sie öffnete die Tür nur einen Spalt, weil sie mit einem fliegenden Pantoffel rechnete, und sah Friedrich auf dem Bett liegen. Vollständig angezogen, kalkweiß im Gesicht bis auf einen großen blauen Fleck am Kinn, starrte er zur Decke.

»Was ist los mit dir, um Himmels willen?«, fragte sie erschrocken.

»Nichts!«, kam es unfreundlich zurück. »Lass mich in Ruhe.«

»Aber …«

»Geh einfach.«

In einer solchen Stimmung war mit ihrem Bruder nicht gut Kirschen essen, das wusste Anna. Man musste ihn in Ruhe lassen, und in ein paar Stunden würde er dann von selbst erzählen, was ihn belastete.

»Bis nachher«, sagte sie leise, schloss die Tür und ging aus dem Haus, um ihrem Patenonkel, einem fast achtzigjährigen Freund ihres Großvaters, bei der Arbeit an seiner sehenswerten Sammlung zu helfen. Dafür bekam sie ein wenig Geld, das ihre Familie gut brauchen konnte. Sie mochte diese Arbeit sehr und freute sich immer darauf, aber nun ging ihr das weiße Gesicht ihres Bruders nicht aus dem Kopf. Friedrich musste etwas Schreckliches erlebt haben. Er brauchte Trost und Hilfe, und sie konnte nur hoffen, dass er später bereit sein würde, sich helfen zu lassen.

In seinem Amtszimmer im Rathaus unterdrückte Commissar Jakob Hartenfels ein Gähnen, obwohl der Brief, den er gerade las, ihm zu Herzen ging. Er nahm seinen Zwicker von der Nase und rieb mit Daumen und Zeigefinger über die beiden schmerzenden Druckstellen, die auch durch die kleinen Lederpolster an den Gläsern nicht gemildert wurden. Sein neuer Zwicker quälte ihn. Er war nur eine kleine Lesehilfe, nichts Besonderes. Er musste ihn zum Glück auch nicht immer tragen. Das hätte er schrecklich gefunden, denn ein wenig Eitelkeit gestattete er sich durchaus. Außerdem befürchtete er ständig, dass die teuren Gläser ihm von seiner schmalen Nase rutschten, auf der sie ohnehin nicht viel Halt hatten, auf den Boden fielen und zerbrachen. Aber ohne sie hätte er nicht zwei Stunden lang konzentriert Berichte und Protokolle lesen können, ohne Kopfschmerzen zu bekommen. Auch deshalb brauchte er jetzt frische Luft. Und das umso dringender, je mehr er über die neuen Fälle von Schmuggelei und Zollvergehen im Rheinland, gerade auch in Düsseldorf, erfuhr. Es war ein Fass ohne Boden. Und er hatte nicht die leiseste Ahnung, wie man erfolgreich dagegen vorgehen sollte. Wer konnte es den Leuten verdenken? Sogar die meisten Richter im Großherzogtum drückten beide Augen zu, wenn ein Schmuggelsünder erwischt wurde. Die Not war zu groß geworden. Es war kein Wunder, dass bei den hohen Zöllen jeder, vom kleinen Halunken bis zum ehrbaren Kaufmann, seine Chance nutzte. Zumeist nachts brachten sie ausländische Waren über die Zollgrenzen ins Großherzogtum oder sorgten dafür, dass bergische Waren auch über den Rhein bis zu ihren Käufern auf der französischen Seite geschafft wurden. Napoleon wollte die Wirtschaft im eigenen Land durch hohe Zölle schützen und ruinierte damit die teilweise seit dem Mittelalter bestehenden wirtschaftlichen Verbindungen des Großherzogtums. Der Schleichhandel blühte. Der Wirtschaftskrieg zwischen Napoleon und England und strengste Verbote aller englischen Waren auf dem Kontinent hatten ein Übriges getan. Einfuhr- und Ausfuhrzölle hatten so schwindelnde Höhen erreicht, dass sich die Arbeit in Fabriken und Manufakturen für viele nicht mehr lohnte.

Seitdem die Zollkontrollen noch verschärft worden waren,

trafen Klagen und Beschwerden aus dem gesamten Großherzogtum in der Hauptstadt Düsseldorf ein. Und sie waren nicht nur von Amtspersonen verfasst. Erst heute war das Schreiben, das Jakob gerade las, von der Grenze zwischen Berg und dem seit Kurzem französischen Norden Deutschlands angekommen. Da beklagte sich der Küster eines Dorfes bitter über den Zustand, an dem niemand außer Napoleon etwas ändern konnte. Er beschrieb in klaren Worten, was er in der Umgebung der Zollgrenze, der *Douane,* zwischen dem Großherzogtum Berg und dem Département Lippe, erlebt hatte. Jakob schüttelte den Kopf. Es war nicht die einzige Beschwerde dieser Art. Früher hatten die Leineweber im Münsterland ihr Leintuch auf dem Markt in Münster gut verkauft, aber jetzt war Münster französisch. Die Zöllner legten sich auf die Lauer, nahmen den Webern ihr Leintuch ab, wenn sie versuchten, es über die Grenze zu schmuggeln, und steckten sie in Wesel ins Gefängnis. Aber Schmuggel war das letzte Mittel für die Weber, ihre Familien vor dem Verhungern zu retten, denn der Einfuhrzoll, den sie jetzt bezahlen mussten, war höher als der bisherige normale Verkaufspreis des Tuchs. Niemand würde ihnen die Ware jedoch abnehmen, wenn sie sie einfach teurer verkauften, denn Münster bekam nun sein Tuch billiger aus französischen Webereien. Lange konnte das nicht mehr gut gehen. Irgendwann würde es Aufstände geben, das war so sicher wie das Amen in der Kirche. Es lag an Napoleons Dekreten, aber auch an den Douaniers. Die Zöllner überschätzten, wie das so leicht geschah, ihre eigene Wichtigkeit und genossen die plötzliche Macht über die Menschen, wenn sie Befehle im Namen des Kaisers ausführten, auch wenn es sich nur um vermeintliche Schmuggelware handelte. Das gab böses Blut. Erst kürzlich war bergisches Tuch ganz regulär und mit den nötigen Papieren über den Rhein ins französische Köln verschifft worden, hatte aber den Hafen dort nie verlassen. Die Douaniers hatten nicht geglaubt, dass ein Tuch von solch hoher Qualität aus dem Bergischen kommen könnte, und es noch im Hafen als englisches Tuch verbrannt. Der finanzielle Verlust für die Kaufleute war immens.

Seufzend steckte Jakob den Zwicker in die Innentasche seiner Jacke. Er öffnete die Klappe seines Stehpultes, verstaute die Akten im geräumigen Kasten darunter und verschloss die Tür seines Amtszimmers. Er musste an die frische Luft, um für einen kurzen Moment von dem Gelesenen Abstand zu gewinnen. Es machte ihn traurig und wütend. Außerdem konnte er bei einem Spaziergang mehr über die Atmosphäre in der Stadt herausfinden als in seinem Zimmer. Vor dem kaiserlichen Besuch war es äußerst wichtig, zu wissen, ob die Menschen generell unruhig und bedrückt oder heiter und gelassen waren. Als er hinaus auf den Marktplatz trat, wurde er auf einen kleinen Menschenauflauf gegenüber vor dem Hotel »Drei Reichskronen« aufmerksam. Einige herrschaftliche Gäste – die Damen aufgeregt, die Herren gereizt – standen um einen Polizeidiener herum, der immer wieder auf das Rathaus zeigte und offenbar geduldig den notwendigen Besitz von Sicherheitskarten erklärte. Im Hintergrund bewachte derweil die Dienerschaft das aufgetürmte Gepäck. Jakob schmunzelte. Noch maßen sich die Dienstboten mit Blicken und versuchten, sich gegenseitig einzuschätzen. Später, in der Gesindeküche des Hotels, würden sie Brüderschaft trinken und nach Herzenslust über ihre Herren und Damen klatschen und tratschen. Das neu erworbene Wissen stellte sich dann später oft als wertvolle Information für ihre jeweilige Herrschaft heraus. So war es immer.

Jakob wandte sich nach links, bog um die Ecke und spazierte in Richtung Burgplatz. Auch hier auf den belebten Straßen war die Misere überall zu spüren. Noch war das Schaufenster von Camphausens Geschäft gut mit Tabakwaren aus dem Großherzogtum gefüllt. Aber wegen der angekündigten staatlichen Tabakregie warb bereits ein Schild bei den hochgeehrten Kunden für die besondere Note einer Mischung aus Pfeifentabak und getrockneten Blättern von Huflattich und Sauerampfer. Als Jakob auf dem Burgplatz an Eleonore Raders Kaffeehaus vorbeiging, nahm er neben dem üblichen Kaffeeduft auch den bitterwürzigen Geruch der Zichorie wahr. Beim Zuckerbäcker Heinrich Niesen, gleich gegenüber der Hauptwache am alten Schloss, lagen keine Zuckerwaren mehr im Fenster. Seit Rohrzucker knapp geworden war, weil auch er über England aus Übersee kam, wurden die wenigen Köstlichkeiten im schattig kühlen Innern des Ladens wie Juwelen gehütet und waren so teuer, dass das Glöckchen über der Tür kaum noch bimmelte. Drüben vor Wellenkamps Gasthof »Goldener Anker« spielte sich Ähnliches ab wie vor den »Drei Kronen«, aber unbeschwert von zu viel Gepäck oder Dienstboten machten sich die Gäste bereits geduldig und ohne Murren auf den Weg zum Rathaus. Das konnte allerdings auch daran liegen, dass Polizeidiener Bruck ihnen den Sachverhalt der Sicherheitskarten erklärt hatte. Bruck war schon in kurfürstlichen Zeiten Polizeidiener gewesen und wusste, wie er mit den Leuten umgehen musste, damit sie das, was sie tun sollten, ganz von allein gut und richtig fanden. Jetzt machte er Jakob Zeichen, auf ihn zu warten, und kam zu ihm herübergelaufen.

»Monsieur le Commissaire, gut, dass ich sie treffe.«

Jakob wartete darauf, dass er weitersprach, und schaute ihn aufmerksam an. Er schätzte Bruck auf um die fünfzig Jahre und wusste, dass er als Polizeidiener sehr erfahren war. Deshalb war er doch erstaunt, dass sich Brucks Wangen nun ganz langsam färbten, bis sie fast so aussahen wie der rote Stehkragen an seiner grauen Uniformjacke. Der Polizeidiener rang sichtbar mit sich und seiner Verlegenheit und fasste schließlich einen Entschluss.

»Ich falle gleich mit der Tür ins Haus«, preschte er vor, ehe er es sich anders überlegen konnte. »Können Sie jemanden wie mich bei Ihrer Arbeit brauchen?«

Wie von selbst legte sich Brucks Gesicht in kummervolle Falten, als würde er sich nicht allzu viele Hoffnungen machen, aber seine Augen blickten Jakob hellwach und gespannt an. Jakob dachte nach. Bisher hatte er sehr gerne allein gearbeitet. Da musste man sich über niemanden ärgern und konnte sich seine Zeit frei einteilen. Wenn er jemanden von der Polizeiwache dabeihatte, würde sich das ändern. Früher oder später würde er es auch vor Wachtmeister Overheid begründen müssen, denn Bruck gehörte zu Overheids Leuten. Und was der davon hielt, konnte Jakob sich gut vorstellen. Außerdem war er sich nicht sicher, ob Bruck nicht auch zu denen gehörte, die Jakob gerne losgeworden wären, und aus ganz anderen Gründen seine Bitte vorbrachte.

»Ja, ich weiß«, sagte Bruck, als hätte er Jakobs Gedanken gelesen. »Sie glauben nicht, dass ich es ehrlich meine, weil die anderen Sie so schlecht behandeln. Ich bin aber keiner von denen, glauben Sie mir.«

Während sie die Mühlenstraße hinuntergingen, erzählte er von dem Fall, an dem sich Overheid und seine Männer vor ein paar Monaten die Zähne ausgebissen hatten. Dann war Jakob gekommen und hatte ihn so schnell und einfach gelöst, dass sie sich alle gewundert hatten. Ab da waren sie dann auch nicht mehr gut auf den Commissar zu sprechen gewesen, weil er mit fast provozierender Leichtigkeit ihre bisherige Arbeit tat. Und jetzt wollte er, Bruck, bei Jakob lernen, wie man das machte.

»Ich erledige auch noch die Arbeit, die Overheid mir gibt. Er wird nichts merken!«, beteuerte er.

Bruck war so eifrig in seiner Bitte, dass Jakob schließlich lächelnd einwilligte.

»Gut, wir versuchen es. Und sehen Sie mal da vorne, Bruck. Ich glaube, da haben wir schon unseren nächsten Fall: eine auffällige Ansammlung von Personen.«

Jakob hatte es zum Spaß gesagt, aber es wurde schnell Ernst daraus. Als sie näher kamen, sahen sie, dass die Menschentraube um ein Fuhrwerk herumstand. Ein berittener Gendarm versuchte vergeblich, sie zu vertreiben, und knallte mit seiner Peitsche, wobei es ihm gleichgültig war, ob er außer Luft auch einen Rücken traf.

»Weitergehen! *Rien à voir ici!* Hier gibt es nichts zu sehen!«

Aber das schien nicht ganz der Wahrheit zu entsprechen. Eine Frau weinte, eine andere behauptete, »den da« schon mal gesehen zu haben, ein Mann schüttelte fassungslos den Kopf. Alarmiert schoben sich Jakob und Bruck durch die Menge.

»Lasst uns durch, Leute!«, rief Bruck. »Polizeidiener Bruck und Monsieur le Commissaire Hartenfels!«

Der Kopf des Gendarmen fuhr herum.

»Hartenfels? Sie kommen wie gerufen. Der Tote lag zwar auf einer Wiese draußen vor der Stadt, aber jetzt ist er hier. Er gehört Ihnen. Wenn Sie noch Fragen haben, wissen Sie ja, wo Sie mich finden. Ich bin Gendarm Lamberti.«

Damit wandte er sein Pferd und ritt zum Statthalterpalais, wo in einem Nebengebäude auch die Gendarmerie untergebracht war. Sie bestand aus wenig zimperlichen Militärs und war für die Bewachung von Regierungsbeamten und für Vergehen jeder Art außerhalb der Stadtgrenzen zuständig. Sehr geschickt, einen Toten mitten auf der Mühlenstraße abzustellen, dachte Jakob. Innerhalb der Stadt musste er sich jetzt um ihn kümmern. Er warf einen Blick auf den Mann, aber er kannte ihn nicht.

»Wohin mit ihm?«, fragte eine ungehaltene Stimme vom Kutschbock. »Ich brauche mein Fuhrwerk für andere Sachen. Wer zahlt mir denn überhaupt die ausgefallene Zeit?«

»Napoleon«, gab Bruck zurück, »du wirst schon sehen, der kommt ja bald. Und jetzt weiter, hier kannst du nicht bleiben.«

Die Schaulustigen begannen sich zu zerstreuen, als Bruck und Jakob auf den Kutschbock kletterten und den mürrischen Spediteur in ihre Mitte nahmen. Der Mann trieb sein Pferd an. Langsam zockelte das Fuhrwerk mit seiner grausigen Fracht die Mühlenstraße hinunter Richtung Burgplatz. Einerseits war Jakob zutiefst beunruhigt, weil er den Fall selbstverständlich noch vor dem Besuch Napoleons aus der Welt schaffen musste. Andererseits freute er sich, dass er mit Bruck offenbar jemanden gefunden hatte, der schnelle Lösungen mochte.

»Zum Max-Joseph-Krankenhaus in der Neustadt«, wies er den Spediteur an.

Ein paar Häuser weiter, jenseits der Liefergasse, wurden einige Bewohner des Hauses Mühlenstraße 12 vom ungewöhnlichen Lärm aufgeschreckt. Während Glasermeister Drach und der junge Uhrmacher Carl Buhl in ihren Werkstätten unten im Haus ruhig weiterarbeiteten, waren eine Etage über ihnen eilige Trippelschritte zu hören. Die drei ältlichen Fräulein Krahe waren auf dem Weg zu den vorderen Fenstern ihrer gemeinsamen Wohnung. Ihnen entging nichts, und gerade Menschenansammlungen versprachen aufregende Neuigkeiten. Aus der zweiten Etage hörte man ein Baby schreien.

»Mama«, rief ein kleiner Junge. »Norbert schreit.«

Das professionelle Klavierspiel im Nebenzimmer brach abrupt ab. »Es ist nicht zu überhören, Franz«, antwortete seine Mutter und stand seufzend auf.

»Ich gehe schon, Therese«, sagte sein Vater, »spiel ruhig weiter.«

»Danke, Lieber!«

Während die Musik wieder einsetzte, erhob sich ein Mann von ungeheuren Ausmaßen aus einem Stuhl am Fenster. Alles an ihm war gewaltig – und es erfüllte ihn mit einem gewissen Stolz, wenn jemand so über ihn sprach –, sein enormer Bauch, seine taillendicken Oberschenkel, sein großes Gesicht und nicht zuletzt seine plumpen Hände. Johann August Franz Burgmüller aß eben gern. Und vor allem aß er sehr gern sehr viel. Allein der Anblick eines gebratenen Hähnchens rührte ihn zu Tränen. Man traute es ihm nicht zu, und sogar die Menschen, die ihn lange kannten, waren immer wieder erstaunt, aber dieser massige Mann konnte eine Zartheit entwickeln, wenn es um Musik ging, von der jüngere, schlankere und vor allem weniger begabte Zeitgenossen nur träumten. Er war gebildet und von großer Musikalität, und er kannte sein Metier aus allen Blickwinkeln eines Dirigenten und Pianisten, ob im Konzertsaal, im Theater oder auf der Orgelempore. Er liebte die Musik, den Genuss und die Sorglosigkeit. Ein gefühlvoller Träumer war er, mit Familie – mit einer klugen Ehefrau und inzwischen drei kleinen Söhnen, Franz, Friedrich und Norbert.

Es war gut, dass Norbert, gerade eineinhalb Jahre alt, genau in dem Moment angefangen hatte zu schreien, als unten auf der Straße das Fuhrwerk mit dem Toten auf der Ladefläche vorüberfuhr. Als Burgmüller nämlich aufgestanden war, warf er unwillkürlich einen Blick aus dem Fenster und schaute ihm direkt ins Gesicht. Und da er nie ein Gesicht vergaß, erkannte er den leblosen Mann da unten sofort. Er war schon öfter auf dieser Straße gewesen, hinten beim Statthalterpalais, immer zu Pferde, sprach französisch und war sehr freundlich. Während Burgmüller zu seinem jüngsten Sohn ging, nahm er sich vor, den Polizeidienern im Rathaus einen Hinweis zu geben, wenn er das nächste Mal im Theater am Marktplatz zu tun hatte. Vielleicht wussten sie ja gar nicht, wen sie da gefunden hatten. Hoffentlich dachte er auch daran, denn normalerweise hatte er auf dem Weg zum Theater nur Musik im Kopf. In letzter Zeit war er fast täglich dort. Bis zu Napoleons Besuch musste der Don Giovanni perfekt eingeübt sein, das war er Mozart und sich selbst schuldig. Es war ein Jammer, dass Johann Gottfried Wohlbrück nicht mehr da war. Mit diesem Prinzipal hatte er als Kapellmeister gut arbeiten können. Die beiden Neuen, die sich seit einem Jahr Wohlbrücks Amt teilten, stritten sich nur. Burgmüller seufzte. Mit dem Theater ging es bergab. Aber er setzte seine ganze Ehre daran, dass wenigstens die Musik in Düsseldorf gut – nein, falsch, dass sie exzellent war.

Behutsam hob er seinen schreienden Sohn aus dem Kissen, wo er eigentlich seinen Mittagsschlaf halten sollte, steckte ihm den Lutschbeutel wieder in den Mund und wiegte ihn sanft hin und her.

»Du wirst bestimmt einmal ein berühmter Sänger«, brummte er leise. »Eine kräftige Stimme hast du ja schon.«

Der kleine Norbert schlief wieder ein, sicher und geborgen in den mächtigen Armen seines Vaters. Wohltuende Stille breitete sich aus, in der man das Klavierspiel aus dem Nebenzimmer wieder genießen konnte.

Dr. Heinrich Brewer war erst fünfunddreißig Jahre alt, aber wer ihn nicht kannte, musste ihn glatte zehn Jahre älter schätzen. Nach einem anstrengenden Vormittag stand er erschöpft am Fenster im Max-Joseph-Krankenhaus und wollte nicht glauben, was er sah: Ein Fuhrwerk war in den Innenhof gefahren und brachte ihm offenbar einen Kranken. Dabei hatte er doch wahrhaftig genug zu tun. Neben ein paar ehrenamtlichen Pflegern war er der einzige zuständige Arzt und hatte auch nur die medizinische Unterstützung eines einzigen Wundarztes. Zwei Säle mit insgesamt sechsundzwanzig Betten hier im Krankenhaus an der Neusser Chaussee waren fast voll belegt. Dazu kamen achtzehn nicht gerade einfache Patienten im Trakt des Irrenhauses und fast dreißig im Trakt des ehemaligen Sankt-Hubertus-Hospitals. Dort waren Greise, Blinde und Invaliden ohne Familie untergebracht, die regelmäßig ihre Medizin brauchten und auch sonst ein wenig beaufsichtigt werden mussten. Im Moment hatte er eine kleine Mittagspause, danach würde er zum Arresthaus in der Akademiestraße gehen müssen, denn man hatte ihm als verantwortlichem Arzt zwei Fieberfälle gemeldet, wahrscheinlich waren es inzwischen mehr. Das konnte schnell in eine Epidemie umschlagen. Nach einigen seiner Hauspatienten musste er heute auch sehen. Und jetzt brachte man ihm noch einen Kranken. Seufzend lief Brewer den Gang hinunter und öffnete die Tür zum Innenhof.

»Wen bringen Sie mir denn da?«, fragte er statt einer Begrüßung, trat an das Fuhrwerk heran und fasste regelrecht erleichtert in Worte, was aus der Nähe offensichtlich war. »Aber der ist ja tot!«

»Ja, leider«, sagte Jakob. »Ich vermute, der junge Mann ist keines natürlichen Todes gestorben.« Er zeigte auf eine längliche, blutunterlaufene Stelle direkt über dem Auge. »Wir brauchen Ihren fachmännischen Blick, Dr. Brewer.«

Der Arzt betrachtete den Toten nachdenklich. »Gut«, seufzte er schließlich, »dann werde ich ihn mir mal ansehen.«

Auf seinen Wink brachte einer seiner Pfleger eine Bahre, und gemeinsam legten sie den Toten darauf und trugen ihn ins Gebäude. Jakob reichte dem Spediteur fünf Stüber auf den Kutschbock, mehr als genug für die Zeit und die Nutzung seines Fuhrwerks. Ein Lächeln huschte über das Gesicht des Mannes, als er die Münzen einsteckte.

»Wenn Sie mich noch mal brauchen, jederzeit, Meister!«

»Ja, warum nicht, Monsieur ...?«

»Ronsdorf, Spedition und Fuhrwerkverleih, von Grenze zu Grenze im Großherzogtum«, verkündete der Spediteur mit einigem Stolz.

»Monsieur Ronsdorf also. Ich komme auf Ihr Angebot zurück.«

Jakob nickte dem Spediteur zu, der heute Abend im Wirtshaus wohl viel zu erzählen haben würde, und folgte Brewer in einen großen Raum abseits der Krankensäle.

»Hier haben wir eigentlich die hochansteckenden Fälle«, erklärte der Arzt, »aber im Moment gibt es zum Glück keine Patienten mit Cholera, Ruhr oder Ähnlichem.«

Es war ein kahler Raum, an den Wänden standen einige leere Bettgestelle, in der Mitte ein langer Tisch. Der Tote lag bereits darauf. Jakob und Bruck betrachteten ihn zum ersten Mal ungestört aus der Nähe: ein sympathisch aussehender, schlanker Mann, etwa zwanzig Jahre alt, mit ebenmäßigen Gesichtszügen und dunklen, leicht gelockten Haaren. Jakob tastete seine Kleidung ab und fuhr mit der Hand in die Jackentaschen, fand aber nichts, keinen Pass, kein Geld, nichts. Als Brewer damit beginnen wollte, ihn zu entkleiden, um ihn medizinisch untersuchen zu können, bat Jakob den Arzt, damit noch zu warten.

Bruck schaute ihn fragend an. »Warum? Kalt wird ihm bestimmt nicht mehr.«

Jakob schüttelte den Kopf. »Nein, das wohl nicht, Bruck. Aber jetzt kann er noch mit uns reden. Er erzählt uns vielleicht, wer er ist und woher er kommt.«

Leichen waren Bruck unheimlich, und durch diesen Satz wurde das ungute Gefühl, das ihn auch bei Begräbnissen immer beschlich, nicht gerade aus der Welt geräumt. Ungläubig und auch ein bisschen ängstlich blickte er auf den Toten, als könnte der tatsächlich jeden Augenblick zu sprechen anfangen. Der junge Commissar erlaubte sich wohl einen Spaß mit ihm. Aber er behielt seine Meinung lieber für sich. Der junge Commissar schien nämlich ansonsten zu wissen, was er tat, und er wollte ja von ihm lernen, also spielte er das Spiel mit.

»Sehen Sie mal hier, Bruck«, sagte Jakob und hielt einen runden silbernen Gegenstand an der Kleidung des Toten so, dass Brewer und Bruck ihn gut sehen konnten. »Wofür halten Sie das?«

Bruck lächelte. Das war nichts Besonderes, das kannte doch jedes Kind. »Ein Knopf ist das, Monsieur le Commissaire. Davon sind mehrere an jeder Jacke.«

Jetzt musste Jakob lächeln. »Sicher, Bruck, das meine ich aber nicht.« Auffordernd schaute er seinen neuen Gehilfen an.

Bruck starrte auf den Knopf und runzelte angestrengt die Stirn. Man merkte am plötzlichen Aufblitzen seiner Augen, dass er eine Idee hatte. »Ach, Sie meinen das Bild auf dem Knopf.«

Jakob nickte.

Bruck schaute noch genauer hin. »Tja, also da ist eine Krone, und darunter ein Adler, der Blitze in den Krallen hält. Aber das ist doch ein Knopf der kaiserlichen Garde, oder nicht?«

»Sehr richtig«, lobte Jakob ihn. »Solche Knöpfe besitzt Napoleons Elitegendarmerie. Die mit den Bärenfellmützen.«

Bruck nickte eifrig. Jakob ließ den Knopf los, richtete sich auf und sah Bruck wieder abwartend an. Der betrachtete nun die Jacke eingehend.

»Aber hier ist ja nur ein Knopf mit einem Bild«, stellte er schließlich fest. »Alle anderen Knöpfe haben keins.«

»Sehr gut, wieder richtig«, nickte Jakob dem stolz lächelnden Bruck zu. Er holte eine kleine, verzierte Metalldose aus der Tasche, zog den Deckel ab und suchte aus verschiedensten winzigen Instrumenten eine Nagelschere heraus, mit der er den Knopf abschnitt. Alles zusammen verschwand anschließend wieder in seiner Jackentasche. »Was wissen wir also bis jetzt? Der Tote war vielleicht Franzose oder hatte unter Umständen Kontakt zu Franzosen, und zwar zum Militär. Er besitzt nur einen silbernen Uniform-Knopf, die anderen Knöpfe an seiner Jacke sind aus billigerem Metall und glatt, also ohne Prägung. Dafür muss es einen Grund geben.« Ratlos strich sich Jakob über das Kinn.

»Vielleicht brauchte er Geld«, sagte Bruck mutig. »Silberknöpfe kann man verkaufen.«

»Das glaube ich nicht«, mischte sich Brewer ein, dem das Rätselraten zu gefallen begann. »Dann hätte er jetzt ja immer noch seine Uniformjacke, wenn auch mit billigeren Knöpfen. Das hier ist aber eine ganz normale Jacke.«

»Sie haben recht, Doktor«, sagte Jakob.

»Vielleicht hat er ihn einfach gefunden?«, schlug Bruck vor.

»Das ist auch möglich«, nickte Jakob. »Was für einen Grund gibt es also für den einzelnen Knopf? Sehr interessant. Und sehen Sie mal hier.« Er zupfte etwas aus den Haaren des Toten und zeigte es Bruck und dem Arzt auf seiner offenen Hand. »Stroh und Getreidekörner. Ich denke, das hier ist Hafer.«

»Er war in einem Stall!«, rief Bruck aufgeregt. »Er hatte ein Pferd!«

»Ja, dafür sprechen auch die Sporen an seinen Stiefeln«, sagte Jakob. »Aber wo ist es jetzt? Und wieso hat er Stroh und Hafer in den Haaren?«

Bruck zuckte die Schultern. »Er hat im Stall geschlafen?«

»Ja, das könnte sein.«

»Und was ist hiermit?« Brewer zeigte auf Grashalme und zerdrückte Blütenblätter an Jacke und Hose.

»Die müssen von der Wiese sein, wo er gefunden worden ist«, vermutete Jakob. »Ich werde den Gendarmen noch genau dazu befragen.«

»Also war er nicht in einem Stall?«, fragte Bruck verwirrt. »Oder doch, warten Sie! Er war erst im Stall und dann auf der Wiese.«

»Sehr gut, Bruck. Wir müssen nach einem herrenlosen Pferd suchen, und wir müssen herausfinden, wo genau der Stall und die Wiese sind …«

»… damit wir wissen, wo er ermordet worden ist«, beendete Bruck den Satz und war sehr stolz auf sich.

»Das bringt uns zu der nächsten Frage, Doktor«, wandte sich Jakob an Brewer, »wie ist er zu Tode gekommen? Reicht dieser Bluterguss auf der Stirn schon aus? Ein Schlag vielleicht?«

»Möglicherweise ein Schlag, ja«, überlegte Brewer und betastete die Stirn, »aber tödlich war er nicht. Helfen Sie mir, bitte.«

Gemeinsam drehten Jakob und Brewer den Toten auf den Bauch. Sofort sah man die rötlich verkrusteten Haare um eine klaffende Wunde am Hinterkopf.

Brucks Gesicht wurde kreidebleich.

»Das dürfte es sein.« Brewer tastete den Hinterkopf ab und nickte. »Hier ist der Schädel gebrochen. Das werde ich mir noch genauer ansehen. Blut ist zwar aus der Wunde gesickert, aber bereits wieder angetrocknet. Der Tod muss also schon vor einer ganzen Weile ...«

Weiter kam er nicht.

»Oh nein«, flüsterte Bruck, der sich bis dahin tapfer gehalten hatte. »Ich kann doch kein Blut sehen.« Er verdrehte die Augen und sank langsam zu Boden.

Es wurde bereits Abend, als Jakob in seine Amtsstube zurückkehrte. Viel hatte er nicht mehr tun können. Nachdem sie Bruck mit kaltem Wasser ins Leben zurückgeholt hatten, konnte Dr. Brewer den Toten nicht mehr weiter untersuchen, weil er zum Arresthaus an der Akademiestraße musste. Jakob und der immer noch käseweiße Bruck begleiteten ihn auf der noch ungewohnten neuen Straße über die zugeschütteten Wassergräben der ehemaligen Festungsanlage. Die Anlagen rundum waren noch nicht ganz fertig. Es war ein seltsames Gefühl, einfach geradeaus über die lange Berger Allee mit ihren Pappeln gehen zu können und nicht mehr im Zickzack über Brücken und durch Tore laufen zu müssen, bis man schließlich durch das Bergertor auf die Zitadelle gelangte. An der Akademiestraße fühlte der Arzt noch einmal Brucks Puls, verabschiedete sich mit einem Schulterklopfen von ihm und versicherte Jakob, dass er noch heute von ihm hören würde.

»Übrigens«, sagte er, »kommen die Druckstellen an Ihrer Nase von einem Pincenez? Tupfen Sie ein wenig Wundpuder darauf. Manchmal hilft es.«

Vor dem Rathaus hatten sich schließlich Jakobs und Brucks Wege getrennt. Bruck musste sich erholen, und Jakob wollte den Gendarmen befragen, wo genau er den Toten gefunden hatte.

»Gendarm Lamberti?«, fragte einer seiner Kollegen in der Mühlenstraße. »Der ist hinten im Stall.«

Der Stall für die Pferde der Gendarmerie lag hinter dem Residenzgebäude. Die Anlage des kurfürstlichen Marstalls mit Reitplatz und Tummelhaus war einmal viel umfangreicher gewesen, aber jetzt war sie größtenteils in den großen Garten der Residenz verwandelt worden, durch den sogar die Düssel floss. Er reichte bis zur Mauer des zerstörten Cölestiner-Klosters an der Ratinger Straße. Die ehemalige barocke Klosterkirche wurde gerade nach den Plänen des Architekten Vagedes zu einem Wohnhaus mit moderner klassizistischer Fassade umgebaut. Richtung Liefergasse schlossen sich eine ganze Reihe von Armenhäusern an den Garten an, auf der anderen Seite lag der Paradeplatz am Ende der Mühlenstraße.

Im Stall war Gendarm Lamberti nicht, aber ein Pferdeknecht wusste, dass er am frühen Nachmittag bei der Eskorte für den Präfekten von Borcke gewesen war, und die wurde erst am nächsten Tag wieder zurück erwartet. Aber Lamberti hatte natürlich von dem Toten erzählt, und der Pferdeknecht hatte gut zugehört.

»Auf der Ballonwiese hat er ihn gefunden«, berichtete er mit einer gehörigen Portion Freude an der gruseligen Tat. »Da lag er in seinem Blut!« Rasch bekreuzigte er sich, wie der Pfarrer es ihn gelehrt hatte, aus Respekt vor dem Toten und vielleicht auch ein wenig in dem Wunsch, ihm möge nicht dasselbe passieren. »Lamberti hat zuerst gedacht, er hätte ihn schon mal gesehen, aber das stimmte dann wohl doch nicht.«

Mehr wusste der Knecht nicht zu berichten, aber das wenige war schon viel wert. Nun, Jakob würde sich bis zum nächsten Tag gedulden müssen. Bis er die Ballonwiese eine halbe Stunde nördlich der Stadt erreicht hätte, um sie nach möglichen Spuren zu untersuchen, würde er wegen der einsetzenden

Dämmerung nichts mehr erkennen können. Er bedankte sich bei dem Pferdeknecht und ging zurück zum Rathaus. Dort lief er Bürgermeister von Pfeil in die Arme, der erst einmal genau wissen wollte, was von den überall kursierenden Gerüchten über einen Toten zu halten war, und Jakob einschärfte, dass bei Napoleons Besuch der Fall aus der Welt sein müsse, Innenminister von Nesselrode sähe die Sache mit Sicherheit genauso. Jakob versprach, alles ihm Mögliche zu tun, und öffnete die Tür seines Amtszimmers. Er war mit seinen Gedanken bereits beim nächsten Morgen, an dem er dem Untersuchungsrichter Bericht erstatten musste, und merkte nicht, dass seine Tür nicht mehr abgeschlossen war.

»Mösjö le Commissaire!«

Eine spöttische Stimme empfing ihn, die er hier nicht erwartet hatte. So gut wie möglich verbarg Jakob sein Erstaunen und seine Neugier vor dem Hünen, der seelenruhig am Fenster stand und auf ihn gewartet hatte. Wie war er überhaupt hier hereingekommen?

»Wachtmeister Overheid! Was kann ich für Sie tun?«

»Ich habe gehört, dass Sie sich einen meiner Männer, sagen wir, ausgeliehen haben?«

Jakob wollte protestieren, aber Overheid hob die Hand.

»Das ist in Ordnung. Sie bekommen ihn. Ich habe höchste Order, Sie zu unterstützen.« Er seufzte tief. »Sie können sich dafür bei Napoleon bedanken. Übrigens: Bruck wollte erst nicht, aber mit ein bisschen Überredung durch das gesamte Polizeibureau hat er dann doch von Ihrem gemeinsamen Nachmittagsausflug erzählt. Sie haben meinen Respekt. Wie haben Sie ihn dazu bekommen, sich einen Toten anzusehen? Normalerweise fällt er sofort um.«

Jakob zuckte die Schultern und wollte Overheid mit einer allgemeinen Antwort abspeisen, da redete der schon weiter.

»Wie dem auch sei, falls Sie noch mehr Hilfe brauchen, und das werden Sie wahrscheinlich früher oder später, melden Sie sich. Wohlgemerkt: Ich tue das nicht freiwillig, ich habe höchste Order.« Er winkte ab, als Jakob sich trotzdem bedanken wollte, und reichte ihm ein gefaltetes Papier. »Das ist für Sie abgegeben worden. Seien Sie nicht allzu enttäuscht«, riet er, »aber in unserem Beruf muss man ja mit Rückschlägen rechnen.«

Woher er wusste, dass Jakob enttäuscht sein würde, sagte er natürlich nicht, aber Jakob konnte es sich denken. Als Overheid gegangen war, öffnete er das gefaltete Blatt mit dem aufgebrochenen Siegel. Dr. Brewer bedauerte, dass er wegen eines dringenden Falls nun doch erst am nächsten Tag dazu käme, sich den Toten genau anzusehen. Nun, da konnte man nichts machen. Seufzend zog Jakob die Fundstücke aus seiner Tasche und legte sie nebeneinander auf den Tisch: einen Knopf, ein paar Strohhalme und Haferkörner. Das war nicht viel, aber es verriet etwas über den Toten. Er musste nur noch herausfinden, was.

Als Anna Schmitz etwa zur gleichen Zeit nach Hause kam und die Treppe hinauf in ihr Zimmer gehen wollte, wurde sie von Rosa, dem Dienstmädchen, aufgehalten.

»Entschuldigung, Mamsell Schmitz«, knickste Rosa, »aber der junge Herr ist heute nicht aus seinem Zimmer gekommen. Die Köchin und ich machen uns Sorgen, dass er vielleicht krank ist. Wir haben geklopft, aber er wollte uns nicht sehen.«

Sie schaute Anna mit weit aufgerissenen Augen ängstlich an. Rosa hat in diesem Haus schon genug erlebt, dachte Anna, sie sorgt sich wirklich. Es kostete sie ja selbst einige Anstrengung, die Ruhe zu bewahren.

»Danke, Rosa, ich kümmere mich darum«, sagte sie freundlich.

Dem Dienstmädchen war die Erleichterung anzusehen. Sie knickste noch einmal und lief schnell zur Küche im hinteren Teil des Hauses, um der Köchin Bescheid zu sagen, dass jetzt alles gut würde.

Anna lief die Treppe hinauf, löste dabei die Bänder ihrer Haube und warf sie zusammen mit dem roten Umhängetuch auf ihr Bett. Dann öffnete sie die Tür zum Zimmer ihres Bruders. In abgestandener Luft lag er immer noch blass auf seinem Bett und schien zu schlafen. Anna nahm keine Rücksicht darauf. Sie ging durchs Zimmer, öffnete das Fenster weit und setzte sich zu ihm auf die Bettkante.

»So, Friedrich«, sagte sie bestimmt, während sie eine Hand auf seine Stirn legte. Sie war schweißnass, aber kühl. »Und jetzt sagst du mir, was los ist.«

Stockend und flüsternd begann Friedrich sich von der Seele zu reden, was ihn belastete. Anna war entsetzt über das, was sie hörte, aber als ihm die Tränen in die Augen schossen, tat sie das einzig Richtige. Sie tröstete ihn und half ihm, sich zu beruhigen. Sie selbst konnte jedoch in dieser Nacht vor Sorge nicht mehr schlafen.

Donnerstag, 17. Oktober 1811

Wie jeden Morgen machte sich Johann Schmitz auf seinen täglichen Weg zu Lacomblets Kaffeehaus am Marktplatz. Von der Bolkerstraße aus, wo er wohnte, hatte er es nicht besonders weit, aber er hätte auch eine längere Strecke in Kauf genommen. Johann war das Lesekabinett im ersten Stock bei Lacomblet besonders wichtig. In diesen Zeiten musste man informiert bleiben, und Lacomblets Angebot an aktuellen Zeitungen und Zeitschriften lieferte genau die Information, die man brauchte. Zugegeben, Nachrichten aus Paris und anderen ausländischen Städten waren bis zu einer Woche alt. Schneller ging es eben nicht, Postkutschen konnten nun einmal nicht fliegen.

Johann fragte sich, wie lange er sich diesen morgendlichen Spaß noch würde erlauben können. Niemals hätte er gedacht, dass er sich eine solche Frage überhaupt einmal stellen müsste. Vor gut zehn Jahren hatte er das florierende Geschäft seines Vaters übernommen. Er gehörte zu der einen Hälfte der Kaufleute auf der Bolkerstraße, die mit Kolonialwaren handelte, vorzüglich aus England. Die Güter aus den Kolonien der Welt hatten die Familie Schmitz in Düsseldorf reich werden lassen. Die andere Hälfte der Kaufleute auf seiner Straße hatte gute Geschäfte mit Ellenwaren gemacht, mit Stoffen, Litzen und Bändern aus dem Bergischen und aus England.

Er hatte damals eine glänzende Zukunft vor sich gehabt, als er Elise heiratete, seiner Meinung nach das schönste Mädchen der Stadt, und eine eigene Familie gründete. Es war stetig aufwärtsgegangen. Vor fünf Jahren war Elise plötzlich gestorben, und nur seine Kinder, gerade zwölf und vierzehn Jahre alt, hatten ihn an der tiefen Melancholie hindern können, die ihn einzuspinnen drohte: Anna, sein Augenstern, und Friedrich, sein ganzer Stolz. Und als ob das noch nicht genug war, wurde Düsseldorf im gleichen Jahr zur Hauptstadt des französischen Großherzogtums Berg. Das war nicht nur der Beginn des wirtschaftlichen Niedergangs einer ehemals blühenden Region, sondern auch für ihn persönlich der Niedergang seines Geschäftes, seiner Lebensgrundlage.

»Guten Morgen, Monsieur Schmitz! Sie suchen einen wärmenden Winterpelz? Man kann sich nie früh genug darum kümmern. Das Wetter ist flatterhaft, sage ich immer, heute noch warm, morgen schon kalt!«

»Ah, guten Morgen, Monsieur Stoltenberg!«, sagte Johann, während der Kaufmann im Eingang seines Geschäftes noch keuchend über sein Bonmot lachte. Stoltenberg hatte so eine besondere Art, die Luft beim Lachen gurgelnd in die Kehle zu ziehen, die Anna als kleines Kind einmal »Rückwärtshusten« genannt hatte. »Vielen Dank, aber nein, ich denke nicht. Meine Empfehlung an die Frau Gemahlin!«

Wie dumm von ihm, genau vor Stoltenbergs Geschäft stehen zu bleiben – eine alte Gewohnheit, die ihm gerade gar nicht bewusst geworden war. Früher hatte er oft einen Blick in die verführerischen Schaufenster geworfen. Ein Pelzkragen für Elises Mantel, ein wärmender Muff für die kleine Anna, eine Pelzkappe für Friedrich – damals war das alles möglich gewesen. Und jetzt fragte er sich, ob er sich eine Tasse Kaffee bei Lacomblet auf Dauer würde leisten können, denn natürlich wurde die auch immer teurer. Zögernd trat er hinaus auf den Marktplatz. Jedes Mal erinnerte ihn der Platz aufs Neue an das schreckliche

Ereignis, das seine Existenz schließlich fast völlig zerstört hatte. Die niederdrückenden Zölle hätte er wohl noch verkraftet, aber das kaiserliche Verbot englischer Waren hatte ihn endgültig bezwungen. Vor nicht ganz einem Jahr, im Dezember, waren überall, auch hier auf dem Marktplatz von Düsseldorf, die Strohballen entzündet worden. Egal, ob tagsüber oder mitten in der Nacht, die französischen Soldaten und Zöllner hatten lautstark Einlass verlangt. Auch sein Lager hatten sie von englischen Waren gesäubert und dann alles ins prasselnde Feuer geworfen: Stoffe und Baumwollgarn, Porzellan, Tabak, Kaffee, Tee, Gewürze, Zucker, Lederwaren – alles. Dabei kamen die Waren gar nicht unbedingt alle aus England, was jeder betroffene Kaufmann mit den dazugehörigen Papieren leicht hätte beweisen können, aber damit hielten die Soldaten sich nicht auf. Sie sollten laut kaiserlichem Befehl den Inhalt verdächtiger Kaufmannslager einsammeln und verbrennen, und das taten sie. Die Bevölkerung hatte teils schweigend, teils johlend um das riesige Feuer gestanden. Einige hatten sogar gejubelt, weil die englischen Manufakturen und Fabriken ja durch diese Tat nun dem Untergang geweiht wären, wie der große Kaiser Napoleon es gesagt hatte. Dummköpfe! England würde sich in anderen Regionen der Welt zu helfen wissen, wenn es den Kontinent nicht mehr über die nahe liegenden Häfen beliefern konnte. Wahrscheinlich tat es das auch schon. Aber hier waren nicht nur seine Lager leer, ohne dass er zumindest den Einkaufspreis hätte erwirtschaften können. Alle, die bisher englische Waren verkauft hatten, standen vor dem Nichts. Ohne seine Kinder hätte er sich da fast zum zweiten Mal verloren gegeben.

Bedrückt ging Johann weiter, am Hotel zu den »Drei Reichskronen« vorbei, und versuchte, die bösen Erinnerungen zu vertreiben. Das Leben ging weiter, es musste weitergehen, und er würde Lösungen finden. Er konnte sich nicht ewig auf

Friedrichs Freunde verlassen, die auf was auch immer für verschwiegenen Wegen dringend benötigte Waren aus England herbeischafften. Beim Gedanken an seinen Sohn fiel ihm ein, dass er ihn an diesem Morgen nicht im Geschäft gesehen hatte, was gar nicht seine Art war. Er musste sich bei Anna nach ihm erkundigen. Manchmal fragte er sich nämlich, ob sich Friedrich mit seinen Freunden nicht in unnötige Gefahr begab, obwohl er das Familiengeschäft damit am Leben hielt. Er wollte gerade die Tür zu Lacomblets Kaffeehaus öffnen, als sie heftig von innen aufgestoßen wurde. Ein junger Mann sprang heraus, grüßte freundlich und eilte, ohne eine Antwort abzuwarten, weiter Richtung Burgplatz. Johann blickte erstaunt hinter ihm her, als sähe er ihn zum ersten Mal. Mein Gott, wie die Zeit verging! Groß war der Bengel geworden und kaum aus den Windeln heraus mit seinen – nun ja, inzwischen mussten es doch schon zwanzig, eher zweiundzwanzig Jahre sein, wenn er richtig rechnete. Ein intelligentes Kind war er gewesen, der junge Lacomblet. Ein Wunder, dass man ihn zu dieser Stunde überhaupt sah, denn er schien sich fortwährend in Papier zu vergraben. Gerade war er wohl auf dem Weg zur Hofbibliothek in der alten Schlossgalerie. Gelesen hatte er ja immer schon gern. Erst hatte er an der Düsseldorfer Rechtsakademie sein Examen gemacht, und jetzt wollte er Bibliothekar werden, wie Johann gehört hatte. Er war so ganz anders geartet als sein älterer Bruder, der inzwischen das Kaffeehaus führte und auch eine Porzellan- und Fayencehandlung darin betrieb.

Immer noch verwundert betrat Johann das Kaffeehaus. Der Vorteil einer solchen Einrichtung war, dass man Kollegen traf. Normalerweise freute er sich auch darüber, mit welcher Pünktlichkeit sich alle einfanden, ohne sich konkret verabredet zu haben. Eine Tasse Kaffee bei Lacomblet war ein fester morgendlicher Termin in fast allen Kontoren. Auch heute war das Kaffeehaus voller Menschen, ihrem Gemurmel, dem leisen Gelächter und den gedämpften Gesprächen. Und wie immer duftete es nach Kaffee und Tabak, als wären hohe Zölle und andere Repressalien nur ein Spuk aus einer anderen Welt. Johann steuerte zuerst auf die Treppe zum Lesekabinett zu und hoffte, dass ihn niemand entdeckte. Er wollte in Ruhe Zeitungen lesen und erst danach hier unten seinen Kaffee trinken.

»Monsieur Schmitz! Kommen Sie hier herüber, wir haben noch einen Stuhl frei.«

Ludwig Reichart, Farben und Eisenwaren, und Wilhelm Bausch, Ellenwaren und Garne, winkten ihn beide an ihren Tisch. Ausgerechnet diese beiden! Das war Johann gar nicht recht. Jeden Tag das gleiche Gespräch – über die hohen Zölle, über die wirtschaftlichen Schwierigkeiten, über die möglichen politischen Konsequenzen. Sie drehten sich immerzu im Kreis, das führte zu nichts. Trotzdem begrüßte er die Kaufleute freundlich und zeigte gleichzeitig zur Treppe.

»Ich war eigentlich auf dem Weg ins Lesekabinett. Wegen aktueller Informationen über die politische Lage und vor allem die wirtschaftliche, Sie verstehen …«

»Ach was, setzen Sie sich, Schmitz«, wischte Reichart alle Argumente fort und zeigte gebieterisch auf den freien Stuhl. »Die politische Lage kann durchaus eine Tasse Kaffee vertragen, die wirtschaftliche würde wohl eher mit Zichorie vorliebnehmen, wir lassen sie aber nicht.«

Er winkte zur Theke und zeigte auf Johann. Lacomblet nickte und griff nach der großen Kanne. Johann setzte sich ergeben. Reichart hatte gut reden. Ihm stand das Wasser nicht ganz bis zum Hals. Womit sie heute ihr Gespräch wohl begonnen hatten? Mit Napoleons Besuch? Mit den Fabrikanten? Er würde es gleich erfahren.

»Wir haben gerade über Klein-London geredet«, erklärte

Bausch da auch schon mit gedämpfter Stimme. »Dieser Weg ist ja nun auch mehr oder weniger versperrt.«

Aha, also das Geschäft mit dem Schmuggel. »Klein-London« war der Spitzname der Insel, die England den Dänen vor vier Jahren abgenommen hatte: Helgoland. Hier häuften sich Massen von englischen Gütern aus aller Welt, bereit für den Kontinent. Englische, deutsche und holländische Handelshäuser hatten ihre Bureaus auf der Insel eingerichtet und dafür gesorgt, dass täglich dreißig, vierzig Schiffe voller englischer Waren zum Festland segelten und dort nachts ankamen. Die Küstenbewohner nahmen die Waren im Schutz der Dunkelheit in Empfang, luden sie auf Lasttiere und Karren und brachten sie über Schleichwege ins Inland, auch bis ins Großherzogtum Berg. Nach und nach waren die Sicherheitsmaßnahmen jedoch verschärft worden. Französische Kaperschiffe erwarteten Frachtschiffe und Fischerboote auf dem Meer, Berittene kontrollierten das ostfriesische Watt, Zöllner legten sich abseits der erlaubten Handelswege auf die Lauer. Trotzdem blühte der Schleichhandel weiter. Schließlich hatte sich Napoleon nur noch helfen können, indem er letztes Jahr Holland und die norddeutsche Küste bis nach Lübeck kurzerhand Frankreich einverleibte und so die Kontrolle über Küsten und Häfen bekam. Seitdem hatte das Großherzogtum auch nach Norden eine direkte Grenze mit Frankreich.

Johann merkte, dass Bausch ihn erwartungsvoll anblickte. »Das ist wohl richtig«, sagte er schnell. Und als nun eine duftende Tasse Kaffee vor ihn auf den Tisch gestellt wurde und er genießerisch daran nippte, hatte er eine Idee. Er beschloss, sich auf das Spiel einzulassen und einfach die richtigen Stichwörter zu geben. Vielleicht konnte er das Gesprächsritual damit ein wenig abkürzen. »Aber vorbei ist es mit dem Schmuggel trotzdem nicht«, wandte er ein.

Reichart lachte auf. »Wie auch? Die Welt besitzt die Güter, die wir brauchen, aber wir bekommen sie nicht. Napoleon weiß gar nicht, was er damit anrichtet.« Er schüttelte den Kopf. »Ich habe letztens mit Brügelmann von Cromford bei Ratingen gesprochen. Der lebt ja von seiner Baumwollspinnerei. Sein Vater hat doch damals Jacobis Zuckerfabrik in Pempelfort gekauft, um eine Färberei daraus zu machen, erinnern Sie sich noch? Dann hat Sackermann sie gekauft und für Brügelmann und andere Fabrikanten Tuch gefärbt. Damals habe ich ihm das Indigo dafür ja auch noch liefern können. Siebzehn Arbeiter hat er immerhin beschäftigt. Jetzt ist keiner mehr da, weil man weder an Baumwolle noch an Indigo kommt, ohne horrende Zölle zu zahlen. Er hat die Färberei geschlossen.«

»Wohin soll man denn auch mit den Stoffen, sogar wenn man noch irgendwie an Baumwolle oder Farben kommen könnte?«, fragte Bausch. »Der Rhein ist Zollgrenze, die Ausfuhr von Baumwolltuch überhaupt ist teuer, nach Italien ist sie uns ganz verboten, und nach Spanien oder Übersee kommen wir auch nicht mehr, weil wir unsere Waren nicht durch Frankreich transportieren dürfen.«

»Tja, Sackermann ist leider nicht der einzige Fabrikant, der zugemacht hat«, seufzte Reichart.

Bausch nickte trübe. »Und seine Leute sind nicht die Einzigen, die keine Arbeit mehr haben. Tuchhändler wie ich besitzen nur noch Läden mit äußerst beschränktem Angebot. Leinen, Wollstoffe, ein wenig Seide, das ja, aber kein Kattun, kein Batist, kein Kammertuch – ich sage Ihnen, das geht nicht lange gut! Aber der Kaiser meint ja, wir könnten doch einfach mehr Flachs statt Baumwolle spinnen. Seit über einem Jahr sind jetzt eine Million Francs für den Erfinder einer Flachsspinnmaschine ausgesetzt. Aber bis dahin dauert der Arbeitsprozess wieder endlos, bis man ein Stück Stoff in Händen hält, das dann noch nicht einmal die Qualität oder die Eigenschaften von Baumwolle besitzt. Unabhängig von England soll der Kontinent werden, sich selbst etwas einfallen lassen, Erfindungen machen …«

»… und während wir darüber grübeln, haben wir nichts zu beißen«, kürzte Johann die drohende Litanei ab.

Reichart verschluckte sich fast an seinem Kaffee. »Ich hätte nicht gedacht, dass ich einen Kolonialwarenhändler mal so was sagen höre.«

Johann hob nur die Schultern. Ihm war nicht nach Lachen zumute. »Fest steht, dass man drüben auf der französischen Rheinseite besser lebt.« Gespannt wartete er, ob jemand beim üblichen letzten Thema anbiss. Er wollte endlich aktuelle Nachrichten lesen, statt all die alten Klagen immer neu umzuwälzen. Es glückte.

»Ich habe schon mal gedacht«, begann Bausch, »ob wir nicht unsere Sorgen mit einem Schlag los wären, wenn unser Großherzogtum auch zu Frankreich gehören würde. Einige Fabrikanten machen ja gute Geschäfte, weil sie auch auf der französischen Rheinseite Unternehmen besitzen. Der alte Brügelmann zum Beispiel hat ja damals noch kurz vor seinem Tod eine Fabrik in Rheydt gegründet. Müller & Compagnie fabrizieren ihr Samtband hier und drüben in Süchteln. Und die Gebrüder Lups haben eine Tuchfabrik für Kaschmir bei uns und in Orsoy.« Bausch breitete die Arme aus. »Den Aufwand könnte man sich aber doch sparen.«

»Ich werde nicht französisch.« Reichart schüttelte vehement den Kopf. »Außerdem hatten wir die Diskussion schon vor ein paar Monaten. Da ist damals schon nichts draus geworden. Jeder vernünftige Mensch lehnt das ab.«

»Ja schon«, stimmte Bausch zu, »aber auch für uns Kaufleute wäre es doch besser. In Frankreich ist seit letztem Jahr der Handel mit England wieder gestattet, wenn auch nur unter bestimmten Vorbehalten. Die haben keine Schwierigkeiten mehr, an Baumwolle oder« – er wies mit beiden Händen auf seine Kollegen – »an Indigo für die Blaufärber oder an Zucker und Kaffee zu kommen. Und die Zölle, die sie darauf zahlen müssen, sind viel geringer als unsere.«

»Trotzdem nein.« Reichart war unversöhnlich. »Seit siebzehn Jahren haben wir die Franzosen jetzt hier, seit die Revolutionstruppen unser Schloss abgebrannt haben und in Düsseldorf eingefallen sind. Wissen Sie noch, wie die Soldaten hier ankamen? Müde, halb verhungert, abgekämpft. Wir mussten unsere Besatzer erst einmal aufpäppeln. Und was haben die gemacht, als sie wieder bei Kräften waren?« Reichart senkte vorsichtshalber die Stimme. »Jeden Winkel haben sie hier rüde durchsucht, ob sich vielleicht noch irgendwo ein französischer Adeliger versteckt, den man köpfen kann. Zwei Jahre davor haben wir Tausende genau dieser adeligen Franzosen auf der Flucht vor dem Terror durchgefüttert, zugegebenermaßen gegen deren gutes Geld, sofern sie welches hatten mitnehmen können. Und jetzt stellen sie hier alles auf den Kopf, ziehen unsere Söhne als Soldaten ein für Kriege, die es ohne sie gar nicht gäbe, und sorgen mit ihrer seltsamen Politik dafür, dass wir verarmen.« Reichart lehnte sich auf seinem Stuhl zurück und verschränkte die Arme vor der Brust. »Das reicht mir jetzt. Ganz ehrlich: Ich habe genug von den Franzosen.«

Und so einen Satz sagte er ausgerechnet bei Lacomblet, dachte Johann. Der alte Lacomblet war damals während des Siebenjährigen Kriegs aus der Touraine nach Düsseldorf gekommen, hatte sich Johann Franz statt Jean-François genannt und war geblieben. Johann hatte nichts gegen Franzosen, aber gegen Napoleon und seine verheerende Wirtschaftspolitik. Er sah diesen Satz jedoch als ein geeignetes Schlusswort an.

»Und wissen Sie, was das Merkwürdigste an dieser ganzen

Jagd auf Engländer und ihre Waren ist?« Die Kaufleute schüttelten erwartungsvoll die Köpfe, während Johann seinen Kaffee austrank. »Ich habe gehört, dass eine hiesige Brauerei sich Mühe geben will, die englischen Biere nachzuahmen, damit wir auf diesen Genuss nicht verzichten müssen.«

Reichart und Bausch lachten lauter, als es bei Lacomblet üblich war, und jetzt durfte Johann sich endlich auf den Weg zum Lesekabinett machen. Er ließ eine Münze für den Kaffee auf dem Tisch liegen und ging zur Treppe.

Untersuchungsrichter Gottlieb Ferdinand Meyerhold war ein Mann von bedächtigen Lebensgewohnheiten in klaren zeitlichen Abfolgen. Insbesondere morgens war er erst nach einem opulenten Frühstück und einer anschließenden Pfeife zu logischem Denken fähig. Sein Arbeitsleben begann ihn bestenfalls nach dem letzten Schluck aus seiner zweiten Tasse Kaffee zu interessieren. Und das Konzentrationsvermögen setzte ein, wenn das Dienstmädchen die Reste des Frühstücks weggeräumt hatte. Dieser Zustand war nun seit etwa einer Viertelstunde erreicht. Er hatte – immer noch am Frühstückstisch sitzend – der Erzählung des Commissars seine volle Aufmerksamkeit geschenkt. Das hatte er sogar gerne getan, denn der Commissar sprach klar und deutlich, nuschelte nicht und spickte seine Rede auch nicht unnötigerweise mit französischen Vokabeln. Dieser erstaunliche junge Mann, der da so selbstbewusst und ungezwungen vor ihm stand, hatte alles richtig gemacht. Er hatte ihn nicht vor dem Frühstück belästigt, sondern danach. Er hatte am gestrigen Tag allein und selbstständig den Fall bearbeitet, ohne bei jeder Kleinigkeit angelaufen zu kommen und zu fragen, ob er das auch durfte.

Normalerweise hätte er die Leiche sofort melden und auf Instruktionen des Richters warten müssen. Aber auch da hatte er alles richtig gemacht. Er hatte den Toten zu Dr. Brewer gefahren. Eine brillante Entscheidung, weil die Leiche gut untergebracht war und sich ein Arzt mit ihr beschäftigte, der sowieso von der Stadt bezahlt wurde. Und nicht zu vergessen: Die Leiche war nun außerhalb Düsseldorfs, denn anatomische Untersuchungen an Toten waren innerhalb der Stadt nicht erlaubt. Guter Mann, dieser Hartenfels.

Jakob beobachtete den Richter unauffällig und schmunzelte in sich hinein. Man konnte die Gedanken in dessen rundem Gesicht lesen wie in einem Buch. Es war immer gut, sich vorher über die Eigenarten von Menschen zu informieren, mit denen man zusammenarbeiten musste. Normalerweise hätte sich Richter Meyerhold nach der neuen französischen Ordnung mehr um die Untersuchung des Falls kümmern müssen, aber der wohlbeleibte Mittfünfziger würde sich nun voll und ganz auf seinen hervorragenden Mann verlassen. Jakob hatte erreicht, was er wollte.

»Übrigens«, sagte der Richter mit seiner weichen Stimme, die seine Worte wie über Öl gleiten ließ, »wie wollen Sie weiter vorgehen?«

Offenbar hat er wirklich Interesse an diesem Fall, dachte Jakob.

»Nun«, antwortete er, »zunächst möchte ich mir die Fundstelle ansehen, bevor zu viele Spuren verloren gehen. Und dann werde ich abwarten müssen, was Dr. Brewer über den Toten zu berichten hat, bevor ich weiter ermitteln kann.«

Meyerhold nickte behäbig. »Wunderbar!«, sagte er. »Halten Sie mich auf dem Laufenden. Und wenn Sie etwas brauchen, fragen Sie einfach. Sie wissen ja: Napoleon kommt.« Eine plötzliche Schärfe trat in seine Stimme, als er Jakob durch halb geschlossene Lider mit hellwachen Augen fixierte. »Und wenn Napoleon da ist, gibt es diesen Fall nicht mehr, weil er gelöst ist. Wir verstehen uns?«

Er hat kein Interesse am Fall, korrigierte sich Jakob, es geht ihm nur um sein Prestige. Seine Antwort war eine angedeutete Verbeugung.

Der Richter mochte Verbeugungen. Eigentlich konnten sie ruhig ein wenig tiefer und ausgiebiger ausfallen, aber für den Augenblick wollte er sich damit begnügen. Er verabschiedete den Commissar mit einem trägen Wedeln seiner rechten Hand, an der ein großer Siegelring aufblitzte. Dann griff er nach seinem Tabaksbeutel, um sich nach all der Aufregung eine zweite Morgenpfeife zu gönnen.

Als Jakob, froh darüber, dass er das Gespräch mit dem Untersuchungsrichter hinter sich hatte, sein Amtszimmer im Rathaus betrat, erwartete ihn wieder eine Überraschung. Vor dem Fenster stand ein kleiner Tisch, auf dem sich ein Tintenfass, Schreibfedern, ein Papiermesser, ein Gefäß mit feinem Sand und einige große Bögen Papier befanden. Bruck saß auf einem Stuhl davor und erwartete den Commissar voller Tatendrang.

»Guten Morgen, Bruck«, begrüßte Jakob ihn. »Na, haben Sie den Schrecken von gestern gut überstanden?«

Bruck lächelte verlegen. »Ja, es geht schon wieder. Ich habe jetzt die offizielle Genehmigung, mit Ihnen zusammenzuarbeiten, Monsieur le Commissaire. Ich verspreche Ihnen, es kommt nicht wieder vor.«

»Und wenn doch, reagieren Sie früh genug. Gehen Sie einfach an die Luft, und atmen Sie ein paarmal tief ein und aus. Das hilft«, schlug Jakob vor. »Niemand nimmt Ihnen das übel. Übrigens: Wir müssen gleich zum Fundort. Eventuell ist da auch Blut auf der Wiese. Wie ist es damit, halten Sie das aus?«

Bruck hob die Schultern. »Ich glaube schon. Blut ohne den Menschen dazu, das macht mir nichts. Oder wenigstens nicht so viel.«

Jakob holte die Schachtel, in die er am Vorabend seine Fundstücke gelegt hatte, und steckte den Knopf in die Tasche.

»Wer weiß, wofür wir den brauchen können«, sagte er zu Bruck, der ihn aufmerksam beobachtete. »Und nun kommen Sie, lassen Sie uns gehen.«

Auf dem Weg zur Mühlenstraße trafen sie in Höhe des Galeriegebäudes auf drei wohlbekannte Künstler, die es eilig hatten. Karl Friedrich Schäffers widerspenstige karottenrote Locken, kurz geschnitten und über der Stirn schon etwas gelichtet, waren nicht zu übersehen. Der Professor für Architektur trug seine Brille auf der Nase, ohne die er blind wie ein Maulwurf war, und eine Mappe mit Entwürfen unter dem Arm. Er unterhielt sich mit zwei jungen Malern, Ludwig Pose und Johann Petersen, über die Dekorationen im großen Saal der Galerie. In seinem unnachahmlichen Dresdner Dialekt beklagte er sich lauter als vielleicht beabsichtigt über die Eile, in der der Saal in einen Ballsaal für Napoleon verwandelt werden musste. Während Bruck den Professor noch ehrerbietig grüßte, hatte Jakob eine plötzliche Eingebung. Er bat Schäffer und die beiden Maler um eine kurze Unterredung, schilderte ihnen den Leichenfund und fragte, ob sie sich vorstellen könnten, ein Porträt des Toten anzufertigen, das er möglichen Zeugen vorlegen könnte. Schäffer rückte unbehaglich an seiner Brille, Pose schüttelte sofort bedauernd den Kopf. Er musste noch optische Täuschungen in Form von Carrara-Marmor an die Wände des großen Treppenhauses der Galerie malen, und das unter Zeitdruck. Petersen sagte zu, weil ja trotz allem so ein Porträt schnell gemacht und eine willkommene Abwechslung zu tagelanger Dekorationsmalerei wäre.

»Wie brauchen Sie es?«, fragte er. »Aquarell, Gouache, Bleistift, Tusche, Öl?«

Jakob lachte. »Ich verstehe nichts von Porträtmalerei«, gestand er, »also entscheiden Sie, was das Beste ist. Ich brauche eigentlich nur eine Zeichnung, auf der der Tote sich selbst ähnelt und vielleicht noch ein bisschen lebendig aussieht, also offene Augen, keine Wunde auf der Stirn, Sie werden schon sehen.« Er beschrieb dem Maler, wo er den Toten finden würde. »Sagen Sie Dr. Brewer, ich hätte Sie geschickt.«

»Gut, ich beeile mich. Spätestens heute Nachmittag haben sie es«, versicherte Petersen und lief hinter den beiden anderen Künstlern her ins Galeriegebäude.

Bruck grinste Jakob an. »Das ist aber eine gute Idee! Daran haben wir noch nie gedacht, und wir haben doch immer schon Maler in der Stadt.«

Jakob sagte lieber nichts dazu. »Kommen Sie, Bruck, jetzt müssen wir aber wirklich zum Fundort.«

Im Norden vor der Stadt, in der Nähe des Friedhofs an der Golzheimer Insel, gab es nur wenige kleinere Bauernhäuser, umgeben von ihren Feldern und Wiesen. Eine dieser Wiesen an der Chaussee nach Ratingen und weiter nach Münster wurde Ballonwiese genannt. Sie hatte Berühmtheit erlangt, als vor einem Vierteljahrhundert, vom Hofgarten beim Jägerhof kommend, eine Montgolfière dort wieder sicher gelandet war. Viel Volk war am Boden mitgelaufen und mitgeritten und hatte das Flugereignis bejubelt. Das beliebte Ausflugslokal »Zum roten Bullen« gegenüber hatte bei dem plötzlichen Menschenandrang gute Geschäfte gemacht und nannte sich seitdem »Zum Luftballon«. Bis auf den neuen Friedhof hatte sich die Gegend mit ihren kleinen Gehöften, den Feldern und Wiesen seit damals nicht verändert.

Jakob und Bruck waren zügig am Hofgarten und am Hofgärtnerhaus vorbei nach Norden gegangen und standen nun an der Ecke zur Chaussee nach Ratingen und Münster. Ratlos betrachteten sie die Wiesen ringsum. Welche war nun die Ballonwiese? Jakob wusste es nicht. Er kam aus der kleinen Ortschaft Bilk südlich von Düsseldorf. Zwischen Bilk und der Stelle im Norden, an der er jetzt stand, hatte bis vor Kurzem eine befestigte Stadt mit all ihren Bastionen, Wällen und Wassergräben gelegen, die man erst hätte überwinden müssen, um die Ballonwiese überhaupt zu erreichen, also kannte er sich hier oben nicht so gut aus.

»Ich gehe in den ›Luftballon‹ und frage«, sagte Bruck entschlossen und machte sich auf den Weg in den Schankraum. Er war zwar damals als junger Mann sogar dabei gewesen und hatte den Ballonfahrer bejubelt, aber er konnte sich beim besten Willen nicht mehr daran erinnern, auf welcher der Wiesen hier rundum der Ballon gelandet war.

Jakob folgte Bruck langsam, schaute sich dabei um und versuchte, die Umgebung in sich aufzunehmen. Alles sah ländlich friedlich aus. Auch die Gastwirtschaft sah aus wie eines der weißen Gehöfte, mit Stall und Scheune, einem Waschhaus, einem freundlichen Garten mit weißen Tischen und Stühlen, umgeben von Gemüsebeeten und Obstbäumen. Zur Straße hin waren in regelmäßigen Abständen große Keramiktöpfe mit Wasser aufgestellt worden, in denen immergrüne Zweige und blühendes Heidekraut steckten. Die französische Trikolore und die weiß-rote Fahne des Großherzogtums wehten im Wind. Der Schmuck machte deutlich, dass Napoleon auf seiner Reise hier vorbeikommen würde und man gerüstet sein wollte. Neugierig warf Jakob einen Blick in den Stall, aber er war leer.

Kaum war Bruck im Schankraum verschwunden, kam er schon wieder heraus. Die aufgeregte Wirtin scheuchte einen kläffenden kleinen Hund ins Haus zurück, schloss die Tür und deutete auf die Wiese gegenüber.

»Da drüben, da war es!«, rief sie. »Da haben sie ihn gestern Morgen gefunden.«

Jakob trat auf sie zu, stellte sich vor und fragte, ob sie den Mann gekannt hätte.

»Das kann ich nicht sagen«, antwortete die stämmige Frau empört. »Ich sehe mir doch keine Toten an! Das bringt Unglück.« Bevor Jakob danach fragen konnte, fuhr sie fort: »Und mein Mann hat ihn Gott sei Dank auch nicht gesehen. Der ist jetzt nämlich jeden Tag in der Stadt«, erklärte sie mit einigem Stolz. »Sie brauchen da alle guten Köche für die Vorbereitung der Festessen, wenn der Kaiser kommt.«

Jakob hätte etwas darum gegeben, ihr jetzt schon das Porträt des Toten zeigen zu können, das Petersen für ihn zeichnen wollte. Er würde noch einmal herkommen müssen.

»Haben Sie noch Bedienstete, die wir befragen könnten?«, wollte er wissen.

»Also«, erzählte sie bereitwillig, »Franz und Heinrich sind unsere Knechte. Die sind seit gestern in der Stadt bei unseren beiden Kaltblütern. Die stehen jetzt hinten bei Maurenbrecher am Maxplatz, weil Napoleon sie für seine Kuriere braucht, wenn er da ist. Was die Kuriere damit wollen, weiß ich auch nicht. Die haben es ja immer eilig, aber unsere beiden ziehen den Wagen und den Pflug, die haben keine Ahnung, wie man galoppiert.« Sie zuckte die Schultern. »Na ja, jedenfalls werden alle Pferde in der ganzen Gegend jetzt schon mal eingesammelt. Ich hoffe, wir bekommen unsere gesund zurück. Tja, und sonst haben wir nur noch Trina und Lieschen. Die haben hinten im Waschhaus gearbeitet und von dem ganzen Aufruhr nichts mitbekommen. Die beiden waren sogar richtig böse, dass ich sie nicht gerufen habe. Aber das mache ich nicht, weil es Unglück bringt, wenn man sich Tote ansieht. Das hat schon meine selige Mutter«, sie bekreuzigte sich schnell, »immer gesagt. Kind, sagte sie, …«

»Vielen Dank«, unterbrach Jakob den drohenden Redeschwall. Die Informationen, die er brauchte, hatte er bekommen. Niemand in diesem Haus hatte gestern auch nur einen kurzen Blick auf den Toten geworfen. »Ich fürchte, wir müssen weiter und uns drüben auf der Wiese die Stelle genauer ansehen, wo der Tote gelegen hat.«

Die Wirtin bekreuzigte sich wieder und nickte Bruck und dem Commissar zu.

»Viel Erfolg wünsch ich«, sagte sie und ging schnell ins Haus zurück, als fürchtete sie, sich doch noch einen Toten ansehen zu müssen.

»Haben Sie es auch gehört, Bruck?«, fragte Jakob auf dem Weg zur Wiese. »Es könnte schwierig werden, ein herrenloses Pferd zu finden, wenn sie in der ganzen Gegend für Napoleon eingesammelt werden.« Er bemerkte Brucks Zögern. »Kommen Sie, es wird schon nicht so schlimm werden«, tröstete er ihn.

Gemeinsam gingen sie auf die Wiese zu. Halbhohe Quittenbüsche rahmten sie ein, die jemand zu pflegen schien. Sie sahen gestutzt aus, und ihre Früchte lagen nicht auf dem Boden, sondern waren geerntet worden. Jakob und Bruck zwängten sich durch die Büsche und betraten die Wiese.

»Eine Wiese«, sagte Bruck, während er sich umschaute »und sonst nichts.«

»Warten wir es ab, Bruck.«

Jakob begann, systematische Bahnen zu laufen und dabei

den Boden abzusuchen. Bruck beobachtete ihn und machte es dann in die andere Richtung genauso.

»Hier ist etwas«, rief er plötzlich mit so dünner Stimme, dass Jakob sich schnell umwandte und »Beiseitegehen und tief einatmen, Bruck!« rief.

Nah bei den Sträuchern lag ein blutverschmierter, etwa faustgroßer, spitzer Stein auf dem Boden. Um ihn herum war Blut in den rotbraun verfärbten Boden gesickert, das Gras um den Stein war zertreten, an einer Seite in einer viel längeren Bahn als an der anderen, sodass man ahnen konnte, wo der Tote gelegen haben musste.

Jakob nickte zufrieden. »Sie haben den Tatort gefunden, Bruck, und ich würde meinen, sogar die Tatwaffe.«

Bruck stand in einiger Entfernung und war wieder so weit hergestellt, dass er mitdenken konnte. »Dann ist er wohl mit dem Stein erschlagen worden, der Mörder hat den Stein weggeworfen und ist weggerannt.«

»Möglich.«

Jakob versuchte, den Stein aufzuheben. Es gelang ihm nicht. »Sehen Sie mal hier, Bruck«, sagte er.

Bruck schien sich jetzt erholt zu haben, denn er kam tatsächlich neugierig näher.

»Keiner kann diesen Stein anheben.« Jakob zeichnete mit dem Finger in der Luft einen Kreis um den Stein. »Das ist nur die Spitze eines großen Feldsteins im Boden, und sie ist mitten in der Blutlache, wo sie nicht wäre, wenn der Mörder den Stein nach dem Schlag weggeworfen hätte. Was meinen Sie, was hier passiert ist?«

»Es war kein Mord, es war ein Unfall«, sagte Bruck nach einer Weile. Irgendwie tat es ihm gut, logisch denken zu müssen. Es lenkte ihn von seiner Übelkeit ab. »Er ist hier vorbeigeritten, sein Pferd hat ihn abgeworfen, und er ist auf den Stein gefallen.«

»Möglich«, sagte Jakob wieder, »aber nicht wahrscheinlich.«

»Wieso nicht?«, fragte Bruck, der sehr zufrieden mit seiner Erklärung gewesen war.

»Er ist nicht einfach so vor sich hin geritten und dann gestürzt. Denken Sie an die Wunde auf seiner Stirn. Die hat ihm jemand zugefügt.«

Bruck dachte nach. »Ja, aber vielleicht war ihm durch den Schlag ein bisschen schwummerig. Er will fliehen. Er steigt auf sein Pferd, das wirft ihn ab, er fällt auf den Stein.« Bruck breitete die Arme aus. »Es war ein Unfall.«

Jakob zuckte die Schultern. Er stieg über die Büsche zurück auf die Chaussee, machte noch ein, zwei Schritte auf die Stelle zu, wo nach seiner Meinung ein Pferd hätte stehen oder laufen können, und blickte sich um. Bruck beobachtete aufmerksam, wie der junge Commissar Maß nahm, sich bewegte, als würde er auf verschiedene Arten von einem Pferd fallen und auf dem Boden landen. Dann stand er wieder auf und schüttelte den Kopf, während er sich den Staub aus den Kleidern klopfte.

»Es geht nicht. Wenn er einfach nach hinten gestürzt ist, weil das Pferd sich aufbäumte und er nicht dagegenhalten konnte, wäre er zwar auf den Rücken gefallen, aber auf der Straße gelandet. Wenn er zur Seite gefallen ist, weil ihm schlecht war, hätte er höchstens in den Büschen gelegen, aber nicht dahinter auf der Wiese, die Strecke wäre zu weit. Und er hätte auf der Seite oder halb auf dem Bauch gelegen, aber nicht auf dem Rücken. Zusammen mit der Stirnwunde lässt das nur einen Schluss zu.«

»Es war doch Mord?«, fragte Bruck ungläubig.

»Ich fürchte, ja«, nickte Jakob.

Als Hofkammerrat Hermann Joseph Beuth etwa zur selben Zeit aus seinem Haus trat und, auf seinen Stock gestützt, einen kleinen Spaziergang auf der Alleestraße unternahm, wunderte er sich nicht zum ersten Mal. Und da er Zahlen liebte – schließlich hatte er nicht umsonst fast sein ganzes langes Leben in der Finanzbehörde des kurfürstlichen Herzogtums Jülich-Berg verbracht –, ordnete er seine Gedanken zuweilen mit Hilfe von Zahlen. Sie verschafften eine gewisse Übersicht, hatten oft auf den ersten Blick nicht unbedingt etwas mit der Frage zu tun, die ihn beschäftigte, führten aber unweigerlich zum Ziel.

Summa summarum besaß Düsseldorf circa 22 000 Einwohner, wenn man die umliegenden Ortschaften wie Pempelfort, Bilk, Flingern oder Derendorf mitzählte, davon circa 10 000 Männer und 12 000 Frauen. In der Stadt und der näheren Umgebung fanden sich 4 öffentliche Promenaden, 1 Theater und 3 Ballhäuser. Zog man von der Zahl der Einwohner circa 2 000 Dienstboten ab, die nicht viel Geld verdienten, blieben noch circa 20 000 Einwohner übrig, von denen man getrost ein weiteres Mal circa 17 000 mit unterschiedlichen Jahreseinkommen abziehen konnte, die keine Zeit zum Promenieren hatten, große Familien ernähren mussten und deshalb für teuren Firlefanz wohl eher kein sauer verdientes Geld ausgeben würden. Übrig blieben circa 3 000 begüterte Kaufleute, hohe Beamte und Militärs sowie Adelige, die genau das taten. Circa 1 600 Handwerker arbeiteten in der Stadt, davon 13 Hutmacher, 6 Knopfmacher, 17 Perückenmacher, 3 Putzmacherinnen, 3 Kürschner und 176 Schneider. Circa 13,6 Prozent der hiesigen Handwerkerschaft lebten also nicht schlecht davon, dass sie sich um die äußere Erscheinung von circa 13,6 Prozent der hiesigen Bevölkerung kümmerten.

Ein sehr kleiner Teil der oberen Dreitausend promenierte nun gerade für alle gut sichtbar – und sich dessen bewusst –

unter den jungen Bäumen der neuen Alleestraße, auch »Boulevard Napoléon« genannt. Und wieder einmal, so dachte Hofrat Beuth, musste man sich wundern. Damit kam er zu der Frage zurück, die ihn anfangs beschäftigt hatte: Was nur fanden jeweils 13,6 Prozent der hiesigen Bevölkerung und der hiesigen Handwerkerschaft so faszinierend an französischer Mode?

Seiner Meinung nach war sie zwar teuer, aber unelegant. Verschwunden waren die schmalen Seidenmieder und die Reifröcke, die den Damen ihre wundervolle Silhouette gegeben hatten. Ausgetauscht gegen fast achtlos herunterhängende Hemdkleider, die eine Dame anständigerweise nur in ihrem Schlafgemach tragen sollte. Aber, so hatte ihm seine Tochter Maria versichert, man fühlte sich frei und unbeschwert wie im Gewand einer griechischen Göttin. »Und die Stoffe! Ein Traum! Aber davon verstehst du ja nichts, *mon petit Papa!*« Das war nicht abzustreiten, hatte ihn aber nicht versöhnt. Nun, Maria war seit geraumer Zeit eine verheiratete Scitivaux und lebte zumeist in Paris, da musste man Nachsicht üben. Außerdem hatten ihm die Rousseau'schen Gedanken zur Besinnung auf die Natur, die Gesundheit, das Vernünftige immer gefallen. Auch die Verehrung der Antike, die überall anzutreffen war, in der Kunst, in der Architektur, betrachtete er mit einigem Wohlwollen, ja sogar mit Begeisterung. Beides hatte Einfluss auf die Mode genommen, doch wie so oft übertrieb man. Das Rheinland mit seinen deftigen Braten, Rahmsoßen und Pfannkuchen ließ zudem viele der Göttinnen in den zarten Stoffen weiß Gott nicht griechisch aussehen. Aber, das musste man zugeben, ohne den Schnürleib fielen sie auch nicht mehr so oft in Ohnmacht.

Was ihn allerdings noch mehr betrübte, war der Anblick der Herren. Wahrscheinlich, sinnierte Hofrat Beuth, weil er sich eigentlich selbst betroffen fühlen müsste. Streng genommen gehörte auch er zu den oberen Dreitausend Düsseldorfs, nur wollte er sich mit seinen achtundsiebzig Jahren nicht mehr umgewöhnen. Niemals hätte er auf Kniehosen verzichtet, waren sie auch noch so verpönt nach der grausamen Revolution in Frankreich vor zweiundzwanzig Jahren. Berüchtigt als Symbol des ungeliebten Adels und der Unterdrückung des Volkes. Was für ein Unsinn! Jedermann hatte Kniehosen getragen, wenn auch in unterschiedlicher Qualität. Das sagte er auch seinem Patenkind immer wieder, nur wollte sie seine Gründe nicht hören. Anna hätte ihn gerne »modisch etwas aufgeputzt«, wie sie es nannte. Dabei schreckte diese neue Mode noch nicht einmal davor zurück, sich in die Niederungen der Pantalons, der langen Arbeitshosen von Matrosen zu begeben! Unfassbar! Inzwischen waren sie hauteng und mit Sicherheit unbequem. Er wollte sich lieber nicht an ihnen versuchen, obwohl er groß und schlank war und sie sogar tragen könnte – ganz im Gegensatz zu den beklagenswert zahlreichen fülligeren Gestalten, die sich selbst damit verunzierten. Für ihn käme es auch niemals infrage, sich ohne die kleine Perücke mit dem langen, schwarz umwickelten Zöpfchen zu zeigen. Sie kaschierte den natürlichen Verlust des männlichen Haupthaars und war elegant und würdevoll. Zum Glück gab es noch mehr Männer wie ihn, die der gleichen guten, konservativen Meinung waren. Am wenigsten behagte ihm an der ganzen Geschichte, dass die Herren – wie die Damen auch – sich offenbar gern uniformieren ließen: Julius-Cäsar-Haarschnitt, dunkler Gehrock, die engen Pantalons in schwarze Stiefel mit braunem Rand gesteckt. Man konnte sie gar nicht mehr auseinanderhalten, weder von hinten noch von vorn. Es war zum …

»Hofrat Beuth! Wie gut, dass wir uns begegnen! Auf ein Wort, wenn Sie Zeit haben.«

Beuth schreckte aus seinen Gedanken auf und war froh, dass ihn jemand daran hinderte, an diesem schönen Oktobertag in Gram über den Verlust der guten alten Zeit zu versinken.

»Monsieur Breidenbach! Guten Tag.« Auch Hotelier Johann Wilhelm Breidenbach hatte sich von der neuen Mode einfangen lassen. Mit knapp über vierzig besaß er jedoch noch eine schlanke Gestalt, weshalb es auch nichts schadete, befand Hofrat Beuth, dass er mit der Zeit ging. »Was haben Sie auf dem Herzen?«

Breidenbach wies mit einer weit ausholenden Geste auf die Umgebung und drehte sich dabei einmal im Kreis. »Hätten Sie das alles hier vor zehn Jahren für möglich gehalten?«, fragte er begeistert.

Beuth schaute sich um. Nun, die Frage war berechtigt. Sie standen unter den jungen Linden mitten auf der Alleestraße gegenüber der Einmündung der Elberfelder Straße. Vor zehn Jahren noch wäre an genau dieser Stelle Wasser gewesen. Man hätte sich auf der Brücke über dem breiten Graben der doppelten Festungsanlage befunden, zwischen zwei Bastionen, hinter sich den befestigten Wall und die Mauer zur Stadt mit dem Flinger Tor und vor sich den Flinger Ravelin, ein kleines fünfeckiges, auch von Wasser umgebenes Festungswerk, dessen aggressiv wirkende Spitze nach außen bis zum Kälbermarkt hinzeigte. Es war eines von mehreren Ravelins gewesen, die zwischen den Bastionen die Wälle Richtung Stadt schützen sollten. All das hatte gegen die Kanonen und Brandgeschosse der Franzosen jedoch nichts mehr ausgerichtet. Schon während des Krieges damals in den Neunzigern waren solche Festungen überholt gewesen. Vor zehn Jahren hatte man also auf Anordnung der Franzosen damit begonnen, die stark beschädigte Anlage größtenteils abzutragen und die Flächen einzuebnen. Anstelle des Flinger Ravelins war seitdem die Elberfelder Straße mit dem neuen Flinger Tor, einem kleinen Zollgebäude am Stadtgraben, entstanden. Und natürlich Grundstücke überall in der Umgebung, die nun emsig bebaut wurden. Auch Beuths eigenes Haus in der Alleestraße war vor drei Jahren fertiggestellt worden.

»Es bedeutet Vergrößerung, Fortschritt, Möglichkeiten«, fuhr der Hotelier fort. Seine Begeisterung war echt. »Es ist fast so, als hätte die Stadt sich endlich von ihrem Schnürmieder befreit und könnte tief Luft für die Zukunft holen.«

In Beuths Lächeln stahl sich eine Spur Wehmut. Einerseits entsprach dieses Bild genau seinen vorhin angestellten Überlegungen. Vielleicht hatte der Hotelier recht, und auch das kleine Düsseldorf würde nun nicht mehr so leicht in Ohnmacht fallen, trotz Napoleon. Andererseits hatte Beuth selbst ein schmerzhaftes Scherflein dazu beitragen müssen, dass Platz für die Zukunft geschaffen werden konnte. Nach dreißig Jahren hatte er sein Haus oben auf der Flinger Bastion räumen müssen, und das – wohlgemerkt – nur sehr schweren Herzens und auch nur, weil es zusammen mit dem Festungswerk abgerissen werden sollte. Dreißig Jahre lang hatte die Flinger Bastion als »Beuth'sche Bastion« seinen Namen getragen. Das war jetzt vorbei. Direkt unterhalb seines ehemaligen Grundstücks besaß er nun ein neues Haus mit einem neuen Garten. Wenigstens hatte er die gute Erde und die Pflanzen aus seinem alten Garten mitnehmen können. Aber hinten beim Stadtbrückchen stand ein Teil der Bastion immer noch im Weg, was die neue Alleestraße so aussehen ließ, als stieße sie sich den Kopf an der Ruine.

»Nun, Sie haben den Fortschritt ja mit Ihrem neuen Hotel bereits selbst in die Hand genommen«, stellte Hofrat Beuth fest.

»Wenn es nur erst fertig wäre!«, seufzte Breidenbach. Er lud Beuth ein, ihn ein paar Schritte zu begleiten. »Da Napoleon ja bereits in den nächsten Tagen in Düsseldorf eintreffen soll, wäre es von Vorteil gewesen, ein Hotel wie meines zur Verfügung zu haben. Man munkelt, der Kaiser käme mit einem großen Gefolge. Es war von achtzig Wagen die Rede. Das Hotel wäre bis zum letzten Winkel belegt!«

Sie passierten ein großes, noch brachliegendes Areal und kamen zur Hotelbaustelle. Hofrat Beuth kannte sie zwar gut, schließlich stand sein eigenes neues Haus direkt rechts daneben, aber erst jetzt war allmählich ein Gesamteindruck möglich. Das Hotel war ein imposantes, modernes Gebäude im populären klassizistischen Stil, geplant von Architekt Vagedes. Mit neun Fenstern zur Alleestraße hin war es sehr breit, hatte inklusive Parterre drei Etagen und ein unsichtbares flaches Dach. Eine zweistöckige, ausgearbeitete und verzierte Seitenfassade zeigte noch einmal elf Fenster über die ganze Länge.

»Beeindruckend«, sagte Hofrat Beuth, hob seinen Stock und wies damit auf die linke Seite des Gebäudes. »Aber warum die aufwendige Seitenfassade für ein Eckhaus? Ich wusste nicht, dass hier eine Straße geplant ist.«

»Keine Straße, nur ein breiter Durchgang für meine Gäste zum Stadtgraben und der Neuen Allee«, erklärte Breidenbach. »Den habe ich bewilligt bekommen, weil ich der Auflage der Stadt zugestimmt habe, die Seitenfassade auszugestalten. Die Investition lohnt sich jedoch. Gleich hier links soll nämlich ein neues Stadttheater an der Alleestraße entstehen, das eine angemessene Umgebung braucht, was wiederum meinem Hotel nützt. Es soll ein Haus für gebildetes und vornehmes Publikum sein.«

»Und das erreichen Sie mit der Nähe zu einem Theater?«, fragte Beuth erstaunt. »Es wird doch vorzüglich Menschen aus der Stadt und der näheren Umgebung anlocken, die kein Hotel brauchen.«

»Die Nachbarschaft ist außerordentlich wichtig für ein Hotel, da ist ein Kulturinstitut wie das Theater unbezahlbar. Aber es kommt noch besser!« In Breidenbachs Stimme schwang verhaltener Jubel mit. »Die Stadt plant ein großes Palais für den kaiserlichen Commissaire des Großherzogtums. Beugnot hat sich wohl lange genug über das alte Statthalterpalais beschwert. Undichte Türen, zu kleine Fenster, morsches Parkett, verschlissenes Mobiliar. Die Liste scheint lang zu sein. Seine neue Residenz wird also auch hier auf der Alleestraße errichtet. Und seine zahlreichen noblen Gäste« – er zeigte schwungvoll auf die Baustelle – »wohnen bei mir.«

Beuth stach seinen Stock auf den Boden, streckte den Rücken und blickte skeptisch auf das Gebäude. Breidenbach verwirklichte mit diesem großen Hotel seinen Traum. Genau dabei hatte Beuth als Hofkammerrat viele Menschen erlebt und scheitern sehen. Und dieses Vorhaben barg für den Hotelier gleich mehrere Unwägbarkeiten.

»Sie sind nicht überzeugt?«, fragte Breidenbach, und ein kleiner Zweifel machte sich auf seinem Gesicht breit.

»Sagen wir es so – ich wäre vorsichtig. Ihre Pläne hängen von mehreren unsicheren Faktoren ab, als da wären zum einen die Stadtkasse und zum Zweiten die Politik. Die Zeiten sind nicht rosig, also woher soll die Stadt das Geld für ein solches Palais nehmen? Überall ist der Stadtsäckel gefragt. An der Stadtgrenze im Norden ist man dabei, einen neuen Sicherheitshafen auszuheben, der Abriss von Mauern und Stadttoren kostet auch Geld, Vagedes hat schon mit dem Bau eines neuen Zolltores gegenüber der Ratinger Straße begonnen, wofür der Stadtrat den teureren von zwei Vorschlägen gewählt hat. Die Anlagen um die Landskrone sind in Planung und werden teilweise auch bereits ausgeführt. Und das ist noch nicht alles an notwendigen Ausgaben. Wer soll dann noch ein neues Theater und ein neues Palais samt Einrichtung für den Commissaire bezahlen? Insbesondere das Letztere«, dozierte Beuth mit erhobenem Zeigefinger, »ist nun wiederum in Gänze von der Politik abhängig. Wer weiß, wie lange es so bleibt, wie es ist? Das hängt von einem einzigen Mann ab. Napoleon. Und der macht sich nicht viele Freunde hier bei uns.«

»Das mag sein«, erwiderte Breidenbach, »aber Graf Nesselrode hat ...«

»Welcher? Nesselrode-Ehreshoven von der Schulstraße?«

»Nein, Nesselrode-Reichenstein, der Innenminister. Er hat eine Verfügung erlassen, in der mir alle Zusicherungen der Stadt betreffs des Theaters und des Palais schriftlich bestätigt werden.« Breidenbach breitete die Arme aus. »Sie sehen, es kann nichts passieren.«

Beuth nickte, sagte aber nichts. Er hatte Kurfürsten kommen, gehen und ganz aus dem Rheinland verschwinden sehen. Er hatte Kriege, Waffenstillstandsabkommen und Friedensverträge erlebt. Er hatte vor dreißig Jahren ein Haus mit Grundstück oben auf der Bastion gekauft und die beglaubigte Besitzurkunde gut verwahrt. Aber auch schriftliche Verträge, das hatte er gelernt, waren nicht unbedingt verlässlich. Nun, er wollte dem Hotelier nicht die Freude verderben.

»Ich wünsche Ihnen von Herzen Glück«, sagte er lächelnd.

»Ich danke Ihnen, lieber Hofrat. Das werde ich trotz aller guten Vorzeichen brauchen können. Aber wir sprechen nur von meinem Hotel. Eigentlich wollte ich Sie nämlich um etwas bitten, das allerdings auch damit zusammenhängt.«

Hofrat Beuth schaute den Hotelier fragend an. »Nur heraus damit!«

»Ich möchte Sie ganz einfach um Geduld und Langmut bitten. Eine große Baustelle direkt neben dem eigenen Haus ist nicht gerade dazu geeignet, sich behaglich zu fühlen. Bald beginnt der Innenausbau mit Hämmern und Sägen. Es wird tagsüber laut sein, was mir leidtut.«

»Machen Sie sich keine Sorgen darüber«, wehrte Hofrat Beuth ab. »Nachbarn so dicht neben meinem Haus zu haben ist zwar generell eine neue Erfahrung für mich, aber ich habe selbst noch genug zu tun, bis alles so ist, wie ich es mir wünsche.«

»Ihre Sammlung betreffend?«

»Richtig. Sie macht noch viel Arbeit. Wenn sie eingerichtet ist, öffne ich sie wieder für Besucher. Also wenn Sie dann Zeit haben für Herbarien, Mineralien, Fossilien … Es sind ein paar äußerst interessante Stücke dabei.«

»Gerne! Ich werde kommen.«

Mit dieser Zusicherung verabschiedete sich Breidenbach und eilte auf seine Baustelle. Hofrat Beuth blieb vor seinem Haus stehen, stützte sich auf seinen Stock und blickte hinüber zur Ruine seiner Bastion am Stadtbrückchen. Von da aus zeichnete er mit den Augen den verschwundenen Umriss des Festungswerks bis in den Himmel schräg über sich. Da oben hatte sein schönes weißes Haus gestanden, lichtdurchflutet, mit vielen Fenstern, mit einem weithin leuchtenden roten Dach und zwei Türmen an den Seiten. Er hatte kostbare Tulpen in seinem Garten gehabt, die sich sonst nur Adelige leisteten, und Pfirsichbäumchen. Er hatte sofort zugegriffen, als der Besitz damals versteigert wurde. Ab da war es sein Schlösschen gewesen, wo er hoch über der Stadt mit seiner Frau glücklich gelebt hatte, wo ihre beiden Kinder groß geworden waren, wo alle seine Pflanzen in einem schönen Garten wuchsen und Platz genug für seine Sammlung gewesen war. Er hatte gedacht, es bliebe für immer so, und versucht, sich gegen die Abrisspläne zu wehren. Da hatten sie begonnen, die Bastion bereits an den für sein Haus ungefährlichen Stellen abzutragen. Was hätte er da noch tun können? Er war gegangen und hatte Gott gedankt, dass seine Frau früh genug gestorben war, um das nicht mehr miterleben zu müssen. Hofrat Beuth schüttelte seufzend den Kopf. Es war eine böse Kränkung, die man ihm da angetan hatte.

Trotz allem begann er sich hier in diesem neuen Haus und dem großen Garten, der sich bis zum Stadtgraben erstreckte, ganz allmählich immer wohler zu fühlen. Das war zum allergrößten Teil das Verdienst seines Patenkindes, der Enkelin seines alten Freundes. Anna wurde nicht müde, ihm die Vorteile seines neuen Hauses aufzuzählen. Besonders, wenn ihn seine Gicht plagte, war es natürlich angenehm, schon auf ebener Erde zu sein und nicht erst über eine der beiden Rampen von der Bastion hinunter in die Stadt steigen zu müssen. Wenn man vor die Tür trat, war da eine belebte, freundliche Promenade und keine begrenzte dreieckige Fläche, deren Außenmauer in regelmäßigen Abständen mit Schießscharten verziert war. Man war unter Menschen. Und auch wenn man nur aus dem Fenster schaute, gab es viel mehr zu sehen als nur die weite Landschaft. Obwohl es auch etwas für sich gehabt hatte, über alles Gemäuer hinweg in die Ferne zu schauen und philosophischen Gedanken nachzuhängen. Aber Anna wusste immer noch mehr Gründe, die für das neue Haus sprachen. Und sie half ihm zum Glück dabei, seine Sammlung neu zu ordnen. Wenn diese Arbeit getan war, würde er sich wirklich heimisch fühlen. Nun, zumindest würde er sich eingewöhnen, da war er sich sicher. Getröstet öffnete Hofrat Beuth die Tür zu seinem neuen Haus, wo ein leichtes Mittagessen, ein kleiner Gesundheitsschlaf und dann ein arbeitsreicher Nachmittag auf ihn warteten.

Während Jakob und Bruck zum Rathaus zurückgingen, diskutierten sie lebhaft über den Fall. Sie waren sich immer noch nicht darüber einig, wie der junge Mann zu Tode gekommen sein konnte.

»Aber wenn das Pferd galoppiert ist, dann könnte es sich erschreckt haben und hat dann den Mann über die Hecke auf den Stein geschleudert. Mit viel Tempo ist das doch möglich.« Bruck war immer noch von einem Unfall überzeugt.

»Und warum sollte es das tun?«, fragte Jakob. »Es ist die ganze Zeit friedlich galoppiert, und plötzlich bäumt es sich auf? Die Chaussee nach Ratingen und weiter nach Münster führt größtenteils durch Felder und Wiesen. Da ist doch spätabends, als der Mord passiert sein muss, überhaupt niemand mehr. Was soll das Pferd denn so erschreckt haben?«

Bruck dachte angestrengt nach und erinnerte sich, wie er in den »Luftballon« gegangen war, um nach der Ballonwiese zu fragen. »Der kleine Hund!«, rief er. »Der Hund ist ausgerissen und hat das Pferd mit seiner Kläfferei erschreckt. Es bäumt sich aus vollem Lauf auf, der Mann fliegt über die Hecke auf die Wiese und mit dem Kopf auf den Stein.« Triumphierend schaute er den Commissar an. »Es war ein Unfall!«

»Das hätte uns die Wirtin erzählt, Bruck. Sie haben es doch selbst gemerkt – die Dame erzählt gerne viel, sie gehört zu den Menschen, die immer alles sehr ausführlich berichten, ob man es hören will oder nicht. In unserem Fall ist diese Art der Auskunftsfreudigkeit sogar gut. Aber sie hat gar nichts über ihren Hund oder einen Reiter gesagt, Bruck, kein Sterbenswörtchen.«

»Vielleicht erzählt sie ja lieber nicht herum, dass ihr Hund ein Mörder ist«, brummte Bruck und wich kurz vor dem Marktplatz dem Eselskarren des Dreckmichels aus, der seit dem frühen Morgen den Kehricht der Häuser einsammelte, um ihn zum Mistfeld vor der Stadt zu fahren. Entsetzt hielt sich Bruck die Ohren zu, als der Dreckmichel genau neben ihm lang gezogen und durchdringend »Haarüh!« brüllte, wie er es immer tat, um seinen Esel anzutreiben.

»Wenn der Mann wegen des Hundes vom Pferd gefallen wäre«, argumentierte Jakob unbeeindruckt weiter, »hätte die Wirtin zumindest nachgesehen, ob ihm noch zu helfen ist. Das hätte sie mit Sicherheit getan, so wie ich sie einschätze, und dann jemanden vom Gesinde zu einem Arzt geschickt. Und uns hätte sie es dann haarklein erzählt, schon allein, weil sie für ihre Rettungsversuche Lob gewollt und auch bekommen hätte. Nein, Bruck, Ihre Theorie funktioniert nicht, schließlich kann der Hund den Mann nicht vorher niedergeschlagen haben. Wir suchen nach einem Mörder, vielleicht sogar nach zwei Tätern. Einer schlägt nieder, einer tötet.« Jakob ging entschlossen auf das Rathaus zu. »Egal wie, es war Mord. Punktum.«

Bruck brummelte noch ein bisschen vor sich hin, dass vielleicht die Wirtin den Mann selbst niedergeschlagen haben könnte, zuzutrauen wäre es ihr, wo sie schon so viel redete, da mordete sie ja vielleicht nicht nur Gehörgänge, aber nach einem warnenden Blick des Commissars war er lieber still. Es sah ja wirklich alles nach Mord aus. Nur wo sollte man den Mörder suchen? Düsseldorf hatte viel mehr Einwohner als früher und dazu noch fast 7 000 Mann Militär. Das war doch aussichtslos. Der junge Commissar würde sich noch wundern. Da fand man ja noch eher die berühmte Nadel im Heuhaufen. Abrupt blieb er stehen. Und was machte jetzt der Junge da oben auf der Reiterstatue des Kurfürsten? Die Bengel wussten doch, dass sie nicht auf Jan Wellems Pferd herumklettern sollten. Das war viel zu hoch und viel zu gefährlich. Bruck lief auf den Jungen zu, der aus sicherer Höhe und aus Leibeskräften »Aber ich heiße Harry!« schrie und dann Deckung hinter dem Pferdekopf suchte.

Unten stand ein zweiter Junge, auch ungefähr zwölf Jahre alt, bei Weitem nicht so gut gekleidet wie der andere und bewaffnet mit einem dampfenden Pferdeapfel. »Haarüh!«, kreischte er und schüttelte sich vor Lachen über den Witz, dass man so heißen konnte wie der Esel des Dreckmichels. Er zielte mit dem Pferdeapfel genau auf den Jungen oben auf dem Bronzepferd, aber er kam nicht mehr dazu, ihn auch zu werfen. Jemand packte ihn am Kragen.

»Schluss damit!«, donnerte Bruck. »Harry Heine und Jupp Flader! Wie oft muss ich euch noch sagen, dass ihr diesen Unfug lassen sollt? Harry, du kommst sofort da runter, und Jupp, du Lausebengel, du solltest dich schämen. Was soll nur deine Großmutter von dir denken? Sie hat doch schon Sorgen genug. Weg mit dem Pferdeapfel und kein Streit! Ab mit euch beiden.«

Bruck stemmte die Fäuste in die Seiten und beobachtete mit hochgezogenen Brauen, ob Harry und Jupp auch taten, was er sagte. Jakob im Rathauseingang schmunzelte. Die Jungen sahen jetzt ziemlich kleinlaut aus. Harry nahm seine Schultasche, die am Sockel des Denkmals lehnte, und lief nach Hause in die Bolkerstraße. Jupp ging friedlich und ohne Pferdeapfel die Marktstraße hinunter. Man konnte ahnen, wer Brucks Vorbild im Zurechtweisen von Übeltätern war. Wachtmeister Overheid hätte es nicht besser gekonnt.

Bruck wandte sich zum Rathaus und sah Jakob schmunzeln. »Ist doch wahr!«, grollte er, während er auf den Commissar zuging. »Eines Tages fällt noch einer von da oben runter und bricht sich den Hals. Dann ist das Geschrei groß. Ich bin dafür, das Denkmal endlich einzuzäunen, aber auf mich hört ja keiner.«

Wieder zurück im Amtszimmer, fand Jakob, wie er gehofft hatte, auf seinem Tisch eine Zeichnung des Toten. Petersen hatte ihn so lebendig aussehen lassen, dass ihn jeder Zeuge, der ihn gekannt oder gesehen hatte, sofort erkennen musste. Außerdem lag da noch eine Nachricht, deren Siegel diesmal nicht aufgebrochen war. Jakob klemmte den Zwicker auf die Nase und las eine Zusammenfassung von Dr. Brewer vor, die die Todesursache – Schädelbruch durch eine Verletzung am Hinterkopf – bestätigte. Außerdem hatte der Arzt blaue Flecken im rechten Schulterbereich gefunden, die von einem Sturz stammen könnten, der aus größerer Höhe erfolgt sein musste.

»Also ist er doch vom Pferd gefallen«, grinste Bruck.

Jakob las weiter vor, dass sowohl die Sturzverletzung als auch die Stirnwunde nur geringfügig älter als die schließlich tödliche Wunde am Hinterkopf waren, was man offenbar an der Art der Überlagerung von Einblutungen erkennen konnte. Brewer vermutete, dass der Tote wohl erst gestürzt und danach niedergeschlagen worden war, wobei er ein zweites Mal auf seine lädierte Schulter gefallen sein musste. Außerdem hatte der Arzt notiert, dass Beiliegendes vielleicht von Interesse wäre. Es war ein in Papier gewickelter weißer Holzspan, zufällig abgerissen in Form einer länglichen Pfeilspitze und beschriftet »aus der Stirnwunde«, außerdem ein Zettel, der sich offenbar doch in einer Falte im Innern der Jackentasche versteckt hatte. Der Arzt war gründlich, das musste man ihm lassen.

»Und? Was steht auf dem Zettel?«, fragte Bruck neugierig.

Jakob faltete ihn auf und las drei Wörter vor:

»Anna
Beuth
Alleestraße.«

»Beuth?«, fragte Bruck. »Etwa der Beuth von der Bastion? Dann weiß ich, wer das ist. Aber der hat keine Tochter, die Anna heißt. Seine Tochter heißt Maria. Außerdem ist die dauernd in Paris, weil sie einen Franzosen geheiratet hat. Gehen wir jetzt dahin? Vielleicht finden wir heraus, wer diese Anna ist. Der

Tote muss sie gekannt haben, sonst hätte er ihren Namen nicht aufgeschrieben.« Er rieb sich die Hände. »Jetzt wird es ja richtig spannend. Wir müssen da unbedingt hingehen und …«

»Schon gut, schon gut, Bruck!«, unterbrach Jakob ihn lächelnd. »Ich hätte die Dinge nicht besser beschreiben können.« Er faltete die Porträtzeichnung zusammen und steckte sie ein. Das Briefchen mit dem Holzspan legte er in die Schachtel zu den restlichen Fundstücken, dann vergewisserte er sich, dass der Knopf des Toten noch in seiner Jackentasche war, und steckte seinen Zwicker dazu.

»Kommen Sie, Bruck, gehen wir.«

Als sie vor die Rathaustür traten, hielt Bruck die Nase in die Luft und schnupperte genüsslich. Drüben in den »Drei Reichskronen« saßen die Gäste inzwischen am Mittagstisch, und der Duft von Gebratenem erfüllte den Marktplatz.

»Monsieur le Commissaire?«

»Ja, Bruck?«

»Ich glaube, wenn ich jetzt nicht erst mal etwas zu essen bekomme, wird mir schlecht, ohne dass eine Leiche im Spiel ist.«

Jakob lachte. »Sie haben recht, Bruck. Ich möchte aber nicht viel Zeit verlieren. Vielleicht nur ein Butterbrot?«

Bruck strahlte. »Natürlich Röggelchen mit Flönz, und ich weiß auch, wo!«

Zielstrebig ging er die Marktstraße hinunter und betrat die nächste Bäckerei.

»Martha!«, rief er. »Sie ist meine älteste Schwester«, flüsterte er Jakob zu, »und sie macht die besten Röggelchen, also ich meine, ihr Mann bäckt sie, und sie schmiert und belegt sie, aber nur für besondere Kunden.«

»Ja, ich komme schon, womit kann ich … Berni, du Gauner. Lässt du dich auch mal wieder blicken!«

Martha war eine freundliche Frau zwischen fünfzig und

sechzig. Obwohl sie schimpfte, strahlte sie über das ganze Gesicht, genau wie ihr Bruder. Die Ähnlichkeit zwischen den beiden war nicht zu übersehen.

»Ich habe es die letzten Tage leider nicht geschafft«, erklärte Bruck wichtig. »Wir haben viel zu tun, Monsieur le Commissaire und ich.«

Er wies auf Jakob. Seine Schwester schaute den Commissar so neugierig und ihren Bruder so bewundernd an, wie Bruck sich das nur wünschen konnte.

»Und jetzt haben wir Hunger. Man kann ja nicht nur Mörder jagen, man braucht auch was im Magen.« Bruck zog die Augenbrauen hoch und blickte seine Schwester durchdringend an. Aber die hatte schon verstanden.

»Warum sagst du das nicht gleich, Berni? Flönz wie immer? Sie auch, Monsieur le Commissaire?«

Bruck und Jakob nickten gleichzeitig, und Martha verschwand im Hinterzimmer des Ladens.

»Berni?«, raunte Jakob amüsiert.

Bruck zuckte die Schultern. »Ich heiße eigentlich Bernhard. Aber Sie wissen vielleicht, wie ältere Schwestern sind. Sie hat mich immer Berni genannt, da kann man nichts machen.«

Sie mussten nicht lange warten. Schon bald kam Martha mit einer großen Tüte aus dem Hinterzimmer und reichte sie ihrem Bruder über die Theke.

»Jetzt könnt ihr nicht mehr verhungern«, lachte sie. »Lasst es euch schmecken. Und findet den Mörder bald. Die Minna, du weißt schon, die Frau vom Paul, die hat den Toten nämlich auf dem Fuhrwerk liegen sehen, und die sagt, es wäre so ein Hübscher gewesen, gut aussehend eben, und es wäre direkt ein Jammer, dass er tot wäre, sagt sie, und dass man noch nicht mal seinen Namen wüsste.«

Sie blickte den Commissar und ihren Bruder mit unverhohlener Neugier an. Es war ihr deutlich anzusehen, dass sie mehr hören wollte. Aber Jakob zog nur seinen Geldbeutel aus der Tasche.

»Wir tun, was wir können, Madame. Was schulde ich Ihnen?«

Martha stemmte empört die Hände in die Hüften. »Nichts. Finden Sie den Mörder, Monsieur le Commissaire, und Sie bekommen hier immer ein Röggelchen. Haben Sie denn schon eine Spur? Wir haben ja so einige in der Stadt, denen man das schon zutrauen würde. Also, ich glaube ja, wo er so gut aussah, dass jemandem das nicht gepasst hat. Wegen seiner Verlobten oder seiner Frau vielleicht? Ja, genau, er war eifersüchtig. Oder? Was meinen Sie, Monsieur le Commissaire?«

Bevor Jakob irgendetwas sagen konnte, griff Bruck ein.

»Dazu haben wir noch gar keine Meinung. Hör zu, Martha. Wir fangen unsere Mörder, du machst deine wunderbaren Röggelchen – dann ist die Welt in Ordnung. Und jetzt müssen wir schnell weiter.«

Er schob Jakob aus der Bäckerei, drehte sich noch einmal um und rief: »Danke!«, bevor er die Ladentür schloss.

»So eilig haben wir es nun auch wieder nicht«, wunderte sich Jakob.

»Sie wissen nicht, wie sie ist, wenn sie Sensationen wittert«, brummelte Bruck. Er ging mit schnellen Schritten zum Marktplatz zurück und zog den Commissar mit sich, wobei er sich noch zweimal zum Laden umdrehte. »Vor allem, wenn sie etwas zuerst wissen will, um es ihrer Freundin Minna dann brühwarm zu erzählen. Manchmal fragt sie Minna sogar richtig scheinheilig« – Bruck imitierte gekonnt den Tonfall seiner Schwester – »›Ach, das wusstest du gar nicht?‹. Minna ist davon natürlich nicht begeistert und zahlt es ihr beim nächsten Mal heim. So sind die beiden schon immer.«

»Wie lange kennen sie sich denn?«, wollte Jakob wissen.

»Ihr ganzes Leben, das ist ja das Schlimme.«

Auf dem Marktplatz öffnete Bruck endlich die duftende Tüte und hielt sie Jakob hin. Ein paar Sekunden später aßen sie die besten Röggelchen mit Blutwurst, die Jakob je probiert hatte.

Billa Mertens haderte mit der Welt, während sie ein Hähnchen rupfte, dass die Federn nur so flogen. Die vergangenen sechs Jahre waren wahrlich kein Zuckerschlecken gewesen. Den ganzen Aufruhr hätten sie dem alten Herrn eigentlich auch ersparen können, fand sie, wo er damals doch schon genug hinter sich hatte. Seit über dreißig Jahren war sie nun Köchin in Diensten von Hofrat Beuth und hatte viel vom Leben der Familie mitbekommen. Seine beiden Kinder waren unter ihren Augen aufgewachsen. Kaum hatten der kleine Theodor und die niedliche Maria noch in ihrer Küche gesessen und brav ihre heiße Milch getrunken, da waren sie auch schon verheiratet und aus dem Haus. Dann war vor zwölf Jahren die Frau Hofrätin viel zu früh gestorben. Sie hatte ein wunderschönes Begräbnis in Sankt Lambertus bekommen, aber das Leben ohne sie war für den Hofrat am Anfang schwierig gewesen. Nun ja, er hatte sich in die Arbeit an seiner Sammlung gestürzt und weiterhin den Botanischen Garten geleitet. Er war Mitglied in gelehrten Gesellschaften, hatte ein Buch über Schmetterlinge und viele Briefe geschrieben und sogar einen Orden bekommen. Aber richtig glücklich war er nicht. Nur ganz allmählich war sein Leben wieder normal geworden. Und dann hatten sie dem Ganzen die Krone aufgesetzt. Ein paar Monate bevor der Kurfürst das Rheinland aufgegeben hatte und alles französisch geworden war, hatten Regierungsdirektor Kylmann und Staatsrat Jacobi den Hofrat von seiner Bastion gejagt. Gut, sie hatten dem alten Herrn mehr Zeit als üblich gelassen und ihm das Grundstück gegeben, das er als Ersatz haben wollte, aber trotzdem. Billa stieg immer noch die Zornesröte ins Gesicht, wenn sie daran zurückdachte, und sie musste sich richtig zusammenreißen, dass sie ihre Gefühle nicht an dem armen Hähnchen ausließ, das ja nichts dafür konnte.

Was war das für ein schönes Haus oben auf der Bastion gewesen! Als sie mit vierzehn Jahren die Stelle als Küchenmädchen bekam, konnte sie ihr Glück kaum fassen. Sie hatte das leuchtend rote Dach immer schon von unten bewundert, der obere Teil der weißen Hauswände und der vielen Fenster war immer mal wieder durch Büsche und Bäume aufgeblitzt. Aber dann, als sie beim Wachhaus am Stadtbrückchen zum ersten Mal den Aufgang zur Bastion hochgestiegen war und vor dem Haus stand, sah sie, dass es wie ein kleines Schloss gebaut war. Dahinter, weit in die Spitze des Bollwerks hinein, lag ein großer dreieckiger Garten. Und dann hatte oben auf der Bastion ein glückliches Leben für sie begonnen. Sie war vom Küchenmädchen zur Köchin aufgestiegen. Sie hatte zwar viel Arbeit gehabt, aber zum Verschnaufen konnte sie ein paar Schritte über die Promenade gehen, die es damals noch gegeben hatte. Es war eine Lindenallee oben auf dem Wall, rund um die halbe Stadt. Von ihrer Bastion aus ging man am Flinger Tor, an der Mühlenbastion und am Ratinger Tor vorbei, um die Eiskellerbastion herum und bis zur Bastion an der Reuterkaserne unten am Rhein. Hoch über der Stadt spazieren zu gehen, fühlte sich fast an wie Fliegen. Aber dafür hatte sie leider immer viel zu wenig Zeit gehabt, und jetzt waren die Wälle und die Tore abgerissen und die Linden verkauft.

Sie betrachtete den Hahn eingehend von allen Seiten, aber

Federn hatte er nun keine mehr. Dann waren vor sechs Jahren diese Männer gekommen, und urplötzlich war alles ganz anders geworden. Billa hielt den Hahn über eine Schüssel, schlitzte ihn auf und zerrte die Eingeweide heraus. Oh, sie kannte sie inzwischen alle. Professor Schäffer, der rothaarige Architekt von der Akademie, begutachtete die Bastion, Wasserbaumeister Bauer entschied, wie sie abgerissen werden sollte, Gartenbaumeister Weyhe kümmerte sich um die Pflanzen. Wenigstens der hatte begriffen, was da oben im Garten des Hofrats alles stand. Er war der Netteste von den dreien gewesen. Er holte auch alle Pflanzen ab und brachte sie vorläufig in seiner Baumschule unter. Billa seufzte, beförderte Leber und Herz des Hähnchens in eine Extraschale und schaute durch das Küchenfenster über ihr Gemüsebeet hinweg in den großen Garten. Wenigstens waren die Pflanzen jetzt alle wieder hier im Garten, sogar in ihrer guten Erde oben von der Bastion.

Sie wandte sich vom Fenster ab und goss Wasser aus einem Krug über das Hähnchen, säuberte es und trocknete es ab. Und dann ging der Trubel mit dem Wasser los. Das Grundstück genau unterhalb der Bastion, das der Hofrat hatte haben wollen, lag ja teilweise im ehemaligen Wassergraben. Man hatte ihn zwar zugeschüttet, aber gegen das Grundwasser konnte man nichts tun. Auf der Baustelle standen deshalb zwanzig Männer Tag und Nacht bis über die Knie in kaltem Schlamm und Morast und schöpften das Wasser heraus, und man wunderte sich, dass sie nicht alle krank wurden bei ihrer sinnlosen Arbeit. Es war eine schreckliche Zeit. Dann wurden zum Glück zwei vorläufige Dämme gezogen, die das Wasser fernhielten. Endlich konnten die acht Grundpfeiler des Hauses in die Baugrube gesetzt werden. Billa rieb das Hähnchen von innen und außen mit Salz ein und legte es vorsichtig in eine gebutterte Kasserolle.

Der Hofrat und seine neuen Nachbarn hatten die Genehmigung, die Steine, die beim Abriss der Bastion auf ihre Grundstücke fielen, für ihre Häuser zu benutzen. Es waren gute Quader- und Ziegelsteine, die man nur rundherum ein bisschen abklopfen musste, dann konnte man sie wiederverwenden. Billa hackte Petersilie, schnitt die Innereien und einen Apfel klein und mengte alles zusammen mit Salz und Pfeffer unter altbackenes, in Milch eingeweichtes Weißbrot. Löffel für Löffel füllte sie die Farce in das Hähnchen und nähte es zu. So wurde dann das neue Haus sozusagen aus den Fundamentsteinen des alten gebaut, und vor etwas mehr als drei Jahren hatte man einziehen können. Und jetzt gab es auch auf der anderen Seite einen neuen Nachbarn, einen Hotelier. Mehr Menschen, also überhaupt Nachbarn direkt um sich herum zu haben, war der Hofrat gar nicht gewöhnt. Aber zum Glück gab es Anna. Billa lächelte. Wenn er sein Patenkind nicht hätte, würde der alte Herr sich bestimmt nicht eingewöhnen, da war sie sich sicher. Man sollte eben einen alten Baum nicht mehr verpflanzen, das wusste doch eigentlich jeder. Kopfschüttelnd legte sie den Deckel auf die Kasserolle und stellte sie auf den Herd. Es hatte noch Zeit, sie ins Rohr zu schieben, denn das Hähnchen war erst für den frühen Abend vorgesehen, zusammen mit dem wirklich allerletzten Gurkensalat des Jahres. Es war ein Wunder, dass sie überhaupt noch eine Gurke im Gemüsebeet hatte ernten können. Es lag wahrscheinlich am warmen Oktober, sinnierte Billa.

Sie räumte die Küche auf, goss sich aus der immer bereitstehenden Kanne auf dem Herd eine wohlverdiente Tasse Zichorienkaffee ein und wollte sich gerade hinsetzen, als die Türglocke gezogen wurde. Pauline hatte ihren freien Nachmittag, also musste Billa selbst öffnen gehen. Draußen standen zwei Männer mit ernsten Gesichtern und wollten den

Hofrat sprechen. Hatte sie das nicht oben auf der Bastion schon einmal erlebt? Das bedeutete nichts Gutes. Billa runzelte die Stirn.

Jakob und Bruck wunderten sich, dass die Frau, die ihnen die Tür öffnete, sie so böse ansah, als sie darum baten, Hofrat Beuth sprechen zu dürfen. Bruck sank der Mut. Der Commissar und er hatten abgesprochen, dass er das Personal befragen sollte, während der Commissar sich mit dem Hofrat unterhielt. Aber wenn das Personal so grimmig aussah, dann wollte er lieber nichts damit zu tun haben. Er warf Jakob beredte Blicke zu, der schien sie jedoch nicht zu bemerken.

»Es dauert bestimmt nicht lange«, erklärte Jakob der Frau. »Wir sind von der Polizei und brauchen nur eine Auskunft. Ich bin Commissar Hartenfels, und das ist Polizeidiener Bruck. Und wie ist Ihr Name?«

Billa war besänftigt. Der Commissar machte einen freundlichen Eindruck. Und er wollte sogar ihren Namen wissen, obwohl sie zum Personal gehörte. Das war ungewöhnlich und irgendwie nett. Nun, wenn es nur um eine Auskunft ging, dann war es wohl nicht so schlimm. Sie straffte die Schultern.

»Billa ... hm ... Sibylla Mertens. Ich bin Köchin bei Hofrat Beuth. Kommen Sie bitte herein.«

Billa trat zur Seite und ließ die Besucher vorbei. Das Erste, was Jakob im Haus auffiel, war der eigenartige Geruch. Es war eine flüchtige Mischung aus Staub, Schmierseife, Holz, Bienenwachs, Kräutern und etwas Würzig-Herbem, fast Beißendem, das er kannte, aber nicht sofort zuordnen konnte. Billa sah den jungen Commissar schnuppern und musste lächeln.

»Das ist die Sammlung«, erklärte sie. »Pauline, also das

Dienstmädchen, und ich, wir lüften jeden Tag, aber man riecht es trotzdem.«

Sie wies im großen Eingangsbereich des Hauses auf die hohen Vitrinen aus poliertem Holz und Glas. Sie waren angefüllt mit einheimischen Tieren, mit Hasen, Mardern, Eichhörnchen, sogar ein Fuchs war da, mit Singvögeln, Käuzchen, Falken und vielem mehr. Bruck trat neugierig näher an eine Vitrine heran.

»Die sind ausgestopft!«, sagte er fachmännisch und tippte mit dem Finger auf das Glas, hinter dem ein Wiesel die Zähne fletschte, wobei er völlig vergaß, dass er vor nicht allzu langer Zeit ein gebuttertes Röggelchen mit Blutwurst in der Hand gehalten hatte. Die Spuren waren jetzt deutlich zu sehen.

Billa schüttelte den Kopf. »Nicht anfassen!«, sagte sie streng. »Und es heißt präpariert. Wenn der Herr Hofrat freundlich zu Ihnen sein soll, sagen Sie präpariert. Ausgestopft ist ihm nicht respektvoll genug. Immerhin geht es hier um Lebewesen.«

Bruck wich von der Vitrine zurück und versteckte seine Hände hinter dem Rücken. In Billas Gegenwart fühlte er sich irgendwie eingeschüchtert. Sie erinnerte ihn lebhaft an seine Schwester. Martha mochte es auch nicht, wenn er die Glastüren in der Bäckerei mit der Hand auf dem Glas statt auf dem Holzrahmen aufdrückte. Er fand das ja nicht weiter schlimm, irgendwie musste man Türen ja aufmachen, aber sie wurde immer sehr grantig. Und wenn die Köchin auch sonst so war wie seine Schwester, dann würde das Gespräch mit ihr sehr anstrengend sein, das war sicher. Bruck seufzte tief, während Billa sich an Jakob wandte.

»Der Geruch kommt von den Mitteln gegen Ungeziefer. Der Hofrat benutzt Lavendel und Kampfer, damit die Motten nicht die Tiere zerstören, aber manchmal ... nun ja.« Sie zuckte mit den Schultern. »Warten Sie bitte hier.«

Billa verschwand hinter einer Tür. Jakob und Bruck betrachteten inzwischen die Tiere in den Vitrinen.

»Warum sammelt jemand so etwas, was meinen Sie, Bruck?«

»Ist das jetzt eine von Ihren Rätselfragen, oder wollen Sie meine richtige Meinung hören?«

Jakob lachte. »Ich möchte immer Ihre richtige Meinung hören, Bruck.«

Bruck blickte sich um und vergewisserte sich, dass die Köchin nicht schon zurückkam.

»Ich weiß es nicht«, flüsterte er. »Ich würde mir ja keine toten, ausgestopften Tiere in Schränke stellen. Ich mag sie lieber lebendig, genau wie die Menschen.«

»Es heißt präpariert, Bruck, das haben Sie doch gehört«, raunte Jakob.

Bruck hob die Schultern. »Trotzdem sind sie ausgestopft. Warum soll ich es nicht sagen, wie es ist?«

»Aus Respekt vor dem Lebewesen, welches das tote Tier einmal war.« Jakob blickte nachdenklich in die Vitrine. »Es ist doch gut, auf die Wortwahl zu achten und den Respekt vor der Kreatur nicht zu verlieren, oder was meinen Sie?«

Bruck dachte einen Moment nach, dann schüttelte er den Kopf. »Egal, welche feinen Wörter man benutzt, die Tiere sind und bleiben ausgestopft. Sie haben Mottenfraß, sie stinken nach Kampfer, und man muss sie bestimmt immer abstauben. Jeder kann sie so lange angucken, wie er will, dabei sind sie vor Menschen weggerannt, als sie noch lebendig waren. Das ist doch nicht respektvoll, oder?«

»Vielleicht will der Mensch sie so besser verstehen«, vermutete Jakob. »So kann man sie genau studieren, man weiß, wie sie aussehen, man lernt, wo sie leben, was sie fressen. Man kann sie Leuten zeigen, die noch nie ein Wiesel oder einen

Fuchs von Nahem gesehen haben. Man versteht die Natur viel besser. Und wenn man etwas versteht, ist es leicht, es auch zu respektieren, weil man ganz einfach weiß, wovon man redet.«

»Sehr richtig, junger Mann, sehr richtig«, sagte eine Stimme hinter ihnen. »Verständnis, Kenntnis und Respekt sind bei Menschen und Tieren gleichermaßen unerlässlich. Sie wirken plumpen Vorurteilen entgegen.«

Jakob und Bruck fuhren erschrocken herum und blickten in das amüsierte Gesicht eines hochgewachsenen alten Mannes, der sich auf einen Stock stützte. Die Köchin und er hatten unbemerkt in der offenen Tür gestanden und das Gespräch belauscht.

»Hofrat Beuth, ich wusste nicht …«, stotterte Jakob.

Beuth schmunzelte, was unzählige Fältchen in seinem schmalen Gesicht erscheinen ließ. »Meine Köchin heißt nicht nur Sibylla, sie hat auch sibyllinische Fähigkeiten, wie ich immer wieder feststellen muss. Zum einen weiß sie immer auf rätselhafte Weise im Voraus, was ich gerne essen möchte, zum anderen hat sie gerade eben leise die Tür geöffnet, weil es interessant sein könnte, zu hören, was Sie zu erzählen haben. Nun, Ihre Meinungen sind in der Tat sehr interessant und anregend für den großen Bereich der Taxidermie. Aber Sie sind sicherlich nicht wegen meiner Sammlung hier.«

Während Bruck gerade lernte, dass es noch mehr »feine Wörter« zur Beschreibung von ausgestopften Tieren gab, besann sich Jakob darauf, warum sie überhaupt gekommen waren.

»Nein, das nicht«, antwortete er, »da haben Sie durchaus recht. Aber wahrscheinlich können Sie mir helfen. Ich brauche eine Auskunft im Rahmen meiner Untersuchung eines Verbrechens und würde Sie gerne dazu befragen. Und ich wäre sehr froh, wenn Sie erlauben würden, dass Polizeidiener Bruck Ihrem Personal einige Fragen in der gleichen Sache stellt.«

Beuth nickte. »Das dürfte kein Problem sein. Bitte kommen Sie hier herein, Monsieur le Commissaire. Sibylla«, wandte er sich an seine Köchin, »nimm den Polizeidiener doch mit in deine Küche. Hol den Diener und den Kutscher dazu, und vielleicht ist Pauline ja auch schon wieder zurück. Ja, und serviere uns gleich einen Tee.«

Billa knickste und machte Bruck ein Zeichen, ihr zu folgen. Bruck ließ die Schultern hängen und lief hinter ihr her, als ginge es zum Schafott. Jakob fühlte tatsächlich so etwas wie Mitleid mit ihm. Nun, das musste Bruck irgendwie meistern, schließlich brauchten sie so viele Zeugenaussagen wie möglich.

Jakob folgte Beuth ins Zimmer und schaute sich um. Hier wurde gearbeitet, das war nicht zu übersehen. Der Raum war eine Mischung aus Bibliothek und Wunderkammer. Schränke und Regale zogen sich an den Wänden entlang, angefüllt mit Büchern, Papierstapeln, Gipsbüsten, dazwischen eine ausgestopfte – nein, eine präparierte Eule, die so aussah, als hätte sie bereits alles gelesen und langweile sich jetzt. Ein eisernes Gestell auf dem Boden davor trug eine drehbare Weltkugel, und auf einem großen Tisch mitten im Raum lagen aufgeschlagene Bücher. Sie zeigten seltsame Lebewesen und beschrieben sie offenbar genau. Als Jakob die beiden Gläser daneben entdeckte, gruselte es ihn doch ein wenig. Sie ähnelten Einmachgläsern, aber in ihnen schwamm jeweils eins dieser seltsamen Wesen aus den Büchern in einer durchsichtigen Flüssigkeit. Er hatte den Eindruck, es seien ein Frosch und eine Schlange, aber diese Exemplare hatte er noch nie gesehen. Hinter den Gläsern lag ein Rahmen, in dessen Innern ein großes schwarzes Tier hockte. Augenblicklich überfielen Jakob Fluchtgedanken. Er vergaß seine Stellung als Polizist und Commissar und auch den Grund, warum er überhaupt hier war, sprang mit einem Satz zur Tür und schaute den Hofrat Hilfe suchend an. Beuths Augen blitzten amüsiert auf.

»Verzeihen Sie, Monsieur le Commissaire«, sagte er, »ich möchte nicht spöttisch erscheinen. Im Gegenteil, ich verstehe Ihre Sorge durchaus, aber ich kann Sie beruhigen. Die Tiere in diesem Raum sind Ihnen zwar größtenteils unbekannt, aber sie sind präpariert, und fast alle befinden sich daher in geschlossenen Gefäßen. Es ist so ähnlich wie bei Ihnen im Gefängnis, nur dass meine Gefangenen mit Sicherheit nicht mehr weglaufen.«

Beuth griff hinter die Gläser und hob den Rahmen hoch. Jakob kam vorsichtig näher und sah zu seiner grenzenlosen Erleichterung, dass dieses Tier nicht nur leblos, sondern in seinem Rahmen auch sicher hinter Glas verwahrt war.

»*Aranea avicularia,* wie Carl von Linné sie genannt hat, also ›Kolibrifresser‹ oder auch ›Vogelspinne‹.« Beuth stellte den Rahmen zurück und blätterte durch eins der aufgeschlagenen Bücher auf dem Tisch. »Sehen Sie hier, das ist sie, wie Maria Sibylla Merian sie vor hundert Jahren auf ihrer Reise nach Surinam gesehen und in ihren *Metamorphosen* festgehalten hat. Hier saugt sie einen Kolibri aus. Genau dieses Bild hat Linné auf seine Bezeichnung gebracht.«

Jakob sah einen außerordentlich schönen, kolorierten Kupferstich mit der lebensechten Darstellung eines kleinen, bunt schillernden Vogels, der fast völlig unter einer gleich großen, haarigen Spinne verschwand. Der arme Vogel! Jakob schüttelte sich allein bei der Vorstellung.

»Sie ist eine Mörderin«, sagte er, »und sitzt mit vollem Recht in ihrem gläsernen Gefängnis.«

Beuth klappte das Buch zu. »Ich will Sie nicht weiter quälen. Ängste vor Spinnen sind nichts Ungewöhnliches und nur sehr schwer wieder abzulegen. Aber Sie sollten sich immer im

Klaren drüber sein, dass eine Spinne, wie eigentlich jedes Tier, nur tötet, weil sie Hunger hat. Ich glaube, nicht ein Tier tötet aus Leidenschaften wie Liebe, Hass oder Eifersucht. Das tut nur der Mensch. Und genau an dieser Stelle unterscheiden sich unsere beiden Berufe. Ich sammle keine Verbrecher, Sie aber schon.« Er wies auf zwei Sessel am Fenster. »Kommen Sie, setzen wir uns, und Sie stellen mir Ihre Fragen. Ich bin schon sehr gespannt, worum es gehen könnte.«

Kaum hatten sie sich gesetzt, öffnete sich die Tür. Billa brachte ein Tablett mit Tee und Gebäck und stellte alles auf den Tisch zwischen den Sesseln.

»Danke, Sibylla«, sagte der Hofrat, nachdem sie zwei Tassen mit der goldbraunen Flüssigkeit aus der bauchigen Kanne gefüllt und vor Beuth und Jakob abgestellt hatte. Billa knickste und lief eilig in ihre Küche zurück. Polizeidiener Bruck verstand sich prächtig mit Fritz Burmester, dem Kutscher. Bevor die beiden nun ihr gesamtes, erst gestern selbst gemachtes Teegebäck vernichteten, wollte sie das rechtzeitig verhindern.

»Es geht um diesen Zettel«, begann Jakob, faltete ihn auseinander und reichte ihn dem Hofrat. »Wir haben ihn in der Jackentasche eines Toten gefunden.«

»Ach, dieser Tote, der im Moment für so viel Aufregung sorgt?«, fragte Beuth nach.

Als Jakob nickte, setzte der Hofrat sich seine Ohrenbrille auf die Nase und betrachtete den Zettel so eingehend, als wäre er ein Tier aus einem fremden Land.

»Der Tote scheint meinen Haushalt sehr gut gekannt zu haben«, stellte er fest und gab Jakob den Zettel zurück. »Und was möchten Sie jetzt wissen?«

»Wer ist Anna?«

»Oh, das ist schnell beantwortet. Anna Schmitz ist die Enkelin meines ältesten Freundes und meine Patentochter.«

»Wohnt sie bei Ihnen? Ich meine, weil hier Ihre Adresse notiert ist.«

»Nein, aber sie verbringt viel Zeit hier. Sie hilft mir bei meiner Sammlung. Ist ihr auch etwas passiert?«, fragte Beuth besorgt.

»Nein, ich suche sie nur, weil sie vielleicht etwas über den Toten weiß«, erklärte Jakob. »Warum glauben Sie, ihr sei etwas passiert?«

»Nun«, sagte Beuth nachdenklich, »sie ist heute nicht gekommen, obwohl wir uns verabredet hatten. Das ist gar nicht ihre Art. Aber vielleicht kommt sie ja noch.«

»Was macht sie eigentlich genau?«, wollte Jakob wissen, während er kleine Bröckchen Kandis in seine Tasse fallen ließ und umrührte. »Wie kann sie Ihnen bei Ihrer Sammlung helfen?« Er probierte genüsslich einen kleinen Schluck. Es war echter Kandis und echter Schwarztee, woher auch immer der Hofrat sie hatte. »Man braucht doch sicher spezielles Wissen.«

»Nein«, antwortete der Hofrat und trank auch einen Schluck Tee, »in diesem Fall brauche ich nur ihre gute Laune, ihre wachen Augen und ihre Fähigkeit, akkurate Listen zu schreiben und dabei auch vor fremd klingenden Wörtern keine Angst zu haben. Ich mache eine Bestandsaufnahme meiner Sammlung und ordne sie dabei so, dass sie möglichst vorteilhaft in meinem neuen Haus zur Geltung kommt. Dabei finden wir noch mehr heraus. Bei den beiden Gläsern, die dort auf dem Tisch stehen, haben wir zum Beispiel eine Beschädigung im Verschluss entdeckt. Sie haben zwei Umzüge nicht gut vertragen.«

»Zwei Umzüge?«, fragte Jakob. »Ich dachte, Sie hätten Ihr Haus oben auf der Bastion für dieses hier aufgegeben.«

»Ganz bestimmt nicht!«, antwortete Beuth heftiger, als er wollte, aber sofort wurde er wieder freundlich. Der junge Mann vor ihm konnte ja nichts dafür. »Ich musste mein Haus völlig räumen, damit die Bastion abgerissen werden konnte«, erklärte er. »Ich durfte dort oben wohnen bleiben, bis mein neues Haus fertig war, aber dann musste der Umzug schnell gehen. Ich war recht hilflos, wo ich so lange meine Sammlung unterbringen sollte. Sie sollte ja nicht unter der ganzen Misere leiden. Man hatte Erbarmen mit mir. Man hat mir einige der erhaltenen Räume im alten Schloss als Zwischenlager angeboten und mir den Schlüssel dazu gegeben. Aber schon dieser erste Umzug von der Bastion zum Burgplatz war Gift für meine Sammlung.« Beuth schüttelte seufzend den Kopf. »Es tut den Gläsern nicht gut, auf einem Fuhrwerk durchgerüttelt zu werden. Und jetzt versuchen wir, also Anna und ich, bei der Aufräumarbeit unter anderem auch eventuell beschädigte Gefäße zu finden. Dafür brauche ich ihre guten Augen. Sie weiß, wie sie aussehen müssen, vor allem der Verschluss.«

Ganz allmählich wurde Jakob klar, dass Beuths Sammlung nicht nur aus den Vitrinen im Eingangsbereich des Hauses bestehen konnte. Die Tiere dort sahen bereits frisch gesäubert aus und waren alle mit ihrem Namen versehen.

»Ja, und dann hilft Anna mir noch mit den Listen«, fuhr Beuth fort. »Ich erfasse die verschiedenen Bereiche meiner Sammlung in Listen. Im Moment arbeiten wir an den Amphibien und Reptilien, also Frösche, Schlangen und so weiter. Wir gehen dabei nach Linné vor. Kennen Sie Linné? Ein Schwede. Ein wirklich bedeutender Mann«, erklärte er begeistert, als Jakob den Kopf schüttelte. »Er hat vor gut fünfzig Jahren die Natur, also Pflanzen, Tiere und Mineralien, in ein System gebracht, was jetzt die Arbeit an meiner Sammlung enorm erleichtert. Wie Sie in Ihrem Bereich nach Mördern, Betrügern, Dieben und so weiter ordnen, so ähnlich ordnet Linné. Warten Sie, ich zeige es Ihnen.« Er stand aus dem Sessel auf, wobei er sich auf seinen Stock stützte, ging hinüber zum Regal und streichelte mit dem Zeigefinger über das Brustgefieder der präparierten Eule. »Meine kleine *Athene noctua* hier ist zum Beispiel ein Vogel und gehört zur Familie der ›Eulen‹, die ja sehr unterschiedlich sein können. Deshalb ordnet Linné meine Athene innerhalb der Familie der Eulen in die Gattung der ›Steinkäuze‹ ein, und dort gehört sie zur Art ›Steinkauz‹, denn auch innerhalb der Gattung der Steinkäuze gibt es mehrere Arten mit verschiedenen Namen.«

»Ach, ich verstehe«, sagte Jakob. »Mein gedachter Verbrecher würde demnach zur großen Familie der Diebe gehören, aber weil er nur Edelsteine stiehlt, muss er in die Gattung der Edelsteindiebe. Nun stibitzt er aber noch lange nicht alle Steine, nur Diamanten, und deshalb gehört er innerhalb der Gattung der Edelsteindiebe zur Art der Diamantendiebe. So ähnlich?«

»Genau so! Sie haben es begriffen«, freute sich Beuth. »Durch dieses System kann man die gesamte Natur genau bestimmen. Ist das nicht genial? Man sagt nicht zu Unrecht, ›Gott erschuf, Linné ordnete‹. Obwohl ich an manchen Stellen in Linnés Werk den Eindruck habe, Gott war klüger, Linné hat es nur einfach nicht durchschaut. Trotzdem, für meine Sammlung ist sein Werk Gold wert.«

So, wie der Hofrat dastand – mit blitzenden Augen, inmitten all dieser Bücher und merkwürdigen Geschöpfe, in altertümlichen Kniehosen, auf dem Kopf eine Perücke mit langem Zöpfchen –, und so, wie er die kleine präparierte Eule streichelte, als wollte er sie zum Fliegen animieren, machte er den Eindruck eines alten, weisen Magiers. Unwillkürlich blickte Jakob zum Tisch mit den beiden Gläsern. Hatten die Tiere darin sich nicht gerade doch bewegt?

Beuth, der nichts von Jakobs Gedanken ahnte, missverstand den Blick.

»Nein«, lachte er, »das ist nicht alles. Ich sammle seit über sechzig Jahren, da ist es doch etwas mehr geworden. Kommen Sie, ich zeige es Ihnen, damit Sie einen Eindruck haben, wie viel Arbeit noch auf Anna und mich wartet.«

Die Sammlung war riesig. Hofrat Beuth führte Jakob durch das gesamte große Haus, vom Parterre bis in die erste und zweite Etage. Alle Räume, bis auf einige private und die Zimmer der Dienstboten unter dem Dach, wurden für das Naturalien-Kabinett benötigt. Die beiden Gläser auf dem Tisch im Studierzimmer gehörten zu insgesamt dreihundertfünfzig mit Geschöpfen in Weingeist. Dazu kam eine Sammlung von circa 3 000 Muscheln und Schalentieren, Schränke voller Insekten aller Art, insbesondere Schmetterlinge. Jakob hatte so viele unbekannte Wesen noch nie gesehen. Kaimane, ein Krokodil, eine Riesenschildkröte hingen an Schnüren von der Decke, unzählige präparierte Säugetiere und Vögel aus der ganzen Welt betrachteten ihn aufmerksam aus ihren Schränken heraus, bis er sich von allen Seiten beobachtet fühlte. Drei große Zimmer waren angefüllt mit Ahnungen von noch älteren Lebewesen, mit Fossilien und Versteinerungen. Diese, so erklärte Beuth, und die große Mineraliensammlung hatte er von seinem früh verstorbenen Bruder, einem Jesuitenpater, geerbt. In der ebenso großen Pflanzensammlung gab es Samen, seltsam geformte Früchte, Hölzer, Wurzeln und fünf sehr dicke Foliobände, angefüllt mit getrockneten, gepressten und genau beschriebenen Pflanzen der bekannten Kontinente.

»Die haben mir in meiner Zeit als Leiter des Botanischen Gartens hier gute Dienste geleistet. Und jetzt«, sagte Beuth, als Jakob schon der Kopf schwirrte, »zeige ich Ihnen noch einen besonderen Schatz.«

Er öffnete weitere Türen, hinter denen goldene Rahmen mit 150 Gemälden von Velasquez, Breughel, Holbein, Cranach,

Perugino und anderen berühmten Malern darauf warteten, betrachtet zu werden, eine Antikensammlung aus römischen Lampen, Tränengläsern, Vasen und Urnen und schließlich noch ein Schrank, in dessen schmalen Schubladen circa 8 000 Münzen verborgen waren.

»Ich hatte auch noch eine Sammlung von 22 000 Zeichnungen und Kupferstichen«, sagte Beuth bedauernd, »aber die haben mir die französischen Revolutionstruppen geplündert.« Er zog seine Taschenuhr hervor und schaute darauf. »Nun, eigentlich wollte ich Ihnen mit meinem Naturalienkabinett die Zeit verkürzen. Ich hatte gedacht, Anna wäre inzwischen gekommen, damit Sie sich nicht umsonst herbemüht haben. Wollen Sie stattdessen noch eine Tasse Tee mit mir trinken?«

»Nach all diesen unglaublichen Eindrücken war der Besuch ganz sicher nicht umsonst«, antwortete Jakob. »Und ja, ich nehme gerne noch eine Tasse Tee.«

Sie stiegen die Treppen wieder hinunter und setzten sich im Studierzimmer in ihre Sessel.

»Ich verstehe, wie viel Arbeit so eine große Sammlung macht«, sagte Jakob. »Mit Verlaub, wird Ihnen das mit der Zeit nicht zu viel?«

»Oh, ein paar Jahre möchte ich mich noch darum kümmern und sie auch weiterhin Interessenten zeigen, denn da gibt es einige. In den letzten zwanzig Jahren, seitdem ich auf die Idee gekommen bin, ein Fremdenbuch auszulegen und deshalb eine Zahl zu kennen, waren ungefähr 3 000 Besucher hier – Adelige, Dichter, Künstler wie Lambert und Peter Cornelius, Wissenschaftler, Naturinteressierte. Vor drei Jahren kam sogar der Erzbischof von Köln mit einigen Geistlichen.« Er lächelte verschmitzt. »Ich bin mir fast sicher, dass Professor Wallraf, selbst ein engagierter Sammler und vor sieben oder acht Jahren mein Gast, sie zu mir geschickt hat. Was aus alldem wird? Nun, ich habe die Hoffnung, dass die Stadt irgendwann das Naturalienkabinett übernimmt und weiterhin in diesem Haus zeigt, wenn ich einmal nicht mehr da sein werde. Aber das liegt noch in der Zukunft. Bis dahin möchte ich ...«

Beuth wurde unterbrochen, weil sich die Tür öffnete.

»Hier bin ich endlich! Es tut mir ... Oh, Sie haben Besuch.«

»Anna!«, rief Beuth. »Komm herein, hier wartet schon jemand auf dich.«

Normalerweise hätte Jakob eine fremde Person aufmerksam betrachtet und Schlüsse gezogen. Er hätte gemerkt, dass Anna sehr blass war und irgendeinen Kummer haben musste, den man ihrem Gesicht ansehen konnte, obwohl sie bemüht war, ihn nicht zu zeigen. Das war ihm jetzt allerdings alles nicht möglich. Er erhob sich mit plötzlich wackeligen Knien aus dem Sessel und war krampfhaft um seine Autorität als Commissar bemüht, denn allein Annas Anblick hatte ihm, der nie um Worte verlegen war, die Sprache verschlagen. Sie sah ihn erwartungsvoll lächelnd an, aber er blickte in ihre schönen braunen Augen, hatte einen Kloß im Hals und blieb stumm. Er fühlte sich schon wie ein Narr, als der Hofrat zum Glück die Situation rettete.

»Commissar Hartenfels ist gekommen, weil er einige Fragen an dich hat.« Beuth nickte Jakob auffordernd zu. »Nicht wahr, Monsieur le Commissaire?«

Jakob räusperte sich und fand endlich seine Sprache wieder. Er erklärte Anna, warum er sie suche, zog Petersens Zeichnung hervor und zeigte sie ihr.

»Dies ist der Tote. Kennen Sie ihn vielleicht?«

Eine Sekunde später hätte er sich ohrfeigen können, weil er so ungeschickt und taktlos vorgegangen war. Anna schrie auf, ihr Gesicht wurde leichenblass.

»Jacques! Das ist Jacques Bonnard!«, rief sie und fügte wie eine plötzliche Erkenntnis hinzu: »Aber das kann doch nicht sein! Mein Gott, das kann doch nicht sein.«

Sie ließ sich auf den Stuhl am Tisch fallen, auf dem sie normalerweise saß und Listen schrieb, schlug die Hände vors Gesicht und weinte herzzerreißend. Die unbeholfenen Versuche der beiden Männer, sie zu beruhigen, blieben erfolglos. Die Tür öffnete sich ein zweites Mal, und Billa kam mit sorgenvoller Miene herein.

»Ich habe einen Schrei gehört«, sagte sie. »Was ist denn … Kind, was ist mit dir?« Sie stürzte auf Anna zu. »Was haben Sie mit ihr gemacht?«, fauchte sie Jakob an.

»Es tut mir leid«, sagte der kleinlaut. »Aber ich muss ihr Fragen in einem Mordfall stellen und wusste nicht …«

»Oh nein!«, jammerte Anna.

Das Wort »Mordfall« machte alles nur schlimmer. Billa brach es fast das Herz.

»Heute nicht mehr, junger Mann, erst morgen wieder«, sagte sie energisch. »Komm mit mir, Anna«, wandte sie sich mit weicher Stimme an das untröstliche Mädchen. »Komm mit in meine Küche. Da kannst du dich ausweinen, und dann erzählst du mir, was passiert ist.«

Während Anna tatsächlich aufstand und in Billas Arm schluchzend hinausging, ohne irgendjemanden anzusehen, warf Billa Jakob noch einen bösen Blick zu. »Und nehmen Sie Ihren Polizeidiener mit, wenn Sie gehen, bevor er die Gebäckdose gänzlich leert.«

Sie hatte es gewusst. Wenn fremde Männer mit ernsten Gesichtern an der Tür läuteten, brachten sie nur Unheil.

Beuth hob die Schultern. »Wir sollten unser Gespräch hier tatsächlich beenden, Monsieur le Commissaire«, verabschiedete er sich. »Es ist zu viel Aufregung im Haus. Aber kommen

Sie mich gerne wieder besuchen und erzählen Sie mir, wie es mit Ihrem Mordfall weitergeht. Ich würde mich über Ihre Gesellschaft freuen.«

Als Jakob und Bruck das Haus des Hofrats verließen, war nicht alles zu ihrer Zufriedenheit verlaufen, aber sie wussten wenigstens einen Namen. Der Tote hieß Jacques Bonnard. Und Anna Schmitz hatte ihn offenbar so gut gekannt, dass sie untröstlich war.

Tief in der Nacht huschten Schatten über die Bolkerstraße. In mehr als einem Haus flackerte das Licht einer Kerze hinter geschlossenen Gardinen. Türen wurden geräuschlos geöffnet. Säcke, Ballen, Fässer, denen der salzige Geruch des Meeres anhaftete, wurden vom Karren gehoben und wechselten den Besitzer gegen leise klingende Münzen. Irgendwo lachte jemand auf und wurde sogleich warnend daran gehindert, bevor das Pferd mit den dick umwickelten Hufen den Karren weiterzog. An einem Haus kratzten die Schatten vergeblich. Die Türe öffnete sich nicht, auch nicht, als einer der Schatten eindringlich flüsterte: »Du steckst mit drin, du kannst nicht einfach aufhören. Mach jetzt die Tür auf.«

Die Antwort von drinnen war kaum zu verstehen, aber sehr energisch. Die Faust des Schattens fuhr wütend in die Höhe, nur aufgefangen und festgehalten von einem zweiten Schatten, der absolut keinen Lärm wollte. Schließlich öffnete die Tür sich doch. Eine Gestalt nahm schweigend Waren entgegen, bezahlte sie rasch und schloss die Tür. Zufrieden zogen die Schatten weiter und hielten leise beim nächsten Haus.

Als wenig später der Nachtwächter eine seiner Runden drehte, war der Spuk vorbei. Er wunderte sich nur über das viele

Stroh auf dem Pflaster, als wollte man den Lärm von Pferdehufen und Fuhrwerken dämpfen. Nun, vielleicht war jemand hier auf der Straße schwer krank und brauchte Ruhe, und man hatte vergessen, ihm das zu sagen. Wie auch immer, er musste seine Arbeit tun. Laut schmetterte er eine weitere Strophe seines Liedes als Beweis, dass er seiner nächtlichen Pflicht nachkam.

Freitag, 18. Oktober 1811

Jacques Claude de Beugnot war an diesem Morgen nicht erfreut. Und das war noch eine freundliche Umschreibung des tief empfundenen Grolls, der ihn seit dem Frühstück plagte. Um sich zu beruhigen, ging er in seinem Zimmer in der Residenz auf und ab. Manchmal blieb er unvermittelt stehen, um leise vor sich hin zu schimpfen. Wenn jemand wie er Finanzminister eines Großherzogtums war, aber auch gleichzeitig der Statthalter des besagten Großherzogtums, wieso beachtete das niemand? Ihn musste man natürlich zuerst um Rat fragen, und dann erst belästigte man den Minister-Staatssekretär Roederer, der sowieso nur für kurze Zeit, eben für den kaiserlichen Besuch, in der Stadt war. Das war der normale Dienstweg, den dieser Nesselrode einfach nicht begriff. Der Mann ging ihm schon seit geraumer Zeit auf die Nerven. Er, Beugnot, hatte hier im Statthalterpalais bis letztes Jahr auch noch mit Nesselrode und seiner Familie unter einem Dach wohnen müssen. Und mit dessen fünfzehn Dienstboten. Die brauchte man natürlich, man war ja alter, nein, sehr alter deutscher Adel. *Eh bien* – und wenn schon! Verwaltungsabläufe galten seit der Revolution für jeden. Zugegeben, was Nesselrode als Innenminister unternahm, war immer zum Guten für die Bevölkerung. Im Gegenzug genoss er ihr Vertrauen. Gegen seine Arbeit als Polizeiminister und als Kriegsminister war auch nicht viel einzuwenden. Trotzdem ... Beugnot blieb stehen und strich langsam über seine lange Nase, bevor er seinen unruhigen Gang durch das Zimmer wieder aufnahm.

Vielleicht hatte dieser Mann einfach zu viele Ämter. Drei Ministerien in einer Hand. Und er bestand auch noch darauf, sie eigenverantwortlich zu leiten und direkt mit dem Minister-Staatssekretär zu kommunizieren, statt seine Korrespondenz erst einmal ihm, Beugnot, als kaiserlichem *Commissaire* vorzulegen. Oh sicher, er, Beugnot, hatte sich bereits mehrfach bei Roederer darüber beschwert, *naturellement,* und wieder einmal um seine Versetzung nach Paris gebeten, insbesondere letztes Jahr, als er in der Gunst des Kaisers gestiegen war. Da war auch er mit dem Grafentitel geadelt worden und dachte, seine Chancen stünden gut, nach Paris zurückzukehren. *Mais en vain,* er hatte vergeblich gehofft. Roederer hatte entschieden, ihn in Düsseldorf zu belassen und die Grafen Nesselrode und Beugnot als gleichwertige Minister zu behandeln. Unerträglich! Er war der Statthalter, er war die Spitze der Verwaltung, er hatte die Führungsrolle hier in seinem Großherzogtum. Immer wieder machte er Nesselrode seine untergeordnete Stellung deutlich, aber da biss er auf Granit. Nesselrode beschwerte sich sogar bei Roederer über ihn, weil er angeblich seine Kompetenzen überschritte und damit Nesselrodes Arbeit als Innenminister behinderte. *Scandaleux* war das, einfach unerhört!

Beugnot blieb am Fenster stehen und schaute hinüber zum Regierungsgebäude auf der anderen Straßenseite, dem Ort, der für seine derzeitige schlechte Laune verantwortlich war. Da, in einem der vielen Räume im ehemaligen Jesuitenkloster, sprachen Roederer und Nesselrode jetzt miteinander. Und warum war er nicht dazugebeten worden? Worüber redeten sie? Schlossen sie einen Pakt gegen ihn? War Roederers Behauptung, dass er hier vor Ort ein wichtiger Vertrauensmann für die Regierung in Paris sei, nur hohles Gerede? Hielt man ihn zum Narren? Nun, heute Nachmittag würden sie sich alle zusammensetzen und notwendige Entscheidungen zum Besuch Napoleons diskutieren. *Et voilà,* mit ein paar geschickten Fragen würde er wissen, was da drüben beredet worden war.

Beugnot wandte sich kopfschüttelnd vom Fenster ab. So weit war es mit ihm gekommen. Er hatte wirklich Angst um seine Macht. Insbesondere in seiner Funktion als Finanzminister fürchtete er den Besuch des Kaisers doch mehr, als er gedacht hatte. Und vorgestern war hier an seiner Residenz auch noch ein Toter vorbeigefahren worden. Kein gutes Omen. Gar kein gutes Omen.

Morgens ging Jakob als Allererstes mit Bruck die schriftlichen Notizen zu ihrem Fall durch, die sie am vorigen Tag bis in den Abend hinein zusammengestellt hatten. Das Ergebnis sollte eine Liste mit Fragen und Problemen sein, die sie noch bearbeiten mussten. Sie wussten zwar schon einiges, aber bei Weitem nicht genug, um überhaupt einen Verdächtigen benennen, geschweige denn als Mörder überführen zu können. Auf jeden Fall wollten sie mehr Zeugen finden und befragen, allen voran Anna Schmitz. Bruck hatte die Schreiberei am Abend zuvor nicht sehr gemocht und war viel zu tatendurstig, um schon wieder an seinem Tisch am Fenster zu sitzen und nachzudenken.

»So viel Arbeit«, maulte er. »Und wenn es doch nur ein Unfall war?«

»Bruck! Ich dachte, das hätten wir gestern schon geklärt?«

»Ja, aber …«

»Denken Sie immer daran, dass bei der Untersuchung eines Verbrechens erste Mutmaßungen immer das bleiben, was sie sind, nämlich Mutmaßungen. Übernimmt man sie einfach als Wahrheit, führen sie äußerst selten zur Lösung eines Falls. Wir brauchen sichere Fakten. Wir brauchen klare Beweise. Was wir haben, bringt uns weiter, aber noch lange nicht zum Ziel.«

Bruck kaute nachdenklich auf seiner Unterlippe herum, als es energisch an die Tür klopfte.

»Herein!«, rief Jakob.

Die Tür öffnete sich schwungvoll, und ein Mann von umfangreicher Gestalt füllte den Raum.

»*Bonjour,* Messieurs!«, rief er mit wohlklingender Stimme.

Er besaß ausholende Gesten, als wäre er zumindest in der Öffentlichkeit an große Räume gewöhnt, und ließ dadurch Jakobs Amtszimmer winzig wirken.

»Kapellmeister August Burgmüller«, stellte er sich vor. »Man sagte mir, ich fände hier einen Commissar Hartenfels?«

Jakob nickte. »Das bin ich. Was kann ich für Sie tun?«

Über Burgmüllers Gesicht huschte ein verschmitztes Lächeln, das Jakob nicht richtig deuten konnte.

»Es handelt sich um eine wichtige Sache«, sagte der Kapellmeister bedeutungsvoll.

»Ja, das glaube ich Ihnen, sonst wären Sie nicht hier.«

»Äußerst wichtig.«

»Nur zu, heraus damit!«

Burgmüller strahlte jetzt über das ganze Gesicht und trat einen Schritt näher.

»Junger Mann, wollen Sie nicht bei der Oper anfangen? Sie haben gerade völlig natürlich den Beginn einer Unterhaltung zwischen Don Giovanni und seinem Diener Leporello mit mir geführt. Ich studiere die Oper im Moment mit meinen Sängern ein, aber so überzeugend spricht niemand diese Worte. Wissen Sie, es handelt sich um ein Rezitativ aus dem ersten Akt, gleich nachdem Don Giovanni den Commendatore, also Donna Annas Vater, im Duell ermordet hat, und Leporello …«

»Monsieur Burgmüller«, bremste Jakob die Begeisterung des Kapellmeisters, »ich spreche gerne mit Ihnen über Morde in Opern, aber nicht jetzt. Meine Zeit ist dafür leider zu knapp. Welche wichtige Sache hat Sie denn hergeführt?«

Burgmüllers Gesten verloren an Schwung. »Ein realer Mord«, sagte er betrübt. »Zumindest nehme ich das an. Vorgestern wurde ein junger Mann tot an meinem Haus vorbeigefahren. Ich kenne ihn.«

Bruck, der bis jetzt den Kapellmeister mit offenem Mund angestaunt hatte, fand seine Sprache wieder.

»Ja, wir auch. Er heißt Jacques Bonnard.«

»Bruck …«, warnte Jakob ihn kopfschüttelnd.

»Ah ja?«, fragte Burgmüller. »Seinen Namen wusste ich nicht. Ich habe ihn nur ein paarmal auf der Mühlenstraße gesehen, wenn er zur Residenz ritt. Er hatte immer eine braune Ledertasche umhängen, wie sie die Kuriere tragen. Und er sprach französisch.«

Jakob kramte zwischen den Papieren auf seinem Tisch herum und fand, was er suchte. Er legte dem Kapellmeister Petersens Zeichnung vor.

»Ist das der Mann, von dem Sie sprechen?«

»Ja«, bestätigte Burgmüller. »Der ist es. Ein Jammer! So ein junger Mensch.«

»Und Sie sind sicher, dass er immer eine braune Tasche dabeihatte?«

»Absolut sicher. Er hat sich nie von ihr getrennt. Vielleicht war er ja auch ein Kurier?«

»Wir werden es herausfinden. Ihr Hinweis ist in der Tat sehr wichtig für uns. Danke, Monsieur Burgmüller.«

»Gern geschehen. Und Sie wollen es nicht wenigstens mal

mit der Oper versuchen? Sie besitzen alles für den ›Jugendlichen Liebhaber‹, die schlanke Figur, das schmale Gesicht, die blitzenden Augen«, bemühte sich der Kapellmeister, Jakob zu überzeugen. »Die Damenwelt läge Ihnen zu Füßen, Monsieur le Commissaire.«

Jakob schüttelte lächelnd den Kopf. »Nein, wirklich nicht.«

»Nennen Sie mir einen guten Grund!«

»Nun, ich kann nicht singen. Ich treffe keinen Ton.«

»Ja, wenn es so ist«, deklamierte Burgmüller und breitete die Arme aus, »dann habe ich keine Wünsche, Herr, und nichts mehr zu sagen.«

Jakob lachte. »Auch aus Don Giovanni?«

Burgmüller nickte schmunzelnd. »Ja, auch aus Don Giovanni. Und jetzt – leben Sie wohl, alle beide. Ich muss ins Theater. Zu Don Giovanni.«

Das Amtszimmer wirkte seltsam leer, als Burgmüller gegangen war. Jakob wandte sich um und sah Bruck, der mit hochrotem Kopf an seinem Tisch saß, beide Hände vor den Mund geschlagen hatte und von unterdrücktem Gelächter geschüttelt wurde.

»Sagen Sie nichts, Bruck. Ich kann nichts für die Namen von Opernfächern oder Theaterfächern oder wie immer man das nennt. Ich tauge weder zum Sänger noch zum Schauspieler. Ich will auch nicht, dass mir die Damenwelt zu Füßen liegt, nur weil mich der Flitter der Theaterwelt umgibt, und deshalb beschäftigen wir uns jetzt wieder mit unserem Fall. Und etwas, das Sie unter keinen Umständen und nie wieder tun dürfen, ist Folgendes: einem Zeugen zu verraten, was wir bereits wissen, also zum Beispiel den Namen des Opfers. Es geht den Zeugen nichts an. Im Gegenteil – er soll reden. Er soll uns sagen, was er weiß, damit wir alle Informationen bekommen, die wir brauchen. Haben Sie das verstanden, Bruck?«

Brucks Gesichtsfarbe hatte sich zunehmend normalisiert. Kleinlaut wischte er sich die Lachtränen aus den Augen und nickte.

»Das war ein Fehler«, gab er zu, »aber der Kapellmeister ist ein imposanter Mann. Er hat mich völlig verwirrt, da rutscht schon mal was raus, das man gar nicht sagen wollte.«

»Gut, aber jetzt wissen Sie Bescheid«, sagte Jakob und klemmte sich entschlossen seinen Zwicker auf die Nase, obwohl die Druckstellen sich trotz Wundpuder immer noch nicht besser anfühlten. »Dann lassen Sie uns unsere Liste schreiben und abarbeiten. Je mehr wir heute erledigen, desto besser.«

Bruck war wieder ganz bei der Sache. »Ja, denn wir müssen nicht nur ein Pferd finden, sondern auch eine Tasche.«

»Richtig, Bruck, unter anderem. Also an die Arbeit.«

Als Maximilian Weyhe etwa zur gleichen Zeit über die neue Allee Richtung Ratinger Tor ging, warf er wie immer kontrollierende Blicke auf die kräftigen, jungen Waldbuchen, die jetzt seit sieben Jahren die Straße säumten. Es war eine sehr gute Idee gewesen, die Landskrone in einen viel größeren und tieferen Teich zu verwandeln. Den ausgehobenen Schlamm hatte er zum Teil für einen Hügel am Wasser gebraucht, zum Teil hatte er ihn an alle neuen Alleen fahren lassen, um den Sandboden dort möglichst fruchtbar zu machen. Jetzt war es eine Freude, den Buchen beim Wachsen zuzusehen. Ihre Kronen wurden jeden Sommer höher und dichter und spendeten mehr Schatten. Man brauchte sich also um sie keine Sorgen zu machen.

Eben noch hatte er auf seinem Weg das Hofgärtnerhaus an der Ecke des Parks passiert, in das er zu Anfang seiner Arbeit als Gartendirektor eingezogen war. Es kam ihm wie gestern vor, dass er, immerhin fünf Jahre lang, mit seiner Familie in der oberen Etage des Hauses gelebt hatte. Eigentlich war es schön gewesen, direkt zwischen den beiden Teilen des Hofgartens zu wohnen, um die er sich kümmerte, zwischen dem alten Teil von Nicolas de Pigage mit der Schlossallee und dem neuen Teil, den er selbst gerade entstehen ließ. Aber ganz ehrlich – Gastwirt Hecker war zwar ein freundlicher Mann, nur wer wollte schon direkt über einem beliebten Gartenlokal wohnen, in dem dann und wann auch Konzerte stattfanden? Dieser ständige Lärm! Er war gar nicht mehr zum Denken gekommen. Da wollte er in schöpferischer Stille an einem Aspekt des neuen Hofgartens arbeiten – an der richtigen Krümmung eines Weges, an einem fernen Blick durch noch zu pflanzende Bäume –, und hatte dabei durch ein geöffnetes Fenster neben dem unvermeidlichen Tellergeklapper zwangsläufig auch Plaudereien über Hühneraugen oder Ähnliches mithören müssen. Unerträglich. Außerdem war die Dienstwohnung im Hofgärtnerhaus bald zu klein geworden für seine immer größer werdende Familie. Seine Wilhelmine und er erwarteten gerade ihr fünftes Kind, und da war es sehr viel besser, im neuen Haus an der Jacobistraße zu wohnen. Vagedes hatte es ihm dort vor drei Jahren an die Düssel gebaut, die weiter hinten in einem großen Bogen aus Jacobis Garten herausfloss. Wilhelmine und er hatten es »Schatulle« getauft. Es war ein Rückzugsort, ein Nest für die Familie, ein Schmuckkästchen eben, mit einem Garten, in dem die Kinder spielen konnten. Er musste nur über die Straße gehen, schon war er in seiner Baumschule und im alten Teil des Hofgartens. Es war genau der richtige Ort.

Er passierte die Baustelle des neuen Ratinger Tores, wo emsig gearbeitet wurde, und freute sich auf den Tag, an dem es fertig sein würde. Die beiden griechischen Tempelchen waren erst in Ansätzen zu erahnen und auch nur, wenn man wusste, wie sie aussehen sollten. Aber sie würden das Schmuckstück des neuen Hofgartens sein, da war er sich sicher, obwohl sie letztlich nur ein Zollhaus in zwei Teilen waren – ein Haus als Wohnung, ein Haus als Wachstube für den Zöllner. Damit war das Ratinger Tor nicht viel anders aufgeteilt als die neuen doppelten Zollhäuschen am Stadtgraben in Höhe der Elberfelder und der Benrather Straße, es war nur viel prächtiger. Die Stadt brauchte ja immer noch eine Zollgrenze, auch nachdem Bastionen und Mauern gefallen waren. Wasserbaumeister Bauer, Vagedes und er planten nun als Material für die neue Grenze das ein, was Düsseldorf im Übermaß besaß: Wasser. Der neue Sicherheitshafen war ein Teil davon, genau wie die Landskrone, der Stadtgraben, der Graben im Süden beim Spee'schen Anwesen. Und zu dem sumpfigen Morast gleich gegenüber, an den sich ein Wasserbecken zum Säubern der Garnisonspferde anschloss, würde ihnen auch noch etwas einfallen. Eingebettet in einen grünen Gürtel um die Stadt würde diese Zollgrenze kaum auffallen. So hatte sich das damals Hofbaumeister Huschberger überlegt, der dann nach Bayern berufen worden war. Er, Weyhe, hatte die Idee übernommen und einen großen Park um die Wasserläufe herum geplant. Und so entstand jetzt ein Teil des Ganzen nach dem anderen. Es würde noch eine Zeit lang dauern, bis alles wirklich fertig war, aber man konnte sehen, wie es wuchs. Seine allergrößte Hoffnung war, dass Napoleon bei seinem Besuch verstehen würde, welch horrende Geldmittel diese Verschönerung der Stadt verschlang, und ihnen irgendwie unter die Arme griff. Eine sichere jährliche Zuwendung wäre ein wahrer Segen!

Die Baustelle des neuen Sicherheitshafens vom Rhein bis zum Eiskellerberg kontrollierte er regelmäßig. Es war wichtig, dass die ausgehobene Erde auch an die vorgesehenen Stellen in den Anlagen geschafft wurde. Nach Norden hin entstand über die ganze Länge des Hafens ein Wall, auf dem eine Allee bis zum Rhein führen und in einem Rondell enden sollte. Bäume und Bänke würden zum Verweilen einladen, weil es von dort eine schöne Aussicht gab, nach Norden über die Golzheimer Insel und nach Süden über die Stadt. Den restlichen Schlamm und Schutt der ehemaligen Befestigungsanlagen ließ er von seinen Arbeitern ganz in die Nähe südlich der Inselstraße bringen und zu einem großen Hügel aufhäufen. Bäume, Sträucher und Rasenflächen sollten später den Blick von dort nach Süden lenken. Es würde eine noch nie da gewesene, freie Sicht über die Stadt bis tief in die Alleestraße entstehen. Man würde genießen können, dass es keine einengenden Festungsanlagen mehr gab. Von der Stelle auf der Alleestraße, wo er sich im Augenblick befand, konnte er seine Leute mit ihren Karren voller Schutt jedenfalls leicht erkennen.

Er ging am Eiskellerberg vorbei und erreichte die Hafenbaustelle. In der länglichen, stetig wachsenden Grube des Sicherheitshafens, gegen den Fluss noch durch einen Wall geschützt, erwartete er wie jeden Tag das geschäftige Treiben vieler Männer, verbissene Knochenarbeit, immer in völligem Schweigen. Keine Rufe, kein Gelächter, nur das Scharren, Kratzen und Schmatzen der Schaufeln in der Erde, bewacht von blau uniformierten Soldaten. Normalerweise wirkte der Ort gespenstisch. Die Arbeiter hatte das französische Militär ihm zugesagt, und er war froh darüber gewesen, Hilfe zu bekommen. Es war nicht angenehm, im stinkenden Bodensatz des ehemaligen Festungsgrabens zu stehen und ihn auch noch auszuschaufeln, was unweigerlich eine Geruchsexplosion nach sich zog. Die Düsseldorfer und auch er hatten jedoch mit einem mulmigen Gefühl beobachtet, wie die versprochenen Arbeiter schließlich auf einem Schiff ankamen – in rot-gelber Sträflingskleidung und grauen Wolljacken. Die mit den grünen Mützen waren Lebenslängliche, die mit den roten durften irgendwann wieder nach Hause, wenn sie durchhielten. Jeder trug eine schwere eiserne Kette am Fuß. Daran waren sie immer zu zweit aneinandergeschmiedet. *Chevaliers de la guirlande,* »Ritter der Kette« nannten sie sich selbst, »Galeerensklaven« nannten sie die anderen. Nun, korrigierte sich Weyhe, so hießen sie zwar heute noch, aber Galeeren gab es schon lange nicht mehr. Sie waren Zwangsarbeiter. Zuchthäusler, die in Frankreich und seit Neuestem auch in Antwerpen an Häfen und Werften die gefährlichen, oft tödlichen Arbeiten erledigen mussten. Sie hatten ein Brandzeichen auf der Schulter, ein »TF« für *travaux forcés*, Zwangsarbeit, und ein Blechschild mit ihrer Nummer an einem Riemen um den Hals. Sie lebten miserabel genug in Steinbaracken im Hafen oder wie hier auf Gefängnisschiffen. Sie taten Weyhe leid.

Heute war die Atmosphäre jedoch anders. Laute Rufe erfüllten die Luft. Er blickte forschend über das riesige Areal, konnte aber nicht sofort ausmachen, was es war. In der Grube rührte sich niemand, alle schauten in eine Richtung. Und dann sah er es auch. Das Pferd, das schneller, als es hatte reagieren können, in einem Sumpfloch eingesunken war. Es war panisch. Von der Golzheimer Insel kamen bereits Fischer mit Seilen gelaufen, einer hatte Segeltuch unter dem Arm, auch seine Arbeiter ließen ihre Karren stehen und rannten zu dem verängstigten Tier. Viele mussten mit anfassen, um die Seile unter dem Bauch des Pferdes herzuführen, es auf das Segeltuch zu hieven und ganz herauszuziehen. Morast gab einmal gefangene Lebewesen nicht gerne wieder her. Aber schließlich war es geschafft. Erschöpft und zitternd stand das Pferd wieder auf seinen eigenen Beinen und auf festem Grund. Sogar die Zuchthäusler klatschten Beifall. Die Soldaten gönnten ihnen jedoch die kurze Zugehörigkeit zu einem gemeinsamen Erlebnis mit anderen Menschen nicht. Barsch befahlen sie ihnen, weiterzuarbeiten.

Weyhe ging zu dem Tier und nahm es am Zügel. Es war gut genährt und erstaunlicherweise gezäumt und gesattelt. Er strich ihm beruhigend über die Nase, während die aufgeregten Fischer erzählten, dass sie das Pferd hatten fangen wollen, dass es aber losgerannt und rasend schnell im Loch versunken war.

»Wem gehört das Pferd?«, fragte Weyhe. »Wo ist der Reiter?«

Die Fischer wussten es nicht, aber sie hatten das Tier am Tag zuvor bereits gesehen.

»Es ist uns gestern schon immer entwischt. Es war sehr ängstlich, wenn man ihm näher kam.«

Weyhe traf eine schnelle Entscheidung, damit die Arbeit hier weitergehen konnte. Er rief zwei seiner Arbeiter zu sich und übergab ihnen die Zügel.

»Bringt das Pferd zur Gendarmerie auf die Mühlenstraße«, sagte er. »Die haben wenigstens einen Stall. Erzählt, was passiert ist und dass der Reiter verschwunden ist. Sie sollen sich um das Tier kümmern.«

Er seufzte erleichtert, als er sah, dass das Pferd den Arbeitern gutmütig folgte.

»Der Gaul hat aber auch schon länger keinen Striegel mehr gesehen, was?« Wasserbaumeister Christian Wilhelm Bauer war gerade erst gekommen. Er trat neben Weyhe und blickte den Männern mit dem schlammverkrusteten Pferd erstaunt hinterher.

»Es war in einem Sumpfloch da vorne«, erklärte Weyhe seinem Kollegen. »Es wird Zeit, dass das Gelände hier endlich fertig wird und der Morast verschwindet.«

»Dann lassen Sie uns gleich anfangen«, nickte Bauer und rollte geschäftig einen Plan auf. »Ich wollte Sie nämlich etwas fragen.« Er tippte neben den eingezeichneten Eiskellerberg. »Was machen wir hier an dieser Stelle mit dem Sicherheitshafen? Sie haben hier eine Verbindung zur Landskrone eingezeichnet. Bekommt er die nun, oder besser nicht?«

»Nun ja«, überlegte Weyhe, »gibt es die Verbindung am Ende der Alleestraße nicht, ist dort eine Unterbrechung der Zollgrenze.«

»Das könnte man anders lösen. Ohne Wasser. Wenn jedoch eine Verbindung geschaffen werden soll, muss ich mir überlegen, wie wir das mögliche Hochwasser, das der Rhein in den Sicherheitshafen drücken wird, von der Landskrone und damit auch vom Stadtgraben et cetera fernhalten. Der Hafen wird zwar so gebaut, dass er schräg zur Strömung, also von ihr weg liegt, aber das stört Hochwasser ja nicht.«

Für längere Zeit vertieften sich die beiden Männer nun an Ort und Stelle in die weitere komplizierte Planung des neuen Hofgartens und seiner Wasserläufe. Der Vorfall mit dem Pferd war darüber schnell vergessen.

Währenddessen arbeiteten Jakob und Bruck ihre Liste ab und verließen das Rathaus. Jakob wollte zur Bolkerstraße gehen. Bruck hatte sich Petersens Porträt des Toten eingesteckt, um es der Wirtin des »Luftballon« zu zeigen und sie noch einmal zu befragen.

»Lassen Sie sie reden und hören Sie gut zu«, schärfte Jakob ihm ein. »Und wenn sie sich das Bild ansieht, beobachten Sie ihr Gesicht genau, damit Sie mir ihre Reaktion beschreiben können.«

Bruck versprach, sehr aufmerksam zu sein, und machte sich auf den Weg. Von der Marktstraße her hörte man wie jeden Tag den Dreckmichel sein »Haarüh!« brüllen, und der krumme Gumpertz saß in der Gosse – auch wie jeden Tag – und war schon jetzt am Vormittag völlig betrunken. Das wäre nicht weiter schlimm gewesen, denn niemand kannte ihn nüchtern, seitdem er aus dem Krieg nach Hause gekommen war. Er war auch nicht der Einzige, der seine Erlebnisse auf dem Schlachtfeld mit Alkohol hinunterspülte. Allerdings grölte er ununterbrochen und mit Inbrunst sein Lied »*Ça ira, ça ira*«. Auch das kannte jeder an ihm, man nahm es schon gar nicht mehr wahr. Aber, überlegte Bruck, jetzt, wo der Kaiser kam, war ein französisches Revolutionslied gar nicht gut, insbesondere eines, in dem man ausdrücklich den Adel an den Laternen baumeln sehen wollte. Sie würden sich mit Gumpertz etwas einfallen lassen müssen. Leider bettelte er nicht erkennbar, sonst hätten sie ihn ganz einfach nach der neuen französischen Ordnung, die keine Bettler auf den Straßen duldete, einsperren können. So drückten sie beide Augen zu, wenn eine mitleidige Seele ihm eine Münze zusteckte. Bruck nahm sich vor, den Commissar auf Gumpertz anzusprechen. Vielleicht könnten sie ihn so lange, wie Napoleon in Düsseldorf war, ins Armenhaus in der Reuterkaserne bringen.

Jakob machte sich die gleichen Gedanken, während er zur Bolkerstraße ging, aber im Moment konnte er sich nicht weiter darauf konzentrieren. Er wollte Anna Schmitz vernehmen, denn sie war eine wichtige Zeugin. Man konnte es nicht mehr aufschieben, sie zu befragen, auch wenn sie darunter litt. Heute musste sie erzählen, wer Jacques Bonnard war und in welcher Beziehung sie zu ihm stand. Es war bei Kriminaluntersuchungen zwar üblich, Zeugen vorzuladen und sie im Amtszimmer zu befragen, aber Jakob sprach gern mit den Menschen in ihrer eigenen Umgebung, wo sie eher ins Plaudern kamen und man sie besser kennenlernte. Jedenfalls saßen sie nicht so verängstigt da, wie das normalerweise in seinem Amtszimmer der Fall war. Natürlich war er auch aus ganz anderen und sehr privaten Gründen neugierig auf Annas Elternhaus.

Als er das Geschäft betrat, fand er keine Kolonialwarenhandlung vor, wie er sie noch von früher kannte. Es fehlte alles, die fremden Gerüche, die seltsamen Farben und Formen von Früchten, Schoten und Bohnen und die feinen Gewürze, die einen zum Niesen brachten. Das alles hatte ihn immer fasziniert. Jetzt war er enttäuscht über die Regale, denen die wirtschaftlichen Einschränkungen deutlich anzusehen waren, und den vertrauten Anblick von Äpfeln und Birnen. Trotzdem lag über allem ein intensiver Duft nach frisch geröstetem Kaffee, nicht bereits gekocht, nur geröstet. Bei seinem Eintritt wandten sich die drei Personen an der Theke gleichzeitig zu ihm herum. Eine von ihnen war Anna. Sie verschloss einen großen Jutesack und schob ihn hastig unter die Theke. Jakobs Herz machte einen Satz, als er ihre anmutigen Bewegungen sah, aber er vertrieb diese Gefühle schnell, schließlich war er für eine Befragung hier.

»Monsieur le Commissaire!«, rief Anna überrascht. »Guten Morgen!«

Die anderen beiden, zwei junge Männer, waren kaum älter als Anna. Der eine, lang aufgeschossen und selbstbewusst, lächelte verbindlich, wobei auch etwas Spöttisches um seinen Mund lag. Der andere war kleiner, nickte dem Commissar zu und zog sich sofort danach in sich zurück. Sein Blick wurde ausdruckslos, irgendwie leer, als würde er einen Vorhang vor sein Innerstes ziehen. Beide jungen Männer waren Jakob nicht besonders sympathisch, aber wie seine persönlichen Gefühle verdrängte er auch diesen Eindruck. Als Commissar wollte er die Dinge möglichst neutral sehen.

»Guten Morgen«, sagte er. »Mamsell Schmitz, haben Sie vielleicht einige Minuten Zeit für ein Gespräch? Gestern bei Hofrat Beuth sind wir ja nicht dazu gekommen.«

Jakob formulierte absichtlich vorsichtig, damit Anna nicht wieder anfing zu weinen. Aber sie schien viel gefasster zu sein als am Tag zuvor.

»Gern, Monsieur le Commissaire«, nickte sie und warf den beiden Männern an der Theke einen auffordernden Blick zu.

»Wir wollten sowieso gerade gehen, oder, Theo?«, fragte der Lange. »Dann kommen wir wegen der Bestellung einfach heute Nachmittag noch mal wieder«, sagte er zu Anna.

Er hob mit einem Finger ihr Kinn an, sodass sie in seine lächelnden Augen blicken musste, was Jakob einen eifersüchtigen Stich versetzte. Dann zog er seinen unbeteiligt wirkenden Freund mit nach draußen.

»*Au revoir,* Monsieur le Commissaire.«

Jakob nickte ihnen zu und wandte sich an Anna, die ihren ungehaltenen Gesichtsausdruck nur schwer mit einem schnellen Lächeln vertreiben konnte.

»Wer waren denn die beiden?«, fragte er.

»Peter Reichart und Theodor Bausch. Wir kennen uns alle schon seit unserer Kindheit. Heutzutage sind sie Freunde meines Bruders Friedrich.«

»Und nicht die Ihren? Ich meine, weil Sie vorhin so vertraut beieinanderstanden.«

Ein zartes Rosa stieg in ihre Wangen. »Da ging es nur um eine Bestellung«, erklärte sie leichthin. »Was möchten Sie wissen, Monsieur le Commissaire? Es tut mir leid, dass ich gestern keine große Hilfe für Sie war. Aber nun können Sie mir alle Ihre Fragen stellen. Kommen Sie bitte hier herein, dann können wir uns setzen, und ich habe auch den Laden im Blick.«

Sie zog den Vorhang vor einer schmalen Türöffnung beiseite und führte Jakob in ein düsteres Hinterzimmer.

»Mein Vater ist noch bei Lacomblet«, erzählte sie. »Da ist er jeden Vormittag für ein Stündchen, wie alle anderen auch.

Noch vor ein paar Jahren wurden da die besten Geschäfte gemacht.«

Jakob blickte sich um. Der Raum besaß ein kleines Fenster zur Feuergasse zwischen den Häusern und wurde teilweise auch als Warenlager genutzt, damit man nicht so oft zum Lagerschuppen im Hof laufen musste. Anna wies auf einen Stuhl gegenüber der Türöffnung zum Laden.

»Setzen Sie sich doch, Monsieur le Commissaire«, lud sie ihn ein, während sie die alte Tranlampe auf einem kleinen Tisch entzündete und sich auf den zweiten Stuhl sinken ließ. »Es ist zwar nicht der schönste Raum des Hauses, aber er erfüllt seinen Zweck. Früher konnte man sich hier kurz hinsetzen und verschnaufen, bis die nächsten Kunden kamen, wenn man lange im Laden gestanden hatte.«

»Aber heute ist das nicht mehr so?«

»Nein. Die wirtschaftlichen Verhältnisse machen es unmöglich. Wir müssen jetzt sogar auch anderes anbieten.« Sie zeigte traurig auf die Obstkörbe im Laden. »Mein Vater leidet sehr darunter. Und was möchten Sie wissen?«

»Wer war Jacques Bonnard?«

Ein flüchtiges Lächeln huschte über Annas Gesicht.

»Ein sehr netter Franzose, der niemandem etwas getan hat«, erklärte sie fast trotzig und zupfte ein paar braune Juteflusen von ihrer Schürze, ohne zu bemerken, was sie tat. »Warum musste er sterben, Monsieur le Commissaire?«

»Wir werden es herausfinden. So schnell wie möglich«, versicherte Jakob. »Erzählen Sie mehr über ihn, damit ich mir ein besseres Bild machen kann.«

Anna seufzte tief. »Er war einfach nett. Und freundlich und lustig. Lebensfroh. Er muss schon mehrfach in Düsseldorf gewesen sein, denn er kannte sich hier aus. Irgendwann vor ungefähr einem Jahr kam er aus der Gendarmerie bei der Residenz gelaufen und rannte mich fast um. So habe ich ihn kennengelernt. Er sprach nur französisch, aber das machte nichts. Jeder hier bei uns versteht ja wenigstens ein paar Brocken Französisch. Wir haben zusammen geredet und gelacht und uns Wörter in unseren Sprachen beigebracht.« Sie lächelte, aber das Lächeln galt nicht Jakob. »Beim letzten Mal vor ein paar Monaten sprach er dann von *amour.* Das Wort kannte ich natürlich, aber *éternel* war neu. Wenn er das nächste Mal wiederkam, also eigentlich jetzt, wollte er mir erklären, was es bedeutet.« Sie stockte kurz. »Dafür hätte ich ihm dann ein deutsches Wort mitgeben müssen. Es war ein Spiel. Eine Art Rätsel, über das wir nachdenken konnten, damit wir uns nicht vergessen.« Ihr kamen die Tränen, und sie senkte den Kopf. »Das hätte ich sowieso nicht. Aber nun kann er es mir auch nicht mehr sagen.«

Sie schwieg. Ihre Hände machten eine hilflose kleine Geste.

»Ewig«, sagte Jakob leise.

Anna schreckte aus ihren Gedanken auf. »Wie?«

»Ewig«, wiederholte er. »*Éternel* heißt ewig.«

Trotz der Tränen lächelte Anna Jakob an. Diesmal meinte sie ihn auch. »Ich weiß. Ich habe natürlich Le Vieux Albert sofort danach gefragt. Der alte Albert war als französischer Soldat bei uns einquartiert. Inzwischen ist er wieder bei sich zu Hause im Elsass, weil er zu alt ist, um weiter in den Krieg zu ziehen. Aber er hat mir immer alles übersetzt. Auch *amour éternel.*«

Sie holte ein Taschentuch aus der Schürze, wischte sich entschlossen die Tränen aus den Augen und schnäuzte sich die Nase. Jakob legte den silbernen Knopf auf den Tisch.

»Kennen Sie diesen Knopf?«, fragte er.

»Der ist von seiner Jacke«, nickte Anna. Sie nahm den Knopf in die Hand und betrachtete ihn nachdenklich. »Er gehört eigentlich an die Uniform seines älteren Bruders. Gaston ist einer von Napoleons Elitegendarmen, also von der persönlichen Eskorte. Er hat jetzt einen von Jacques Knöpfen. Sie haben sie getauscht, als eine Art Talisman, als Glücksbringer. Jacques war sehr stolz auf Gaston. Die beiden Brüder haben nur noch einander. Sie wollten sich in diesen Zeiten nicht aus den Augen verlieren, also arbeitete Jacques als einer von Napoleons Kurieren und konnte so auch meistens in der Nähe seines Bruders sein. Ach, da fällt mir ein«, unterbrach sie sich, »haben Sie seine Tasche gefunden? Er hatte immer eine braune Kuriertasche umhängen. Die gab er nicht her, denn darin waren auch sein Geld und seine Papiere und was er so brauchte.«

Jakob schüttelte den Kopf. »Leider nicht. Wenn wir die Tasche hätten, wären wir schon ein ganzes Stück weiter, könnte ich mir vorstellen. Wir suchen noch danach.«

Anna nickte und schloss ihre Hand um den Silberknopf. »Kann ich ihn behalten? Als Andenken?«, fragte sie.

»Gern«, antwortete Jakob, »sobald wir Jacques' Mörder gefunden haben und der Fall abgeschlossen ist, dürfte das kein Problem sein. Bis dahin brauche ich ihn noch.«

»Ja sicher«, flüsterte Anna, erschreckt von dem Wort »Mörder«, und legte den Knopf wieder auf den Tisch.

»Wissen Sie, ob Jacques Feinde hatte? Irgendjemand, der ihn nicht mochte?«

Anna schüttelte den Kopf und hob die Schultern. »Nein. Das war auch nicht möglich, man musste ihn mögen. So war er einfach.«

»Können Sie sich vielleicht erklären, warum wir ihn auf einer Wiese in der Nähe des ›Luftballons‹ gefunden haben? Was hat er da gemacht?«

»Das weiß ich nicht. Aber wenn er aus dem Norden gekommen ist, musste er doch da vorbei. Aus dieser Richtung ist es einfach der Weg in die Stadt.«

Jakob nickte. Das hatte er sich auch überlegt, aber es hätte ja auch noch andere Gründe geben können. Er nahm den Knopf vom Tisch, stand auf und trat aus dem Hinterzimmer.

»Vielen Dank für Ihre Offenheit, Mamsell Schmitz. Im Moment habe ich keine Fragen mehr, aber ...«

»Wer ist das, Anna?«

Die Stimme in Jakobs Rücken klang schrecklich. Sie krächzte voller Angst, schraubte sich panisch in die Höhe. Jakob wandte sich um und sah einen jungen Mann, der bestens in die modernen Schauerromane gepasst hätte: kalkweiß im Gesicht, bis auf einen blauen Fleck am Kinn, strubbelige Haare, keine Halsbinde, das Hemd halb offen, die Weste nicht zugeknöpft. Er sah aus wie ein Gespenst. Anna war sofort bei ihm und strich ihm sanft über den Rücken.

»Beruhige dich, Friedrich. Alles ist gut. Monsieur le Commissaire ist nur hier ...«

Er ließ sie nicht ausreden. Mit einem leisen Schrei, der eher wie ein Quieken klang, rannte er aus dem Laden und die Treppe hoch. Oben fiel eine Tür heftig ins Schloss.

Anna wandte sich bedauernd zu Jakob um. »Sie müssen meinen Bruder entschuldigen, Monsieur le Commissaire. Er ist krank, es geht ihm im Moment nicht gut.«

»Das tut mir leid.«

Wieso hatte Annas Bruder Angst vor ihm?, fragte sich Jakob. Das war ganz deutlich gewesen. Er hatte das Wort »Commissaire« gehört und war noch ängstlicher geworden als ohnehin schon. Der junge Mann stand kurz vor einem Zusammenbruch.

»Seit wann geht es ihm denn so schlecht?«, wollte er wissen.

Annas Wangen färbten sich wieder rosa. »Seit ein paar Tagen«, sagte sie knapp und warf einen ruhelosen Blick durch den Laden. »Aber er wird bestimmt bald wieder gesund. Ich kümmere mich um ihn.«

Jakob folgte ihrem Blick. »Vielleicht geht es ihm ja wieder besser, wenn der Kaffee verkauft ist«, schlug er vor, während er an der Theke vorbei zur Tür ging. »Wie dem auch sei, wenn ich zu unserem Mordfall noch Fragen habe, darf ich doch wiederkommen?«

Er reichte ihr die Hand, um sich zu verabschieden, und trat auf die Straße.

»Sicher dürfen Sie das, Monsieur le Commissaire«, flüsterte Anna und schloss die Ladentür.

Jakob behielt den letzten Eindruck im Kopf, als er zum Rathaus zurückging. Annas Wangen waren tiefrot, und sie hatte ihm nicht in die Augen sehen können. Es hatte mit Schmuggelei zu tun, das war ganz klar, deshalb hatte er sich seine Bemerkung zu der Kaffeelieferung auch nicht verbeißen können. Solange die französische Gendarmerie nichts ahnte, bestand keine wirkliche Gefahr. Die bergische Polizei drückte größtenteils beide Augen zu, das müsste Anna eigentlich wissen. Weshalb war sie so nervös geworden? Und was quälte ihren Bruder? Seltsam war, dass dessen Krankheit vor ein paar Tagen angefangen hatte, genau, als der Mord passiert war. Nun, jetzt mussten Bruck und er sich offenbar doch noch näher mit dieser Familie beschäftigen. Was ihm einerseits sehr gelegen kam, andererseits fürchtete er das Ergebnis. Was, wenn Anna stärker in die ganze Sache verwickelt war, als er das im Moment durchschauen konnte? Allein aus diesem Grund würden sie einen ganz genauen Blick in die Angelegenheit werfen müssen.

Bruck war auf seinem Weg zum »Luftballon« schon ein ganzes Stück die Mühlenstraße hinuntergelaufen, als er in einiger Entfernung auf dem Paradeplatz ein fürchterlich verschmutztes Pferd lammfromm hinter zwei Männern hertrotten sah. Sie kamen ihm entgegen, bemerkten ihn aber nicht. Einer der Männer war Benno, ein Nachbar, ungefähr in Brucks Alter. Der sollte eigentlich um diese Zeit nicht mit einem Pferd herumlaufen, überlegte sich Bruck, und wenn man es genau bedachte, war es sogar äußerst verwunderlich, dass er überhaupt mit einem Pferd herumlief. Benno mochte nämlich keine Pferde. Außerdem müsste er im Moment an der Baustelle des Sicherheitshafens für den Gartenbaumeister Weyhe Schutt fahren. Wieso war er also hier? Bruck beschleunigte seine Schritte und tauchte in Höhe der Residenz so plötzlich neben seinem Nachbarn auf, dass der richtig zusammenfuhr.

»Benno!«, rief Bruck. »Was machst du denn hier mit einem Pferd?«

»War nicht meine Idee«, brummte Benno.

»Aha? Wessen Idee war es denn?«

»Weyhes.«

»Und wohin wollt ihr mit dem Pferd?«

»Zur Gendarmerie.«

Bruck verdrehte die Augen. Benno war noch nie sehr gesprächig gewesen, aber das war doch ein bisschen zu viel.

»Nun lass dir doch nicht die Würmer aus der Nase ziehen, Benno«, explodierte Bruck. »Was ist das für ein Pferd, wo kommt es her, wieso ist es so schmutzig, warum muss es zur Gendarmerie?«

Man sah Benno an, dass er die vielen schnellen Fragen erst einmal verdauen musste. Aber schließlich hatte er eine Antwort. Zumindest auf die erste Frage.

»Weiß ich nicht.«

»Was soll das heißen – ›weiß ich nicht‹?«, fragte Bruck entgeistert.

»Ja, es war doch im Sumpf«, empörte sich Benno da. »Wir haben es rausgezogen. Weyhe sagt, die Gendarmerie hat einen Stall. Die sollen sich kümmern.«

Der andere Mann, der das Pferd am Zügel führte, nickte bestätigend und zeigte auf das Gebäude der Gendarmerie.

»Gibt es denn keinen Reiter?«, fragte Bruck.

Benno zuckte die Schultern. »Nö.«

Da geriet in Brucks Kopf ein ganzer Kirchturm voller Glocken in Bewegung. Hatte er es doch geahnt! Wenn er sich nicht völlig täuschte, hatte er das Pferd des Toten gefunden. Ein Brandzeichen im Fell oder eine Markierung im Sattel würde man erst erkennen können, wenn es gesäubert war, aber er hielt es für ein Kurierpferd. Sie waren kleiner als Reitpferde, kräftig und ausdauernd. Genau wie dieses Tier.

»Ich gehe mit zur Gendarmerie«, sagte er. »Da erzählt ihr die Geschichte noch mal. Aber«, betonte er energisch, »mit allem Drum und Dran.«

Benno seufzte und trottete so gottergeben neben Bruck her, dass er Ähnlichkeit mit dem lammfrommen Pferd bekam. Aber diesen Gedanken behielt Bruck lieber für sich.

Durch das Fenster der Ladentür beobachtete Anna, wie der Commissar die Straße hinunter Richtung Rathaus ging. Ein netter Mensch mit einem einfühlsamen Wesen. Und er sah gut aus. Unter anderen Umständen würden sie wohl nicht über Mord und Totschlag reden. Zornig wandte sie sich von der Tür ab und stampfte mit dem Fuß auf, als wäre sie noch ein Kind. Trotzdem tat die Bewegung ihr gut. Warum musste alles nur so falsch sein? Und warum musste alles zur gleichen Zeit so falsch sein? Eins allein reichte doch. Es war schwierig genug, Schmuggelware unter der Ladentheke zu verkaufen und darauf zu hoffen, dass die Franzosen keinen Verdacht schöpften und nicht wissen wollten, woher plötzlich eine größere Menge an Waren kam, wenn sich ein Kaufmann eigentlich wegen der Zölle nur viel weniger hätte leisten können. Manchmal fühlte sie sich, als liefe sie über einen sehr schmalen, schwingenden Steg hoch über einen Abgrund. Sie durfte einfach keinen falschen Schritt tun, sonst gefährdete sie das ganze wackelige Konstrukt. Also was konnte sie dem Commissar sagen, ohne zu viel preiszugeben? Vor allem, seit ihr Bruder ihr auch noch offenbart hatte, dass er wahrscheinlich ein Mörder war. Wieder überkam Anna Entsetzen über einen solchen Gedanken und sie schlug beide Hände vor den Mund. Jacques war tot. Das war allein schon unfassbar. Sie hatte ihn wirklich gemocht. Er war gewaltsam gestorben. Aber was wäre denn nur, wenn sich Friedrichs Annahme, er sei der Täter, als wahr herausstellte? Er konnte sich zwar an nichts erinnern, aber was, wenn er recht hätte? Er hatte jemanden niedergeschlagen, was danach geschehen war, wusste er nicht. Es war wie ausgelöscht. Dafür hatte er ihr ausführlich das wenige erzählt, an das er sich erinnern konnte.

Sie hatten sich an dem Abend im Stall am »Luftballon« bei Heinrich und Franz getroffen. So hießen die Knechte dort, Anna kannte sie nicht. Sie waren zu zehnt oder mehr und versammelten sich wie immer ganz im Geheimen. Wahrscheinlich wussten noch nicht einmal die Wirtsleute darüber Bescheid, was ihre beiden Knechte trieben. Drei aus der Gruppe, ein Spediteur und zwei Tagelöhner, kamen von außerhalb und brachten das Schmuggelgut in eine verlassene Scheune bei der Golzheimer Insel. Franz und Heinrich waren die Anlaufstelle, wenn neue Waren angekommen waren, denn die mussten bezahlt werden und so schnell wie möglich wieder aus der Scheune verschwinden. Die beiden Knechte sorgten für ein Treffen mit den Schmugglern aus der Stadt, zu denen auch Friedrich selbst gehörte. Peter Reichart und Theo Bausch, Friedrichs Freunde, waren natürlich auch dabei. An diesem Abend hatten sie beschlossen, in der nächsten Nacht die letzte Fuhre in die Stadt zu bringen und dann den Besuch Napoleons abzuwarten. Das würde ihren Auftraggeber, der sie für die Ware und für ihre Dienste bezahlte und wohl selbst die besten Geschäfte mit Schmuggelgütern machte, gar nicht passen. Er zog zwar die Fäden, blieb aber immer im Hintergrund. Keine Namen – keine Verdächtigen. Das hatten sie selbst auch immer für klug gehalten. Jetzt wurden ihre Unternehmungen aber doch zu gefährlich. Die Gendarmerie war überall und kontrollierte jede Straße, weil sie mit Aufständischen rechnete. Sie würden kurzen Prozess mit Schmugglern machen, die verbotene Güter in die Stadt brachten.

Anna konnte die Angst ihres Bruders nachvollziehen. Schmuggeln von Gütern war eine Sache, Schmuggeln von verbotenen Gütern eine ganz andere. Darauf stand keine einfache Gefängnis- oder Geldstrafe, sondern Pranger und Zwangsarbeit oder Tod. Und Friedrich und seine Freunde schmuggelten nun einmal verbotene Waren. Kein Wunder, dass er den Schreck seines Lebens bekommen hatte, als er vom Abort zurückkam und einen Mann mit einem Pferd am Stall stehen sah. Er hatte die Gestalt im Nebel für einen Gendarmen gehalten, der sie belauschen wollte, und ihm eins übergebraten. Der Mann war umgefallen wie ein Sack. Das war Jacques gewesen, wie sie jetzt wusste! Wie schrecklich! Ihr war ganz übel geworden, als sie am nächsten Tag die Porträtzeichnung bei Hofrat Beuth gesehen und begriffen hatte, was sie bedeutete. Friedrich konnte sich noch erinnern, dass er danach den anderen Bescheid gesagt hatte. Und was dann passiert war, das wusste er nicht mehr. Aber bei dem panischen Gefühl, das ihn beherrschte und das er einfach nicht abschütteln konnte, musste etwas Schreckliches geschehen sein. Als er schließlich mitten in der Nacht aufgewacht war, hatte er vor seiner Haustür gelegen und war hinauf in sein Zimmer geschlichen in der festen Überzeugung, dass er den Mann nicht nur niedergeschlagen, sondern getötet hatte.

Es musste einen Kampf gegeben haben, überlegte Anna zum hundertsten Mal, denn woher sonst hatte er den blauen Fleck am Kinn? Mit wem hatte er gekämpft? Und warum? War Jacques wieder aufgewacht und hatte sich gewehrt? Oder hatten die anderen sich auf Friedrich gestürzt, weil er so dumm gewesen war, einen Unbeteiligten anzugreifen? Auch das könnte sie nachvollziehen, denn Friedrich verhielt sich manchmal schon seltsam. Sie hatte es vorhin auch nicht verstanden, warum er nicht in seinem Zimmer geblieben war, sondern plötzlich im Laden stand und sie verzweifelt nach einer Ausrede suchen musste. Wie hätte sie dem Commissar sein Benehmen auch erklären sollen? Friedrich verhielt sich verdächtig. Und dass die Krankheit ihres Bruders unglaubwürdig war, hatte sie dem Commissar angemerkt. Wenn sie Glück hatten, sah er den Grund für Friedrichs seltsames Verhalten nur in der Schmuggelei. Unruhig wanderte Anna im Laden auf und ab. Sie hätte nie gedacht, dass die zwielichtigen Geschäfte ihres Bruders ihn in eine aussichtslose Lage bringen würden, ihn aber gleichzeitig vor weitaus schlimmeren Verdächtigungen retten konnten. Sie musste nur geschickt genug argumentieren, wenn sie noch einmal mit dem Commissar sprach, und hoffen, dass er zu denen gehörte, die heutzutage mit Schmugglern sehr nachsichtig waren. Friedrich brauchte ihre Hilfe. Sie nahm sich vor, alle Fragen des Commissars geduldig und freundlich zu beantworten. Das ließe mögliche Verdächtigungen rund um Jacques' Tod gar nicht erst aufkommen. Alles war so schwierig geworden ... Anna blieb abrupt stehen und hielt sich an der Theke fest. Sie hatte das Gefühl, dass der schwingende Steg über dem Abgrund plötzlich unter ihren Füßen ein Stück tiefer gesackt war.

Von der illustren Gesellschaft, die sich bereits am frühen Nachmittag im Regierungsgebäude auf der Mühlenstraße versammelt hatte, hingen nicht nur die Geschicke des Großherzogtums Berg ab, sondern zurzeit auch ein gutes Gelingen des kaiserlichen Besuchs. Um den großen Tisch saßen der Minister-Staatssekretär Pierre-Louis Graf Roederer, der Präfekt Heinrich Graf von Borcke, der Kaiserliche Commissaire und Finanzminister Jacques Claude Graf de Beugnot, der Innen-, Kriegs- und Polizeiminister Johann Franz Graf von Nesselrode-Reichenstein sowie Maximilian Freiherr von Pfeil, *Maire* von Düsseldorf. Sie waren mit ihren ersten Vertretern und Generalsekretären gekommen und beratschlagten nun letzte Fragen vor der Ankunft Napoleons. Es war höchste Zeit – obwohl man immer noch nicht wusste, wann der Kaiser tatsächlich eintreffen würde.

Beugnot war in bester Laune, denn er wusste nun, warum sich Roederer und Nesselrode schon früh getroffen hatten. Im Nachhinein war er sogar froh darüber, dass Nesselrode ihn davon verschont hatte. Es war um nichts weiter gegangen als um die Reden der Bürgermeister, die auf dem Weg von Wesel nach Düsseldorf an den Kaiser gerichtet werden sollten. Roederer, als gebürtiger Elsässer zweisprachig, hatte höchstpersönlich die im Innenministerium eingereichten Texte gelesen und korrigiert, schließlich sollten die französischen Ohren des Kaisers nicht durch unverständliche Wortwahl oder falsche Grammatik beleidigt werden. Eine Maßnahme, für die Beugnot zutiefst dankbar war. Je weniger verärgert Napoleon in Düsseldorf ankam, desto besser für alle.

»Messieurs!«, rief Beugnot in den Raum, um die Konzentration auch ganz zum Schluss der Sitzung, wenn man allmählich zu allgemeineren Plaudereien überging, noch einmal auf das Wesentliche zu lenken. »Wir haben nunmehr auch die Unterkünfte für das Gefolge des Kaisers bestimmt. Monsieur le Maire wird die fünfzig ausgewählten Privathaushalte in Düsseldorf und Pempelfort informieren. Des Weiteren wird er dafür Sorge tragen, dass die Renovierungsarbeiten im Jägerhof zügig voranschreiten, sodass das kaiserliche Paar und seine engsten Bediensteten eine würdige Bleibe haben.« Er blickte von Borcke an. »Wegen des Besuchstermins herrscht Unruhe in Düsseldorf, Monsieur le Préfet. Was wissen wir über die Reisepläne des Kaisers? Gibt es Neuigkeiten?«

»Nun, ich erhalte zwar täglich Berichte von der Grenze, aber Genaues weiß man immer noch nicht«, bedauerte von Borcke. »Baron Sonsfeld, Unterpräfekt von Essen, ist seit Dienstag in Wesel und sehr eifrig mit den dortigen Vorbereitungen beschäftigt. Auch er informiert mich täglich. Ich selbst bin gestern von Wesel zurückgekommen und hatte einen Tag lang Gelegenheit, mir vor Ort ein Bild zu machen. Das System der Späher funktioniert einwandfrei. Ihre Nachrichten würden uns ein bis zwei Tage vor der Ankunft des Kaisers mit Boten in Düsseldorf erreichen. Die Zeit wäre knapp, aber ausreichend.«

Beugnot wiegte den Kopf, aber von Borcke sprach bereits weiter.

»Das ist noch nicht alles. Auch für die kaiserlichen Boten

und den Wagentross ist gesorgt. Zwischen Wesel und Düsseldorf sind vier Relais mit je zweihundert frischen Pferden zum Wechseln eingerichtet worden. Dafür wurden die Bauernpferde der ganzen Gegend requiriert. An der Poststation in Düsseldorf werden für den Kaiser hundert Pferde immer bereitstehen.«

Roederer nickte anerkennend. »Das ist alles gut und schön, aber wer sorgt für die Sicherheit der kaiserlichen Boten? Mir ist zugetragen worden, dass ein Bote seiner Majestät auf infame Weise zu Tode gekommen ist. Das ist natürlich überhaupt nicht tragbar.«

Der Innenminister und der Bürgermeister beeilten sich zu versichern, dass die besten Kräfte der Polizei sich um diesen Fall kümmerten und man wohl davon ausgehen könnte, dass er vor Eintreffen des Kaisers aus der Welt geschafft wäre.

Roederer hörte ihnen mit hochgezogenen Augenbrauen zu. »Hat man die Tasche des Boten gefunden? Und die Botschaft des Kaisers?«

Es herrschte betretenes Schweigen.

»Also nicht«, entrüstete sich Roederer, »obwohl es sich um den Termin seiner Ankunft hier handeln könnte, auf den wir alle warten?« Kopfschüttelnd lehnte er sich zurück. »Ich erwarte Ihren Bericht.«

»Selbstverständlich«, versprach der Bürgermeister, der sich, sobald er sich wieder unbeobachtet fühlte, unauffällig mit einem Tuch über die Stirn tupfte.

Die Sitzung war eigentlich zu Ende, als Roederer noch eine ganz andere Sache ansprach.

»Sie müssen damit rechnen«, sagte er zum Entsetzen aller, »dass der Kaiser im nächsten Jahr gen Russland zieht und dafür viele Soldaten braucht.«

»Aber die Unsrigen sind doch gerade erst aus Spanien wiedergekommen, das heißt diejenigen, die überhaupt noch übrig sind«, wandte Bürgermeister von Pfeil ein. »Die Bevölkerung wird empört sein. Sie wird sich weigern.«

»Das kann sie nicht, wie Sie sehr wohl wissen«, gab Roederer zurück. »Wir hoffen alle, dass der Krieg nicht sein muss, allen voran der Kaiser selbst« – dieser Zusatz rief ein leises, ungläubiges Schnauben bei einigen Sitzungsteilnehmern hervor, Roederer fuhr jedoch ungerührt fort –, »aber Russland hat sich Anfang des Jahres geweigert, die Sanktionen gegen England weiter mitzutragen, und betreibt seitdem wieder Handel mit verbotenen englischen Gütern. Das hat den Zorn des Kaisers heraufbeschworen. Sie können es sehen, wie Sie wollen, es wird zu Rekrutierungen kommen, auch im Großherzogtum. Ich fordere Sie alle auf, diese Sache noch geheim zu halten, bis die kaiserliche Proklamation da ist, um das Volk nicht unnötig zu beunruhigen.«

Er blickte alle am Tisch nacheinander eindringlich an, bis er von allen das stumme Einverständnis hatte.

Nur für den Bruchteil einer Sekunde hielt Beugnot den Zeitpunkt dieser Offenbarung für denkbar schlecht gewählt. Wie sollte man einen Herrscher feiern, der so wenig Grund dazu gab? Napoleon würde in Düsseldorf Menschen sehen, vielleicht sogar begrüßen, die nächstes Jahr schon für ihn in einem Krieg starben, der streng genommen nicht der ihre war, denn sie waren keine Franzosen. Aber nach dem Bruchteil dieser Sekunde war Beugnot sofort wieder der begeisterte kaisertreue Beamte, der den nationalen Interessen Frankreichs den Vorrang vor allem gab und sich solche gefährlichen Gedanken einfach nicht gestattete. Er folgte getreulich dem Wahlspruch Napoleons: »*La France avant tout* – Frankreich zuerst«.

Jakob saß nachdenklich an Brucks Tisch im Amtszimmer, kaute auf seiner Schreibfeder herum und blickte aus dem Fenster über den Marktplatz. Die Laternenanzünder gingen bereits herum. Er schaute ihnen immer gerne dabei zu, wie sie die Laternen über der Straßenmitte an Halteseilen herunterließen, Leinöl nachfüllten, die schwach leuchtenden Lampen wieder hochzogen und sie an eisernen Ringen in den Hauswänden festbanden. Es kam vor, dass sie auch kläglich miauende Katzen befreien mussten, die die Gassenjungen aus purem Übermut in eine Laterne gesetzt und hochgezogen hatten, wohl in dem festen Vertrauen, dass die Laternenanzünder sie abends schon befreien würden. Auch ringsum in den Häusern wurden Kerzen und Lampen entzündet, deren Schein auf den Marktplatz fiel. Jeden Tag wurde es jetzt früher dunkel, inzwischen ging die Sonne schon um fünf Uhr unter. Die Markthändler bauten ihre Stände ab, und langsam leerte sich der Platz. Der krumme Gumpertz war nicht mehr zu hören, auch die kleinen Rabauken waren nicht mehr da, die tagsüber besonders gerne die Apfel-Marie ärgerten. Sie sprangen so lange um sie herum und lenkten sie ab, bis es einem von ihnen gelang, ein oder zwei Äpfel aus ihrem großen Korb zu stibitzen, worauf sie alle laut kreischend wegrannten. Es war ein Spiel, und die Apfel-Marie war viel zu gutmütig, um den Schlingeln den Spaß zu verderben.

In den »Drei Reichskronen« saßen elegant gekleidete Menschen bei einem frühen Abendessen zusammen. In wenig mehr als einer Stunde würden sie auf den Marktplatz treten und hinüber ins Theater gehen. »Die Jäger«, ein ländliches Sittengemälde von August Wilhelm Iffland, war angekündigt, und Jakob hatte keinen Zweifel, dass der Name dieses Schauspielers und Dramatikers wieder ein volles Haus bringen würde. Wenn sogar er den Namen kannte oder zumindest von ihm gehört hatte, musste der Mann berühmt sein. Er schmunzelte, als er sich wieder an den morgendlichen Besuch des Kapellmeisters erinnerte. Nein, er wollte kein Schauspieler sein und in erfundenen Welten leben. Ihm reichte es aus, am Fenster zu sitzen und auf den belebten Platz zu schauen, um viele Geschichten erzählt zu bekommen, wirkliche, lebendige Geschichten. Und weil er immer sehr genau hinschaute, spürte er auch sofort den Unterschied zwischen wahr und falsch. Er mochte es ganz und gar nicht, wenn jemand versuchte, ihm etwas vorzugaukeln. So wie Anna heute.

Ihr Bruder Friedrich war krank? Ganz bestimmt nicht. Er hatte Angst. Nun ja, man konnte auch krank vor Angst sein, vielleicht hatte Anna das gemeint. Jakob wollte ihr nicht unrecht tun, und vor allem wollte er nicht glauben, dass sie ihn bewusst belog. Er war sich aber sicher, dass ihr Bruder etwas über den Tod des Franzosen wusste. Also würde er Friedrich vernehmen, allerdings hier im Amtszimmer und ohne Anna. Er würde ihn vorladen, gleich am frühen Montagmorgen, wenn auch der Untersuchungsrichter wieder erreichbar war, um direkt über den Fall zu entscheiden. Friedrich war ein Kaufmannssohn. Mit den einflussreichen Kaufleuten in der Stadt war nicht zu spaßen, sodass sich Jakob lieber vom Richter absichern ließ. Beim Verhör sollte auch Bruck im Hintergrund sitzen und Friedrich beobachten. Bruck wäre Zeuge des Verhörs. Außerdem sahen vier Augen mehr als zwei.

Überhaupt: Bruck. Wo blieb der denn so lange? Er hatte doch nur die Wirtin im »Luftballon« noch einmal befragen sollen und müsste eigentlich längst zurück sein. Jakob legte die Feder weg, mit der er sich zu seinem Gespräch mit Anna ein paar Notizen gemacht hatte, und stand auf, um die Tür zu öffnen und den Flur zu inspizieren. Vielleicht war Bruck ja schon irgendwo im Rathaus. Er zog die Hand jedoch schnell von der Klinke fort, als es im gleichen Moment von außen gegen die Tür polterte und sie direkt danach aufgestoßen wurde. Bruck kam rückwärts ins Zimmer, weil er noch mit einem Polizeidiener draußen redete, und sah den Commissar überhaupt nicht. Jakob brachte sich schnell hinter seinem eigenen Tisch in Sicherheit.

»Ja genau«, rief Bruck in den Flur, »Erbsensuppe mit Speck, und ich sage dir, die war – so!« Er führte Daumen und Zeigefinger an den Mund und verpasste ihnen einen lauten Schmatz. »Und das Beste, die Wirtin hat mich dazu eingeladen. So, ich muss jetzt aber weitermachen. – Was? – Ja, den fangen wir schon, keine Sorge.«

Vergnügt schloss Bruck die Tür, drehte sich um und ging zu seinem Platz, ohne Jakob zu bemerken. Die beiden Öllampen auf den Tischen brannten zwar, aber große Teile des Zimmers lagen trotzdem im Schatten. Bruck streifte das Schulterband ab, an dem sein Säbel hing, legte beides zusammen klirrend auf den Tisch und setzte sich aufatmend hin.

»Guten Abend, Bruck«, sagte Jakob halb amüsiert und halb ungehalten aus der Dunkelheit heraus.

Blitzartig sprang Bruck wieder auf, wobei er den Stuhl umwarf, und griff nach dem Säbel. Als er Jakob erkannte, ließ er erleichtert die Hand sinken.

»Monsieur le Commissaire! Haben Sie mich erschreckt!« Er stellte den Stuhl wieder auf die Beine und setzte sich zum zweiten Mal. »Wenn man den ganzen Tag mit Verbrechern zu tun hat, rechnet man doch immer mit dem Schlimmsten.«

»Und wie sahen die Verbrecher aus? Klein, rund und grün?«

Bruck blickte Jakob verwirrt an. »Wie … ach so, Sie haben das mit der Erbsensuppe gehört.« Seine Wangen färbten sich rötlich. »Sie glauben bestimmt, dass ich immer nur ans Essen denke. Aber Mittag war schon vorbei, als ich beim ›Luftballon‹

ankam, und mein Magen knurrte so laut, dass sogar die Wirtin es gehört hat. Sie hat dann quasi mein Leben gerettet.«

Treuherzig schaute Bruck den Commissar an.

»Das ist auch in Ordnung«, nickte Jakob. »Essen müssen wir alle. Es geht nur nicht, dass sich ein Polizeidiener in einer Ermittlung von einer Zeugin Essen spendieren lässt. Wer weiß, vielleicht ist die Wirtin ja nicht nur eine Zeugin. Tun Sie nie etwas, Bruck, das Sie später bereuen, wenn die Sache ernst wird und ein Verdächtiger meint, Sie schulden ihm noch einen Gefallen. Machen Sie sich nicht erpressbar, noch nicht einmal mit Erbsensuppe. Essen Sie sie, aber bezahlen Sie sie auch.«

»Daran habe ich gar nicht gedacht«, sagte Bruck erschrocken. »Die Wirtin war doch einfach nur freundlich. Oder nicht?«

Auf seinem ungläubigen Gesicht zeigte sich deutlich, dass er auf einmal die gesamte mögliche Schlechtigkeit der Welt zu begreifen begann. Er sah so bekümmert aus, dass Jakob schnell einlenkte.

»Haben Sie denn im ›Luftballon‹ noch mehr erreicht außer einem Teller Erbsensuppe?«

»Es waren zwei«, gab Bruck kleinlaut zu und sah, dass Jakob trotz allem schmunzeln musste. Sofort bekam er wieder Oberwasser. »Oh ja, ich habe sehr viel erreicht, Monsieur le Commissaire.« Er holte Petersens Porträt des Toten aus seiner Tasche, stand auf und gab es Jakob zurück. »Ich hatte es ja schon vermutet«, berichtete er mit einer lässigen Handbewegung, während er sich wieder auf den Stuhl fallen ließ. »Es war der kleine Hund.«

Jetzt war Jakob verwirrt. »Der kleine Hund? Sie meinen diesen Kläffer, der aus der Tür gerannt kam, als wir da waren? Was hat der denn mit unserem Mordfall zu tun?«

»Sehr viel. Der Hund ist schuld, dass der Tote Blutergüsse

an der Schulter hat, obwohl die Wirtin meinte, er hätte auf der Straße gesessen, als sie aus dem Haus lief, aber dann müssten die Blutergüsse ja eigentlich ganz woanders sein, oder nicht?«

»Bruck, Sie sprechen in Rätseln. Erzählen Sie einfach von Anfang an, das ist immer das Beste. Sie haben also der Wirtin das Porträt gezeigt?«

»Zuerst nicht, da haben wir über Magenknurren und Erbsensuppe gesprochen. Dann habe ich gegessen, und dann habe ich ihr das Porträt gezeigt, weil sie wissen wollte, warum ich überhaupt den langen Weg gekommen war. Zuerst hat sie gekreischt, dass sie keine Toten angucken will, auch keine gezeichneten. Ich habe ihr aber erklärt, dass der Mann ja noch lebendig gewesen wäre, als der Maler ihn gezeichnet hat«, verschmitzt zwinkerte Bruck dem Commissar zu, »denn seine Augen wären ja offen. Das hat sie endlich überzeugt.«

»Sehr gut, Bruck«, lobte Jakob lächelnd, »und was hat sie über den Toten erzählt?«

»Also, das war so. Ihr Mann und sie haben am Dienstagabend in der Wirtsstube gesessen und überlegt, wie sie die Stube am besten festlich schmücken und was sie als kleine Mahlzeit anbieten können. Genau vor ihrer Wirtschaft wird Napoleon nämlich empfangen, und vielleicht will er ja etwas essen. So ist das eben in einer Wirtschaft.«

Bruck sah den Commissar jetzt doch ein klein wenig vorwurfsvoll an, aber der reagierte nicht darauf.

»Ja, und der Franzose?«, fragte Jakob. »War der auch dabei?«

»Nein, der kam erst noch, und das haben sie auch nur mitbekommen, weil die Tür nach draußen aufstand und sie von der Straße Gekläffe und Gewieher gehört haben. Sie sind schnell rausgelaufen, um zu sehen, was los war, und da saß der Franzose auf der Straße und rieb sich die Schulter. Die Wirtin hat sich um das Pferd und den Hund gekümmert, der Wirt um den Mann. Der Franzose hat etwas zu essen bekommen, musste aber nichts dafür bezahlen« – wieder warf Bruck dem Commissar einen nachdrücklichen Blick zu, und wieder reagierte Jakob nicht darauf –, »schließlich war er ja wegen ihres Hundes vom Pferd gestürzt. Der Franzose ist dann gegangen, sie haben die Tür verschlossen und weiter über Napoleon beraten. Irgendwann haben sie auch das Pferd wegtraben hören. Und mehr wusste die Wirtin nicht.«

»Wunderbar, Bruck, das reicht wenigstens für eine Vermutung.« Jakob ging im Zimmer auf und ab, um sich zu konzentrieren. »Bonnard ist also schon fast in Düsseldorf, da rennt dieser Hund aus der Wirtschaft, sein Pferd erschrickt und scheut, er fällt auf seine Schulter. Die Wirtsleute kümmern sich um Mann und Pferd, und nachdem sie den Mann bereits verabschiedet haben, vergeht noch etwas Zeit, bis sie das Pferd wegtraben hören. Richtig?« Bruck nickte zustimmend. »In genau dieser Zeit müssen Niederschlag und Mord geschehen sein. Fragt sich nur, was da passiert ist. Vielleicht ist Bonnard nach dem Schlag aufgewacht und vor seinen Verfolgern auf die Wiese geflohen. Ist er da zufällig hingefallen oder absichtlich ermordet worden? Wer waren die Verfolger? Oder war es nur einer? Und wo ist das Pferd? Haben der oder die Mörder es mitgenommen? Haben sie auch die Tasche?« Jakob blieb stehen und schaute Bruck deprimiert an. »Ihnen ist sicher auch klar, dass diese Fragen nur sehr schwer zu beantworten sind?«

Bruck zuckte die Schultern. »Also, wo das Pferd ist, das weiß ich inzwischen«, verkündete er. »Im Stall der Gendarmerie.«

»Wie bitte?«, fragte Jakob verblüfft. »Woher wissen Sie das?«

Bruck brauchte eine Weile, um die Geschichte von seinem Nachbarn Benno, dem verschmutzten Pferd und den Ereignissen am Sicherheitshafen zu erzählen.

»Und wieso sind Sie so sicher, dass es das Pferd des Franzosen sein muss?«, wollte Jakob wissen.

»Es ist ein kräftiges Kurierpferd, also etwas kleiner als ein Reitpferd«, zählte Bruck an den Fingern ab, »es hat keinen Reiter und es hat zwei Brandzeichen, eins von seinem Gestüt und eins von einer privaten Posthalterei nördlich von Duisburg. Das ist auch eine der Wechselstationen, die für Napoleon eingerichtet worden sind. Der Gendarm und ich mussten erst die Flanken des Tiers sauber machen, dann konnten wir es sehen. Und das alles hat so lange gedauert, dass ich erst weit nach Mittag am ›Luftballon‹ angekommen bin.«

»Aber es hat sich gelohnt«, nickte Jakob. »Danke, Bruck. Jetzt müssen wir nur noch herausfinden, was genau geschehen ist und wie das alles mit Schmuggelei zusammenhängt.«

Er erzählte nun, was er bei seinem Besuch bei der Kaufmannsfamilie beobachtet hatte und dass er vorhatte, Friedrich Schmitz gleich Montagmorgen zu vernehmen.

»Wir sollten jetzt noch unsere Berichte schreiben, damit die Akten zum Mordfall vollständig sind, falls der Untersuchungsrichter am Montag danach fragt. Keine Widerrede, Bruck«, sagte Jakob streng, als Bruck schon zu jammern anfangen wollte, »jetzt ist die Erinnerung noch frisch.«

Er ging zu Brucks Tisch am Fenster und holte sich seine Notizen. Dann setzte er sich an seinen eigenen Tisch, verzog kurz das Gesicht, als er seinen Kneifer auf die Nase klemmte, und begann zu schreiben. Bruck sah ein, dass der Commissar recht hatte, nahm den Säbel vom Tisch und legte ihn auf den Boden. Er schnitt einen großen Bogen Papier zurecht, tauchte die Feder in die Tinte und machte sich an die Arbeit.

»Und schreiben Sie besser nichts über Erbsensuppe«, sagte Jakob grinsend.

Bruck gluckste vergnügt in sich hinein. Und dann waren nur noch die kratzenden Geräusche der beiden Federn auf dem Papier zu hören.

Montag, 21. Oktober 1811

Ein gellender Schrei schallte am frühen Morgen über die Bolkerstraße. Er scheuchte einen Schwarm Vögel von Dächern und Bäumen auf, der erst auf dem Burgplatz wieder zur Ruhe kam. Anna, gerade fertig mit der Morgentoilette, lief hastig aus ihrem Zimmer, die Treppe hinunter und auf die Straße. Dort war der Schrei hergekommen, glaubte sie, doch es war nichts Ungewöhnliches zu sehen außer dem Commissar und seinem Polizeidiener, die nun vom Marktplatz her schnell näher kamen.

»Wer hat geschrien, Anna?«, rief die Nachbarin von gegenüber aus dem Fenster. »Das kam aus eurer Richtung.«

Anna zuckte die Schultern und fuhr erschrocken herum, als ihr Dienstmädchen plötzlich völlig aufgelöst aus dem Tor rannte, durch das sonst die Fuhrwerke auf den Hof der Kolonialwarenhandlung rumpelten. Wieso stand es überhaupt auf?

»Hast du so geschrien, Rosa?«, fragte Anna alarmiert.

»Hierher, oh Gott, schnell!«, rief Rosa und eilte sofort wieder auf den Hof zurück.

Anna folgte ihr auf der Stelle, und auch Jakob und Bruck fingen jetzt an zu laufen. Als sie den Hof betraten, standen Anna und ihr Vater vor dem weit offenen Tor des Lagerhauses und schauten entsetzt ins Innere. Jakob drängte sich vorbei, erfasste die Situation mit einem Blick und rief Bruck zu sich.

»Bringen Sie die Angehörigen von hier fort, Bruck, und geben Sie sofort Dr. Brewer Bescheid«, bat er. »Wenn wir Glück haben, ist er noch zu Hause zu erreichen, gleich vorne auf der Casernenstraße. Ich kümmere mich um den Toten.«

Bruck nickte, führte Anna und ihren Vater ein Stück vom Lagerhaus fort und bat sie, ins Haus zu gehen und dort zu warten. Vater und Tochter nickten wie abwesend und gingen langsam und sich gegenseitig stützend ins Haus. Die alte Köchin war entsetzt aus der Küche gelaufen und nahm jetzt die weinende Rosa mit hinein. Bruck gelang es zum Glück schnell, unter den Schaulustigen auf der Straße jemanden zu finden, der den Arzt alarmierte.

»Hier gibt es jetzt nichts mehr zu sehen, Leute«, rief er. »Geht wieder an eure Arbeit.«

Das glaubte man ihm nicht so recht, und nur die wenigsten kamen seiner Bitte nach. Bruck zuckte die Schultern, ging zurück in den Hof und schloss das Tor zur Straße. So hatten sie bei ihren Ermittlungen wenigstens die nötige Ruhe. Dann lief er zu Jakob ins Lagerhaus. Es war kein schöner Anblick. Friedrich Schmitz hing wie eine Puppe an einem Seil vom Dachbalken herunter. Dass er tot war, sah man auf den ersten Blick. Kein lebendiger Mensch hatte ein so wachsbleiches Gesicht. Trotzdem stürzte Bruck auf den Gehängten zu und umfasste seine Füße, um ihn hochzustemmen.

»Sollen wir ihn nicht herunterholen? Vielleicht lebt er doch noch.«

Jakob schüttelte den Kopf. »Lassen Sie, Bruck. Jede Hilfe ist zu spät. Er hat keinen Puls, seine Gliedmaßen sind fast starr, und seine Haut ist eiskalt.«

»Warum hat er das bloß getan, um Gottes willen?«, fragte Bruck entsetzt.

»Das hat er nicht. Er hat sich nicht erhängt, er wurde erhängt.«

»Was? Wieso? Ich meine, woher wollen Sie das so schnell wissen?«

»Sehen Sie mal hier, Bruck.« Jakob wies von oben nach unten auf das Seil, auf den Toten und auf dessen Füße. Dann nahm er den umgefallenen Stuhl, der in Reichweite auf dem Boden lag, als wäre er fortgestoßen worden, und stellte ihn darunter.

»Das geht doch gar nicht!«, empörte sich Bruck. »Da fehlen ja noch zwei Handbreit zwischen Stuhl und Füßen. So kann er ja gar nicht auf dem Stuhl gestanden haben, noch nicht mal auf Zehenspitzen.«

»Sehr richtig«, nickte Jakob. »Uns soll hier ein Selbstmord vorgegaukelt werden, aber man hat einiges nicht bedacht.«

»Aber vielleicht hat er ja die Leiter da benutzt und keinen Stuhl?«, fragte Bruck.

»Sie meinen die Stufenleiter? Das wäre möglich gewesen. Sie ist auf jeden Fall hoch genug. Er kann sie aber nicht benutzt haben, denn dann würde sie nicht ordentlich zusammengeklappt an der Wand lehnen.«

»Das ist auch wieder wahr«, nickte Bruck. »Es sei denn, jemand hätte die Leiter und den Stuhl vertauscht.«

»Und warum sollte der Mörder das tun? Wenn Friedrich sich selbst umgebracht hätte, dann wären seine Mühen ja gar nicht mehr nötig gewesen.«

Bruck musste zugeben, dass der Commissar auch in diesem Punkt recht hatte. Aber er wurde allmählich unruhig. Er war nicht nur ungern in der Nähe von Leichen, er brachte es auch einfach nicht über sich, einen Gehängten länger als nötig am Seil baumeln zu lassen, auch wenn er schon tot war. Das war nicht respektvoll.

Jakob war der gleichen Meinung. »Helfen Sie mir mit dem armen Jungen, Bruck, jetzt können Sie ja bezeugen, warum ich seinen Tod für Mord halte.«

Bruck nickte, und gemeinsam schnitten sie den Toten ab und legten ihn vorsichtig auf den Boden. Jakob fand eine Decke, die er über ihn breitete, als er auf dem Hof eine heftige Bewegung wahrnahm. Anna stand vor dem Lagerhaus, starr und stumm, mit gefährlich blitzenden Augen. Auf den ersten Schrecken war der Zorn gefolgt, erkannte Jakob, ein unmäßiger Zorn, aus dem schnell ein Bedürfnis nach Rache werden konnte. Doch vorerst war diese Gefahr gebannt, denn als Annas zürnender Blick auf das abgedeckte Bündel am Boden fiel, wurde ihr Gesicht ganz weich, fast kindlich, und schmerzerfüllt. Am liebsten hätte Jakob sie in den Arm genommen und getröstet, was für ihn jedoch in seiner Rolle als Commissar nicht infrage kam. Dazu gab es im Fall Bonnard noch zu viele Ungereimtheiten, die auch mit Anna zu tun hatten. Betroffen blickte er zu Boden und ließ sie gewähren. Sie kniete jetzt neben dem Leichnam ihres Bruders, deckte zögernd seinen Kopf auf und nahm sein Gesicht in beide Hände. Sie betrachtete ihn lange. Und endlich konnte sie weinen. Es war ein so inniger Moment, dass Bruck sich abwandte, ein großes Taschentuch hervorkramte und erst einmal seine Nase schnäuzen musste. Genau das mochte er gar nicht an Mordopfern und ihren Angehörigen. Es ging ihm zu nahe, er hatte herzzerreißendes Mitleid und fühlte sich nicht gut, weil er nichts tun konnte. Tot war tot. Und wenn auch noch so eine hübsche Demoiselle wie Anna weinte, dann war es auch um Bruck geschehen.

Endlich betrat Dr. Brewer den Hof. Anna stand auf Jakobs Bitte hin auf und verließ das Lagerhaus, um nach ihrem Vater zu sehen. Dr. Brewer konnte sich nun ungestört um die Leiche kümmern. Er betrachtete das Stück Seil, das noch immer um Friedrichs Hals lag, genau, untersuchte den Knoten und die Druckstellen am Hals, dann nahm er es ab und betastete Friedrichs Hals und Genick.

»Zu welchem Schluss kommen Sie, Doktor?«, fragte Jakob, als Brewer aufstand und kopfschüttelnd auf den Toten hinunterschaute.

»Es ist merkwürdig«, antwortete der Arzt, »aber er ist nicht durch Erhängen gestorben.«

»Wie?«, fragte Bruck entgeistert. »Aber er hat doch da oben vom Balken gehangen.«

Brewer zuckte bedauernd die Schultern.

»Und was vermuten Sie, Doktor?«, fragte Jakob gespannt.

»Nun, er war schon tot, als man ihn da hinaufgezogen hat. Ist Ihnen irgendetwas Ungewöhnliches aufgefallen, als Sie ihn gefunden haben?«, wollte er von Jakob wissen.

»Der Abstand von seinen Füßen zu diesem Stuhl dort war zu groß«, erklärte Jakob. «Es sieht so aus, als hätte er ihn benutzt, aber er hätte gar nicht darauf stehen können.«

»Dachte ich es mir doch«, nickte Brewer. »Meine Vermutung ist, dass man ihn erwürgt und dann hierher gebracht hat, um einen Selbstmord vorzutäuschen. Sehen Sie mal hier.«

Brewer zeigte auf Druckstellen am Hals und legte seine Hände darüber, als wollte er den Toten erdrosseln. Sie passten genau in die dunklen Male.

»Über diesen Malen liegen die des Seils, von hier bis hier.« Er fuhr mit dem Finger in der Luft am Hals entlang. »Man hat ihn zuerst erwürgt und dann als Toten aufgehängt.«

Dr. Brewer hatte recht. Jakob drehte sich nach Bruck um, um zu sehen, was er davon hielt, aber er war verschwunden. Das alles war wohl zu viel für ihn, vermutete Jakob. Plötzlich hörte er Rumoren im Hintergrund des Lagerhauses und dann Brucks Stimme.

»Ich habe die Tasche von unserem ersten Toten gefunden, Monsieur le Commissaire. Bonnards Tasche. Sie ist braun, und da ist auch ein Adler mit Blitzen in den Krallen drauf.«

Dienstag, 22. Oktober 1811

Am nächsten Morgen saß Jakob müde an seinem Tisch im Amtszimmer. Auch Bruck fiel es schwer, ein Gähnen zu unterdrücken. Bis spätabends hatten sie am Tag zuvor Zeugen befragt – Dienstboten, Nachbarn, Schaulustige – und versucht, jemanden zu finden, der vielleicht gesehen hatte, wann am Abend oder sogar in der Nacht das große Tor zum Hof der Kolonialwarenhandlung offen gestanden hatte, obwohl es um diese Zeit immer fest verschlossen sein sollte, und ob jemand hinein- oder hinausgegangen war. Aber niemand hatte nach Einbruch der Dunkelheit aus dem Fenster gesehen oder sein Haus verlassen, niemandem war das charakteristische Quietschen der Torangeln aufgefallen. Das Tor war ja auch nicht ganz geöffnet worden, nur so weit, dass ein Mensch hindurchpasste, und dann – so hatte Anna bestätigt – quietschte es nicht, wenn man vorsichtig war. Es musste also jemand gewesen sein, der das Tor genau kannte.

Wer weiß, vielleicht hatte Friedrich auch selbst das Tor geöffnet, weil er auf jemanden wartete? Aber auf wen? Als Jakob einen Blick in Friedrichs Zimmer geworfen hatte, war ihm nichts Ungewöhnliches aufgefallen, bis Bruck feststellte: »Aber geschlafen hat der hier nicht heute Nacht.« Und Bruck hatte recht gehabt, Friedrichs Bett war unbenutzt. Anna konnte sich das nicht erklären, denn sie hatte angenommen, ihr Bruder wäre früh schlafen gegangen, er fühlte sich ja nicht wohl. Über die Hintertreppe, die direkt in den Hof führte, hätte er allerdings das Haus verlassen können, ohne dass man es unbedingt merkte. Er musste wohl etwas vorgehabt haben, aber auf keinen Fall einen Selbstmord. Zum zweiten Mal hatten sie jetzt also einen Toten, bei dem sie sich zusammenreimen konnten, wie die Tat vielleicht verübt worden war. Der Täter blieb allerdings ein Rätsel.

Jakob rieb sich mit beiden Händen über das Gesicht, aber auch das machte ihn nicht unbedingt munterer.

»Wissen Sie was, Bruck?«, fragte er in die Stille.

Bruck war der Kopf auf die Brust gesunken, und wenn Jakob sich nicht völlig täuschte, waren auch kleine Schnarcher zu hören. Jetzt fuhr er erschrocken in die Höhe und schaute den Commissar mit großen Augen an.

»Nein, was soll ich denn wissen?«, fragte er erstaunlicherweise völlig korrekt zurück.

Jakob schmunzelte. »Was halten Sie von einer Tasse Kaffee bei Frau Rader am Burgplatz? Bei Lacomblet ist es mir morgens zu voll. Ich brauche aber dringend etwas zum Wachwerden.«

»Jetzt? Aber wir wollten doch überlegen …«

»Dazu sind wir beide nicht in der Lage. Schauen Sie uns doch an. Ich verordne frische Luft und einen Kaffee. Dabei können wir auch sehr gut über unseren Fall sprechen. Was halten Sie davon?«

Was für eine Frage! Brucks Lebensgeister kehrten bereits zurück. Er knöpfte seine Jacke zu, setzte seine Dienstmütze auf und band sich den Säbel um.

»Ich bin so weit«, sagte er, als Jakob gerade erst vom Stuhl aufstand.

Als sie aus dem Rathaus traten, nahmen sie den Lärm eines geschäftigen Morgens wahr. In die Rufe der Marktschreier mischten sich Gelächter und Gerede, aufgeregtes Hundegebell und das Lied des krummen Gumpertz, der noch nicht zu betrunken war, um den Trubel sichtlich zu genießen. Fröhlich wünschte er mit seinem lauten »*Ça ira*« alle Adeligen zum Teufel.

»Was machen wir mit Gumpertz, wenn Napoleon kommt?«, fragte Bruck besorgt, als sie um die Ecke bogen und den Lärm hinter sich ließen.

»Nichts.« Jakob zuckte die Schultern. »Lassen wir doch Napoleon erleben, wie es Soldaten geht, die aus seinen Kriegen nach Hause kommen. Obwohl ich befürchte, dass er es schon kennt und es ihn nicht sehr interessieren wird.«

Bruck dachte darüber nach und nickte dann. »Das stimmt auch wieder. Warum eigentlich nicht? Soll er es doch ruhig hören.«

Eleonore Raders Kaffeehaus direkt gegenüber der ehemaligen Gemäldegalerie war schnell erreicht. Ganz hinten in dem schmalen, langen Raum, an den Fenstern zum Hof, saß kaum jemand, also beschlossen sie, sich dort einen Platz zu suchen, um in Ruhe den neuen Fall besprechen zu können. Vorne an der Theke bestellten sie zwei Tassen echten Kaffee bei Frau Rader und setzten sich dann.

»Übrigens.« Bruck schlug sich an die Stirn. »Ich habe gestern in dem ganzen Trubel vergessen, Ihnen noch einen schönen Gruß von Dr. Brewer auszurichten. Er hat veranlasst, dass Bonnard ein einfaches Begräbnis mit Grabkreuz auf dem Bilker Friedhof bekommt.«

»Ach ja? Und wer bezahlt das?«

»Der Doktor hatte das Geld schon. Ein Bote hat es ihm ins Krankenhaus gebracht und gesagt, wofür es sein sollte.«

»Kurios.« Jakob schüttelte den Kopf. »Da hat wahrscheinlich jemand ein sehr schlechtes Gewissen gehabt. Wer war der Bote? Weiß man das?«

»Das habe ich den Doktor auch schon gefragt. Der Bote war ein Gassenjunge. Der ist wohl so großzügig belohnt worden, dass er es nicht nötig hatte, mit dem Geld für das Begräbnis zu verschwinden. Und bevor Sie fragen«, deutete Bruck die Mimik des Commissars richtig, »der Bote kannte den Mann nicht, der ihm das Geld gegeben hat. Und jetzt ist Bonnard also schon unter der Erde.«

»Das heißt, sollte der Bruder – wie heißt er noch – Gaston Bonnard, richtig, sollte der also als Elitegendarm Napoleon nach Düsseldorf begleiten, können wir versuchen, ihn ausfindig zu machen, und ihm das Grab seines Bruders zeigen?«

Bruck nickte. »Ich denke schon.«

»Sehr gut.«

Jakob lehnte sich zurück, denn jetzt wurde der Kaffee serviert. Bruck schnupperte genüsslich, während er Zucker in seine Tasse löffelte. Ein Kellner mit langer Schürze trug kurz darauf ein Tablett voller gut verschlossener kleiner Steingutgefäße mit verschiedenen Tabaksorten herbei und bot ihnen dazu fünf unterschiedlich lange Pfeifen zur Auswahl an. Jakob und Bruck lehnten dankend ab.

»Wer weiß, wer an den Pfeifen schon herumgenuckelt hat«, brummte Bruck.

Jakob lachte. »Aber Sie bekommen doch ein gereinigtes Mundstück dazu.«

»Nein, danke«, winkte Bruck ab, »da nehme ich lieber meine eigene Feierabendpfeife zu Hause.«

Jakob probierte einen Schluck Kaffee und merkte, dass er noch zu heiß war.

»Also, Bruck, was halten wir von diesem zweiten Mord?«

»Nichts. Ich mag keine Morde.«

»Gut, anders gefragt. Warum ist Friedrich ermordet worden?«

Bruck zuckte die Schultern. »Er hat gefährlich gelebt. Schmuggelei ist nun mal riskant. Und er hatte einen Feind. Der hatte jetzt genug und hat ihn umgebracht.«

»Ja, aber dazu gehört doch schon einiges, finden Sie nicht? Normalerweise hat doch jeder Mensch eine gesunde Schranke, bis er einen anderen absichtlich so verletzt, dass der stirbt. Und hier haben wir es auch noch mit einer besonders gemeinen Tötung zu tun. Friedrich ist ja sozusagen zweimal ermordet worden, einmal erwürgt und dann auch noch aufgehängt. Der Mörder wollte auf jeden Fall sichergehen. Es war ihm wichtig.«

Jakob trank einen Schluck Kaffee und beobachtete den Polizeidiener.

»Was geht Ihnen durch den Kopf, Bruck?«, wollte er wissen.

»Ich finde, es sieht wie eine Hinrichtung aus.«

»Sehr gut, Bruck, der Gedanke ist mir auch schon gekommen. Aber warum musste jemand Friedrich zum Tode verurteilen? Was hat der Junge verbrochen?«

»Vielleicht wusste er, wer Bonnard getötet hat«, vermutete Bruck. »Und derjenige hatte Angst, dass Friedrich ihn verrät.«

»Das könnte sein«, nickte Jakob. »Als ich ihn gesehen habe, sah er aus wie ein verschrecktes Kaninchen. Vielleicht wurde er ja bedroht.«

»Oder es war alles ganz anders. Der junge Schmitz hat Bonnard selbst umgebracht und wollte sich vielleicht stellen, aber …«

»… sein Mörder wollte das um jeden Preis verhindern?« Jakob wiegte nachdenklich den Kopf. »Irgendwo ist da ein Haken, obwohl ich auch glaube, dass beide Morde zusammenhängen. Es sieht doch folgendermaßen aus: Bei der ersten Möglichkeit haben wir nur einen Mörder. Friedrich hat den Mord an Bonnard beobachtet und wird deshalb vom gleichen Täter auch umgebracht. Richtig?« Bruck nickte bestätigend. »Bei der zweiten Möglichkeit«, fuhr Jakob fort. »gibt es zwei Mörder. Friedrich hat Bonnard getötet und jemand rächt sich dafür, lässt es aber wie einen Selbstmord aussehen, damit Friedrichs Schuld auch an Bonnards Mord klar und deutlich wird. Und genau das gefällt mir nicht an der zweiten Möglichkeit, Bruck.«

»Wieso nicht?«

»Schuldzuweisung um jeden Preis? So auffällig, dass es der Dümmste begreifen muss? Und dann liegt im Lagerhaus, das heißt bei Friedrich zu Hause, auch noch rein zufällig, allerdings leider ohne Inhalt, Bonnards Tasche herum? Ich halte das für ein Ablenkungsmanöver auf der ganzen Linie. Aber wir fallen nicht darauf herein. Dafür hat Friedrichs Mörder auch zu viele Fehler gemacht. Da war der umgekippte Stuhl. Und Friedrich hat sehr an seiner Schwester gehangen, er hätte ihr doch bestimmt einen Abschiedsbrief hinterlassen. Nein, nein, glauben Sie mir, es gibt nur einen Mörder in beiden Fällen, und den müssen wir finden.«

Im vorderen Bereich des Kaffeehauses flog die Eingangstür auf, und eine große Gruppe von Leuten kam herein, unschwer als Fremde zu erkennen, Schaulustige, die offenbar wegen Napoleon nach Düsseldorf gekommen waren. Sie nahmen mit ihrer Lautstärke das Kaffeehaus in Besitz, sodass die Einheimischen schnell flohen, Frau Rader jedoch das gute Geschäft durchaus gönnten. Auch Jakob und Bruck leerten rasch ihre Tassen.

Jakob beugte sich zu Bruck über den Tisch: »Wir müssen zuerst noch einmal mit Anna Schmitz sprechen. Sicher weiß sie mehr, als sie uns gestern gesagt hat oder sagen konnte. Es war ja ein Schock für sie. Sie muss mehr über Friedrichs Umgang wissen, über seine Geschäfte. Wer weiß, wie weit sie in die Schmuggelei eingeweiht ist.«

Jakob und Bruck standen auf, zahlten an der Theke und verließen das Kaffeehaus.

»Ein Röggelchen mit Flönz, Monsieur le Commissaire?«, fragte Bruck draußen auf der Straße.

Da er die Antwort schon kannte, machte er sich gleich auf den kurzen Weg zur Marktstraße. Natürlich folgte ihm der Commissar, ohne zu zögern.

Staatsrat Georg Arnold Jacobi – seit Studententagen in Göttingen mit dem englischen »George« gerufen – George Jacobi also blickte lächelnd aus dem Fenster seines Pempelforter Hauses in den großen Garten und beobachtete seine Kinder. Er freute sich einmal mehr, dass er dank seiner Schwiegermutter nun doch hier auf dem Familiengut leben konnte. Eigentlich war es immer schon als sein Erbe gedacht gewesen, nur hatte sein Vater Friedrich Heinrich den Besitz verkaufen müssen, als er vor den französischen Revolutionstruppen nach Hamburg zu seinem Dichter-Freund Matthias Claudius geflohen war und das Geld dringend gebraucht hatte. Die Ideen der Revolution – Freiheit, Gleichheit, Brüderlichkeit – hatten ihm, wie so vielen anderen auch, zunächst sehr gefallen. Was allerdings die Terrorherrschaft daraus gemacht und sogar über den Rhein nach Düsseldorf getragen hatte, das konnte sein Vater nicht mehr gutheißen. Zum Glück hatte die Medizinalrätin Brinckmann das Gut damals gekauft und ihrer Tochter Luise und ihrem Schwiegersohn zur Hochzeit geschenkt.

In George Jacobis Gesichtszügen war wenig Empfindsames von seinem Vater Friedrich Heinrich zu entdecken, dafür umso mehr Bodenständiges von seiner Mutter Betty. Seine Nase und sein Lächeln hatte er auf jeden Fall von ihr geerbt, wie seine Frau Luise behauptete, die gerne Ähnlichkeiten von Familienmitgliedern herausfand und sein Gesicht kritisch mit dem Porträt seiner Mutter verglich. Seit dreizehn Jahren waren sie nun glücklich verheiratet und hatten inzwischen sieben Kinder, von denen fünf noch lebten. Seine immer größer werdende Familie – und er hoffte mit seiner Frau, dass sie noch größer werden würde – war sein ganzes Glück, und seine Kinder im Garten herumtollen zu sehen, oft zusammen mit denen seines direkten Nachbarn Maximilian Weyhe, seine tägliche Freude. Er selbst war vier Jahre lang durch die Hölle der sogenannten aufgeklärten Erziehung gegangen, als er in einem schwierigen Alter war und seine Eltern Hilfe bei der Fürstin Gallitzin in Münster gesucht hatten. Amalie von Gallitzin erprobte an ihm und an ihren eigenen Kindern den Sieg des Geistes über den Körper. Sie waren damals zwischen acht und elf Jahren alt und mussten auch im Winter ohne Strümpfe an den Füßen in grober Kleidung herumlaufen, in harten Betten schlafen und einfachste Nahrung zu sich nehmen. Das wohlige Gefühl von Wärme, der Genuss beim Essen, irgendein Schutz vor Wind und Wetter waren als Luxus verpönt, stattdessen wurde der Geist mit Wissen gebildet – das zumindest hatte ihnen nicht geschadet – und der Körper mit Übungen gestählt, die bis über die Schmerzgrenze hinaus klaglos ausgehalten werden mussten. Und das war bei Weitem nicht alles. Nun, er hatte es überlebt, im wahrsten Sinne des Wortes. Seinen eigenen Kindern, teilweise im selben Alter, wollte er das nicht antun. Sie sollten ein fröhliches Zuhause haben und auf andere Weise lernen können, Körper und Geist zu bilden. Spielen und Herumtoben gehörten unbedingt dazu. Und ganz ohne Frage Strümpfe an den Füßen, wenn das Wetter es verlangte.

Mit einem Ruck wandte er sich vom Fenster ab und versuchte, sich trotz des ansteckenden Kindergelächters auf seine

Arbeit zu konzentrieren. Wenn Napoleon kam, wollte er gewappnet sein, und zwar in seiner Funktion als Leiter der Kommission für den Umbau der Festungsanlagen. Die Kommission trug Sorge für die Neugestaltung der Stadt. Wenn man in Düsseldorf und im Großherzogtum schon die Demütigung, die unerträgliche Erniedrigung einer französischen Besatzung hinnehmen musste, dann wollte er wenigstens das Beste für die Stadt herausholen. Noch zu Zeiten des Kurfürsten hatte er die richtigen Personalentscheidungen dafür getroffen. Als er vor acht Jahren Maximilian Weyhe nach Düsseldorf geholt hatte und vor fünf Jahren auch Adolph von Vagedes, hatte er zwei wirklich gute Leute verpflichtet. Dazu kamen noch Wasserbaumeister Bauer und der bei allen Fragen der Festungsarchitektur unvermeidliche Militäringenieur, Oberleutnant Hubert van Douven. Alle zum Glück Menschen, die ihr Handwerk beherrschten. Ihre Vorschläge für die Neugestaltung der Stadt lagen in Form von Planzeichnungen und den dazugehörigen Kalkulationen vor ihm auf dem Tisch. Gleich würden sie sich alle zusammensetzen, um vor dem kaiserlichen Besuch noch einmal darüber zu beraten. Vagedes hatte seine Vorstellungen einer modernen klassizistischen Bebauung, unter anderem für ein neues Theater, auf der Alleestraße ausgearbeitet, Weyhe seine Überlegungen für drei Bauabschnitte des neuen Hofgartens. Die neue Allee vor der Stadt am Stadtgraben, die Hofgartenstraße und die Allee zum künftigen Ratinger Tor waren bereits fertig, Bauabschnitt eins des Parks mit dem botanischen Garten an der Landskrone war bis auf das große Gewächshaus fertiggestellt und der Sicherheitshafen machte Fortschritte, schließlich sollte der Kaiser eine Ahnung davon bekommen, wie die Umgebung der Stadt einmal aussehen könnte. Das restliche Land um die gesprengten Festungsanlagen lag im Moment in großen Teilen einfach brach und war eine Schutt- und

Unkrautwüste. Sie hatten in den zehn Jahren, die sie nun planten und gestalteten, bereits viel erreicht, aber noch nicht genug. Vor allem – wie es immer war – fehlte das Geld. Es musste ihnen unbedingt gelingen, mit Napoleon persönlich zu sprechen, wenn er da war, es war eine einmalige Gelegenheit.

Es klopfte, und das Dienstmädchen meldete, dass die Herren nun da seien.

Staatsrat Georg Arnold Jacobi warf noch einen Blick hinaus in den Garten, dann drehte er sich zur Tür.

»Ich lasse bitten.«

»Ahh«, seufzte Bruck genießerisch, als er den letzten Bissen verputzt hatte, »ich weiß nicht, wie sie das macht, aber Marthas Röggelchen werden immer besser.«

»Vielleicht sind die Röggelchen ja immer gleich, und es liegt daran, dass Sie nur mehr oder weniger Hunger haben?«, meinte Jakob schmunzelnd.

Bruck und er waren auf dem Weg zurück ins Rathaus.

»Nein«, winkte Bruck ab, »dann würden sie ja auch manchmal nicht so gut schmecken. Aber das tun sie ja nicht. Sie schmecken jedes Mal besser.«

Diese Meinung teilte Jakob durchaus. Zufrieden betraten sie das Rathaus und gingen gleich weiter zum Amtszimmer. Eine Frau, eingehüllt in ein großes rotes Umhängetuch, stand mit dem Rücken zu ihnen vor der Tür. Ihre Hand lag auf der Klinke.

»Entschuldigen Sie«, rief Bruck, »wollen Sie zu uns?«

Die Frau drehte sich wie ertappt um und blickte ihnen mit aufgerissenen Augen entgegen. Es war Anna. Als sie Jakob und Bruck erkannte, beruhigte sie sich. Sie hatte dunkle Ringe unter den Augen, als hätte sie in der Nacht nicht geschlafen, und schwankte ein wenig.

»Mamsell Schmitz!«, rief Jakob besorgt, öffnete die Tür und führte Anna zu einem Stuhl. »Setzen Sie sich doch. Möchten Sie ein Glas Wasser?«

»Nein danke«, flüsterte Anna und räusperte sich. »Es geht schon«, sagte sie mit festerer Stimme, während sie sich setzte.

Bruck ging leise zu seinem Tisch hinüber und machte sich so weit wie möglich unsichtbar. In diesem Fall war es besser, wenn nur einer von ihnen sich mit der Zeugin beschäftigte, so mitgenommen, wie sie war. Er hörte einfach nur zu.

»Was führt Sie denn zu uns?«, fragte Jakob.

Er setzte sich Anna gegenüber und schaute sie abwartend an. Schlecht sah sie aus, übermüdet, aber nicht kraftlos. Was immer sie zu erzählen hatte, es würde sie nicht so aus der Bahn werfen wie an dem Nachmittag bei Hofrat Beuth. Aber es fiel ihr nicht leicht. Sie knetete unablässig ihre Hände.

»Mein Bruder ist kein Selbstmörder, Monsieur le Commissaire«, sagte sie schließlich.

»Wie kommen Sie darauf?«, wollte Jakob wissen.

»Weil es so aussieht, als hätte er sich umgebracht«, rief sie heftig. »Gestern haben Sie und Dr. Brewer gesagt, dass jemand ihn ermordet hat und wir denken sollen, es sei Selbstmord. Das kann nur jemand machen, der Friedrich nicht gut gekannt hat. Er war manchmal labil, empfindsamer, als gut für ihn war, aber das hätte er nie getan. Nicht Friedrich.«

»Was macht Sie da so sicher?«

»Nun, ich kenne ihn doch von klein auf. Er hat das Leben geliebt und den Tod gehasst, seitdem wir unsere Mutter verloren haben. Niemals hätte er sich etwas angetan.« Aufgebracht blickte sie Jakob an und sackte dann wieder in sich zusammen. »Obwohl er in Schwierigkeiten steckte«, flüsterte sie.

»Was für Schwierigkeiten?«

Jakob sprach leise und wagte kaum zu atmen. Ein falscher Satz von ihm, und sie würde nichts mehr erzählen. Plötzlich ging ein Ruck durch ihre Gestalt. Sie setzte sich sehr gerade hin und holte tief Luft.

»Mein Bruder war ein Schmuggler«, brach es aus ihr heraus, und sie reckte fast trotzig das Kinn. »So wie viele Söhne von Kaufleuten, die am Boden ihrer Existenz angekommen sind. Er hat dafür gesorgt, dass wir noch einiges an verbotenen Gütern aus England über Helgoland bekamen und verkaufen konnten, ohne die riesenhaften Summen für den Zoll ausgeben zu müssen. Letztens haben wir eine Lieferung gerösteten Kaffee bekommen, wie Sie ja selbst bemerkt haben, Monsieur le Commissaire. So ein Sack Kaffee kostet zusätzlich zum Einkaufspreis 400 Francs an Importzoll, das heißt 135 rheinische Taler, also doppelt so viel wie früher. Ein Sack Kakao kostet jetzt nur an Zoll 1 000 Francs, feiner Zimt oder Muskatnüsse sogar 2 000 Francs. Es ist ein Witz! Wie sollen Kaufleute das bezahlen, und wer soll bei uns im Geschäft dann die Waren noch kaufen? Das kann sich doch niemand mehr leisten.«

Anna lehnte sich müde zurück. Jakob verstand ihre Empörung, aber er wartete noch auf die Schwierigkeiten, in die Friedrich geraten war. Obwohl ihn genau das brennend interessierte, ließ er Anna Zeit. Endlich sprach sie weiter.

»Friedrich dachte, er hätte jemanden umgebracht, Monsieur le Commissaire. Jacques Bonnard, wie sich dann herausstellte.«

»Warum dachte er das?«, fragte Jakob vorsichtig.

Anna erzählte ihm, was sie von ihrem Bruder erfahren hatte, über das Treffen der Schmuggler und den vermeintlichen Gendarmen, wie sich Friedrich dann vor seiner Haustür wiedergefunden und nicht mehr gewusst hatte, was passiert war.

Und dass er fest daran geglaubt hatte, einen Menschen getötet zu haben, obwohl er sich an nichts erinnern konnte.

»Aber deswegen hätte er sich nicht umgebracht, Monsieur le Commissaire. Er war entsetzt und verwirrt, das ja. Er hatte vor, die anderen zu fragen, was geschehen war. Sie mussten es doch wissen.«

Jakob nickte. »Wissen Sie, wer die anderen sind?«

Anna schüttelte den Kopf. »Sie sind wohl zu zehnt, vielleicht auch mehr. Einige sind von außerhalb, Tagelöhner, ein Spediteur, ein Schiffer, andere kommen aus der Stadt. Ich kenne sie nicht näher. Ein Spediteur von hier macht wohl auch mit, denn der bringt nachts die Waren zu den Häusern. Den habe ich schon gesehen. Der Mann heißt Ronsdorf.«

Sieh mal einer an, dachte Jakob. Monsieur Ronsdorf war also nicht ohne Grund in der Nähe des »Luftballons« gewesen, als man Bonnards Leiche gefunden hatte.

»Fällt Ihnen noch jemand ein?«, fragte er.

Anna schüttelte wieder den Kopf. Sie sah erschöpft aus. Obwohl sie ihm leidtat, stellte er ihr noch eine Frage.

»Haben Sie oder Ihr Herr Vater einen Boten zu Dr. Brewer geschickt und ihm Geld für Bonnards Beerdigung gegeben?«

Anna war ehrlich überrascht. »Nein. Ich habe überhaupt nicht daran gedacht. Ich habe gedacht, wo er … seine Leiche im Krankenhaus ist … Ich weiß auch nicht.«

Sie hob hilflos die Schultern. Jakob nickte und sah sie weiter auffordernd an.

»Mehr weiß ich leider nicht, Monsieur le Commissaire.«

»Trotzdem danke für Ihre Informationen, Mamsell Schmitz. Ein klein wenig Licht ist jetzt in die Sache gekommen.«

Jakob war sicher, dass sie noch mehr über Friedrichs Geschäfte wusste, noch mehr Namen kannte, aber er ließ sie in Ruhe. Die Ermittlungen duldeten zwar keinen Aufschub, die Mordfälle mussten aufgeklärt sein, bevor Napoleon in der Stadt war, aber trotzdem würde er heute nicht weiterkommen, das spürte er. Jakob erhob sich, denn Anna war schon auf dem Sprung. Man sah ihr an, dass sie nicht länger als nötig bei der Polizei sein wollte. Es hatte sie wohl schon genug Überwindung gekostet, überhaupt zu kommen. Sie zog ihr rotes Tuch enger um sich herum, als könnte es ihr Schutz bieten, und ging zur Tür.

»Wenn ich noch Fragen an Sie oder Ihren Herrn Vater habe, komme ich zu Ihnen«, sagte Jakob.

Heftig wandte sie sich um. »Wenn Sie meinen Vater verschonen könnten, wäre das sehr …«, sie suchte nach dem richtigen Wort, »mitfühlend von Ihnen. Er ist am Boden zerstört und kaum ansprechbar.«

»Wenn es nicht unbedingt sein muss, lasse ich ihm seinen Frieden«, versicherte Jakob und öffnete die Tür für sie.

»Finden Sie den Mörder meines Bruders, Monsieur le Commissaire«, sagte Anna.

Sie blickte ihn einen Moment eindringlich an, als wollte sie einen Pakt mit ihm schließen, dann war sie verschwunden. Leise schloss Jakob die Tür und blieb nachdenklich stehen. Sie vertraute ihm, und das machte ihn froh. Er wusste, dass er sie nicht enttäuschen würde.

»Puh«, seufzte Bruck an seinem Tisch.

Jakob fuhr erschrocken herum. Er hatte Bruck völlig vergessen.

»Es gibt Menschen, Monsieur le Commissaire, in deren Haut möchte man nicht stecken. Ich vermute ja, die junge Dame weiß noch mehr, aber sie hält damit hinter dem Berg. Dabei könnte sie uns helfen! Aber so sind die Frauen! Mal sagen sie viel, mal sagen sie nichts. Weiß man, warum? Nein. Und wie sollen wir dann bitte den Mörder finden?«

Jakob registrierte erstaunt, dass ihm Brucks saloppe Rede in diesem Fall nicht gefiel, im Gegenteil, sie störte ihn, und er wollte Anna davor in Schutz nehmen. Er hatte sich tatsächlich in sie verliebt, und diese endgültige Erkenntnis nahm ihm für einen Augenblick den Atem.

»Nur die Ruhe, Bruck«, antwortete er so gelassen wie möglich. »Ich glaube, sie ist einfach loyal, was im Normalfall eine sehr schöne Eigenschaft ist und nur uns im Moment stört. Aber ich habe eine Idee, wer uns Informationen geben kann, die uns weiterhelfen. Kommen Sie, wir machen einen Besuch.«

Die Sitzung der Kommission in Pempelfort war inzwischen fast zu Ende. Staatsrat Georg Arnold Jacobi pochte mit einem Finger auf die Hofgarten-Pläne, die so sorgfältig gezeichnet waren, dass man sogar erkennen konnte, ob ein geplanter Baum eine Eiche, Buche oder Linde sein sollte.

»Mein lieber Weyhe, besser kann man es nicht machen. Ich bin gespannt, was der Kaiser dazu sagen wird. Wichtig wäre also ein persönliches Gespräch mit ihm, allein schon wegen der weiteren Finanzierung. Was halten Sie davon?«

»Ich bin sehr damit einverstanden«, nickte Weyhe. »Hoffentlich gestattet man uns bei seinem sicherlich engen Zeitplan überhaupt eine Audienz. Es geht ja nicht nur um die neuen Anlagen, auch um die geplanten Bauten.« Er nickte Vagedes zu. »In jedem Fall wäre eine Darstellung der Sachlage durch uns, also die Planer, der beste Weg.«

Jacobi machte sich eine Notiz. »Das behalten wir im Hinterkopf. Jetzt aber noch zu den anderen Maßnahmen für den kaiserlichen Besuch, die unsere Kommission verantwortet. Da mache ich mir insbesondere große Sorgen um die Finanzierung. Hochgerechnet müssen wir im Moment schon etwa 30 000 Francs, das heißt die horrende Summe von 10 000 Talern nur für die Instandsetzung und Möblierung des Jägerhofs veranschlagen. Und er ist noch nicht fertig, es wird also noch teurer. Die Herrichtung der ehemaligen Gemäldegalerie zu einem Ballsaal mit Vorraum et cetera wird circa 3 000 Francs kosten, wahrscheinlich mehr, dazu kommen die Speisen für das Souper am Ballabend und die übrigen Diners, der Triumphbogen und zu guter Letzt die Illumination der Häuser und der Schmuck der Straßen, obwohl hierbei auch die Bürger selbst in die Tasche greifen. Wir müssen uns dringend überlegen, wie wir wenigstens einen Teil der Ausgaben wieder hereinbekommen.«

»Vielleicht könnte der Staat ...«, schlug Oberleutnant van Douven vorsichtig vor.

»Ja«, rief Wasserbaumeister Bauer. »Das wäre doch nur gerecht. Ohne den Besuch hätten wir diese immensen Kosten doch gar nicht.«

Jacobi winkte ab. »Minister-Staatssekretär Roederer hat schon bei vorsichtigen Anfragen unseres Maire von Pfeil den Kopf geschüttelt. Wir müssen einen anderen Weg finden.«

»Das ist doch ganz einfach«, sagte Vagedes. »Wir sollten uns die Neuerungen zunutze machen. Man könnte die instand gesetzten Räumlichkeiten der Galerie für Winterbälle und Konzerte vermieten, dann bekommen wir nach und nach die Kosten zurück. Es wäre eine wahrhaft fürstliche Umgebung für derartige musikalische Veranstaltungen. Der Triumphbogen – nun ja, er musste ja im Mai wegen der Abrissarbeiten der Befestigungen am Bergertor abgebaut und zur Elberfelder Straße gebracht werden. Aber den Neuaufbau hat er ganz gut überstanden. Man könnte ihn vielleicht meistbietend versteigern.« Die anderen Herren schmunzelten. »Ja, wer weiß, vielleicht hat jemand tatsächlich Interesse, obwohl er ja haushoch und nicht ewig haltbar ist. Holz und bemalte Leinwand vertragen Witterungseinflüsse nun einmal nicht gut. Aber wir könnten es wenigstens versuchen.«

Jacobi wiegte den Kopf hin und her. »Punkt eins, der Ballsaal, ist eine gute Idee«, sagte er schließlich. »Ich werde sie dem Bürgermeister vorschlagen, damit er die Räume gleich schon in diesem Winter an Interessierte vermieten kann. Der Triumphbogen allerdings … ich weiß nicht. Aber Sie haben recht, versuchen kann man es. Ich schlage es also auch dem Maire vor, damit er zu gegebener Zeit eine Bekanntmachung in die Zeitung setzen lässt. Um jetzt noch einmal auf die Audienz wegen der Pläne für die Stadt zurückzukommen, da gibt es vielleicht eine gar nicht so schlechte Möglichkeit. Der Maire hat verlauten lassen, dass mein Haus zu denen gehört, die als Übernachtungsplätze für jeweils ein Mitglied des kaiserlichen Gefolges ausgesucht worden sind. Da könnte sich vielleicht etwas ergeben, je nachdem, wen man beherbergt.«

»Dieses Mal also gleich eine fürstliche Einquartierung«, lachte Bauer.

Weyhe nickte. »Ich bin auch davon betroffen. Mein öffentliches Amt und die Nähe meines Hauses zum Jägerhof sind wahrscheinlich der Grund. Ich weiß auch noch nicht, wer bei uns wohnen wird, aber Fragen hinsichtlich einer Audienz wird man dem Gast ja stellen können. Mehr als ablehnen kann er nicht.«

»Das ist auch meine Meinung«, stimmte Jacobi zu. »Und damit – wenn die anderen Herren nicht noch Fragen haben – erkläre ich diese Sitzung für beendet.«

Das allgemeine Stühlerücken zeigte dem Staatsrat, dass es keine Fragen mehr gab. Er verabschiedete die Mitglieder, und nachdem sich die Tür hinter ihnen geschlossen hatte, blieb er noch am Tisch stehen und las seine Notizen der Sitzung durch. Es wurde Zeit, dass Napoleon endlich kam. So vieles wurde immer wieder verschoben, hinausgezögert oder umsonst erarbeitet, und noch immer hatte man kein genaues Ankunftsdatum. Endgültige Entscheidungen waren vonnöten, um weiterarbeiten zu können. So viel hing von diesem Besuch ab, und eigentlich hatte man überhaupt kein Geld dafür. Was könnte man mit den über 30 000 Francs alles anfangen! Man könnte sie in die Armenverwaltung stecken, da sah er als ehrenamtlicher Vorsitzender genug Leid, oder auch in die Krankenversorgung, statt Austern und Champagner für den Franzosen dafür zu kaufen. Letztlich ging es doch nur um höchstens drei Tage Wohnen im Jägerhof, ein paar Stunden Tanz und Vergnügen im Ballsaal, fürstliche Speisen und Getränke für mehrere Hundert Menschen, von denen sich die Mehrzahl an der plötzlichen Fülle gütlich tun würde, bis sie ein gewisses Unwohlsein verspürte. Wenigstens so viel hatte seine Erziehung bei der Fürstin Gallitzin erreicht: Er verabscheute Maßlosigkeit in jeder Façon. Sie war immer unangebracht.

Er trat ans Fenster und blickte hinaus in den Garten. Kinder waren keine mehr zu sehen. Sie bekamen wahrscheinlich gerade ihre Milch oder ein Butterbrot oder einen Apfel. Nun, eine Tasse Kaffee könnte er jetzt auch vertragen. Und vielleicht gab es ja noch ein kleines Stück von diesem wunderbaren Rührkuchen. Ein wenig Luxus musste manchmal einfach sein. George Jacobi wandte sich vom Fenster ab und ging zur Tür.

Jakob brauchte dringend einen Rat. Am besten von jemandem, der Annas Familie sehr gut kannte, nichts verschweigen musste und nicht abgeneigt war, ihm als Commissar zu helfen. Also zog es ihn in die Alleestraße zu Hofrat Beuth, der ja darum gebeten hatte, dass man ihn wieder besuchte. Bruck war sofort bereit, den Commissar zu begleiten. Er sollte vom Personal so viel wie möglich über die Familie Schmitz herausbekommen. Konnte zum Beispiel jemand wissen, dass Friedrich manchmal »empfindsam« war, wie Anna es ausgedrückt hatte, und deshalb einen Selbstmord vortäuschen? Das war das eine, was sie wissen mussten, beim anderen konnten Dienstboten, die normalerweise viel mitbekamen, wahrscheinlich auch helfen. Kannten sie die Gerüchte über die Schmuggler in Düsseldorf? Wussten sie Namen? Bruck war schon jetzt gespannt auf die Antworten. Es musste einiges zusammenkommen, so wie er die Lage der Schmuggelei in Düsseldorf einschätzte. Aber er hätte viel Glück, wenn man ihm gegenüber überhaupt etwas erzählen würde.

Jakob zog die Türglocke und war erstaunt, dass jemand anderes als erwartet die Tür öffnete. Die Frau war nicht mehr ganz jung, vielleicht Mitte bis Ende dreißig, sehr freundlich und bat sie höflich herein.

»Pauline«, sagte sie auf Jakobs Frage nach ihrem Namen. »Ich bin das Dienstmädchen.«

Jakob stellte erst sich selbst und dann Polizeidiener Bruck vor, was Pauline zum Kichern brachte und Bruck völlig verunsicherte. Aber sie hatte sich schnell wieder im Griff.

»Die Köchin hat mir von Ihrem Besuch erzählt«, erklärte sie mit völlig ernstem Gesicht, während Jakob und Bruck eintraten. »Möchten Sie wieder mit dem Herrn Hofrat sprechen, Monsieur le Commissaire, und Ihr Polizeidiener befragt dann uns?«

Sie war nicht nur gut informiert, sie dachte mit. Jakob war beeindruckt.

»Das wäre sehr nett«, antwortete er.

»Warten Sie bitte hier.«

Misstrauisch und ein bisschen beleidigt blickte Bruck ihr nach.

»Was ist so lustig? An meinem Namen liegt es nicht, und als Polizeidiener bin ich eine Respektsperson. Also warum lacht sie mich aus?«

»Sie hat nur gekichert, Bruck, sie hat Sie nicht ausgelacht. Und denken Sie mal an unseren letzten Besuch und an eine gewisse Dose mit Gebäck.«

Brucks Wangen leuchteten rosa. »Ach so, das.«

Mehr sagte er nicht, und das Thema schien damit erledigt zu sein, vor allem auch, weil Pauline zurückkam.

»Der Herr Hofrat lässt bitten«, knickste sie.

Jakob betrat das ihm schon bekannte Studierzimmer, und Pauline bat Bruck, mit ihr in die Küche zu kommen. Ihr freundlicher Ton besänftigte Bruck, und er folgte ihr bereitwillig.

»Kommen Sie herein, junger Freund«, rief Beuth.

Jakob entdeckte ihn und einen weiteren Herrn in den Sesseln am Fenster. An Beuths Fuß prangte ein weißer Verband.

»Bringen Sie sich einen von den Stühlen dort mit«, forderte der Hofrat den Commissar auf.

»Aber Sie haben Besuch«, lehnte Jakob ab. »Ich möchte nicht stören.«

»Papperlapapp, Sie stören doch nicht, Monsieur le Commissaire. Ich erwarte Nachrichten von Ihnen zu diesem furchtbaren neuen Mord. Ich kann es noch gar nicht fassen. Ach übrigens, darf ich Ihnen Medizinalrat Abel vorstellen? Er wohnt zum Glück nicht weit von hier auf der Breiten Straße, sodass er meine Gichtanfälle schnell behandeln kann.«

»Herr Medizinalrat.« Jakob gab Abel die Hand und verbeugte sich. »Sehr erfreut.«

Der Arzt war etwa Anfang sechzig und, wie Jakob gehört hatte, engagierte sich sehr für das Medizinalwesen im Großherzogtum. Unter anderem befürwortete er vehement ein brauchbares Krankenhaus in Düsseldorf, in dem jegliche medizinische Versorgung ohne Probleme gewährleistet wäre, und das auch dadurch, dass man nicht wie jetzt einen einzigen Arzt überforderte, sondern eben genügend Ärzte beschäftigte.

Abel nickte Jakob freundlich zu. »Ich hoffe, Sie wollen meinen Patienten nicht überanstrengen. Der Tod des jungen Kaufmannssohnes ist ihm doch sehr nahegegangen. Ich fürchte, die Nachricht hat seinen Gichtanfall ausgelöst.«

»Hören Sie nicht auf Ärzte, junger Freund«, rief Beuth in gespieltem Zorn. »Ich will nicht in Watte gepackt werden. Ich nehme lieber am Leben teil.«

»Das habe ich doch so ähnlich vor fast zwanzig Jahren schon einmal gehört«, lächelte der Arzt und drohte humorvoll mit dem Zeigefinger. »Damals ging es um ein rheumatisches Übel. Der Patient – Sie erinnern sich sicherlich an ihn – war abends noch wohlgelaunt mit uns allen als Gast im Pempelforter Garten beim alten Jacobi gewesen und hatte gespottet, dass er so bald keinen Arzt benötigen würde. Ja, was soll ich sagen, schon am nächsten Tag musste ich zu ihm kommen. Er lag jammernd im Bett und hatte eine fürchterliche Erkältung. Da habe ich doch lachen müssen, worüber er noch verschnupfter wurde, denn dass man über ihn lacht, das mag er nicht. Nun ja, ich habe ihn damals mit Kampferwickeln kuriert. Nach ein paar Tagen war er wiederhergestellt und lebt heute noch, und das bei guter Gesundheit, wie ich hoffe.«

Beuth schmunzelte. »Und wer war Ihr Opfer? Doch wohl nicht etwa …?«

»Doch!«, freute sich der Doktor. »Geheimrat von Goethe höchstpersönlich. Aber jetzt darf ich mich verabschieden. Eigentlich sollte Ihr Fuß sich bald wieder erholen, aber wenn er doch schlimmer wird, schicken Sie nach mir, lieber Freund. Ich komme, so schnell ich kann.«

Abel stand auf und reichte auch Jakob die Hand. Er kniff die Augen zusammen und betrachtete Jakobs Nase eingehend.

»Du liebe Zeit! Das tut weh, das sehe ich. Reagieren Sie empfindlich auf Bienenstiche?«

»Nein, nicht dass ich wüsste«, antwortete Jakob erstaunt.

»Gut. Dann tupfen Sie Bienenleim, auch Bienenharz oder Propolis genannt, auf Ihre wunde Nase. Fragen Sie in der Apotheke nach der richtigen Tinktur, es gibt mehrere für unterschiedliche Zwecke. Und wenn Sie den Zwicker aufsetzen, hilft es vielleicht, ein bisschen Watte auf die Druckstellen zu legen, bis die Nase verheilt ist. Sie könnten sich auch überlegen, ob eine andere Brillenform möglicherweise Abhilfe schafft. Gehen Sie doch mal zu Opticus Salomon in der Flinger Straße. Der berät sie.«

Er drückte dem verdutzten Jakob noch einmal die Hand und ging.

Beuth schmunzelte. »So ist er, er kann einfach niemanden leiden sehen. Nehmen Sie doch bitte Platz, Monsieur le Commissaire. Und was bringt Sie zu mir?« Sein Gesicht wurde ernst. »Ist es tatsächlich der schreckliche neue Mord? Mein Gott, die arme Anna. Wissen Sie, wie es ihr geht?«

Jakob setzte sich auf den zweiten Sessel. »Mamsell Schmitz ist sehr mitgenommen vom Tod ihres Bruders. Ich kenne sie ja noch nicht lange, aber man sieht ihr an, dass sie kaum schläft oder isst. Dazu kommt, dass es ihrem Vater wohl noch schlechter geht als ihr und sie sich um ihn kümmern muss. Das kostet Kraft.«

Der Hofrat nickte traurig. »Johann Schmitz hat auch schon einiges hinter sich. So, wie er an seinen Kindern hängt, muss ihn Friedrichs Tod ungeheuer treffen. Das wird ihm wieder den Boden unter den Füßen wegziehen. Verdächtigen Sie denn schon jemanden?«

Jakob schüttelte den Kopf. »Noch nicht konkret. Es gibt jedoch einige Möglichkeiten, wobei ich allerdings die Familie, also Anna und ihren Vater, ausnehme. Aber …«

»Das möchte ich doch meinen!«, warf Beuth empört ein. »Das ginge wohl auch zu weit.«

»Aber ich muss alle Möglichkeiten bedenken«, erklärte Jakob, »auch wenn ich sie selbst nicht mag.«

Beuth nickte, schon etwas besänftigt. »Das verstehe ich. Nun, wie kann ich Ihnen helfen?«

»Was wissen Sie über Schmuggel in Düsseldorf? Über Namen von Beteiligten? Gerade auch in Bezug auf die Familie Schmitz? Mamsell Schmitz deutete so etwas an …«

»Tatsächlich? Erstaunlich.« Der alte Hofrat schüttelte den Kopf. »Junger Mann«, sagte er stirnrunzelnd, »Sie wissen, dass Sie einen ehemaligen hohen Beamten der kurfürstlichen Hofkammer nach seinen Kenntnissen von kriminellen Machenschaften befragen, die auch die Finanzen des Großherzogtums betreffen?«

Jakob erschrak. Er hatte Beuth so eingeschätzt, als könnte er – auf einer sachlichen Ebene – über alles mit ihm sprechen. Er wollte nicht glauben, dass er sich so getäuscht haben sollte, und hob beschwichtigend die Hände. Aber da winkte der Hofrat schon ab.

»Ich weiß, Sie suchen Rat bei Menschen, die bereit sind, in einem Mordfall überhaupt offen mit Ihnen zu reden. Also gut. Ja, ich habe solche Kenntnisse, denn sie sind ein offenes Geheimnis. Alle wissen über Schmuggel in Düsseldorf Bescheid, alle haben Vorteile davon, niemand spricht darüber. Die Namen der grauen Eminenzen, der Organisatoren im Hintergrund, kennt man natürlich nicht und will sie auch gar nicht wissen, weil man sie dann auch nicht unbedacht weitergeben kann. Was ich weiß, weiß ich nur durch meine Nähe zur Familie Schmitz. Es hieß immer, Friedrich besorgt das schon, Friedrich erledigt das, wenn es um die im Augenblick verbotenen Güter ging. Da fragt man nicht weiter, vor allem redet man nicht mit Dritten darüber. So hat das bisher gut funktioniert. So ein Mord allerdings … das wird alle Beteiligten aufrütteln, wer immer sie sind.«

Jakob seufzte. Er war sich sicher, dass der Hofrat wusste, wer die Beteiligten waren, schließlich hatte Anna ihm am Morgen erzählt, dass die Schmuggler aus allen Schichten der Gesellschaft kamen.

»Wie ist der arme Junge eigentlich zu Tode gekommen?«, fragte Beuth.

»Er wurde erwürgt und dann als bereits Toter erhängt.«

Beuth verzog schmerzhaft das Gesicht. »Das ist bösartig.«

»Wir glauben, dass einer der Schmuggler der Täter ist. Friedrich muss etwas beobachtet haben, was demjenigen gefährlich werden konnte. Wahrscheinlich hat er den Mord an Bonnard gesehen, denn in den letzten Tagen vor seinem Tod hat er in der Vorstellung gelebt, er habe den Franzosen getötet. Erinnern konnte er sich allerdings an nichts. Und seine Schwester versichert, dass er niemals jemanden umgebracht hätte.«

»Da hat sie völlig recht«, sagte Beuth kopfschüttelnd. »Friedrich konnte keiner Fliege etwas zuleide tun. Aber das ändert die Sicht auf die Dinge. Wissen Sie, Monsieur le Commissaire, diese Schmuggler sind eine verschworene Gemeinschaft. Manche von ihnen haben oft außer ihrem Leben nichts mehr zu verlieren, und gerade darum kämpfen sie. Sie schrecken vor nichts zurück, wenn es für sie bedrohlich wird. Auch deshalb spricht man nicht über sie. Denken Sie nur an die verprügelten und getöteten Douanen auf beiden Seiten des Rheins. Und die Zöllner haben wohlgemerkt nur ihre Arbeit getan, als sie verbotene Waren bei den sogenannten *Porteurs,* den Trägern, gefunden haben. Man sollte sie nicht reizen, denn sie sind gefährlich.«

Jakob blickte Beuth erstaunt an. Das war eine deutliche Warnung. Aber er war kein Zöllner, er war Commissar und gehörte zur Polizei. Und das war doch wohl eine andere Voraussetzung. Beuth hatte sich zurückgelehnt. Er sah erschöpft aus und drehte geistesabwesend einen seltsam geformten Stein in seinen Händen, der auf dem Tisch neben ihm gelegen hatte. Bei jeder Bewegung raschelte und klackerte es im Innern des Steins. Beuth schien mit seinen Gedanken weit weg zu sein. Jakob befürchtete, dass er den alten Herrn, der auch noch mit seiner Gicht kämpfte, sehr ermüdet hatte. Aber da sprach der Hofrat schon weiter.

»Versteinerungen. Es ist schon erstaunlich mit diesen petrifizierten Fundstücken, finden Sie nicht? Man hört Geräusche aus der fernen Vergangenheit, aber man sieht nicht, wer sie macht, ein Insekt, eine Schnecke oder ein Fisch.« Wieder drehte er den Stein in den Händen und lächelte plötzlich verschmitzt. »Finden Sie den Schlüssel zum verborgenen Reich der Steine, Monsieur le Commissaire.«

Beuth nickte Jakob vielsagend zu, aber der Commissar verstand überhaupt nichts. Der Hofrat seufzte, als er Jakobs verwirrte Miene bemerkte.

»Denken Sie das Ungewöhnliche, junger Freund«, empfahl er nachdrücklich. »Ich hoffe, ich habe Ihnen ein wenig helfen können. Und nun muss ich mich ausruhen. Aber«, fügte er mit erhobenem Zeigefinger hinzu, »Sie müssen unbedingt wiederkommen und mir über die Lösung Ihres Falls berichten.«

Jakob verabschiedete sich von Beuth, wünschte ihm gute

Besserung und verließ das Studierzimmer. Er war so durcheinander vom Ende dieses Gesprächs, dass er fast vergessen hätte, Bruck aus der Küche zu holen.

Am Abend saßen sie immer noch in ihrem Amtszimmer und diskutierten Morde, mögliche Täter und seltsame Andeutungen. Hinweise von Beuths Personal gab es keine, worüber Bruck sich sehr ärgerte. Zum einen kannten die Dienstboten Anna besser als Friedrich, der den Hofrat nur selten besucht hatte, seitdem er im Geschäft seines Vaters mitarbeitete, zum anderen hatten sie gar nichts mehr gesagt, als Bruck die Schmuggler erwähnte, nur herumgedruckst und sich Blicke zugeworfen.

»Wie man so schön sagt, eine Mauer des Schweigens war das, Monsieur le Commissaire. Man konnte sich richtig den Kopf daran stoßen. Da war nichts zu machen.«

Und dann das seltsame Gespräch mit dem Hofrat. Jakob wiederholte so genau wie möglich, was Beuth gesagt hatte, aber Bruck schüttelte den Kopf. Er war auch sicher, dass es ein versteckter Hinweis war, aber sie durchschauten ihn alle beide nicht.

»Wissen Sie was, Bruck«, sagte Jakob schließlich, »wir denken morgen weiter. Vielleicht sehen wir mit ausgeruhtem Kopf klarer. Am besten knöpfen wir uns morgen zuerst den Spediteur Ronsdorf vor. Er scheint mit den Schmugglern ja gemeinsame Sache zu machen, wenn ich Mamsell Schmitz heute richtig verstanden habe, und kann uns mehr sagen. Wenn er überhaupt mit uns redet. Und wenn er morgen überhaupt in der Stadt ist und nicht irgendwo unterwegs«, seufzte Jakob.

Bruck nickte. »So machen wir es, Monsieur le Commissaire. Sie haben recht. Jetzt ist Feierabend.«

Etwa zur gleichen Zeit trafen an diesem Abend kurz vor sechs Uhr elegant gekleidete Menschen in der Flinger Straße 20 ein. Im ersten Stock ihrer Räumlichkeiten hatten die Eheleute Georg und Cäcilie Lejeune vor Jahren einen Tanzsaal eingerichtet, um ihre private Posthalterei und Gastwirtschaft profitabler zu machen. Es war eine gute Idee gewesen, denn die Konkurrenz des großherzoglichen Postinspektors Maurenbrecher mit Fahrpost und Reitpost gegenüber der Maxkirche war groß. Der Tanzsaal, auch Casino genannt, war gerne für Bälle genutzt worden. Dann war vor vier Jahren die Musik-Academie von interessierten Bürgern als Konzertgesellschaft gegründet worden. Sie hatte das Casino im ersten Stock für regelmäßige musikalische Veranstaltungen auf sechs Jahre gemietet und das Mobiliar dafür gekauft, auch ein separater Eingang war entstanden. Ein größerer Vorraum zum Ball- und Konzertsaal war zu einem Musikzimmer umgebaut worden, es gab mehrere Lesezimmer, ein Billard- und ein Raucherzimmer. Inzwischen hatte die Academie an die dreihundert Mitglieder, die natürlich an diesem Abend nicht alle für ein Konzert Zeit oder Ruhe hatten. Hofrat Beuth zum Beispiel war wegen seiner Gicht nicht gekommen, wie Medizinalrat Abel den vielen Nachfragenden geduldig erklärte. Die Konzerte, zumeist an Dienstagen abgehalten, waren auch eine willkommene Gelegenheit für die bessere Düsseldorfer Gesellschaft, sich vor, während und nach der Musikdarbietung über aktuelle Neuigkeiten auszutauschen. Schließlich konnte man in zwangloser, quasi privater Umgebung andere Mitglieder, darunter auch Politiker wie Präfekt von Borcke, Innenminister von Nesselrode-Reichenstein oder den kaiserlichen Commissaire und Finanzminister Beugnot, auf ein Wort bitten.

Auch Dr. Heinrich Brewer war trotz seiner vielen Arbeit gekommen, um nicht auf den musikalischen Genuss des heutigen Abends verzichten zu müssen. Er fragte sich allerdings, ob er nicht besser zu Hause geblieben wäre. Er hatte keine Minute Ruhe, weil sich inzwischen herumgesprochen hatte, dass er der Polizeiarzt war, der mit den grässlichen und ausgerechnet vor dem Napoleon-Besuch doch eigentlich völlig überflüssigen Morden zu tun hatte. Und da man Monsieur le Commissaire Hartenfels, der auch Mitglied der Musik-Academie war, nirgendwo entdecken konnte – vermutlich ermittelte er und hatte wahrhaftig Besseres zu tun –, stürzte man sich auf den armen Doktor. Ob Herren oder Damen, jedermann vergaß für einen kurzen Moment die Pietät und fragte ihn mit leuchtenden Augen aus, »denn so ein Mord, lieber Doktor, passiert ja nicht jeden Tag und ist so furchtbar gruselig«. Natürlich nur, wenn man nicht selbst betroffen war. Dr. Brewer fragte sich inzwischen ernsthaft, wohin die Sensationslust die Menschheit noch bringen würde. Müsste man vielleicht sogar eines Tages gezielt Sensationen erfinden, inklusive angeblicher pikanter Details, damit sich alle genügend amüsieren oder echauffieren konnten? Es schien ein wirkliches Bedürfnis zu sein. Er konnte nur hoffen, dass dem nicht so war.

In einer ruhigeren Sekunde zog er sich in eine Ecke zurück und machte sich so gut wie unsichtbar. Nun hatte er Muße, die anderen Anwesenden zu beobachten. Einige Herren fielen ihm auf, Kaufleute, wenn er sich nicht täuschte. Sie standen zusammen, aber im Gegensatz zu den anderen entspannt wirkenden Konzertbesuchern debattierten sie leise und offenbar heftig miteinander. Verstehen konnte Brewer nichts, was er bedauerte, denn ihr Verhalten machte ihn neugierig. Er wollte gerade unauffällig ein Stückchen näher rücken, als Staatsrat Jacobi auf ihn zukam.

»Guten Abend, Dr. Brewer«, begrüßte Jacobi ihn, »obwohl es für Sie eigentlich kein guter Abend ist, nach dem Ansturm auf Sie, den ich gerade eben beobachtet habe. Eigentlich wollte ich Sie daraufhin auch in Ruhe lassen, aber ich würde doch gerne im Rahmen des kaiserlichen Besuchs wissen, wie weit die Ermittlungen gediehen sind. Ich verantworte ja einiges an Organisation für dieses Ereignis, daher meine Frage. Ungeklärte Morde, frei herumlaufende Mörder, all das können wir gerade jetzt überhaupt nicht brauchen.«

Brewer hob die Schultern. »Es tut mir leid, dass ich Ihnen nichts dazu sagen kann. Ich habe die Toten untersucht, mehr nicht. Alles Weitere kann Ihnen Commissar Hartenfels erklären. Ich weiß, dass Polizeidiener Bruck und er mit größtmöglicher Schnelligkeit an den Fällen arbeiten, denn ihnen ist das Problem auch klar. Manche Untersuchung, das hat die Vergangenheit gezeigt, braucht jedoch ihre Zeit. Es kommt immer auf die Umstände an.«

»Nun, dann muss ich mich wohl gedulden«, gab Jacobi sich lächelnd geschlagen, wünschte noch einen schönen Abend und mischte sich wieder unter die Menschen.

Als Kapellmeister August Burgmüller und seine Frau eintrafen und gleich weiter in den Konzertsaal gingen, wo die Musiker bereits auf sie warteten, machte sich auch das Publikum auf den Weg dorthin. Brewer musste an der Gruppe aufgeregter Kaufleute vorbei, um in den Saal zu kommen, und spitzte die Ohren. Aber mehr als »Machen Sie sich nicht lächerlich, wir sind doch alle betroffen« und »Kein Wort mehr über die Sache« verstand er nicht. Aus dem Zusammenhang gerissen konnte das alles bedeuten. Und weil er weniger an Sensationen und mehr an Fakten interessiert war, fand er es müßig, weiter darüber nachzudenken. Er lauschte lieber Therese Burgmüllers klarem Sopran. »Abscheulicher, wo eilst du hin?« sang sie mit Bravour Rezitativ und Arie der Leonore aus Beethovens Oper Fidelio. Glücklicherweise, dachte Brewer und lehnte sich genießerisch zurück, bekam man in Düsseldorf auch die allerneueste Musik geboten. Aus Wien zwar, aber komponiert von einem Rheinländer.

Mittwoch, 23. Oktober 1811

Jacques Claude de Beugnot fragte sich an diesem Morgen, wann er das letzte Mal entspannt gewesen war. So entspannt, dass er aus dem Fenster der Residenz blickte und den blauen Himmel nicht nur sah, sondern auch wahrnahm. So entspannt, dass er mit seiner Frau unbeschwert scherzen und lachen konnte, was er gerne tat, denn er liebte seine Frau. Seit vierundzwanzig Jahren waren Marguerite und er nun verheiratet und kannten und respektierten sich. Und er liebte seine Familie. Er würde gern die beiden Kinder seiner ältesten Tochter einmal sehen, den inzwischen zweijährigen Napoléon und dessen fast einjährige Schwester Marie Clémentine. Seine Enkel. *Mon Dieu,* da war er mit fünfzig Jahren wahrhaftig schon zweifacher Großvater. Und wann würde er endlich wieder einmal in Paris sein können? Dort waren seine Enkel und auch seine Söhne Auguste und Gustave, durch die Revolutionswirren um die zehn Jahre jünger als ihre große Schwester, und besuchten die besten Schulen. Sie würden Politiker und Diplomaten werden, so wie er, das war sein Wunsch. Manchmal hatte er solch eine Sehnsucht …

Beugnot wandte sich seufzend vom Fenster ab und nahm seinen Gang durch das Zimmer wieder auf, den er sich während der letzten Wochen angewöhnt hatte, um seine Unruhe zu bezwingen. Er hatte schon einmal mit dem Gedanken gespielt, dass diese Unruhe vielleicht auch an dem verwünschten

Kometen liegen könnte, der seit Ende März die Leute verrückt machte und immer noch um die Erde irrte. Ein Franzose in Viviers unten an der Rhône hatte ihn zuerst entdeckt, ein Flauber … Flauger … *ah, n'importe!* Der Name war nicht wichtig, aber seitdem starrte alle Welt in den Himmel. Und dass der diesjährige Wein so besonders gut würde, schob man nicht mehr wie bisher auf das schöne Sonnenwetter, das sogar bis jetzt noch anhielt, *mais non,* der Komet war schuld. *C'était ridicule.* Kometenwein. Lächerlich. Napoleon-Wein würde es viel eher treffen, das würde wenigstens etwas Respekt vor dem Kaiser zeigen.

Der Kaiser. *Mon Dieu.* Wenn man nur endlich Genaueres über seine Reisepläne hören würde! Wenn der Kaiser nur wüsste, welche Auswirkungen seine Capricen hatten! Der Maire von Pfeil war Anfang der Woche sehr besorgt zu ihm, Beugnot, gekommen. Er befürchtete, hatte der Maire geklagt, dass die bereits zubereiteten Suppen, Pasteten und Fleischgerichte für drei Tage und insgesamt mehrere Hundert Menschen trotz kalter Lagerung nicht länger haltbar waren und spätestens Mitte der Woche – also heute – an die Armenküche in der Reuterkaserne weitergegeben würden. Für die Fischgerichte und für Austern und Muscheln wäre diese Regelung nicht ratsam. Sie würden weggeworfen. Die Gerichte würden von den Köchen sämtlich noch einmal hergestellt, wodurch allerdings doppelte Ausgaben entstünden. Das alles wäre mit einem festen Ankunftstermin Napoleons natürlich nicht geschehen, die Mehrkosten für die Stadt hätten dadurch vermieden werden können et cetera, et cetera. *Parbleu!* Er konnte es doch auch nicht ändern.

Was die Leute auch für Sorgen hatten! Von Borcke hatte ihm erzählt, dass die städtischen Herrenschneider ihm die Tür eingerannt hätten, weil circa zweihundert Personen – Adelige, Militär- und Zivilbeamte – nicht sicher waren, welche Uniformen sie zur Begrüßung des Kaisers tragen sollten. Die kurfürstlich-bayerischen und die preußischen Uniformen kamen ja nicht mehr infrage. Die Schneider fühlten sich nun durch die Kürze der Zeit überfordert. Borcke hatte dann ganz einfach verfügt, dass alle Uniformen, die Großherzog Joachim Murat noch bestimmt hatte, für die Staatsräte, die Verwaltungs- und die Départementsbeamten weiterhin gültig waren. Die Justiz- und Municipalbeamten würden in schwarzer Hofkleidung mit weißen Strümpfen, alle übrigen Beamten in ihrer farbigen Hofkleidung erscheinen. *Et fini!* Und Schluss. Manchmal war es schon seltsam, was für Konsequenzen die Aussicht eines kaiserlichen Besuchs von nur drei Tagen nach sich zog. Kosten für dies, Kosten für das, Kosten für alles Mögliche. Er stand als Finanzminister dabei und wusste, dass er Napoleon Rede und Antwort für eventuelle Sonderausgaben würde stehen müssen. Irgendwie blieb immer alles an ihm hängen.

Beugnot war wieder beim Fenster angekommen und blickte nachdenklich hinaus, wobei er langsam über seine lange Nase strich. Der Innenminister war ihm da auch keine große Hilfe, was er auch nicht erwartet hatte. Im Übrigen schien Nesselrode im Moment doch überfordert zu sein. Da draußen lief nämlich zu allem Überfluss auch noch ein Mörder frei herum. Beugnot schüttelte den Kopf. Dass der noch nicht gefasst war, lag mit Sicherheit an Nesselrode in seiner Funktion als Polizeiminister. Der Mann brachte ihn auch ohne solche Probleme schon um den Verstand. Man müsste sich also überlegen, was da zu tun wäre. Man könnte Nesselrode die Polizei wegnehmen, das würde ihn ein wenig, nein, sogar spürbar entmachten. Ein Innenminister, der nichts mehr zur Polizei zu sagen hatte? Schlecht, ganz schlecht. *Mais indispensable.* Es war allein deshalb schon unerlässlich, weil Roederer ihm, Beugnot, bereits signalisiert hatte, dass er als Statthalter auch die

Polizei ein wenig im Auge behalten sollte. Und nachdem der Minister-Staatssekretär sie alle vor ein paar Tagen vor einem neuerlichen Krieg, diesmal einem Krieg gegen Russland, gewarnt hatte, wurde dieser Vorschlag zwingend. Nun, der Kaiser musste wissen, ob es gut war, das riesige Zarenreich anzugreifen und dafür aus den Reihen unwilliger Bürger Soldaten auszuheben. Aber bei diesem Krieg ging es um etwas, das auch hier in Düsseldorf Wellen schlug: das Verbot englischer Waren, die hohen Zölle und den Schmuggel. Und genau das würde eskalieren, das spürte er, auch wenn ihm in Paris niemand glaubte. Wenn es so weit war, musste jemand hier im Großherzogtum die Fäden in der Hand halten und mit den Polizeikräften rigoros gegen Aufständische, Schmuggler und andere Übeltäter vorgehen. Und das wäre ganz bestimmt nicht Innenminister Nesselrode-Reichenstein. *Tout au contraire!* Im Gegenteil – der Mann, der das konnte, hieß Beugnot. Wenn schon nicht in Paris, würde er eben hier seine Position unmissverständlich stärken und festigen. Beugnot warf noch einen flüchtigen Blick in den blauen Himmel, dann setzte er sich an seinen Arbeitstisch und kümmerte sich mit neuer Energie um seine täglichen Aufgaben.

Spediteur Ronsdorf kam um die Mittagszeit zu Jakob und Bruck ins Rathaus.

»Ich habe einen Zettel unter meiner Tür gefunden, dass Sie mich sprechen wollen?«, fragte er grinsend. »Dann gibt es wohl wieder eine Fuhre für mich?«

»Nehmen Sie doch Platz, Monsieur Ronsdorf«, forderte Jakob ihn auf und wies auf den Stuhl vor seinem Tisch. »Es gibt keine Fuhre, aber wir müssen miteinander reden.«

»Oho«, rief Ronsdorf, »das klingt nicht gut. Hab ich was ausgefressen, Meister?«

Er lachte laut auf und blickte Beifall heischend zu Bruck hinüber, der jedoch nicht mitlachte.

»Monsieur le Commissaire reicht völlig«, antwortete Jakob kühl. »Und ob Sie etwas ausgefressen haben, wissen wir noch nicht. Zunächst geht es nur um eine Frage. Warum waren Sie am letzten Mittwoch mit Ihrem Fuhrwerk beim ›Luftballon‹?«

»Letzten Mittwoch? Beim ›Luftballon‹? Lassen Sie mich nachdenken.«

Ronsdorf dachte nach und verzog dabei sein Gesicht, als müsste er schwere Lasten heben. Jakob vermutete eher, dass der Spediteur nur Zeit für mindestens eine gute Ausrede gewinnen wollte.

»Kommen Sie, Ronsdorf«, sagte er, »das kann doch nicht so schwer sein. Es war der Tag, an dem Sie uns mit einer Leiche zum Krankenhaus in der Neustadt gefahren haben.«

»Ach, der Tag. Die Leiche von der Ballonwiese. Ja, natürlich, Monsieur le Commissaire, daran erinnere ich mich. So was ist mir noch nie passiert.«

»Sehen Sie«, nickte Jakob. »Also zurück zu meiner Frage. Warum waren Sie an diesem Tag überhaupt beim ›Luftballon‹?«

»Ich habe ein paar Fässer Bier bei der Wirtschaft abgeliefert. Und dann kam der Gendarm angeritten. Die sind im Moment ja überall, kontrollieren die Straßen, man ist keine Minute sicher vor ihnen. Aber er wollte nichts von mir, als sein Gebrüll losging, er hatte nur den Toten entdeckt.« Ronsdorf bemerkte, wie Jakobs Miene sich verdüsterte. »Nun ja, ich meine, ich war erleichtert, dass er nichts von mir wollte.«

»Warum? Hatten Sie etwas zu verbergen?«

»Natürlich nicht«, empörte sich Ronsdorf etwas zu schnell.

»Und dann haben Sie die Leiche in die Stadt gefahren?«

Ronsdorf nickte. »Ja, der Gendarm wollte es so.«

»Was transportieren Sie eigentlich den ganzen Tag?«

»Alles Mögliche, was die Leute so brauchen und nicht selbst tragen können.«

»Bierfässer? Weinfässer?«

»Ja, alles, und Holz oder auch Möbel, wenn jemand umzieht, manchmal auch bis in eine andere Stadt. Oder besonders wertvolle Sachen, die sind dann in Kisten verpackt. Da waren zum Beispiel mal …«

»Und wann haben Sie das letzte Mal geschmuggelte Waren transportiert?«, unterbrach Jakob den Spediteur und beobachtete ihn genau. »Kaffee, Tee, Baumwollstoffe, Lederwaren und Ähnliches?«

Ronsdorf wurde bleich. »Ich … ich …«, flüsterte er.

»Also?«

»Noch nie.«

»Wie? Ich habe Sie nicht verstanden.«

»Das habe ich noch nie getan«, sagte Ronsdorf ein wenig lauter.

»Das glaube ich Ihnen nicht.«

Ronsdorf zuckte die Schultern und setzte ein trotziges Gesicht auf. Jakob musterte ihn aufmerksam und ließ ihm Zeit, aber der Spediteur hüllte sich in Schweigen.

»Daumenschrauben?«, fragte Bruck trocken in die Stille und tat so, als wollte er aufstehen.

»Ja, Bruck, vielleicht sollten wir tatsächlich …«, nickte Jakob.

Aber er konnte nicht zu Ende sprechen. In den Spediteur kam Leben, weil er nicht wusste, dass er vor Daumenschrauben sicher war, wenn er es mit Jakob zu tun hatte. Ronsdorf versuchte, seine Haut zu retten, und redete auf einmal wie ein Wasserfall.

»Bitte nicht. Bitte keine Daumenschrauben«, flehte er. »Ich kann Ihnen nichts sagen, das müssen Sie mir glauben, Monsieur le Commissaire. Ich weiß auch keine Namen. Ich bin völlig nutzlos für Sie.«

»Wenn wir Sie ein bisschen hierbehalten, fällt Ihnen bestimmt der ein oder andere Name wieder ein. Was meinen Sie?«

Ronsdorf wurde panisch. »Aber Sie dürfen mich nicht hierbehalten, sonst merken die was und denken, ich rede. Das wird übel für mich. Richtig böse.«

Hofrat Beuth hatte also recht mit seiner Warnung gehabt, dachte Jakob. Ronsdorf war das beste Beispiel. All seine Großspurigkeit war verschwunden, er saß da wie ein Häufchen Elend.

»Wer ist ›die‹?«, versuchte Jakob doch noch mehr zu erfahren.

Ronsdorf schüttelte nur den Kopf und sagte nichts mehr.

»Eigentlich müsste ich Sie ins Arresthaus bringen lassen.«

Der Spediteur blickte den Commissar mit schreckgeweiteten Augen an.

»Aber ich lasse Sie gehen«, fuhr Jakob fort, wobei Ronsdorf erleichtert in sich zusammensackte, »unter der Bedingung, dass Sie mir einen Hinweis zukommen lassen, wann und wo die nächste Fuhre Schmuggelgut für Sie ankommt. Nehmen Sie einen Gassenjungen als Boten oder wen auch immer, das ist mir egal, nur informieren Sie mich. Einverstanden?«

Ronsdorf wusste, dass das seine einzige Chance war, und nickte ergeben.

»Gut«, sagte Jakob. »Dann können Sie gehen, wenn Sie für uns erreichbar bleiben. Also in nächster Zeit keine Fuhren in fremde Städte. Geben Sie mir Ihr Wort darauf?«

Ronsdorf nickte und schrak zusammen, als Bruck plötzlich

neben ihm auftauchte und ein beschriebenes Papier vor ihn auf den Tisch legte.

»Hier, unterschreib das, damit du uns nicht abhaust. Das wäre aber auch nicht schlimm. Wir finden dich.«

Ronsdorf blickte verwirrt auf das Papier. »Was ist das?«

»Kannst du nicht lesen? Du bist einverstanden, dass du die Stadt nicht verlässt und uns über deine Fuhren für die Schmuggler informierst. Das gibst du uns schriftlich. Und wenn du dich nicht daran hältst, geht's ab ins Arresthaus. Das ist alles.«

Der Spediteur versuchte gar nicht erst, mit Bruck zu argumentieren. Er unterschrieb und floh förmlich aus dem Amtszimmer. Bruck legte das unterschriebene Papier mit eleganter Geste vor den verdutzten Commissar.

»Lassen Sie mich raten, Bruck. Wir haben sein Wort, aber Sie trauen ihm trotzdem nicht?«

»Er ist ein Schlitzohr, die halten sich bekanntlich nicht an Abmachungen. Und er lügt. Der Wirt vom ›Luftballon‹ kann nicht nur gut kochen, er braut auch sein Bier selbst. Der lässt sich keine Fässer liefern.«

Während Ronsdorf im Amtszimmer unter Jakobs Fragen litt, pfiff Ludwig Kirschner einige Straßen weiter südlich ein fröhliches Liedchen. Vorsichtig nahm er den grob zugeschnittenen Seidensamt und zog ihn stramm über die dünne Filzdecke, unter der sich eine Lage Grauwatte verbarg, die dicke Bäusche gekräuselten Rosshaars auf einer Lage aus grobem Leinen bedeckte. Mähnen- oder Schweifhaare von Pferden, in feste, dünne Zöpfchen geflochten und dann gedämpft, behielten nach dem Trocknen und Aufkämmen die notwendige Sprungkraft.

Es war das beste Füllmaterial. Und jetzt begann die Geduldsarbeit, ein Nägelchen nach dem anderen auf der Rückseite durch den Stoff auf die Holzplatte zu hämmern und darauf zu achten, dass der Stoff sich nicht verzog und dass das Rosshaar, obwohl es unter lang aufgenähten Fäden fixiert war, sich nicht doch ungünstig verschob und womöglich klumpte. Ludwig Kirschner würde das jedoch niemals passieren. Er war zwar noch jung, aber bereits ein Meister in seinem Handwerk. Als Kutschenpolsterer sorgte er dafür, dass die Fahrgäste in einer Postkutsche so bequem wie möglich saßen. Und durch die gepolsterten Innenwände eines Wagens konnten sie sich auch nicht allzu schwer verletzen, wenn die Kutsche auf unebenen Wegen ins Schaukeln geriet und sie auf ihren Sitzen hin und her geworfen wurden. Man nannte gerade die Postwagen nicht umsonst Knochenknacker oder Marterkasten.

Ludwig hatte allen Grund dazu, fröhlich zu sein, denn er kam seinem Traum einer eigenen Werkstatt immer näher. Im Moment arbeitete er noch als einer von etwa hundert Handwerkern in Maurenbrechers großer Postwagenwerkstatt an der Düsselstraße gegenüber dem alten Franziskanerkloster. Stellmacher, Sattler, Schmiede, Schlosser, Schreiner, Lackierer und Linierer reparierten hier die Kutschen der Fahrpost oder stellten neue Wagen her. Ludwig selbst polsterte gerade eine Rückenlehne, die in einen Rahmen eingesetzt werden sollte. Dieser Auftrag hatte allerdings nichts mit Kutschen zu tun. Er war etwas ganz Besonderes und brachte ihm sogar einen Extraverdienst. Ein Glücksfall für Ludwigs Träume, sozusagen. Er hatte eine Weile warten müssen, aber heute war endlich auch der Stoff eingetroffen, den er sich vorgestellt hatte. Seidensamt. Rot natürlich, das war gar keine Frage, ein sattes, kräftiges Rot. Der Schreiner hatte die Rahmen gebaut und vergoldet, und er polsterte nun Sitzflächen, Rücken- und Armlehnen und bezog alles mit diesem wunderbar weichen Seidensamt. Er hatte nämlich den besonderen Auftrag, die beiden Thronsessel anzufertigen, die am Abend des Balls im großen Saal der alten Galerie für das Kaiserpaar bereitstehen sollten.

Ludwig streckte den Rücken, bevor er sich das nächste Nägelchen nahm, und schaute versonnen aus dem offenen Fenster auf die Straße. Wenn er dann eines Tages seine eigene Werkstatt hätte, würde er ein kleines Modell der Sessel dort aufstellen und seine Kunden damit ohne viele Worte von seinen Qualitäten überzeugen. Wenn sogar Napoleon auf seinen Sesseln gesessen hatte, dann reichte seine Kunst allemal für die Düsseldorfer Oberschicht. Und sie würden entsprechend zahlen. Und er würde heiraten können und eine Familie gründen. Er würde so reich werden, dass er sich sogar die Sessel aus seiner eigenen Werkstatt leisten konnte. Was für ein schönes Leben das wäre. Ludwig seufzte selig, als draußen plötzlich Hufgetrappel, das Knirschen von Rädern und dann aufgeregte Stimmen zu hören waren. Die Postkutsche nach Deutz und Köln war vorgefahren. Er beobachtete, wie zwei Männer davorstanden und heftig debattierten. Der eine war groß, mit überheblichem Gesicht, der andere war kleiner und machte einen verwöhnten Eindruck. Sie stritten sich mit zwei Bauernburschen und hörten erst auf, als die Postkutsche bereit zur Abfahrt war. Auch die beiden Männer stiegen ein, und die Pferde zogen an. Einer der Burschen machte eine wütende und ziemlich anrüchige Handbewegung hinter der Kutsche her und nahm den anderen mit sich an Ludwigs Fenster vorbei.

»Komm, Franz, gehen wir zurück zu den Pferden«, sagte er.

Der andere nickte. »So ein Blötschkopp«, schimpfte er. »Der wird schon sehen, was er davon hat.«

Ludwig schüttelte den Kopf. So kam man wegen einiger Streithähne von wunderbaren Zukunftsträumen ganz schnell in die Wirklichkeit zurück. Zum Glück kannte er die Leute nicht. Die beiden, die in die Kutsche gestiegen waren, sahen nicht sehr umgänglich aus. Und die beiden anderen gehörten wohl zu den Pferdebesitzern, deren Tiere im Moment hier bei Maurenbrecher für Napoleon gesammelt wurden. Das ging ihn alles nichts an, schon gar nicht im Moment, denn die Thronsessel mussten fertig werden. Vagedes hatte schon danach gefragt, und Maurenbrecher hatte daraufhin nichts gesagt, nur die Stirn gerunzelt. Aber ohne Stoff war nun mal nichts zu machen. Und der war ja zum Glück jetzt endlich da. Ludwig begann wieder ein Liedchen zu pfeifen, als er sich mit Hammer und Nägeln über die Rückenlehne beugte. Kein Zweifel, heute würde der eine Sessel auf jeden Fall fertig.

Als Spediteur Ronsdorf gegangen war, brüteten Jakob und Bruck darüber, wie sie weiter vorgehen sollten. Nahm man die Äußerungen von Hofrat Beuth und von Ronsdorf zu dem dazu, was sie bereits wussten, handelte es sich bei den Schmugglern um eine gefährliche Bande, die sich aus dem Hinterhalt zu wehren wusste, notfalls mit Mord und Totschlag. Jakob versank in seinen Überlegungen und versuchte, Hofrat Beuths rätselhaften Satz noch einmal mit allen Möglichkeiten zu durchdenken. Auch Bruck dachte darüber nach, aber das konnte er nur laut.

»Was kann der Hofrat gemeint haben«, fragte er, »mit seinem peter … peterfi … peterverzierten Fundstück? Und was hat er dann noch mal genau gesagt?«

Jakob, ganz in seinen Gedanken, wiederholte automatisch den Satz.

»Finden Sie den Schlüssel zum verborgenen Reich der Steine.«

»Und was hat das jetzt mit diesem peter...dings Fundstück zu tun? Ich meine, da müssen wir doch drüber nachdenken. Das sagt so ein gelehrter Mann doch nicht umsonst. Er ist trotz seines Alters ja auch noch sehr wendig im Kopf, das kann es nicht sein. Was soll das also mit diesem peterfi ... wie auch immer?«

Nur langsam drang in Jakobs Gedankengänge, was Bruck die ganze Zeit vor sich hin plapperte.

»Es heißt petrifiziert, Bruck, nicht peterfi ... – was haben Sie gesagt?« Schlagartig war Jakob sehr konzentriert. »Petrifiziert – Petrus – Fels – Stein.« Er wühlte hastig in seinen Notizen. »Sie sind ein Genie, Bruck. Ich glaube, Sie haben das Rätsel gelöst.«

Bruck bekam rote Bäckchen vor lauter Freude und wollte die ganze Angelegenheit gerade großzügig herunterspielen, als Jakob schon weitersprach.

»Wie hießen noch die beiden Freunde des zweiten Mordopfers? Also, ich meine Friedrich Schmitz? Ah, da steht es: Peter Reichart und Theodor Bausch. Peter. Das ist es! Meine Güte, Bruck, das ist aber wirklich sehr spitzfindig. ›Finden Sie den Schlüssel zum verborgenen Reich der Steine.‹ Du liebe Zeit. Das hätte ich allein niemals herausgefunden. Petrus der Fels, also Stein, mit dem Schlüssel zum Himmelstor. Reich der Steine – Peter Reichart.« Jakob schüttelte den Kopf. »Da hat er uns auf eine sehr versteckte Art und Weise tatsächlich einen Namen genannt.«

»Das finde ich nett«, nickte Bruck. »Haben wir jetzt unseren Mörder?«

Jakob hob die Schultern. »Das weiß ich noch nicht. Zunächst ist es nur der Name eines weiteren Schmugglers. Ich hatte es schon vermutet, aber nun können wir sicher sein. Und da sie alle so gut befreundet sind und ich mehr über die Schmuggler herausbekommen muss, werde ich nicht nur Peter

Reichart befragen, sondern auch Theodor Bausch. Am besten laden wir sie vor, dann fühlen sie sich vielleicht nicht so überlegen und sicher, wie sie es zu Hause vermutlich wären.«

Bruck nickte grinsend. »Ich kann ja auch zwischendurch wieder ein bisschen mit den Daumenschrauben spielen.«

»Erst mal nicht, Bruck. Das ist ein anderes Kaliber als der Spediteur, das könnte uns sehr große Unannehmlichkeiten bescheren. Wir versuchen es vorerst mit einem freundlichen Gespräch. Warten Sie hier auf mich. Ich muss zum Untersuchungsrichter, Rückendeckung holen.«

Er stand auf und nahm die Mappe mit den Berichten ihrer bisherigen Ermittlungen, um sie dem Richter vorzulegen, falls er sie sehen wollte.

»Bis gleich, Bruck.«

Bruck zog seine Taschenuhr hervor. »Oje, das ist schlecht. Um diese Zeit macht der Richter Pause und …«

Aber Jakob war schon weg.

Anna schloss leise die Tür zum Schlafzimmer ihres Vaters und ging auf Zehenspitzen an der Treppe vorbei zu ihrem eigenen Zimmer. Seit dem Morgen hatte sie bei ihm gesessen und versucht, ihn zu trösten und zu beruhigen. Jetzt, weit nach Mittag, war er endlich eingeschlafen. Ihre Großmutter war gekommen und hatte sie am Krankenbett abgelöst. Dem Vater ging es schlecht, aber er würde keine Kraft schöpfen können, wenn er jede Nacht grübelte und nicht schlief. Genau wie Anna hatte er nicht glauben wollen, was er sah, als er am Montagmorgen vor dem Lagerraum stand. Bevor Dr. Brewer dann den Toten mit in sein Krankenhaus genommen hatte, war er zu ihnen ins Haus gekommen und hatte ihrem Vater ein Beruhigungsmittel gegeben. Der Arzt hatte ihnen auch noch einmal bestätigt, was sie vom Commissar bereits wussten. Friedrich hatte sich nicht selbst umgebracht. Das machte zwar überhaupt nichts besser, denn er war tot, aber es war irgendwie erleichternd, zu erfahren, dass er eben nicht seines Lebens überdrüssig gewesen war. Leise schloss Anna ihre Zimmertür und streckte sich auf dem Bett aus. Nur einen kurzen Augenblick. Erst jetzt merkte sie, wie müde sie selbst war. Aber sie durfte nicht schlafen. Vielleicht würde ihr Vater Hilfe brauchen, und damit wollte sie ihre Großmutter nicht allein lassen.

Friedrich war tot. Das klang immer noch so fremd. Mein Gott, er war erst siebzehn Jahre alt gewesen. Genau wie sie hatte er das Leben vor sich gehabt. Er hatte nur das Beste für ihr Familiengeschäft gewollt und es mit dem Leben bezahlt. Das trieb ihren Vater wieder unaufhaltsam in seine Melancholie. Und sie selbst machte es sehr zornig. Einen Teil ihres Zorns hatte sie gestern ins Rathaus zu dem freundlichen Commissar getragen. Er würde ihr helfen. Sie hatte ihn aufgefordert, den Mörder zu finden, und das hatte sie ernst gemeint. Sie hatte keine Angst vor Repressalien. Es war die Aufgabe eines Commissars, Verbrechen zu lösen, und sie hatte klargestellt, dass sie sich auf ihn verließ und auf sonst niemanden. Und er hatte es verstanden. Anna seufzte. Sie wusste nicht genau, warum, aber der Commissar schaffte es, dass sie ihm vertraute. Wenn jemand Friedrichs Mörder finden konnte, dann er. Sie war froh, dass es einen Menschen gab, der ihr einen Teil der Last abnahm, die sie gerade zu tragen hatte. Das war ein schönes Gefühl. Irgendwie liebevoll und geborgen. Anna lächelte trotz ihrer Trauer und Erschöpfung. Und dann schlief sie doch ein.

Untersuchungsrichter Gottlieb Ferdinand Meyerhold fühlte sich auf empörende Weise in seinem Gleichmaß gestört. Andere Menschen liebten die Abwechslung, er nicht. Sein bedächtiger Tagesablauf war sein Lebensgerüst, das Korsett seiner Seele, und wenn jemand ihn aus dem Takt brachte, war das gar nicht gut. Für den anderen, wohlgemerkt. Untersuchungsrichter Meyerhold war nämlich durchaus in der Lage, sich zu wehren, insbesondere, wenn es um seine Tasse Kaffee und das dazugehörige Stück Kuchen ging, denen er sich jeden Nachmittag ab Punkt halb vier für eine halbe Stunde widmete. Hinderte man ihn daran, musste man die Konsequenzen tragen. So wie dieser junge Commissar, der es noch nicht einmal für nötig gehalten hatte, wenigstens anzufragen, ob sein kurzfristiges Auftauchen angenehm sei. Dann hätte man schließlich noch Zeit gehabt, ihn wieder wegschicken zu lassen. Stattdessen überrumpelte der Commissar das Dienstmädchen, das arme Kind, und stand plötzlich vor ihm. Wenn er in dieser Aufregung alles richtig verstanden hatte, ging es um einen neuerlichen Mord, eine Bande von Schmugglern und mögliche Täterschaft bis in die höchsten Kreise von Düsseldorf.

»Junger Freund«, hatte er mit vornehmem Näseln gesagt, »Sie haben ja noch nicht einmal den ersten Mord gelöst, und jetzt kommen Sie mir mit einem zweiten?«

Ja, das war eine gute Frage gewesen. Sie hatte den Commissar so sehr aus dem Tritt gebracht, dass er die Augen schließen und zweimal tief Luft holen musste. Nun, das hatte ihm Zeit gegeben, siegesgewiss ein weiteres Stückchen des köstlichen Kuchens aufzuspießen und sich einzuverleiben. Mit langsamer und geduldiger Stimme, als spräche er mit einem Kind – eine bodenlose Frechheit –, erklärte der Commissar ihm jedoch den Sachverhalt ein zweites Mal. Was ja bekanntlich nichts nutzte. Wenn man sich bereits beim ersten Erklären nicht verständlich machen konnte, waren Wiederholungen überflüssig. Er war schon fast geneigt gewesen, den Commissar in seine Grenzen und aus dem Haus zu weisen, als die Namen Reichart und Bausch fielen. Was die ganze Sache verschlimmerte, denn er hatte sich vor Schreck an einem Kuchenkrümel verschluckt und wurde von einem erstickenden Hustenanfall heimgesucht. Dieser junge Heißsporn wollte tatsächlich die Söhne von angesehenen Kaufleuten wegen einer Mordermittlung vorladen und verlangte richterliche Rückendeckung. Das empörte ihn so, dass er einfach reagieren musste. Er wischte sich mit der Serviette die Tränen fort, die ihm der Hustenanfall in die Augen getrieben hatte, und entschied sich, sehr leise zu sprechen. Brüllen war angebracht, aber zu anstrengend und vor allem unter seiner Würde.

»Sind Sie wahnsinnig?«, fragte er also sehr zurückhaltend.

Der Commissar hatte die Stirn, diese Frage zu verneinen. Offenbar waren die beiden Namen die einzigen, die außer dem eines Spediteurs in den Ermittlungen aufgetaucht waren. Und er wollte die Söhne als Zeugen befragen, aber in seinem Amtszimmer, was sie nach außen hin schnell zu Verdächtigen machte. Und deshalb brauchte er die richterliche Unterstützung. Da musste man gar nicht lange überlegen.

»Sie laden sie nicht vor, Sie gehen zu ihnen nach Hause«, entschied er. »Befragen Sie sie, aber wirbeln Sie keinen unnötigen Staub auf. Sie tragen die Verantwortung.«

Ja, das war eindeutig formuliert. Klare Anweisungen und der Hinweis darauf, wer gegebenenfalls der Schuldige sein würde.

Untersuchungsrichter Meyerhold wedelte den Commissar aus dem Zimmer – an der Tiefe seiner Verbeugung musste der junge Mann durchaus noch arbeiten – und widmete sich mit einem wohligen Seufzer dem verbliebenen Kuchen.

Vor der Haustür des Richters blieb Jakob stehen und holte noch einmal tief Luft. Es war schade, dass Juristen mangels eigener Amtszimmer von zu Hause aus arbeiteten. Hätten sie Bureaus, würde man weder in ihr privates Frühstück noch in ihr Mittagsschläfchen noch in ihren Nachmittagskaffee hineinplatzen können. Jakob straffte die Schultern und ging zum Rathaus zurück. Gut, er war noch glimpflich davongekommen, da hatte er schon ganz andere Geschichten gehört. Nur kostete es jedes Mal sehr viel Geduld. Und wenn der Richter es denn so wollte, dann gingen Bruck und er eben zu den Kaufmannssöhnen nach Hause und luden sie nicht vor. Am besten heute noch, er war gerade in der richtigen Stimmung.

»Das finde ich gut«, sagte Bruck, als Jakob die Tür öffnete.

»Was finden Sie gut, Bruck?«

»Ihr Kopf sitzt noch fest oben. Ich wollte Sie ja warnen, weil der Richter doch immer nachmittags eine Pause macht, aber Sie waren schon weg.«

Jakob grinste. »Er hat es mich spüren lassen, aber ich habe es überlebt. Nur mit den Vorladungen, das will er nicht. Wir müssen zu den jungen Männern nach Hause.«

»Dann sollten wir am besten sofort hingehen, oder?«

»Das sollten wir, Bruck. Kommen Sie.«

Es war nicht weit bis zur Berger Straße, wo Reichart seine Eisenwaren- und Farbenhandlung hatte. Das Haus mit einer breiten Front zur Straße hin war frisch angestrichen und machte überhaupt einen gepflegten Eindruck. Das Haus eines reichen Kaufmanns. Im Schaufenster lagen die feinsten Messer und Klingen, die Remscheid und Solingen zu bieten hatten. Auf die andere Rheinseite exportiert, würden sie ein Vermögen bringen, wenn der hohe Zoll nicht wäre. Ludwig Reichart kam eilig aus seinem Contor in den Geschäftsraum, als Jakob und Bruck dem Lehrling gesagt hatten, wer sie waren. Er war ein großer, schlanker Mann mit einem energischen Gesicht und strahlte aus, dass man ihm besser nicht widersprach.

»Ja bitte?«, fragte er.

Jakob stellte Bruck und sich vor. »Wir hätten im Rahmen unserer Untersuchungen gerne mit Ihrem Sohn Peter gesprochen. Ist er zu Hause?«

Reichart straffte den Rücken und nutzte seine Körpergröße, um Jakob einzuschüchtern, aber der Commissar blieb gelassen an der Theke stehen und blickte den Kaufmann weiter aufmerksam an. Reicharts Augen weiteten sich überrascht für den Bruchteil einer Sekunde, dann zogen sie sich zusammen.

»Von welchen Untersuchungen sprechen Sie?«

»Vom Mordfall Friedrich Schmitz«, sagte Jakob, ohne den Kaufmann aus den Augen zu lassen. »Wir befragen jeden seiner Freunde.«

»Das tut mir leid«, sagte der Kaufmann leichthin, »mein Sohn ist heute mit der Mittagspost nach Köln zu meinem Schwager gefahren. In Geschäften. Er wird Montag oder Dienstag wieder zurück sein.«

Mit einem freundlichen Kopfnicken wollte er wieder in sein Contor gehen. Aber Jakob hielt ihn auf.

»Noch eine Frage, wenn Sie erlauben.«

Reichart blieb auf halbem Wege stehen und drehte sich um. »Ja?«

»Ist Ihnen in letzter Zeit etwas Ungewöhnliches an Ihrem Sohn aufgefallen? War er besonders nervös oder bedrückt?«

Ein spöttisches Lächeln erschien um Reicharts Mund.

»Nicht dass ich wüsste. Mein Sohn ist nie nervös oder bedrückt. Mir ist also nichts Ungewöhnliches aufgefallen.«

Jakob bedankte sich und verließ mit Bruck das Geschäft. Auch als sie am Carlsplatz in das stattliche Haus gingen, in dem Wilhelm Bausch seine Stoffhandlung betrieb, bekamen sie die gleiche Auskunft. Bausch war nicht ganz so groß wie Reichart und besaß einen gut sichtbaren Kugelbauch. Er wich entsetzt zurück, als sie nach seinem Sohn Theodor fragten.

»Oh Gott, ist ihm etwas passiert?«

»Nein, Monsieur Bausch, wieso meinen Sie, dass ihm etwas passiert sein könnte?«

»Nun, er ist mit der Postkutsche unterwegs. Er begleitet seinen Freund in Geschäften zu dessen Onkel nach Köln. Wenn die beiden dahin fahren, bin ich immer in Sorge. So ein weiter Weg, und dann auch noch mit der Postkutsche, da weiß man doch nie. Und wenn dann auch noch die Polizei kommt …«

Jakob beruhigte Bausch und befragte ihn, aber der Stoffhändler hatte nichts davon bemerkt, dass sein Sohn vielleicht in letzter Zeit besonders bedrückt oder ängstlich gewesen wäre, und versicherte ihnen, wie sehr er und seine ganze Familie den Tod Friedrichs bedauerten. Ohne weitere Erkenntnisse, die in ihrem Fall weitergeholfen hätten, verließen Jakob und Bruck das Geschäft.

»Die haben Wind von unseren Nachforschungen bekommen«, stellte Bruck mürrisch fest. »Und jetzt sind sie über den Rhein nach Frankreich geflüchtet. Die sind unerreichbar für uns.«

»Warten wir es ab, Bruck«, sagte Jakob. »Es hörte sich durchaus plausibel an. Vielleicht hat der alte Reichart seinen Sohn tatsächlich geschäftlich nach Köln geschickt. Das muss nicht unbedingt etwas mit unseren Ermittlungen zu tun haben, offenbar fährt er ja regelmäßig dorthin und nimmt seinen Freund Theodor mit. Es kann aber auch bedeuten, dass die Geschäftsreise ein willkommenes Mittel ist, um die beiden eine Weile von Düsseldorf fernzuhalten. Das werden wir spätestens nächste Woche sehen. Entweder kommen sie zurück oder nicht.«

»Mich würde ja interessieren, ob sie wirklich weggefahren sind, Monsieur le Commissaire.«

»Ja, mich auch, Bruck. Das erfahren wir da vorne. Aber bitte keine Namen nennen. Es spricht sich sonst sofort herum, und der Richter macht uns die Hölle heiß.«

Sie liefen die Benrather Straße hinunter bis zum Eckhaus gegenüber der Maxkirche, wo in Maurenbrechers Privathaus auch das Contor untergebracht war. Dort konnte man Briefe und Pakete abgeben oder abholen und Billets für die Postkutsche kaufen. Ein Monsieur Conradi bat sie, näher zu treten, hörte ihnen beflissen zu und klappte dann ein großes Buch auf.

»Sie möchten die Namen der heutigen Passagiere nach Köln wissen? Das ist kein Problem, Monsieur le Commissaire. Die Fahrten sind natürlich alle notiert«, sagte er mit so großer Selbstverständlichkeit, dass nicht der kleinste Zweifel an der ordnungsgemäßen Durchführung der Postgeschäfte blieb. Er blätterte zur richtigen Seite. »Hier ist ... ja, hier ist der heutige Mittag. Anzahl Pakete, Anzahl Gepäckstücke auf dem Dach«, fuhr er mit dem Finger die Zeilen entlang, »das interessiert Sie ja weniger. Hier kommt es. Anzahl Passagiere: sechs, und da stehen auch die Namen – Madame Müller, die Messieurs Berthold, Reichart und Bausch und Fräulein von Koch mit ihrem Dienstmädchen, einer Mamsell Lenzen. Alles sehr respektable Leute, und sie sind auch alle pünktlich an der Kutsche erschienen und eingestiegen. Ist der gesuchte Name überhaupt dabei?«

Jakob bedankte sich, ließ jedoch Monsieur Conradis Frage unbeantwortet. Bruck und er verließen das Contor und gingen zwei Häuser weiter an der Poststation vorbei zur großen Postwagenwerkstatt. Es war eine große Halle, in der mehrere Kutschen Platz hatten. An den Seiten waren Arbeitstische aufgestellt, manchmal auch kleinere Verschläge abgeteilt, wo Handwerker in ihren verschiedenen Bereichen arbeiten konnten. Der Blick gleich vorne in einen solchen Holzverschlag mit einem Fenster zur Straße bot eine Überraschung.

»Sehen Sie mal, Monsieur le Commissaire, der ist so schön, der passt doch gar nicht hierher.«

Bruck stand bewundernd vor einem rot-goldenen Thronsessel, der sich in diese große Werkshalle verirrt zu haben schien. Er verwarf sogar den Impuls, sich hineinzusetzen und ihn auszuprobieren, dazu war der Sessel zu schön.

»Er bleibt ja auch nicht hier«, lachte eine Stimme im Hintergrund.

Sie gehörte einem jungen Mann mit dunkelblonden Haaren und braunen Augen, der Jakob und Bruck um einen halben Kopf überragte, als er vor ihnen stand. Er stellte sich als Ludwig Kirschner vor und musterte erstaunt Brucks Uniform.

»Polizei? Aber ich habe diesen Sessel erst heute gemacht«, grinste er, während er ein großes Leinentuch zum Schutz über ihn warf. »Der ist nicht geklaut.«

»Und er ist wirklich wunderschön«, sagte Jakob. »Aber wir kommen nicht wegen kostbarer Sessel, Monsieur Kirschner. Wir suchen hier jemanden, dem heute vielleicht bei der Mittagskutsche nach Köln irgendetwas aufgefallen ist.«

»Was meinen Sie?«, wollte Kirschner wissen. »Ob die Kutsche losgefahren ist? Das ist sie. Was das für Fahrgäste waren? Vier nette Leute und zwei weniger nette.«

»Was heißt das?«, fragte Jakob.

»Nun ja, die beiden haben sich mit zwei Bauernburschen gestritten, die offenbar hier ihre Pferde stehen haben. Der eine von ihnen hieß Franz. Worum es ging, weiß ich nicht. Ich habe mich nur gewundert, dass zwei feine Herren sich mit Bauern herumstreiten.«

»Wie sahen die feinen Herren denn aus? Können Sie sich erinnern?«

Jakob wartete gespannt auf Kirschners Antwort.

»Der eine etwas größer als der andere, beide Aapeköppe. Dumme Kerle eben, unangenehm, hochnäsig und aufgeblasen.«

»Haben Sie gesehen, ob die beiden in die Postkutsche eingestiegen sind?«

»Ja«, antwortete Kirschner sofort, »das sind sie. Ab da war nämlich die Streiterei sofort zu Ende.«

Jakob nickte. »Danke für Ihre Auskunft. Damit kommen wir schon weiter.«

»Gern geschehen. Und falls Sie mal einen Sessel brauchen, wissen Sie ja, wo Sie mich finden ...«

Draußen war es inzwischen dunkel geworden und die Laternen wurden angezündet. Niemand war in Hörweite, und so konnten Jakob und Bruck ungestört reden.

»Das waren sie«, nickte Jakob. »Kein Zweifel, Aussehen und Gehabe passt zu den Namen. Ich habe die beiden bei Anna ... bei Mamsell Schmitz gesehen. Es passt.«

Bruck hatte den Versprecher wahrgenommen und schmunzelte unmerklich, sagte aber nichts dazu.

»Und den Namen Franz habe ich bei unseren Ermittlungen schon mal gehört, Monsieur le Commissaire. Einer der Knechte vom ›Luftballon‹ heißt so.«

»Richtig, Bruck. Ich erinnere mich auch. Franz, Heinrich und die Kaltblüter, die nicht galoppieren können. Das müssen die beiden Bauernburschen gewesen sein. Und sie streiten sich also mit unseren feinen Herren. Das kann nur bedeuten, dass sie auch zu den Schmugglern gehören, sieh mal einer an. Wir kreisen sie langsam ein, Bruck. Und wenn ich das richtig sehe, bekommen Sie bald wieder einen Teller Erbsensuppe.«

Bruck strahlte den Commissar an. »Wieso?«

»Wir müssen zweierlei herausfinden, nämlich einmal, ob die Knechte wirklich zu den Schmugglern gehören, was eventuell ihren Streit mit Reichart und Bausch junior erklären würde, und zum anderen, ob die Wirtsleute im ›Luftballon‹ etwas von den Taten ihrer Knechte wissen oder nicht. Das heißt, wir müssen die beiden irgendwo in dem Gewimmel bei den Pferden da hinten finden und befragen, und wir müssen noch einmal mit der Wirtin sprechen. Aber diesmal bezahlen wir die Erbsensuppe. Ich gehe nämlich mit.« Jakob zuckte grinsend die Schultern. »Nach Ihren Lobeshymnen will ich sie auch mal probieren.«

»Das machen wir aber dann gleich morgen, Monsieur le Commissaire.«

»Das machen wir dann gleich morgen, Bruck.«

Montag, 28. Oktober 1811

Jetzt war Friedrich schon vier Tage unter der Erde. Anna ging langsam durch das Zimmer ihres Bruders und betrachtete die vertrauten Dinge, die ihm einmal wichtig gewesen waren, als wären sie ihr neu. Außer ihr war noch niemand auf. Draußen begann gerade die Dämmerung, und es war still im Haus. Sie konnte den Erinnerungen an ihn ungestört ihren Lauf lassen. Friedrich, der eifrig versucht hatte, auf den eigenen Beinchen zu stehen, weil die große Schwester das schon konnte und er nicht. Friedrich, der ihr erst alles nachmachte und irgendwann damit anfing, die Welt selbst zu entdecken. Friedrich, der sich mit ihr stritt, mit ihr lachte und schließlich mit ihr weinte, als die Mutter starb. Friedrich, der sie morgens mit seinem Pantoffel bewarf, wenn sie ihn weckte, und der immer in ihrer Nähe gewesen war, solange sie denken konnte. Ein Freund und ein Vertrauter. Ein Bruder eben. Und jetzt war er unter der Erde. Ermordet. Es zerriss ihr fast das Herz, und sie musste sich auf sein Bett setzen, weil ihre Beine nachgaben.

Er hatte ein schönes Begräbnis gehabt, wenn man bei Begräbnissen überhaupt von schön reden konnte. Die lange Prozession der Freunde und Bekannten war von der Bolkerstraße über die Elberfelder und die Hofgartenstraße bis zum neuen Friedhof an der Golzheimer Insel gezogen. Sechs Männer hatten den Sarg auf ihren Schultern getragen, trotz des langen Weges. Niemand in der Stadt hätte einen Pferdewagen geduldet, denn damit erwies man einem Toten nicht die letzte Ehre. Die Menschen am Wegesrand hatten innegehalten, manche zogen den Hut und bekreuzigten sich, andere sprachen ein kurzes Gebet. Der Pfarrer hatte warme und tröstende Worte gefunden, die trotzdem nicht das trafen, was Friedrich gewesen war. Weil er ihn nicht so gekannt hatte wie sie, seine Schwester. Ihr Großvater und sie hatten als Familie allein am Grab gestanden. Ihr Vater war zusammengebrochen, ein Arzt und die Großmutter kümmerten sich um ihn. Wären ihre Großeltern nicht gewesen, hätte sie nicht gewusst, wie sie den Tag hätte überstehen sollen, vor allem den Leichenschmaus nach der Beerdigung.

Sie waren im »Luftballon« eingekehrt, dessen Nähe zum Friedhof sie schließlich überzeugt hatte. Die Wirtsleute hatten die grünen Girlanden für Napoleon kurzerhand mit schwarzen Trauerschleifen geschmückt und alles sehr würdevoll hergerichtet. Der Großvater hatte ihr etwas Warmes zu trinken eingeflößt, aber essen konnte sie nichts. Die Menschen um sie herum hatten begonnen, sich aus ihrer Starre zu lösen und wieder zu lachen, während sie sich Geschichten von Friedrich und von früher erzählten. Allmählich wurden sie wieder fröhlich und kamen wieder zurück ins Leben, und das war gut so. Das war ja der Zweck eines Leichenschmauses, obwohl sie selbst länger dafür brauchen würde, das wusste sie.

Plötzlich waren der Commissar und sein Polizeidiener gekommen und hatten die Wirtin sprechen wollen. Aber als der Commissar merkte, warum so viele Menschen in der Wirtsstube saßen, war er zu Anna gegangen und hatte ihr kondoliert. Er hatte ihre Hand lange gehalten und sie dabei mit so viel Verständnis und ehrlicher Anteilnahme angesehen, dass sie sich ein wenig besser gefühlt hatte. Getröstet und ermutigt wie von einem Freund. Konnte ein wildfremder Mensch solch einen Eindruck hervorrufen? Als würde man sich schon so lange kennen, dass man den anderen auch ohne Worte tröstete? Der Commissar hatte sich dann von ihr und ihrem Großvater verabschiedet und seinen enttäuscht aussehenden Polizeidiener aus der Tür geschoben. Die beiden waren nicht wieder aufgetaucht.

Es war ein würdiges Begräbnis gewesen. Eine Sache hatte sie jedoch zutiefst enttäuscht. Friedrichs angeblich beste Freunde, von denen sie erwartet hatte, dass sie sogar den Sarg trügen, waren überhaupt nicht dabei gewesen. Ihre Väter entschuldigten Peter und Theo damit, dass sie geschäftlich in Köln wären. Das würde sie ihnen niemals verzeihen. Nie.

Hätte die Residenz des Statthalters staunen können, wären ihr an diesem Morgen keine Grenzen gesetzt worden. Jacques Claude de Beugnot tanzte. Er war ohnehin ein leidenschaftlicher Rigaudon-Tänzer, und jetzt schritt, sprang, hüpfte und glitt er elegant, aber allein über das morsche Parkett seines Arbeitszimmers, dass es eine Freude war. Endlich war der Bote mit der Nachricht aus Holland eingetroffen, dass Napoleon und sein Tross definitiv am ersten November in Düsseldorf ankommen würden. Zu Allerheiligen. Wenn das kein Festtag war! Zentnerschwere Steine fielen dem kaiserlichen Commissaire bei jeder kühnen Drehung von der Seele. Organisieren, delegieren, realisieren, arrangieren, inszenieren. Endlich konnte man das alles tun und den Besuch auf den Punkt planen. Beugnot war in seinem Element. Er hörte auf zu tanzen – sonst war es doch zu peinlich –, als ein Diener klopfte, ihm einen Stapel bereits geöffneter Briefe auf den Arbeitstisch legte und wieder verschwand. Präfekt von Borcke hatte die Briefe an ihn weitergeleitet. Zur Information.

Ein klein wenig außer Atem stellte er sich ans Fenster und zwinkerte dem blauen Himmel zu. Sogar das Wetter würde mitspielen. Das Leben meinte es gut mit ihm, und der Besuch des Kaisers würde gelingen. Zum ersten Mal seit Wochen fühlte er sich wohl, beinahe übermütig. Nun ja, ganz wohl würde er sich erst fühlen können, wenn der Besuch vorbei war. Und bis dahin gab es auch noch viel zu tun. Er ging zu seinem Arbeitstisch und entfaltete den ersten Brief. Ungläubig überflog er die Zeilen, öffnete den nächsten und runzelte die Stirn. Bei den weiteren Briefen, die er immer schneller aufriss, verdüsterte sich seine Miene zusehends. *Incroyable!* Es war ungeheuerlich! Da lud man Départements- und Arrondissementsräte schon persönlich ein, zum Besuch Napoleons nach Düsseldorf zu kommen, auch einigermaßen präsentable Adelige des Großherzogtums hatte man hergebeten, *et alors?* Sie hatten nichts Besseres zu tun, als abzusagen. Ein Arrondissementsrat aus Wülfrath konnte leider selbst nicht kommen, aber er hatte »das Zutrauen zur Regierung, sich um das Wohl des Landes bei Ihrer Kaiserlichen Majestät zu verwenden«. Das Zutrauen? Empörend! Und hier: Ein Richter aus Essen »bedauerte zutiefst, dass das Schicksal ihm nicht vergönnte, den größten Kaiser in der Nähe bewundern zu können«. Ha, wer's glaubte! Ein Départementsrat aus Siegen war »in Verzweiflung, dass eine Indisposition ihn hindere, nach Düsseldorf zu reisen, um dem größten Heros aller Jahrhunderte vorgestellt zu werden.« Und so ging es weiter. Manche Menschen waren so furchtbar undankbar. Die Absagen kamen aus dem gesamten Großherzogtum wegen Unwohlsein, Unpässlichkeit oder sonst irgendeinem *bobo,* einem Wehwehchen. Natürlich vorgeschoben, alles vorgeschoben. Und leider nicht nachweisbar.

Das war eine herbe Enttäuschung und kam zweifellos von Gegnern des Kaisers. Da könnte doch eigentlich der Innenminister einmal nachforschen, wenn er schon die momentanen Morde nicht klären konnte. Nesselrodes Aufgabe insbesondere auch als Polizeiminister war es ja, schon im Vorfeld für Ruhe und Ordnung im Großherzogtum zu sorgen. Und mit einer solchen Absage geriet man doch sehr leicht in den Verdacht, ein potenzieller Aufständischer zu sein. Er selbst wüsste ja, wie er mit dieser Art von Leuten verfahren würde. Selbstverständlich erst nach dem Besuch des Kaisers. Aber wenn er Nesselrode darauf anspräche, würde der ihn nur wieder fragend ansehen und wissen wollen, wieso er unbescholtenen Bürgern ein Unwohlsein nicht glaubte. Jeder würde doch einmal krank. So war er. Gutgläubig. Hätte er, Beugnot, ihm allerdings die Polizei erst einmal abgenommen, dann würde er kurzen Prozess mit diesen Heuchlern machen. Krank! Wenn der Kaiser kam! Lächerlich.

Jakob befolgte an diesem Montagmorgen endlich als Allererstes Medizinalrat Abels Rat. Er betrat die Apotheke »Zum Elephant« auf der Bolkerstraße, zeigte auf seine wunde Nase und brachte seinen Wunsch vor. Johann Wilhelm van Zütphen, der Apotheker, war erfreut über einen neuen Kunden und zählte wortreich die Vorzüge von Propolis auf.

»Kann man für alles benutzen, dieses Wundermittel, Monsieur. Es ist in Geigenlack, in Wundsalben, in Erkältungsmitteln, innerlich und äußerlich anzuwenden, und es wirkt, es sei denn, man reagiert empfindlich auf Bienenstiche, also Bienengift, dann kann man nämlich auch empfindlich auf sonstige Erzeugnisse der Bienen reagieren, muss nicht sein, aber man weiß ja nie, allerdings merkt man es dann sehr schnell.« Der Apotheker holte Luft und neigte sich vertraulich über die Theke. »Man sagt übrigens, es wäre auch im Balsam der altägyptischen Mumien.« Vor Begeisterung fingen seine Augen an zu glänzen. »Haben Sie schon mal was über ägyptische Mumien gehört? Napoleon war ja mit Soldaten und Forschern unten am Nil, und dann sind vor ein paar Jahren Bücher erschienen, die beschreiben, was die Forscher da gesehen haben. Und wissen Sie was?« Er wartete, bis Jakob den Kopf schüttelte. »Wir haben die Bücher sogar hier in Düsseldorf in der Kurfürstlichen Bibliothek. Ich habe sie mir gleich ausgeliehen. Man muss allerdings Französisch können. Wussten Sie, dass Mumien angenehm würzig riechen, wenn man alle Bandagen abgenommen hat? Dass sie kleine Amulette dabeihaben, die wie Käfer geformt sind? Ach! Wenn man doch erst die Schrift lesen könnte! Jahrtausendealte Geschichten, denken Sie nur. Übrigens ist *Mumia vera aegyptiaca* oder Mumienpulver, insbesondere von gemahlenen Mumien, bei denen auch noch Honig im Balsam war, sehr wirksam gegen alle möglichen Gebrechen.« Er holte eine kleine Keramikdose mit ägyptisch anmutenden Ornamenten und der Aufschrift »Mumia« aus dem Regal, stellte sie vor Jakob auf die Theke und zwinkerte verschwörerisch. »Eine Prise davon in etwas Wasser aufgelöst und getrunken ist auch ein hochgelobtes Aphrodisiakum, wenn Sie wissen, was ich meine. Kostet allerdings ein paar Taler.« Er schaute Jakob auffordernd an, aber der verzog nur angeekelt das Gesicht. »Na ja, überlegen Sie es sich, denn mit der eigenen Mumifizierung ist bei Ihnen ja noch Zeit, so jung wie Sie sind.« Er lachte laut über seinen missratenen Scherz. »Und was machen Sie beruflich, Monsieur?«

»Ich bin Polizei-Commissar und untersuche die Mordfälle der letzten beiden Wochen.« Jakob freute sich diebisch über das verdatterte Gesicht des Apothekers. »Und wenn ich schon hier bin, dann kann ich Sie auch gleich fragen, ob Ihnen in letzter Zeit irgendetwas Ungewöhnliches aufgefallen ist. Vielleicht sogar hier auf Ihrer Straße?«

»Ja, eh, das ... das wollte doch letztens schon Ihr Polizeidiener Brock oder Bruck oder so ähnlich von mir wissen, als der Kaufmannssohn ermordet worden war. Aber da ist mir nichts eingefallen, Monsieur le Commissaire.«

»Jetzt aber schon?«, hakte Jakob nach.

»Nun ja, es war schon seltsam, aber wir hatten hier in größeren Abständen mehrmals ziemliche Unruhe des Nachts. Da kamen Pferd und Wagen, Stimmen wisperten, Türen klappten. Wäre nicht fast die ganze Straße betroffen gewesen, hätte ich an verdächtige Treffen geglaubt. Und das, wo doch der Kaiser die Stadt besuchen kommt. Aber am nächsten Morgen war nur ein Haufen Stroh auf dem Pflaster übrig, sonst nichts.«

Sieh mal an, dachte Jakob, die Schmuggler waren geschickt.

»Aber dem Nachtwächter müsste doch auch etwas aufgefallen sein?«, fragte er.

Der Apotheker zuckte die Schultern. »Der kommt nur einmal in der Stunde, dazwischen ist Zeit genug für das, was die Gestalten tun wollten.«

»Kommen Sie, Monsieur van Zütphen«, lächelte Jakob, »Sie und ich, wir wissen doch, was da vor sich ging, oder nicht?«

Der Apotheker schaute Jakob unschlüssig an. Es würde nicht mehr lange dauern, bis sein Wissen aus ihm herausplatzte.

»Was meinen Sie?«, fragte er und rückte das Gefäß mit dem Mumienpulver ein kleines Stück nach links und wieder zurück und wieder nach links. Er war noch unentschlossen, dachte Jakob.

»Was ich meine? Ganz einfach, dass Sie genau durchschaut haben, was da passiert ist. Einem Mann, der sich sogar mit ägyptischen Mumien auskennt, kann man doch so leicht nichts vormachen. Habe ich recht?«

Zütphen lächelte geschmeichelt, und da hatte Jakob gewonnen.

»Ihnen kann ich es ja verraten, Monsieur le Commissaire«, sagte der Apotheker leise und schaute sich dabei in seinem Laden um, als könne sich jemand in seinen vielen kleinen, säuberlich beschrifteten Schubladen verstecken. »Es waren Schmuggler. Ich verurteile sie nicht«, fügte er mit erhobenem Zeigefinger hinzu, »denn sie sind für die Kaufleute eine enorme Hilfe in dieser Bredouille, in der sie alle stecken.«

»Warum meinen Sie, dass es Schmuggler waren?«, wollte Jakob wissen.

Der Apotheker lachte auf. »Wenn nachts Pakete, Ballen, sogar Säcke in Häuser getragen werden und am nächsten Tag in den Läden plötzlich wieder im Moment verbotene Waren in den Mengen wie früher zu kaufen sind, dann braucht man nicht lange zu überlegen, was nachts passiert sein könnte.«

»Haben Sie jemanden erkannt?«, fragte Jakob gespannt.

»Nein, dafür war es zu dunkel.«

Jakob musste an das denken, was Hofrat Beuth ihm in der letzten Woche über die Schmuggler in Düsseldorf gesagt hatte, dass nämlich alle Bescheid wussten, alle Vorteile davon hatten, aber niemand darüber sprach. Das war leider richtig. Außer dem Offensichtlichen hatte auch der Apotheker nichts verraten. Allmählich hatte Jakob jedoch genug davon, jedes Mal vor Mauern zu laufen, wenn er in seinem Fall weiterkommen wollte. Er war sicher, nein, er wusste, dass der Apotheker sehr wohl Gesichter erkannt hatte.

»Da kann man nichts machen, Monsieur van Zütphen«, sagte er spöttisch lächelnd. »Manchmal sieht man ja nichts, obwohl Lampen über der Straße hängen.«

Der Apotheker wurde blass. Jakob zahlte das Fläschchen mit der Propolis-Tinktur, kaufte noch Watte dazu und verließ die Apotheke. Plötzlich hatte er den Eindruck, er würde beobachtet. Aber als er um sich blickte, konnte er nichts Auffälliges entdecken außer den Menschen, die ihren Beschäftigungen nachgingen, einigen Fuhrwerken mit Brennholz oder Kartoffelsäcken und zwei Nachbarinnen des Apothekers, die sich für einen intensiven Morgenplausch auf ihre Besen stützten. Jakob straffte die Schultern. Auf dem Weg zum Rathaus beschloss er, sich durch nichts beeinflussen zu lassen.

Adolph von Vagedes schwirrte der Kopf, als er aus der Residenz auf die Mühlenstraße trat. Er musste erst einmal durchatmen. Der kaiserliche Commissaire war in einer seltsamen Verfassung gewesen. Er hatte sich auf einem schmalen Grat zwischen guter und schlechter Laune bewegt. Was immer vorgefallen sein mochte, Beugnots gute Laune bezog sich eindeutig auf den nunmehr feststehenden Termin des kaiserlichen Besuchs, so viel hatte er, Vagedes, herausbekommen. Und sofort wurden alle an der Organisation des Besuchs Beteiligten herumgescheucht, denn jetzt musste alles auf der Stelle fertig werden. Vagedes blieb nun die Wahl, welche Fortschritte in seinen Bereichen er zuerst kontrollieren wollte, die im Jägerhof oder die in der Galerie? Er entschied sich für die Galerie und wandte sich nach rechts. Er war gespannt, was Pose und Petersen bis jetzt von den Plänen umgesetzt hatten.

Als er den Galeriehof betrat, wo Kurfürst Jan Wellem in weißem Marmor auf seinem Sockel stand und entschlossen in die Ferne blickte, bemerkte er einmal mehr die feuchten Stellen und die abgeblätterte Farbe an den Außenmauern. Zum Glück fand der Ball abends statt, sodass mit der richtigen Platzierung der Fackeln und Lampen diese Schäden nicht auffallen würden. Im großen Treppenhaus im Südflügel hatte Pose ganze Arbeit geleistet. Die ehemals hell getünchten Wände, unter deren abgeblätterter Farbe hier und da alte verblasste Fresken erschienen waren, machten nun den Eindruck feinsten Marmors. Vagedes musste sich beherrschen, nicht doch die Wand zu berühren, um festzustellen, inwieweit seine Sinne ihn täuschten. Betrat man oben den Entréesaal, wurde man vom Innern einer Orangerie empfangen. Durch hohe gemalte Rundbögen blickte man in italienische Landschaften, die Mauern dazwischen täuschten silbergrauen Marmor mit goldenen Verzierungen vor. Durch eine Doppeltür erreichte man das Eckzimmer, einen Durchgangsraum. Hier stand Petersen auf der Leiter und malte hingebungsvoll ein Band aus Akanthusblättern und verschiedenen Blumen an die Wand. Dieser Raum hatte einen freundlichen orangefarbenen Grund, auf dem das Grün gut zur Geltung kam. Über dem Band waren in regelmäßigen Abständen Halterungen für Lichter angebracht, sodass die hohen Wände rundherum beleuchtet sein würden.

Petersen schaute sich fragend um, aber Vagedes winkte ab.

»Lassen Sie sich nicht stören, Petersen. Ich schaue mir nur an, wie weit Sie sind.«

»Das Akanthusband wird heute fertig«, sagte der Maler. »Stimmt es, dass Napoleon jetzt am Wochenende kommt?« Vagedes nickte. »Oh Gott, dann schaffen wir das geplante grüne Fries unterhalb der Decke nicht mehr. Aber wenigstens haben wir hier diese Blätter und Blüten.«

»Nur keine Aufregung«, beruhigte Vagedes den Maler. »Dem Kaiser wird es gar nicht auffallen. Wer schaut schon nach oben, wenn er auf einen Ball geht?«

Petersen lachte. »Da haben Sie auch wieder recht.«

»Wissen Sie, wo Schäffer und Pose sind?«

»Na, im Ballsaal«, grinste der Maler. »Der Polsterer hat heute die Thronsessel gebracht, und jetzt veranstalten Sie ein Probesitzen.«

»Das sehe ich mir mal an«, brummte Vagedes.

Er öffnete die nächste Flügeltür weit, um den Raum auf sich wirken zu lassen. Goldgelbe gemalte Stoffdraperien ließen den Ballsaal hell und luftig wirken. Nach oben waren sie mit Eichenlaubgirlanden begrenzt. Die Bemalung war noch nicht ganz fertig. Hohe Spiegel, die in regelmäßigen Abständen an den Wänden hängen sollten, um Größe vorzutäuschen und Eitelkeiten zu befriedigen, lehnten noch davor. An der halb fertigen Stirnwand hatte man zwei rot-goldene Thronsessel platziert, auf denen zwei Männer saßen. Der eine war eingenickt, der andere blätterte in einer großen Mappe auf seinem Schoß. Das Rot seiner Haare passte überhaupt nicht zu dem der Sessel.

»Und?«, rief Vagedes. »Wie sitzt es sich darauf?«

Pose fuhr hoch und versuchte sich zu orientieren, Schäffer blickte von den Entwürfen auf.

»Bestens«, lachte er. »Man mag gar nicht mehr aufstehen.«

»Lassen Sie mich auch einmal probieren, Pose«, sagte Vagedes zu dem jungen Maler, »Sie müssen doch bestimmt noch weitere Eichenblätter malen, nicht wahr?«

Pose war bereits aufgesprungen und griff nach Pinsel und Farben. Vagedes ließ sich in den Sessel sinken.

»Ah!«, seufzte er wohlig. »Genau so stelle ich mir einen Thronsessel vor. Man sitzt so bequem, dass man bei Audienzen nur freundliche Dinge sagt.«

»Und niemanden in den Krieg schickt«, spekulierte Schäffer.

»Und Künstlern pünktlich ihren Lohn zahlt, was, Schäffer?«

»Ja, genau, besonders Akademie-Architekten.«

»Und sehen Sie mal da oben, Schäffer. Als vor hundert Jahren dieses Gebäude errichtet wurde, hat man wirklich gute italienische Künstler beschäftigt. Und raffinierte dazu. Es ist zwar nicht mein künstlerischer Stil, aber trotzdem.«

Beide lehnten sich bequem in den Sesseln zurück und streckten die Beine aus, um das Deckengemälde in Ruhe zu betrachten. Sie schauten in einen offenen blauen Himmel, hier und da ein gemaltes Wölkchen, ringsherum perspektivisch stimmige Balkone und geschwungene Balustraden, an denen sehr gut gelaunte Menschen in barocker Kleidung standen, auf sie herunterschauten und sie auszulachen schienen. In der Mitte stürzte ein riesiger Würfel aus dem Himmelsblau in den Saal herab. Zumindest sah es so aus, und man hatte schnell das Bedürfnis, jetzt doch lieber beiseitezugehen.

»Tja«, sagte Vagedes. »Wollen wir hoffen, dass der Kaiser tatsächlich nicht an die Decke schaut.«

»Besser nicht. Ich glaube, er würde den Würfel nicht mögen.«

»Nein, das glaube ich auch nicht, Schäffer. Ein Symbol für flüchtiges Vergnügen, schlechte Gesellschaft, sündhaftes Leben, menschliche Vergänglichkeit, und dann auch noch in einem Ballsaal – das kann ihm nicht gefallen.«

Sie schwiegen einträchtig schmunzelnd und ließen das Bild auf sich wirken.

»Wissen Sie, was mich immer wieder freut?«, fragte Schäffer nach einer Weile.

Vagedes schüttelte den Kopf, ohne das Deckengemälde aus den Augen zu lassen.

»Mich freut, dass wahre Kunst so mächtig ist.«

»Ja, mich auch«, nickte Vagedes und stand seufzend auf. »Und jetzt sollten wir die Sessel lieber wieder abdecken. Sie bringen uns auf die seltsamsten Gedanken. Werden wir fertig, bis der Kaiser kommt, was meinen Sie?«

»Wir werden fertig«, nickte Schäffer.

»Es ist nicht zu fassen, Bruck!«, regte Jakob sich auf. »Ich war gerade bei dem Apotheker auf der Bolkerstraße. Überall dasselbe!«

Bruck war ganz Ohr und hörte sich an, wie der Commissar über die Leute schimpfte, während er im Amtszimmer auf und ab lief. Sie antworteten nicht auf seine Fragen, oder doch, sogar sehr ausführlich, aber sie sagten eigentlich nichts, sie wanden sich nur mit vielen Worten um ein Thema herum. Da konnte man sich die Befragung eigentlich auch sparen. Man drehte sich ja doch immer nur im Kreis! Bei Hofrat Beuth war es anders gewesen, weil der wirklich helfen wollte, und sogar er hatte in Rätseln gesprochen. Aber sonst? Nichts. Jeder hatte zwar was gesehen, wusste aber nicht, wen oder was, jeder hatte auch was gehört, aber das konnte alles Mögliche gewesen sein.

»Potztausend, Bruck! Und da soll ich mich nicht aufregen?«

Bruck beobachtete den Ausbruch des Commissars zurückgelehnt auf seinem Stuhl.

»Das kenne ich auch, Monsieur le Commissaire«, sagte er beschwichtigend.

»Was? Leute, die sich weigern, der Polizei zu helfen?«

»Nein, Monsieur le Commissaire. Das Gefühl, wenn man sich über sich selbst ärgert.«

»Warum sollte ich mich über mich selbst ärgern?«, fragte Jakob entrüstet.

Bruck zuckte die Schultern. »Weil es nicht so vorangeht, wie Sie das wollen. Draußen laufen ein oder zwei Mörder herum, wir wissen ja noch nicht, wie viele, Napoleon kommt, und bis dahin müssen wir sie gefunden haben, aber wir sitzen hier und ärgern uns.«

Jakob seufzte tief. Bruck hatte recht.

»Gut, machen wir also weiter. Was haben wir bis jetzt herausgefunden?« Er nahm seinen Gang durch das Zimmer wieder auf. »Zwei, nein, drei Söhne von hiesigen Kaufleuten und die beiden Knechte aus dem ›Luftballon‹ sind verdächtig. Ein Kaufmannssohn ist inzwischen selbst tot, bleiben vier Personen übrig. Spediteur Ronsdorf halte ich nicht für einen Mörder, Sie vielleicht, Bruck?«

Bruck schüttelte den Kopf. »Nein, der hat zu viel Angst vor seinen Kumpanen, um überhaupt einen Fehler zu machen.«

»Das ist auch meine Meinung. Also bleiben vier wirklich Verdächtige übrig, vielleicht mehr, aber nur über die vier können wir bisher etwas sagen. Was spricht für oder gegen sie? Franz und Heinrich zum Beispiel?«

»Na ja, ihre Aussage am letzten Donnerstag, dass sie mit den Schmugglern nichts zu tun haben und nur manchmal mit Freunden den Stall vom ›Luftballon‹ zum Feiern nutzen, würde schon für sie sprechen, aber ich glaube ihnen das nicht, Monsieur le Commissaire. Ich glaube eher, sie gehören sehr wohl zu den Schmugglern, vielleicht organisieren sie sogar die Treffen, aber das macht sie noch nicht zu Mördern.«

»Und was könnte dann gegen sie sprechen, Bruck? Wir müssen jede Möglichkeit überlegen.«

»Vielleicht das hier«, sagte Bruck und legte ein weiß angestrichenes Stück Holz auf Jakobs Tisch.

»Was ist das?«, fragte Jakob. »Wo haben Sie das her?«

»Wir waren doch am Freitag noch mal beim ›Luftballon‹, um die Wirtin zu befragen. Das ging ja leider am Donnerstag nicht wegen dem Leichenschmaus.«

»Und?«, fragte Jakob ungeduldig.

»Und während Sie die Wirtin verhört haben, bin ich draußen im Stall gewesen und um den Stall herumgelaufen und habe mir alles genau angesehen. Im Stall war nichts Besonderes außer einer rußigen Laterne auf dem Boden. Ich habe mich noch gewundert, warum sie auf dem Boden …«

»Bruck!«

»Ja gut, also, direkt draußen neben der Stalltür habe ich dann aber auch ein paar weiße Stühle vom Biergarten entdeckt. Die sollen wahrscheinlich repariert werden, denn sie sind kaputt, und einem fehlte sogar ein Bein. Alles nichts Besonderes. Aber das da ist das Bein.«

»Und was ist nun daran das Besondere?«, wollte Jakob wissen.

»Es lag vor dem Stall im Gras hinter einem Eimer. Nicht leicht zu finden. Und sehen Sie mal hier.«

Bruck zeigte auf eine Stelle, an der das Holz beschädigt und rötlich verfärbt war. Jakob verstand augenblicklich, holte seine Schachtel mit den Fundstücken vom Regal, in der auch der weiße pfeilförmige Holzsplitter aus Bonnards Stirnwunde lag. Er passte genau.

»Wieso erfahre ich das eigentlich erst jetzt?«

»Ich habe es vergessen«, gestand Bruck zerknirscht. »Sie mussten am Freitag ja so schnell weg, da bin ich noch im ›Luftballon‹ geblieben. Es gab leckere eingelegte Heringe, es war ja Freitag. Aber die habe ich bezahlt, Monsieur le Commissaire, ganz ehrlich«, versicherte er eifrig.

»Nun gut. Das würde aber bestätigen, was Friedrich seiner Schwester erzählt hat, und ihn entlasten. Wie auch immer, Bonnard ist auf jeden Fall am Stall niedergeschlagen worden, wahrscheinlich, als er auf sein Pferd steigen wollte. Und jetzt haben wir den Beweis. Sehr gut, Bruck.«

Bruck strahlte zufrieden. »Ja, und da dachte ich, Franz oder Heinrich könnten ja eigentlich Bonnard auch niedergeschlagen haben.«

Jakob schüttelte den Kopf. »Nein, nein, die behalten wir zwar im Auge, aber ich halte das, was Mamsell Schmitz uns erzählt hat, für glaubwürdig. Wie schon gesagt, es bestätigt

Friedrichs Geschichte, nämlich dass er Bonnard für einen Gendarmen gehalten und ihn deshalb angegriffen hat. Das klingt auf jeden Fall logischer als Ihr Vorschlag, Bruck. Warum sollten die Knechte während des Treffens aus dem Stall laufen und Bonnard niederschlagen?«

»Vielleicht haben sie was gehört und wollten mal nachsehen? Einer hebt das Stuhlbein auf, damit er bewaffnet ist, und dann entdecken sie Bonnard.«

Jakob schüttelte wieder den Kopf. »Friedrichs Geschichte ist schlüssiger. Daran konnte er sich ja auch noch erinnern, nur was danach war, wusste er nicht mehr. Warum hätte er lügen sollen, wenn er sogar befürchten musste, ein Mörder zu sein? Wir müssen Mamsell Schmitz also noch mal befragen, was genau ihr Bruder ihr gesagt hat. Vielleicht kann sie inzwischen besser darüber sprechen. Erster Punkt unserer neuen Liste. Schreiben Sie es auf, Bruck.«

Bruck schnitt ein Stück Papier von einem großen Bogen ab und nahm sich einen neumodischen Crayon. Er hasste diese Stifte, Schreibblei hießen sie auch, denn man bekam immer so schwarze Finger, wenn man sie benutzte. Aber mit einem Crayon war er jetzt einfach schneller als mit Feder und Tinte.

Jakob lief weiter im Zimmer auf und ab und überlegte. »Das Gespräch mit der Wirtin hat ja nicht viel gebracht, obwohl ich glaube, dass sie sehr genau darüber Bescheid weiß, was in ihrem Stall passiert. Den ein oder anderen kleinen Vorteil durch die geschmuggelten Güter wird sie auch haben, aber sonst nichts. Sie ist nicht verdächtig. Richtig, Bruck?«

Bruck nickte zustimmend und versuchte, seine bereits schwarzen Finger an seinem Taschentuch abzuputzen, wobei alles zusammen noch schwärzer wurde.

»Nächster Punkt auf unserer Liste – die beiden notorischen Söhne Reichart und Bausch«, überlegte Jakob weiter. »Vielleicht sind sie schon wieder zurück. Wir müssen ihnen die Hölle heißmachen. Was ist beim ›Luftballon‹ geschehen? Welchen Geschäften sind sie in Köln nachgegangen? Warum haben sie sich vor ihrer Abfahrt mit den Knechten gestritten? Und …«

»Aber das wissen wir doch«, warf Bruck dazwischen. »Das haben die Knechte uns doch erzählt. Bausch und Reichart haben sich mit ihnen angelegt, weil sie nicht zur Seite getreten sind, als die beiden zur Kutsche wollten.«

»Glauben Sie das wirklich, Bruck? Genau das habe ich vorhin gemeint. Nette Erklärungen, aber nicht die Wahrheit. Nein, ich glaube eher, es hat etwas mit Friedrichs Tod zu tun und mit der vermaledeiten Fahrt nach Köln. Die Frage ist ja, warum sind sie ausgerechnet jetzt dahin gefahren? Also die beiden sind meine Favoriten, allein wegen Hofrat Beuths Rätsel. Auch darüber sollten wir noch einmal mit Mamsell Schmitz sprechen, schreiben Sie das auf. Und danach befragen wir die beiden Söhne. Was steht jetzt auf unserer Liste, Bruck?«

»Mamsell Schmitz befragen, erstens zum Bruder, zweitens zu Aapeköpp. Danach Aapeköpp befragen.«

»Aapeköpp?«

Bruck grinste, während er wieder an seinen Fingern herumputzte. »Ja, so hat der Polsterer die feinen Herren doch genannt. Hat mir gefallen.«

»Na dann. Fangen wir also mit Mamsell Schmitz an. Kommen Sie, Bruck. Und wickeln Sie nächstes Mal ein Stückchen Papier um den Crayon, dann werden Ihre Hände nicht so schwarz.«

Aber als sie gerade das Amtszimmer verlassen wollten, geschahen zwei Dinge auf einmal. Maire von Pfeil kam herein, um sich nach dem Stand der Dinge zu erkundigen, denn der Minister-Staatssekretär und der Innenminister erwarteten einen Bericht zu den Fortschritten in beiden Mordfällen. Während er laute, deutliche Worte sprach, die insbesondere seine eigene Unsicherheit gegenüber den höheren Dienststellen verrieten, betrat ein schüchternes Mädchen das Zimmer. Sie hatte geweint, knetete den Stoff ihrer Schürze zwischen den Fingern und wagte kaum, auf sich aufmerksam zu machen. Jakob entdeckte sie trotzdem und erkannte sie sofort. Ihr Besuch – ganz allein und dann auch noch hier im Rathaus – war äußerst ungewöhnlich. Alarmiert ging er zu ihr und ließ den verblüfften Bürgermeister einfach stehen.

»Rosa?«, fragte er. »Ist etwas passiert?«

Rosa brach bei der freundlichen Frage auf der Stelle in Tränen aus und konnte nur noch nicken.

»Was ist denn los, um Himmels willen?«, hakte er nach. Er fasste Rosa an beiden Schultern und versuchte, ihr ins Gesicht zu blicken. »Ist etwas mit Anna? Nun rede schon, Mädchen!«

Als Rosa wieder nickte, fuhr ihm der Schreck in alle Glieder. Unter vielen Schluchzern brachte sie endlich hervor, dass Anna seit dem frühen Morgen verschwunden war und dass das alle im Haus sehr ungewöhnlich fänden, wo doch ihr Vater so krank war, und dass sie nun gar nicht mehr wüssten, wo sie noch suchen sollten.

Dienstag, 29. Oktober 1811

Jakob hatte kaum geschlafen. Bereits vor dem Morgengrauen saß er schon wieder an seinem Tisch im Amtszimmer und versuchte eine systematische Suche zu planen. Wo konnte Anna nur sein? Sie hatten am Tag zuvor nach Rosas Hiobsbotschaft nichts anderes mehr getan, als sie zu suchen, aber sie blieb verschwunden. Was hatten sie übersehen? Sogar Wachtmeister Overheid hatte nicht lange gezögert und ihnen für die Suche zwei weitere Polizeidiener zur Verfügung gestellt. Klöckner und Deyter. Von sich aus, wohlgemerkt, obwohl er wegen des Napoleon-Besuchs eigentlich jeden Mann für die Wache brauchte.

»Wenn ich etwas hasse«, war seine etwas grobschlächtige, aber überzeugte Meinung gewesen, »sind es Raufbolde und Rüpel, die sich an Weibern vergreifen. Sagen Sie Bescheid, Hartenfels, wenn ich noch etwas tun kann. Jederzeit.«

Er hatte seine Pranken zu Fäusten geballt und war wieder zurück zur Wache gestapft. In solchen Momenten tat man gut daran, ihn nicht zu reizen. Wenn es Jakob besser gegangen wäre, hätte er sich wirklich über Overheids Unterstützung gefreut. So aber nahm er sie dankend zur Kenntnis, ansonsten hatte er genug damit zu tun, seine eigenen Nerven im Zaum zu halten, seinen Magen mit Kräutertee zu beruhigen und fieberhaft, aber trotzdem logisch nachzudenken. Anna brauchte ihn jetzt wie noch nie in ihrem Leben. Er durfte sie nicht enttäuschen.

Sie hatten am Tag zuvor als Allererstes Annas Zimmer durchsucht, aber, wie Rosa bestätigte, gab es nichts Ungewöhnliches. Alles deutete darauf hin, dass Anna einen ganz normalen Morgen verbracht hatte. Das Bett war benutzt, die Waschschüssel auch, die Kleidung von gestern lag über einem Stuhl, und ein anderes Kleid und ihr rotes Umhängetuch fehlten. Vor der Waschschüssel hatte ein nasser Schwamm in einer Wasserlache auf dem Boden gelegen. Rosa war sicher, dass sie ihn nicht kannte. Er wäre viel zu groß. Mamsell Schmitz würde kleinere benutzen. Zum Beweis hatte sie auf einen kleinen Schwamm auf der Waschkommode gezeigt. Er war auch nass und lag in seiner Schale auf dem Seifengestell neben der Schüssel. Bruck hatte den großen Schwamm an seine Nase gehalten und festgestellt, dass er schwach beißend, irgendwie medizinisch roch. Jedenfalls nicht wie der andere Schwamm nach der duftenden Seife auf der Kommode. Jakob war eine Idee gekommen, die zwar ungewöhnlich, aber möglich war, und hatte den Schwamm an sich genommen. Nach ihrer erfolglosen Suche hatte er den Schwamm zur Elephanten-Apotheke gebracht und van Zütphen gebeten, ihn zu untersuchen. Und nachher würde er als Allererstes nach dem Ergebnis fragen. Er schaute ungeduldig auf seine Taschenuhr. Im selben Augenblick polterten Bruck und die beiden anderen Polizeidiener ins Amtszimmer.

»So, hier steht er«, sagte Bruck zu seinen Kollegen. »Helft mir mal. Guten Morgen, Monsieur le Commissaire!«

Jakob beobachtete, wie Bruck die wenigen Dinge von seinem Tisch auf die Fensterbank räumte, Klöckner und Deyter den Tisch ein Stück weiter zur Mitte des Raumes trugen und sich auf ihre extra mitgebrachten Stühle setzten. Kluge Idee. Um einen Tisch herum ließ es sich besser beraten. Jakob setzte sich dazu. Bruck holte zuerst noch für jeden Papier und Crayons, falls man etwas aufschreiben musste. Als er auch saß, blickte er sich auffordernd um. Es konnte losgehen.

»Meine Herren«, begann Jakob, »keine langen Reden, dafür haben wir keine Zeit. Mamsell Schmitz ist immer noch irgendwo da draußen in der Hand eines Entführers, wie wir befürchten. Wir müssen sie finden, und zwar so schnell wie möglich.«

Nachdem sie am Tag zuvor bei den Großeltern, bei Hofrat Beuth und bei anderen Menschen, zu denen Anna häufig ging, nachgeforscht hatten, blieben heute die für Anna unangenehmeren Orte. Verstecke, die man nicht so leicht entdecken würde.

»Wo sollen wir noch suchen? Was fällt Ihnen dazu ein?«, fragte Jakob seine Helfer.

»Die Festungsanlagen?«, schlug Deyter vor. »Ich meine, was davon noch übrig ist. An manchen Stellen kann man einfach so rein.«

Jakob wiegte den Kopf hin und her. »Möglich, aber man kommt nur dort hinein, wo gesprengt wurde. Da sind die Mauern aber teilweise eingestürzt und blockieren innere Gänge und Räume. Also insgesamt kein gutes Versteck. Außerdem ist da zu viel Trubel. Die Mauern werden ja gerade abgetragen, überall sind Arbeiter und könnten etwas bemerken – nein, an die Festung glaube ich eher nicht.«

»Was ist mit dem alten Schloss? Das wäre doch ein guter Ort«, meinte Klöckner. »Die beiden Flügel am Rhein und am Burgplatz sind ja nicht ganz kaputt.«

»Das geht doch gar nicht«, widersprach Bruck. »Für alle Räume braucht man Schlüssel, sonst könnte da ja jeder rein. Unten im Parterre ist in beiden Flügeln die Verwaltung für den öffentlichen Schatz untergebracht, und gerade werden noch neue Räume für die staatliche Salz- und Tabakregie eingerichtet. Und auf alles passen die Soldaten der Schlosswache an der alten Galerie auf. Die ist auch nicht leer. Unten ist die

Bibliothek, und im Flügel gegenüber malen die Künstler den Ballsaal aus. Glaubt mir, die würden es alle merken, wenn da jemand wäre, der da nicht hingehört.«

»Genau«, warf Deyter ein. »Ich glaube, Mamsell Schmitz würde auch um Hilfe schreien. Das hört man dann auf dem ganzen Burgplatz.«

Jakob nickte. »Wahrscheinlich. Und der Gewölbekeller unter dem Westflügel? Was ist damit?«

»Das feuchte Loch gleich neben der Düssel? Niemals.« Klöckner schüttelte den Kopf.

»Der Keller steht aber leer, soviel ich weiß«, versuchte Jakob es noch einmal.

»Man braucht dafür auch einen Schlüssel«, erklärte Deyter. »Genau wie für das Schloss bekommt man die Schlüssel aber nur hier im Rathaus und auch nur, wenn man einen guten Grund hat. Ich weiß noch, dass vor ein paar Jahren Hofrat Beuth Schlüssel für einige Schlossräume hatte, weil er seine ausgestopften und eingemachten Viecher dort untergebracht hat. Er musste ja oben von seiner Bastion runter und wusste nicht, wohin mit ...«

»Wir kennen die Geschichte, Deyter«, winkte Bruck ab, und es sah aus, als trüge er seine Nase gerade ein ganz klein wenig höher als sonst. »Und außerdem heißt es nicht ausgestopft und eingemacht, sondern präpariert und konserviert. Das waren immerhin mal lebende Wesen.«

Deyter sah Bruck irritiert an und wedelte den Einwand dann einfach fort. »Egal. Jedenfalls muss man sich für alles einen Schlüssel vom Rathaus holen. Und entführte Personen sind bestimmt kein guter Grund dafür.«

Jakob gab ihm recht. »Ich glaube sowieso viel eher, dass Mamsell Schmitz in irgendeinem privaten Haus hier in der Stadt ist. Stellen Sie sich vor, es ist früher Morgen. Wie soll man jemanden über eine weitere Strecke durch die Straßen transportieren, der das nicht will? Das ist doch zu auffällig. Das Versteck muss in der Nähe sein. Und sie ...«

»Sie hat den Entführer gekannt!«, rief Bruck. »Sie ist vielleicht einfach mit ihm gegangen.«

Jakob schüttelte den Kopf. »Dann muss er einen sehr guten Grund gehabt haben, um Mamsell Schmitz von ihrem kranken Vater wegzulocken. So einen Grund gibt es aber nicht. Sie würde ihn nie im Stich lassen. Nein, zuerst suchen wir noch einmal bei allen befreundeten Familien und erweitern den Kreis auf deren Nachbarn. Haben Sie noch die Namensliste, Bruck?«

Bruck nickte. »Auch Bausch und Reichart?«

Er wandte sich an seine beiden Kollegen und erklärte ihnen kurz, um wen es sich handelte und warum sie auffällig waren.

»Ja, besonders diese beiden«, nickte Jakob. »Aber wir müssen sie behutsam in die Enge treiben, deshalb gehen Sie der Reihe nach vor. Stellen Sie allen Nachbarn der Personen auf unserer Liste dieselben Fragen, auch wenn Sie bei einigen davon ausgehen können, dass sie wohl gar nichts wissen. Spielen Sie ein bisschen mit dem Wort Schmuggel. Lassen Sie sich Keller und Lagerhäuser zeigen. Sie können sich dabei auf den Bürgermeister berufen. Maire von Pfeil hat mir gestern noch die Erlaubnis gegeben. Es sollte ja jedem sehr viel daran gelegen sein, dass wir Mamsell Schmitz wiederfinden. Trotzdem müssen wir die anderen Möglichkeiten, wie Schloss und Festungsanlagen, wenigstens überprüfen. Ich möchte nichts außer Acht lassen.«

»Sollen wir uns aufteilen?«, wollte Bruck wissen. »Ich und Deyter gehen in die Häuser, und Klöckner kontrolliert die anderen Orte?«

»Sehr gut, Bruck, so machen wir es. Ich gehe in der Zeit noch mal zur Apotheke. Wenn wir mehr über den Schwamm wissen, hilft uns das sicher weiter. Mittags treffen wir uns wieder hier und tauschen uns kurz über Ergebnisse aus, bevor es weitergeht.«

Als Jakob die Apotheke betrat, erklärte Johann Wilhelm van Zütphen gerade einem Kunden, der an der Theke lehnte und sich sichtlich schlecht fühlte, die Vorteile seiner Pillen gegenüber einschneidenderen Maßnahmen.

»Nein, Monsieur, das bezweifle ich«, sagte er und bedeutete Jakob mit einem Blick, dass es noch einen wenig dauerte. »Also wenn ich Ihnen raten darf, dann nehmen Sie doch lieber diese Pillen. Glauben Sie mir, Ihr Freund hat unrecht. Eine Injektion der medizinischen Substanzen in die Vene wirkt zwar schneller, wäre in Ihrem Fall aber viel zu aufwendig und darüber hinaus«, er hob den Zeigefinger, »überflüssig. Ich erkläre es Ihnen. Zeigen Sie mir mal Ihren Unterarm. Schauen Sie«, sagte er, als der Mann ihm seinen Arm hinhielt, »für eine Injektion müsste man hier an der Innenseite einen Längsschnitt machen, nicht mehr als sechs bis acht Finger breit, dann die Vene freilegen, einritzen und mit einem Klistier die Medizin hineinpumpen. Das ist natürlich eine nicht ganz schmerzfreie chirurgische Maßnahme, aber Sie bekommen einen Schnaps oder ein bisschen Laudanum, dann ertragen Sie es besser. Nur sehen Sie, das muss alles nicht sein, auch wenn Ihr Freund es Ihnen geraten hat. Aber er hat ja auch eine völlig andere Krankheit. Bei Ihnen erfüllen diese Pillen vortrefflich ihren Zweck, es dauert nur ein ganz klein wenig länger, bis die Wirkung einsetzt.«

Der Kunde war bei der Erklärung des Apothekers leicht grünlich geworden und riss ihm jetzt fast das Briefchen mit den Pillen aus der Hand. Er bezahlte, wankte hinaus und sog draußen vor der Tür erst einmal gierig die frische Luft ein. Ein flüchtiger Dunst von modrigem Weinkeller blieb im Laden zurück. Der Apotheker schmunzelte.

»Medizinische Injektionen gegen die Folgen der Alkoholintoxikation, landläufig auch Katzenjammer genannt? Na, ich bitte Sie! Manche Leute … Aber was kann ich für Sie tun, Monsieur le Commissaire? Ach ja, natürlich, der Schwamm. Augenblick bitte.«

Van Zütphen verschwand im Hinterzimmer seiner Apotheke und kam mit dem Schwamm und einem Zettel zurück.

»Also. Dies hier ist ein *Spongium somniferum,* ein Schlafschwamm. Gibt es seit über sechshundert Jahren, kommt ursprünglich aus Salerno, aus der dortigen Schule der Medizin.«

»Ich hatte es vermutet«, sagte Jakob, »aber ich dachte nicht, dass man sie noch benutzt. Man weiß doch schon lange, dass sie gefährlich sind.«

»Genau«, nickte der Apotheker. »Gefährlich, aber effektiv, deshalb bei Quacksalbern durchaus noch zu haben. Man tränkt sie mit Opium und dazu mit Bilsenkraut, Schierling und Alraune. Absolut wirksam. Der Schwamm wird vor einer Operation in Wasser eingeweicht und dann vor der Nase befestigt, man atmet ein und schläft. Aber nicht durch den Geruch schläft man ein, wie ein Forscher unserer Tage herausgefunden hat, sondern dadurch, dass das mit Substanzen getränkte Wasser über Nase und Mund bis in den Rachen gelangt und geschluckt wird. Und das ist gefährlich. Wer weiß schon, wie viel von jeder Substanz ein Quacksalber in den Schwamm gegeben hat? Nur ein bisschen zu viel, und es ist tödlich. Atemnot, Schwindel, Herzversagen. Dann kann man den Patienten auch nicht mehr mit Riechsalz ins Diesseits holen.«

Jakob mochte diese Neuigkeiten überhaupt nicht. Seine Sorge um Anna wuchs mit jedem Wort, das van Zütphen sagte.

»Hat man den Schwamm genutzt, lässt man ihn einfach wieder an der Sonne trocknen«, fuhr der Apotheker fort. »Braucht man ihn das nächste Mal, reicht es, ihn in warmes Wasser zu legen. Er saugt sich voll, und die Substanzen wirken erneut. Genial, aber unverantwortlich, und deshalb in der Form medizinisch nicht mehr angewandt. Ich habe Ihnen hier alles auch noch einmal aufgeschrieben.«

Er schob Jakob Schwamm und Zettel über die Theke.

»Mein Gott!«, brachte Jakob hervor. »Das ist schrecklich.«

Die Angst um Anna schnürte ihm die Luft ab. Er nahm den Zettel und zeigte auf den Schwamm.

»Legen Sie den bitte beschriftet in Ihren Giftschrank, Monsieur van Zütphen. Aber werfen Sie ihn nicht weg. Ich brauche ihn noch als Beweis.«

»Gern«, antwortete der Apotheker und nahm den Schwamm wieder an sich. »Das ist auch am sichersten.«

Jakob bedankte sich bei ihm und verließ die Apotheke. So hatten sie es also gemacht. Sie hatten den Schwamm erst in Annas Waschschüssel gelegt und dann vor ihr Gesicht gepresst. Sie hatte keine Chance gehabt. Das Einzige, was ihn an dieser Version störte, war, dass jemand nicht nur in Annas Zimmer eingedrungen war, sondern auch den Schwamm in Annas Waschschüssel hatte legen können. Und sie hatte es offenbar zugelassen. Das passte nicht zu ihr. Was war da nur geschehen?

Jakob konnte seine wachsende Unruhe kaum beherrschen. Jetzt noch mit Bruck und Deyter in Häuser, Keller und Lagerräume zu gehen, war nicht sinnvoll. Die beiden würden ihre

Aufgabe gut erledigen. Inzwischen, stellte Jakob erstaunt fest, war sein Vertrauen in Brucks Fähigkeiten, was richtige Entscheidungen bei der Arbeit anging, doch gewachsen. Bruck würde ihn auch sofort informieren, wenn er Anna gefunden hatte, da war er sich sicher. Wie von selbst war Jakob von der Apotheke aus nicht zum Rathaus, sondern in die entgegengesetzte Richtung gegangen und stand jetzt wieder einmal vor Hofrat Beuths Haus. Die Tür wurde geöffnet, obwohl er die Glocke noch gar nicht gezogen hatte, und Billa trat mit einem Einkaufskorb auf die Straße.

»Monsieur le Commissaire!«

»Mamsell Mertens! Guten Morgen.«

Billa nickte dem Commissar zu und schaute vorsichtig an ihm vorbei, als suche sie jemanden. Sie sah erleichtert aus, als sie merkte, dass nur er vor ihr stand.

»Kann man Anna überhaupt finden?«, fragte sie sorgenvoll. »Es gibt so viele Stellen in der Stadt, mir ist schon ganz schlecht vom vielen Nachdenken.«

»Wir tun unser Menschenmöglichstes«, versicherte Jakob und hoffte insgeheim, dass das auch ausreichte. »Drei Polizeidiener sind im Moment überall unterwegs und suchen nach ihr.«

Billa seufzte. »Hoffen wir, dass sie sie auch finden.« Sie ging an ihm vorbei. »Ich muss weiter. Gehen Sie ruhig hinein, der Hofrat ist in seinem Studierzimmer. Sie wissen ja inzwischen, wo das ist.«

Kaum war Jakob eingetreten, öffnete sich die Tür zu Beuths Zimmer.

»Ich habe Sie schon kommen sehen, Monsieur le Commissaire. Wissen Sie etwas Neues von Anna? Kommen Sie doch herein.«

Beuth ging voraus, und Jakob merkte, dass der Gichtanfall

wohl vorbei war. Der Hofrat benutzte zwar seinen Stock, aber er humpelte kaum noch. Die beiden Männer setzten sich in die Sessel am Fenster.

»Nein«, bedauerte Jakob, »leider gibt es keine Neuigkeiten. Wir suchen überall nach ihr. Wenn sie in der Stadt ist, werden wir sie auch finden.«

Er wusste nicht, woher seine Zuversicht kam, aber er empfand es so. Sie würden Anna finden, ganz sicher. Hofrat Beuth blickte ihn forschend an und lächelte plötzlich.

»Ich finde Ihren jugendlichen Mut großartig. Sie akzeptieren eine missliche Lage erst, wenn sie ausweglos wird, aber vorher sorgen Sie dafür, dass es erst gar nicht so weit kommt. Ich vermute, Sie haben weitere Fragen an mich, weil Sie dabei sind, die eben zitierten Auswege zu finden? Nur heraus damit. Ich bin bereit. Schließlich geht es um Anna. Wer immer sie entführt hat, ist jetzt zu weit gegangen. Wie hat derjenige es überhaupt gemacht?«

Jakob berichtete von seinen Vermutungen und den Erkenntnissen des Apothekers. Er merkte, wie sein Zorn immer größer wurde, aber er ließ ihn nicht zu. Er brauchte einen klaren Kopf.

»Haben Sie eigentlich mein Rätsel gelöst?«, fragte Hofrat Beuth.

Jakob nickte. »Mein Polizeidiener hat mich auf den richtigen Weg gebracht, sonst hätte ich es wohl nicht geschafft. Ich weiß zu schätzen, dass Sie mir einen Namen genannt haben. Reichart gehörte auch bereits zu meinen Verdächtigen. Im Moment hält er sich mit seinem Freund in Köln auf, wenn die beiden nicht schon längst wieder zurück sind. Bruck wird das herausfinden.«

»Köln. Aha. Und warum sind sie dort? Peter Reichart und – der Zweite ist Theodor Bausch, wie ich annehme.«

»Richtig. Sie sind in Geschäften bei einem Onkel«, berichtete Jakob. »Das wurde uns wenigstens gesagt. Über die Art der Geschäfte mutmaßen wir noch.«

Beuth nickte. »Gut, dann will ich Ihnen die Geschäfte erklären, weil Sie ohne dieses Wissen Ihren Fall nur schwer lösen können. Einen Teil weiß ich mit Sicherheit, für den Rest habe ich eins und eins zusammengezählt, auch im Zusammenhang mit den Reisen nach Köln. Sie sind sicher mit ›Klein London‹, also Helgoland, vertraut und mit den Schmuggelwegen aus dem Norden bis hierher zu uns. Kennen Sie aber auch die entsprechenden Wege heraus aus dem Großherzogtum, insbesondere über den Rhein auf die französische Seite und wieder zurück?«

»Ja«, sagte Jakob. »Ein Fass ohne Boden und ganz schwierig in den Griff zu bekommen. Es geht ja nicht nur um die Schmuggelbanden, es gibt offenbar auch noch einflussreiche Personen im Hintergrund, die sich sehr gut verbergen.«

»Sehr richtig, Monsieur le Commissaire. Diese Hintermänner sind allesamt Kaufleute und haben einen sehr guten Ruf zu verlieren. Wie gesagt, alle haben Vorteile, keiner spricht darüber – aus vielen guten Gründen. Einer davon hat mit den Konsequenzen zu tun, wenn man sich erwischen lässt. Nicht wegen des Schmuggels verliert derjenige dann seinen Ruf, sondern wegen seiner Dummheit.«

»Und weil er dadurch eine Gefahr für die anderen wird«, vermutete Jakob.

»Richtig. Es gibt diese Kaufleute auf beiden Seiten des Rheins. Sie organisieren den Schmuggel über Personen ihres Vertrauens, oft die eigenen Söhne. Dazu kommen Porteure, das heißt arme Schlucker, die sich etwas zum Leben verdienen, indem sie die Ware versteckt am Körper tragen, und Spediteure und Schiffer mit ihren Booten und Fuhrwerken. Die letzteren drei Gruppen werden häufig von Zöllnern erwischt. Das

Schmuggelgut, sagen wir Messer und Klingen oder im Moment auch noch Tabak, wird einbehalten oder verbrannt, der Mann oder die Frau bezahlt Strafgeld und bekommt im Wiederholungsfall eine Gefängnisstrafe, bei verbotenen Gütern die Todesstrafe. Der Kaufmann im Hintergrund bleibt unbehelligt. Und das geschieht jeden Tag.«

»Unsere Akten sind voll von diesen Fällen«, stimmte Jakob zu. »Es geht bis zu getöteten Zöllnern und Schmugglern.«

Beuth nickte. »Ja, aber kennen Sie auch die nächste Stufe? Sagen wir, Tuch aus dem Bergischen soll über ein Zwischenlager am Rhein auf die französische Seite exportiert werden. Nehmen wir ruhig Köln, denn da besteht ein reger Bedarf. Bei der ersten Fuhre stimmen die Frachtpapiere, der Zoll ist bezahlt, die Zöllner sind zufrieden. Der Händler in Köln nimmt die Fuhre in Empfang und schickt die Papiere mit der Reitpost sofort wieder zurück über den Rhein, damit sie für die nächste Fuhre bergisches Tuch wiederverwendet werden können. Endlose Wiederholungen sind möglich, man spart hohe Zölle und verdient sich eine goldene Nase. Das Verrückte daran ist, dass den Franzosen bisher nur Einzelfälle aufgefallen sind, die Planung dahinter durchschauen sie nicht. Eine geschickte Variante sind verschiedenste Manufakturen, die in ländlichen Gebieten sehr nah an den Rhein gebaut sind, was den Weg über die Grenze kurz und damit das Risiko klein macht. Immer wieder genehmigt Paris diese Standorte. Sie haben bisher keinen Verdacht geschöpft, es ist wirklich unglaublich.«

Jakob hatte von sehr guten Geschäften auf solchen Wegen gehört, aber diese Dimensionen hätte er nicht vermutet.

»Sind die beiden deshalb nach Köln gefahren?«, fragte er. »Arbeiten sie mit Reicharts Onkel auf diese Weise zusammen?«

Beuth lehnte sich zurück. »Das ist anzunehmen. Die wirtschaftlichen und auch die sonstigen Kontakte zwischen Köln und Düsseldorf waren schon immer zahlreich. Meine eigene Frau – Gott hab sie selig – war Kölnerin, und nun ist sie in Sankt Lambertus begraben.« Er schwieg einen Moment. »Nur wegen Napoleon brechen solche Kontakte ja nicht einfach ab. Für einen Kaufmann wird alles auch viel leichter, wenn er verlässliche Familienmitglieder auf der anderen Seite der Grenze hat. Ein geschäftlicher Besuch wird zum Besuch beim Onkel, niemand schöpft Verdacht. Nun kann es trotz aller Vorsicht passieren, dass nicht nur kleinere Mengen an Gütern bei Porteuren gefunden werden, sondern auch falsche Frachtpapiere auffallen oder größere Lieferungen in den ländlichen Gegenden abgefangen werden. Das kann enorme finanzielle Verluste für die betroffenen Kaufleute bedeuten.«

Jakob zuckte die Schultern. »Damit muss man beim Schmuggeln doch rechnen. Es ist wie ein Glücksspiel, oder nicht?«

Beuth zog die Augenbrauen hoch. »Genau. Und das ist es, was Kaufleuten nicht passt und noch nie gepasst hat: Unwägbarkeit, Unberechenbarkeit. Das ist nichts für sie. Kaufleute setzen nichts aufs Spiel. Im Gegenteil, sie brauchen Sicherheit. Sagt Ihnen das Wort ›Assekuranz‹ etwas, Monsieur le Commissaire?«

»Ja, natürlich, das ist eine Versicherungsgesellschaft.«

»Haben Sie auch schon von der Kölner ›Arme-Leute-Assekuranz‹ gehört? Sie existiert seit drei Jahren.«

Jakob schüttelte den Kopf.

»Nun, es ist eine Lebensversicherung. Das sagt man zumindest offiziell, und das mag auch stimmen. Inoffiziell versichert sie allerdings Schmuggler. Ein Kaufmann, der eine Schmuggelbande unterhält, sichert damit sich und seine Leute ab. Beispielsweise bekommt die Witwe eines getöteten Porteurs eine kleine Rente gezahlt, bei Verletzungen werden Arztrechnungen beglichen, oder der Kaufmann selbst, dem das Schmuggelgut durch die Zöllner abhandengekommen ist, bekommt die Verlustsumme erstattet. Und da geht es um viel Geld. Um sehr viel Geld. Man kann auf diese Weise sein Vermögen vervielfachen. Wenn nichts dazwischenkommt.«

»Ach, und Bonnard, Friedrich und Anna sind also sozusagen dazwischengekommen«, empörte sich Jakob.

»Die Formulierung ist ungeheuerlich, aber sie trifft ins Schwarze«, sagte Beuth. »Damals vor drei Jahren kam Johann Schmitz zu mir. Mit seinen Geschäften ging es bergab, und er wollte wissen, ob er sich alldem anschließen sollte. Ich habe mich informiert und ihm geraten, doch lieber einheimische Waren in sein Sortiment aufzunehmen. Schmitz gehört zu denen, die zeit ihres Lebens ehrliche Geschäfte gemacht haben. Seine schwachen Nerven hätten das einfach nicht ausgehalten. Auf Friedrich hatte ich leider keinen Einfluss mehr, als er sich von seinen Freunden überreden ließ. Für ihn war es ein Abenteuer, eine Mutprobe, wie für andere in seinem Alter auch. Der arme Junge hat es mit dem Leben bezahlt. Ich mache mir jeden Tag Vorwürfe. Ich hätte ihn energischer davon abhalten müssen.« Dem alten Hofrat versagte die Stimme. »Finden Sie den Täter, Monsieur le Commissaire. Verhaften Sie den Richtigen, ich bitte Sie.«

Mittwoch, 30. Oktober 1811

Jacques Claude de Beugnot saß an seinem Arbeitstisch in der Residenz und versuchte sich zu beschäftigen, während er auf seinen Gast wartete. Seine Unruhe wuchs mit jedem Tag. Es fühlte sich an wie eine Art Lampenfieber. Aber wenigstens würde der kaiserliche Besuch jetzt wirklich zum angegebenen Datum stattfinden. Ein Teil von Napoleons Tross war sogar schon eingetroffen – die wichtigen Organisatoren, die vorab einige Dinge für die Majestäten klären mussten. So zum Beispiel die kaiserlichen Offiziere, die sich um die Unterkünfte des Kaiserpaares und seines Gefolges kümmerten, allen voran Ernest Baron de Canouville. Er wohnte bei Gartenbaumeister Weyhe. Canouville, ein Mann von sechsundzwanzig Jahren, war überall dafür bekannt, dass er mit sich und seinen Vorzügen, die eigentlich niemand sonst bemerkte, überaus zufrieden war. Ein ernster, pedantischer junger Mann, erstaunlicherweise besessen vom Tanzen, was im Grunde das Einzige war, das er wirklich gut konnte. Zumindest hatte das die ehemalige Kaiserin Josephine aus einer Laune heraus von dem damals Sechzehnjährigen behauptet, und er, Beugnot, hatte über ihre Bemerkung sehr gelacht. Natürlich nur im Geheimen.

Während die Stadt sich mit immer mehr Neugierigen füllte, die das Ereignis des Jahres, wahrscheinlich ihres ganzen Lebens, nicht verpassen wollten, begutachtete Beugnot Namenslisten. Sie machten allerdings deutlich, dass der Kaiser hier nicht mit gebührendem Enthusiasmus empfangen wurde. Nur achtzehn, also ein Drittel der Départementsräte hatten ihr Kommen zugesagt, um Napoleon vorgestellt zu werden, und fünfunddreißig von einhundertzweiunddreißig Arrondissementsräten. *Voilà*, wenigstens etwas. Wie zu befürchten fanden sich nur acht Adelige der gesamten Umgebung auf der Liste. Adelige! Was sollte man da schon erwarten? *La Révolution* hatte nicht umsonst getobt. Obwohl – er war ja damals für eine konstitutionelle Monarchie eingetreten. Das Blutbad hätte nicht sein müssen. Er war ein erklärter Gegner Robespierres und der Jakobiner gewesen und war dafür ins Gefängnis gegangen. Er hatte enormes Glück gehabt, nicht selbst unter die Guillotine zu geraten – als verheirateter Mann und Vater einer kleinen Tochter. Beugnot schüttelte die Gedanken ab, bei denen es ihn immer noch fröstelte. *C'était du passé.* Das war vorbei. Was ihn jetzt bei diesen Listen aber wirklich wunderte, war die mangelnde Neugier der Damen. Nur achtzehn, alle aus Düsseldorf, wollten dem Kaiser vorgestellt werden. Sie trugen allerdings berühmte Namen wie Spee, Hatzfeld, Pfeil, Borcke, Goltstein, Trips. Beugnot seufzte. Zu wenig, viel zu wenig, aber man musste zufrieden sein.

Er stand auf, legte die Hände auf den Rücken und wanderte durch das Zimmer. Die Sitzung des Verwaltungsrates lag ihm auf der Seele. Napoleon würde die Finanzen prüfen, und er würde Rede und Antwort stehen müssen. Außenminister Maret, Generalstabschef Berthier und Staatssekretär Daru wären für Frankreich dabei, Minister-Staatssekretär Roederer, Innenminister Nesselrode-Reichenstein und er für das Großherzogtum. Ihm graute davor, Finanzentscheidungen des letzten Jahres verteidigen zu müssen, die gut und sinnvoll gewesen waren. Bei einigen Punkten erwartete er den Zorn des Kaisers. Er brauchte Freunde auf seiner Seite. Verbündete aus ebendiesem Verwaltungsrat. Roederer war auf Napoleons Seite, und Nesselrode war höchstwahrscheinlich keine Hilfe. Der hatte mit seinem Innenministerium genug zu tun. Nein, er brauchte vielmehr jemanden wie Maret, mit dem er sich vor – ach, Urzeiten angefreundet hatte. Wenn jemand ihn vor Napoleon in Schutz nehmen konnte, dann Maret. Seine Vorzüge waren nicht zu leugnen. Aber auf welche Art er sie unter Beweis stellte, dafür bestaunte Beugnot ihn wie ein exotisches Tier.

Maret hatte es immer schon verstanden, sich so sehr in andere hineinzuversetzen, dass er selbst fast verschwand. Das hatte ihn zum Vertrauten Napoleons gemacht, zu dessen sechstem Sinn. Überhaupt war Maret es schon so lange gewöhnt, vor dem Genie des Kaisers im Staub zu kriechen, dass ihn diese Art der Selbstverleugnung keine Überwindung mehr kostete. Im Gegenteil, sie kostete ihn gar nichts. Und sie hatte ihn zum Außenminister werden lassen. Er, Beugnot, beobachtete dieses Verhalten interessiert, aber verstehen würde er es nie. Maret war jedoch genau der Mann, den er als Verbündeten brauchte. Niemand außer Maret konnte Napoleon besser von den Qualitäten anderer überzeugen. Er war sogar in der Lage, in seinen Résumés für den Kaiser mancher politischen Rede einen Geist einzuverleiben, die sie in der Realität – mit Verlaub – niemals gehabt hatte. Wäre er kein Politiker geworden, hätte er als Dichter reüssiert. *Suprême* war er! Grandios. Auf seine Art.

Es klopfte an der Tür. Beugnot drehte sich erwartungsvoll um und lauschte der Ankündigung des Dieners.

»*Le Ministre français des Affaires étrangères,* Hugues-Bernard Maret, Duc de Bassano.«

Hocherfreut, mit ausgebreiteten Armen, ging Beugnot zur Tür.

»*Entrez, cher ami!*«

Jakob und die Polizeidiener saßen um die gleiche Zeit zusammen, um den Stand der Dinge zu besprechen, bevor die Suche nach Anna weiterging. Am Tag zuvor war Bruck erst am Abend mit seinen Kollegen ins Rathaus zurückgekommen. Sie hatten Anna nicht gefunden, aber sie hatten auch noch nicht alle Häuser durchsuchen können. Die Stadt wimmelte von Menschen, und die Leute hatten andere Probleme. In fast jedem Haus war irgendein Schlafplatz vermietet worden, in vielen Häusern wurden französische Adelige aus Napoleons Tross erwartet. Niemand war von der Durchsuchung von Haus und Hof sonderlich begeistert gewesen. Was Jakob und auch Bruck nicht bedacht hatten, war der Widerstand der Betroffenen, die Zeit, die man zum Überreden und schließlich deutlichen Drohen brauchte.

»Es hat so lange gedauert, Monsieur le Commissaire«, stöhnte Bruck. »Ich habe gedacht, wir gehen in die Häuser, suchen nach Mamsell Schmitz und gehen zum nächsten. Aber sie wollten uns gar nicht erst hereinlassen.«

Die Erlaubnis des Bürgermeisters war nur in einigen Fällen hilfreich gewesen. Dagegen hatten manche aber auch gar keine Schwierigkeiten gemacht. Wilhelm Bausch am Carlsplatz zum Beispiel hatte sie an sein Dienstmädchen verwiesen. Sie sollte ihnen alles zeigen, und Bruck hatte die Gunst der Stunde genutzt.

»Ich habe sie ein bisschen ausgefragt, da unten im Keller«, erzählte er nun, »über Monsieur Theodor. Sie hat gekichert und sich geziert, weil sie nicht mit Fremden über ihre Herrschaft tratschen wollte, aber ich habe gesagt, ich wäre kein Fremder, sondern eine Respektsperson, und sie würde nicht tratschen, sondern eine Aussage machen. Da ging es dann.«

Jakob konnte sich die Szene lebhaft vorstellen, und Deyter, der dabei gewesen war, fing an zu lachen.

»Sie hätten ihr Gesicht sehen sollen, Monsieur le Commissaire«, grinste er. »Sie hat prompt geknickst und dann alles erzählt, was Bruck wissen wollte. Sie hat sogar versucht, ein bisschen zu schäkern, aber Bruck stand da wie ein Fels in der Brandung und hat ...«

»Gib Ruhe, Deyter«, unterbrach Bruck seinen Kollegen unerwartet grob. »Du kennst Mamsell Schmitz nicht, sonst würdest du ernsthafter nach ihr suchen und nicht schäkernden Dienstmädchen, die deine Töchter sein könnten, auch noch schöne Augen machen.«

»Wirklich?«, fragte Klöckner und zwinkerte Deyter zu. »Hat er das gemacht?«

Deyter hörte es gar nicht. Er schaute Bruck irritiert an, und das nicht zum ersten Mal, seitdem er wieder mit ihm zusammenarbeitete. Irgendetwas hatte sich an seinem Kollegen verändert. Früher war der nicht so gewesen, so ... humorlos. Aber vielleicht hatte diese Mamsell ja wirklich etwas Besonderes an sich.

»Ist ja schon gut, Bruck«, sagte er versöhnlich, was Bruck ein Grunzen entlockte.

Damit war die Sache zwischen ihnen wieder bereinigt.

»Und was hat sie erzählt?«, fragte Jakob ungeduldig. »Aber berichten Sie nur kurz, Bruck, wir müssen so schnell wie möglich weitersuchen.«

Jede weitere Sekunde in der Hand ihres Entführers war schmerzhaft für Anna.

»Oh, es war sehr aufschlussreich«, erzählte Bruck, »Reichart und Bausch junior sind seit Sonntagabend wieder in der Stadt. Sie sind in einer privaten Kutsche mitgefahren. Die nächste Postkutsche gab es ja erst wieder dienstags, also gestern.«

»Mit anderen Worten«, überlegte Jakob laut, »könnten sie

dann am Montagmorgen Anna auch selbst entführt haben.« Er überlegte kurz. »Wir gehen zuerst zu Reichart. Der Senior ist ein unangenehmer Mann, aber wir fangen heute trotzdem mit seinem Haus an. Dafür hole ich mir aber erst noch die ausdrückliche juristische Genehmigung. Jetzt sofort. Warten Sie hier auf mich.«

Er war schon zur Tür hinaus, während Bruck seinen Kollegen noch erklärte, was der Commissar vorhatte.

Untersuchungsrichter Gottlieb Ferdinand Meyerhold blickte an diesem Morgen nicht mit ungetrübter Freude in sein Frühstücksei. Besiegt, geradezu bezwungen legte er den Elfenbeinlöffel beiseite, mit dem er die Schale hatte aufklopfen wollen, und nahm wirklich übel. Die Welt im Allgemeinen und seine Berufswahl im Besonderen hatten sich gegen ihn gekehrt, kratzten schmerzhaft an den Resten seiner Langmut. Mörder. Entführer. Und mittendrin dieser Commissar, unentwegt erpicht darauf, Mitglieder der höchsten Kreise von Düsseldorf zu brüskieren. Vor dem Frühstück. Wenn niemand innerlich wirklich bereit dazu sein konnte, logisch zu denken. Und er ahnte, nein, er wusste – und diese Tatsache stand plötzlich in grellstem Licht vor seinem inneren Auge –, dass jetzt irgendeine Art von logischem Denken von ihm verlangt war, wenn er die richtigen Entscheidungen treffen wollte. Auf nüchternen Magen. Entgegen all seinen Prinzipien. Noch dampfte der Kaffee, das Ei war heiß, das leicht geröstete Brot im Korb knusprig, die Butter nicht zerlaufen. Wehmütig betrachtete er die Köstlichkeiten und warf einen hilfesuchenden Blick auf den Commissar. Was natürlich müßig war. Der Commissar würde seine Gefühle nicht verstehen, sonst hätte er ihn nicht so überaus brutal aus dem morgendlichen Genuss gerissen. In seinem Kopf formte sich trotz aller Widrigkeiten eine Frage, holte sich langsam die benötigten Wörter herbei und zwang ihn förmlich, sie auszusprechen.

»Wieso Reichart?«

Wieder zeigte der junge Commissar die unangenehme Eigenschaft, betont geduldig zu sprechen, als redete er mit irgendeinem tattrigen Greis. Aber es blieb trotzdem unverständlich. War es plötzlich strafbar, nach Köln zu reisen? War es strafbar, in einer privaten Kutsche mit offenbar netten und hilfsbereiten Menschen zurückzufahren? War es strafbar, das an einem Sonntag zu tun? Nein, natürlich nicht. Wurde man nun wegen all dieser nicht strafbaren Taten auch noch zwangsläufig zum Entführer? Nein. Und was er immer noch nicht wusste, war der Name der Person, die angeblich entführt worden war. Die Frage danach formulierte sich schon einfacher, sein Kopf schien tatsächlich arbeiten zu wollen.

»Wer ist es?«

Der Schreck, als er den Namen hörte, fuhr ihm durch alle Glieder, ach was, bis ins Mark. Anna Schmitz. Sie war die Tochter der Frau, die er vor vielen Jahren … nun ja, das waren Zeiten gewesen, mein Gott … er war damals schon immer ins Stammeln … ihr Anblick … so schön … er hätte sie so gerne selbst … aber sie hatte einen anderen geheiratet. Und er nie. Und die Tochter war ihr so ähnlich! Man bekam einen richtigen Schreck, wenn man sie sah. Meyerhold wischte sich mit der Serviette über die Stirn. Da war er doch tatsächlich ins Schwitzen geraten. Aber dann musste ja wohl dieser Friedrich Schmitz, das Mordopfer, der Sohn dieser ungemein hübschen … wie hatte er das nur übersehen … potz Donner und Hagel! Das kam davon, wenn man ihn immerzu in seinem wohlüberlegten Tagesablauf störte. Das sollte sich der Commissar ruhig einmal hinter die Ohren schreiben. Dann könnte man auch ganz anders zusammenarbeiten.

Untersuchungsrichter Meyerhold wurde zu seiner eigenen Verwunderung nahezu lebhaft. Zu dieser frühen Stunde war ihm das noch nie gelungen, aber irgendetwas tief in seinem Innern trieb ihn an. Er stand vom Frühstückstisch auf, ging zu seinem Sekretär und schrieb *Ordonnance d'accedit,* Befehl zur Hausdurchsuchung, sowie einen kurzen Satz auf ein Blatt Papier. Er unterstrich beides zweimal und unterschrieb mit seinem vollen Titel. Als er sich umdrehte, stand der Commissar bereits hinter ihm, riss ihm fast das Papier aus der Hand und rannte aus dem Zimmer. Meyerhold schüttelte den Kopf. Der junge Mensch hatte es heute noch nicht einmal für nötig befunden, sich überhaupt zu verbeugen. Den aufwallenden Unmut im Herzen des Untersuchungsrichters vermochte nur der Blick auf sein Frühstück zu besänftigen. Unverzüglich setzte er sich wieder an den Tisch.

Zu viert machten sie sich auf den Weg in die Berger Straße, zu Reicharts Haus. Dieses Mal gingen sie nicht in den Laden, sondern zogen die Türglocke. Als das Dienstmädchen öffnete, hielt Jakob ihr den Durchsuchungsbefehl des Richters vor die Augen, und weil sie nicht lesen konnte, las er vor. Reicharts hatten ihnen unverzüglich alle Räumlichkeiten des Hauses zu zeigen.

»Einen Moment bitte«, knickste sie. »Da muss ich erst meine Herrschaft fragen.«

Sie ließ Jakob und die Polizeidiener eintreten und bedeutete ihnen, in der Eingangshalle mit den vielen Türen und der breiten Treppe zu warten. Nicht lange nachdem sie durch eine

Tür verschwunden war, kam sie mit einer nach der neuesten Mode gekleideten Dame durch dieselbe Tür zurück. Die kurz geschnittenen Haare der Dame drehten sich in Löckchen um Stirn und Wangen, ihr Blick war herablassend, ihre Miene kühl. Die Ähnlichkeit mit ihrem Sohn war leicht zu erkennen.

»Mein Mann ist leider nicht da«, sagte Madame Reichart. »Kann ich Ihnen helfen?«

Ihr Mund lächelte, aber ihre Augen machten deutlich, dass sie nicht vorhatte, ihnen überhaupt eine Hilfe zu sein.

Jakob gab ihr das Papier des Richters. Sie las und hob erstaunt den Kopf.

»Was glauben Sie, hier finden zu können?«, fragte sie.

»Ich zeige es Ihnen, wenn ich es gefunden habe«, antwortete Jakob diplomatisch. »Wir würden gerne mit Ihrem Keller anfangen.«

Madame Reichart war zu klug, um Erstaunen oder Unverständnis zu zeigen. Sie neigte zustimmend den Kopf, bedeutete ihrem Dienstmädchen, die Herren herumzuführen, und verschwand durch die Tür, durch die sie gekommen war.

»Folgen Sie mir bitte«, sagte das Mädchen.

Sie entzündete eine Tranlampe auf einem kleinen Tisch neben einer Tür, die sich als Tür zum Keller herausstellte. Jakob bemerkte erstaunt, dass ihre Hände zitterten.

»Sie mögen den Keller nicht?«, fragte er leichthin.

»Nein«, war die knappe Antwort.

»Sie müssen nicht mit uns hinuntergehen«, bot er an. »Jetzt, wo wir den Weg kennen, kommen wir auch allein zurecht.«

Die Erleichterung in ihrem Gesicht war deutlich.

»Auch wenn es da unten spukt«, witzelte er.

Entweder verstand das Dienstmädchen keinen Spaß, oder sie konnte den Scherz einfach nicht lustig finden. Sie wurde blass, gab Jakob hastig knicksend die Lampe und floh durch eine weitere Tür in die Küche.

»Hm«, knurrte Bruck, »ich glaube, wir sind auf der richtigen Spur, Monsieur le Commissaire.«

»Ja, Bruck, das glaube ich auch.«

Vorsichtig gingen sie die dunkle Treppe hinunter und betraten einen geräumigen, kühlen Gewölbekeller, der offenbar die ganze Breite des Hauses einnahm. Durch flache, bogenförmige Öffnungen an der Straße fiel etwas Tageslicht herein. In den einzelnen Räumen unter den Gewölbebögen lagerten Lebensmittel auf Holzregalen und Stiegen, ein ganzer Wintervorrat an aufgestapeltem Brennholz und an Essiggurken, Sauerkraut und Pflaumenmus in großen Steingutgefäßen. Unter einem Bogen gab es ein paar Kisten und Kästen mit ausrangierten Dingen. Alles war offen und frei einsehbar. So sehr sie auch spähten bei dem wenigen Licht, es gab nichts Ungewöhnliches. Ganz hinten im Keller wurden sie endlich mit einer Tür belohnt. Sie war verschlossen, aber der Schlüssel steckte, was verwunderlich war. Denn als sie in den Raum dahinter leuchteten, sahen sie Weinflaschen und Fässer mit verschiedenem hochprozentigem Inhalt. Ganz offenbar ein Weinkeller. Und die waren eigentlich immer verschlossen.

»Nichts!«, seufzte Jakob und schwenkte die Lampe herum. »Und hier ist auch Schluss. Es gibt keinen weiteren Raum.«

»Kann ich mal schnell die Lampe haben?«, rief Bruck da aufgeregt.

Er nahm sie Jakob ab und leuchtete über den Boden.

»Da! Hab ich es doch gesehen!«

Unter einem Flaschenregal blitzte ein Medaillon an einer silbernen Kette auf. Bruck hob es auf und gab es Jakob.

»Sehen Sie mal hier, Monsieur le Commissaire!«

Es war kein Medaillon, aber an der Kette hing ein kleines

silbernes Oval, auf dem etwas eingraviert war. Jakob las angestrengt im Schein der Öllampe. »*Amour éternel*« stand dort, ganz deutlich. Ihm wurde ganz heiß. Die beiden Worte hatte er schon einmal gehört.

»Sie ist hier«, sagte er und steckte die Kette ein. »Sie muss hier sein. Gibt es noch eine Tür?«

Sie leuchteten die Regale ab. Nichts. Erst als Bruck noch einmal den Boden beleuchtete, sahen sie die Schleifspuren. Sie beschrieben einen Halbkreis vor dem Regal, unter dem der Schmuck gelegen hatte. Und dann sahen sie die gut getarnte Tür hinter dem Regal. Es war absolut still, zumindest drang kein Geräusch heraus.

»Ach so«, rief Deyter, »die haben auch einen Keller unter dem Lagerhaus im Hof. Hinter der Tür muss ein Verbindungsgang sein. Das kürzt normalerweise Wege ab.«

»Los!«, rief Jakob. »Regal leer räumen, Tür auf brechen.«

Sie hatten gar nicht viel zu tun. Die Weinkisten auf dem Regal waren leer und schnell beiseitegestellt. Sie schoben das Regal von der Tür weg. Es war eine dicke Eichentür, alt, mit einer rostigen Klinke. Der Schlüssel im Schloss darunter war blank geputzt. Jakob versuchte ihn zu drehen. Leicht und lautlos schloss er auf, öffnete die Tür und leuchtete in den Raum. Es war kein Gang, es war das geheime Lager eines Eisenwarenhändlers mit Kisten voller Messer und Klingen aus dem Bergischen. Und da stand Anna, verdreckt, zornig, mit Spinnweben im Haar und einem langen Messer in der Hand. Jakob war so erleichtert, dass er sich an den Türpfosten lehnen musste.

»Keinen Schritt näher«, kreischte sie mit einer Stimme, die vom vielen Rufen und Schreien ganz heiser war, und blinzelte in das plötzliche Licht. »Ich habe ein Messer.«

Stiefel polterten die Kellertreppe herunter.

»Was erlauben Sie sich?«, rief eine erboste Stimme.

Peter Reichart kam atemlos in den Keller gelaufen, dicht gefolgt von seinem Freund Theodor Bausch. Da hatten sie ja die Richtigen beisammen. Klöckner und Deyter zogen sich unauffällig aus dem Weinkeller zurück und stellten sich vor den Ausgang. Während Jakob beruhigend mit Anna sprach, die ihn gegen das Licht erst nicht erkannte, sprang Bruck vor und zog seinen Säbel.

»Stehen bleiben!«, rief er.

Reichart versuchte, ihn beiseitezudrängen, während er an Jakob vorbei panische Blicke in den offenen Kellerraum warf.

»Du hast mir gar nichts zu sagen, du Wicht. Aus dem Weg!«

Wenn Bruck etwas nicht leiden konnte, dann waren es Verbrecher, die ihm keinen Respekt zollten. Und ihn auch noch duzten. Kurzerhand setzte er Reichart die Säbelspitze unters Kinn.

»Ab jetzt kann ich dir alles sagen, mein Freund«, sagte er gefährlich leise. »Und du wirst gehorchen. Also hör gut zu.«

Aber Bruck musste gar nichts mehr sagen. Deyter war dazugekommen und zog eiserne Handschellen aus der Tasche. Zwei leise Klicks waren zu hören, als die Federn im Innern der länglichen Schlösser die Bolzen einrasten ließen und Reichart junior die Hände auf dem Rücken gebunden waren.

»Gute Solinger Ware, findest du nicht?«, fragte Deyter seinen wutschnaubenden Gefangenen. »Aber damit kennst du dich ja aus. Den anderen haben wir übrigens schon genauso verpackt«, sagte er gut gelaunt zu Bruck, »der wollte sich klammheimlich aus dem Staub machen.«

»Sehr gut«, lachte Bruck und steckte den Säbel in die Scheide, »dann gehe ich mal nachsehen, wo Monsieur le Commissaire und Mamsell Schmitz sind.«

Die Lampe stand einsam an der Tür und spendete düsteres Licht in beiden Räumen. Bruck erkannte schnell, dass keine Gefahr mehr bestand. Der Commissar hatte die kleine Mamsell entwaffnet, und jetzt lag sie in seinen Armen und weinte. Gut so. Der Schreck musste heraus. Überhaupt waren die beiden ein schönes Paar. Bruck riss sich von dem Anblick los und entschied, ihnen noch ein bisschen Zeit zu geben. Er drehte sich um und betrachtete inzwischen die beiden Kaufmannssöhne. Seltsame Bürschchen. Der Lange war so wütend, dass nur noch Blitze aus seinen Augen sprühten, insbesondere wenn er durch die offene Tür in den Lagerkeller blickte. Der Kleinere war nahezu apathisch und schien in einer anderen Welt zu sein, die ihm aber auch nicht sonderlich gefiel, seinem missmutigen Gesichtsausdruck nach zu urteilen.

»Bringen Sie sie bitte ins Arresthaus«, sagte Jakob zu Deyter und Klöckner.

Er war mit Anna in den Weinkeller getreten und beleuchtete nun die beiden Gefangenen.

»Ich werde mich morgen um sie kümmern. Jetzt bringe ich Mamsell Schmitz erst einmal zu ihrer Familie zurück.«

Anna blickte ungläubig auf die beiden jungen Männer. Reichart versuchte sich loszureißen, aber Klöckner hielt ihn mit eisernem Griff fest.

»Ihr wart das?«, fragte Anna. »Aber warum denn? Was habe ich euch getan?«

Reichart schüttelte den Kopf und schwieg, Bausch reagierte gar nicht. Anna ging an ihnen vorbei zur Kellertreppe, ohne sie noch eines Blickes zu würdigen, und lief hinauf. Jakob und Bruck folgten ihr. Oben stand Madame Reichart und hatte nun doch etwas von ihrer Fassung eingebüßt.

»Anna!«, rief sie. »Was machst du hier? Und wie siehst du aus? Du bist ja ganz schmutzig.«

Anna runzelte nur die Stirn und blickte an ihr vorbei zum Dienstmädchen, das an der offenen Haustür stand.

»Hast du mir Essen gebracht? Und Wasser?«, fragte sie.

Das Dienstmädchen nickte kleinlaut.

»Wieso hast du mich nicht freigelassen?«

Das Dienstmädchen riss erschrocken die Augen auf und warf einen angstvollen Blick auf Peter Reichart, der nun gefesselt aus der Kellertür trat.

»Ach so, ich verstehe«, sagte Anna nur.

Der peinliche Peter. Als jähzorniges Kind hatte er andere nur in den Dreck geschubst. Wer wusste schon, wozu er jetzt als Erwachsener in der Lage war.

Madame Reichart schrie auf.

»Was machen Sie mit meinem Sohn? Wo wollen Sie ihn hinbringen?«

»Ins Arresthaus. Er ist verhaftet wegen Mordes, wahrscheinlich sogar an zwei Personen, und Entführung einer weiteren Person«, informierte Jakob sie.

Da fiel Madame Reichart in Ohnmacht.

Von der Berger Straße zum Rathaus war es nicht weit, aber genau dazwischen lag die Marktstraße. Als Jakob und Bruck mit Anna an einer bestimmten Bäckerei vorbeigingen, blieben sie nicht ungesehen. Martha kam herausgelaufen.

»Du liebe Zeit, Berni«, sagte sie zu ihrem Bruder, der am liebsten im Boden versunken wäre, »wen habt ihr denn da?«

Sie musterte Anna, die sich fester in ihr fleckiges und schmutziges rotes Umhängetuch wickelte.

»Aber ich kenne Sie doch! Anna Schmitz. Um Gottes willen, Kindchen, was ist denn mit Ihnen passiert?«

Martha wollte zu Anna stürzen, aber Jakob konnte sie gerade noch aufhalten.

»Vorsicht, Madame«, rief er, »sie ist sehr schwach. Sie war zwei Tage in einem Keller eingesperrt.«

»Nein!«

»Doch«, übernahm Bruck. »Leider. Weißt du, Martha, wir finden nicht nur Mörder, wir finden auch Entführungsopfer.“

»Sie war entführt? Ach! Von wem denn?«

»Reichart junior.«

»Nein!«

»Doch. Das dürfte ich dir gar nicht sagen, aber na ja, in ein paar Stunden weiß es sowieso die ganze Stadt.«

Martha schaute ihrem Bruder fest in die Augen.

»Heißt das, das weiß noch niemand? Und wenn du es mir erzählst, dann darf ich es auch weitersagen?«

Bruck zuckte die Schultern. »Wenn du unbedingt willst, ja.«

»Monsieur le Commissaire? Stimmt das?«

»Wenn Bruck das sagt«, grinste Jakob, »kann ich ja nichts dagegen haben, Madame.«

Martha bedachte alle mit einem strahlenden Lächeln.

»Frische Röggelchen gibt es morgen. Kommt einfach vorbei. Aber jetzt muss ich mal eben zu Minna. Ihr entschuldigt mich.«

Und weg war sie. Jakob sah, dass Anna lächelte.

»Ich mag Ihre Schwester«, sagte sie zu Bruck. »Und Sie auch.«

Man konnte den Eindruck haben, dass der Polizeidiener gerade ein Stückchen größer geworden war. Jedenfalls strahlte er über das ganze Gesicht.

»Kann ich Sie auch bei Ihnen zu Hause befragen, Mamsell Schmitz?«, wollte Jakob wissen, als sie auf dem Marktplatz angekommen waren. »Es wäre wichtig, zu wissen, an was Sie sich erinnern können. Es dauert in jedem Fall nicht lange.«

»Nein, nein«, antwortete Anna. »Zu Hause möchte ich lieber gar nicht mehr daran denken.«

Im Amtszimmer setzten sie sich auf die Stühle um den Tisch. Jakob legte die silberne Kette vor Anna. Sie nahm sie in die Hand, las die beiden Wörter und schaute den Commissar fragend an.

»Ist das von Jacques? Ein Geschenk?«

Jakob nickte. »Ich nehme es an. Sie haben es also noch nie zuvor gesehen?«

Anna schüttelte den Kopf. »Nein. Aber weil es die Worte sind, die er mir letztes Mal gesagt hat ...«

»Ja«, nickte Jakob. »Ich hatte die gleiche Idee.«

»Ich auch«, sagte Bruck. »Deshalb habe ich meinen Kollegen gesagt, sie sollen auf dem Rückweg vom Arresthaus noch einmal den Keller durchsuchen. Ich hoffe, sie finden Bonnards Sachen.«

»Bruck, Sie sind ein Genie.«

Bruck wehrte lächelnd ab. Jakob wandte sich wieder an Anna.

»Sagen Sie, Mamsell Schmitz, wie ist es eigentlich Reichart gelungen, Sie aus Ihrem Zimmer zu entführen?«

»Ich weiß gar nicht, wer es war«, erzählte Anna. »Ich war an dem Morgen im Zimmer meines Bruders. Das mache ich öfter. Ich versuche einfach, seinen Tod zu begreifen.« Sie schloss kurz die Augen und holte Luft. »Als ich wieder in mein Zimmer ging, muss jemand hinter der Tür auf mich gewartet haben. Ich habe jedenfalls niemanden gesehen, als ich die Tür öffnete. Derjenige hielt mir von hinten etwas Klatschnasses vors Gesicht, und ich habe eine Menge schlecht schmeckendes Wasser geschluckt. Dann weiß ich nichts mehr. Ich bin im

Dunkeln wach geworden. Irgendwo durch ein paar Ritzen in der Holzdecke über mir fiel ein wenig Licht herein. Da habe ich die Messer und Klingen entdeckt und mich gefragt, wer so dumm ist, mich in einem Keller voller Waffen einzusperren.«

»Haben Sie an Reichart gedacht?«, fragte Jakob. »Immerhin kennen Sie ihn schon lange und wissen, womit sein Vater handelt.«

Anna schüttelte den Kopf. »Den Keller hatte ich noch nie gesehen, und Eisenwaren verkaufen mehrere Händler in der Stadt. Ich war mir nicht sicher. Ich habe auch keinen von den Reicharts gesehen. Eine Frau mit einer jungen Stimme hat mir Essen und Wasser durch den Türspalt geschoben. Es war ja das Dienstmädchen, wie ich jetzt weiß.«

»Noch eine Frage, dann sind Sie für heute erlöst«, sagte Jakob. »Wie kann ein Entführer eigentlich ungesehen in Ihr Zimmer kommen?«

»Über den Hof und die Hintertreppe. Die Tür unten zum Hof ist selten abgeschlossen, eigentlich nie. Wir schließen ja immer das große Tor, da kann niemand rein. Da konnte bisher niemand rein«, verbesserte sie sich.

»Also muss jemand sehr früh am Morgen bei Ihnen gewesen sein, der sich auskennt?«

»Das glaube ich auch.« Anna nickte müde.

»So, Bruck«, sagte Jakob und stand auf, »Sie gehen jetzt zu Hofrat Beuth und berichten Pauline oder Mamsell Mertens, dass Mamsell Schmitz wieder da ist. Sie sollen umgehend den Hofrat informieren, damit er sich keine Sorgen mehr macht. Ich bringe in der Zeit Mamsell Schmitz nach Hause.«

In der Bolkerstraße klopften sie an die Haustür. Rosa öffnete und riss die Augen so weit auf, dass sie fast herauskullerten. Sie fiel Anna um den Hals, lachte und weinte auf einmal und konnte sich gar nicht beruhigen. Die alte Köchin kam, um nach dem Tumult zu sehen, und schloss Anna in die Arme.

»Komm, Anna-Kind«, sagte sie. »Du brauchst was Warmes. Kommen Sie auch mit, Monsieur le Commissaire. Rosa, du gehst nach oben und sagst Bescheid, dass Anna wieder da ist.«

»Wie geht es meinem Vater?«, fragte Anna besorgt und lief zur Treppe.

Die Köchin hielt sie fest. »Bleib hier, Anna-Kind. Du brauchst erst ein Bad. Wenn Dein Vater dich so sieht, dann regt er sich nur wieder auf. Sonst geht es ihm ganz gut. Eine von den Nonnen pflegt ihn. Es wurde zu viel für deine Großmutter. Sie kommt aber später noch einmal vorbei.«

Dann saßen sie alle um den großen Tisch in der Küche. Anna ließ sich die heiße Suppe schmecken und erzählte. Jakob hatte sich dazusetzen müssen und auch einen Teller bekommen. Er nahm den Löffel in die Hand, aber eigentlich wollte er nur Anna zuhören und beobachten, wie sie erzählte. Es schien, dass mit jedem Wort aller Kummer aus ihr herausfloss. Ihre Augen begannen zu strahlen, und sie konnte wieder richtig lächeln. Als Jakob sich schließlich verabschiedete, fiel Anna ihm einfach um den Hals, und er hielt sie fest. Rosa legte den Kopf schief und beobachtete die beiden hingerissen, die Köchin faltete zufrieden die Hände über dem Bauch und lächelte ihr breitestes Lächeln. Und dann war der Commissar fort. Rosa schleppte Wasserkannen und machte sich daran, ein heißes Bad für Anna vorzubereiten.

»Na, dann ist es eben ein Commissar und kein Kaufmann, Anna-Kind«, sagte die alte Köchin schmunzelnd, während sie die Teller abräumte.

Donnerstag, 31. Oktober 1811

Jakob und Bruck machten sich früh am nächsten Morgen auf den Weg zum Arresthaus an der Akademiestraße. Von Ferne hörten sie das »Haarüh!« des Dreckmichels, und auch Gumpertz saß wieder in der Gosse und schmetterte unverdrossen sein »*Ça ira! Ça ira!*«.

»Wir müssen heute unbedingt herausfinden, wer von den beiden Söhnen ein Mörder ist«, sagte Jakob, während sie sich einen Weg durch die vielen Menschen bahnten.

»Vielleicht haben sie ja auch zusammengearbeitet«, vermutete Bruck.

Er blieb stehen und hörte dem verrückten Alouisius zu, der mitten in Gumpertz' Lied die Namen aller Marschälle des französischen Kaiserreichs aufzählte.

»Berthier – Murat – Moncey – Jourdan – Masséna – Augereau – Bernadotte – Ney …«, krähte er, hüpfte und tanzte dazu auf einem Bein, und als er alle achtzehn Namen aufgesagt hatte, fing er wieder von vorne an.

Jakob war weitergegangen, und Bruck beeilte sich, ihn einzuholen.

»Das ist gut, wenn Alouisius jetzt auch da ist«, sagte er zu Jakob. »Der eine singt ein Revolutionslied, der andere zählt alle kaiserlichen Marschälle auf – das gleicht sich doch irgendwie aus, oder nicht, Monsieur le Commissaire?«

Jakob hörte gar nicht zu. »Ich habe viel über die Fälle nachgedacht. Ich glaube, jeder von ihnen hat einen Mord auf dem Gewissen. Das will ich heute herausbekommen. Und das wird nicht leicht. Man bekommt sie nicht so schnell zum Reden. Wir haben sie doch gestern erlebt, Bruck. Der eine ist wütend, der andere sagt nichts.«

Bruck nickte. »Ich weiß, was Sie meinen, Monsieur le Commissaire. Und sie sind beide so hochnäsig! Der eine hat gestern sogar ›Wicht‹ zu mir gesagt.«

Bruck war immer noch beleidigt, und nur die Erinnerung an seine Säbelspitze unter dem Kinn des Halunken stimmte ihn milder.

»Genau das meine ich«, nickte Jakob. »Aber sie werden uns kennenlernen!«

In Gedanken versunken gingen sie weiter, bogen von der Marktstraße in die Rheinstraße ab, wo nicht mehr so viele Menschen wimmelten.

»Monsieur le Commissaire?«

»Ja, Bruck?«

»Haben Sie Lampenfieber? Ich meine, nicht so wie im Theater, aber so ähnlich?«

Jakob blieb abrupt stehen und sah Bruck in die Augen.

»Das wissen Sie, und das weiß ich, aber sonst niemand. Haben wir uns verstanden, Bruck?«

Bruck nickte völlig verdattert mit dem Kopf. So streng hatte der Commissar noch nie mit ihm gesprochen. Aber Jakob war noch nicht fertig.

»Jetzt geht es nicht mehr um einfaches Rätsellösen. Jetzt geht es darum, einen Mörder zu überführen, was nach unserem Recht bedeutet, dass er wohl selbst den Tod erleiden wird. Da will ich keinen Fehler machen. Das ist einfach zu ernst. Und dann habe ich immer … nun ja, Lampenfieber ist wohl gar nicht so falsch.«

»Ich will es ja auch niemandem erzählen«, beteuerte Bruck. »Ich meine ja nur. Wenn es nämlich so ist, wollte ich sagen, dann kann ich Sie verstehen. Und ich bin ja auch noch da. Wir schaffen das schon.«

»*Ça ira*, was, Bruck?«, lächelte Jakob und legte dem Polizeidiener eine Hand auf die Schulter. »Danke, Bruck. Sie sind ein feiner Kerl. Und nun kommen Sie.«

Das Arresthaus war ein Teil des ehemaligen Palais Hondheim an der Akademiestraße. Direkt am alten Berger Hafen erstreckten sich nun seit hundert Jahren die beiden Gebäudevierecke des Palais mit ihren Innenhöfen von der Hafenstraße bis zum barock verzierten Rheintor. Jan Wellem hatte das Palais noch für seine kurfürstlichen Behörden bauen lassen, dann hatte der Direktor der Behörden, Freiherr von Hondheim, das Gebäude kurzzeitig besessen. Im Jahr zuvor war die kurfürstliche Kunstakademie nach fast dreißig Jahren aus dem Flügel an der Hafenstraße ausgezogen, um Platz zum Wohnen und Arbeiten für den Innenminister des Großherzogtums zu schaffen. Vagedes hatte den Flügel verschönert und insbesondere den großen Festsaal mit anmutigen klassizistischen Stuckreliefs an Wänden und Decke und mit dem französischen Adler über den Türen versehen. Da man erwartete, dass Napoleon auch das Innenministerium besuchen würde, hatte Vagedes die Fassade bereits in ein Spruchband verwandeln lassen. Unter einer Reihe von Sternen in den Fenstern des zweiten Stocks las man nun im ersten Stock und im Erdgeschoss »Napoleon Magnus«, zusammengesetzt aus einem großen Buchstaben pro Fenster. Der Gebäudeflügel am Rheintor war nicht so herausgeputzt. Seine Fenster waren vergittert, denn dort war das Arresthaus.

Als Jakob und Bruck es durch das Tor in der Akademiestraße betraten, kam ihnen Dr. Brewer entgegen.

»Guten Morgen, Messieurs«, sagte er grinsend, »da sind Ihnen ja zwei schöne Fische ins Netz gegangen. An denen werden Sie noch Freude haben.«

»Wieso?«, fragte Jakob alarmiert. »Ist etwas passiert?«

»Nicht direkt«, beruhigte Brewer ihn, »Reichart muss wohl heute Nacht ein bisschen randaliert haben. Ich habe ihm etwas zur Beruhigung gegeben. Aber seien Sie vorsichtig, er schäumt innerlich immer noch.«

»Das ist vielleicht gar nicht so schlecht«, meinte Jakob. »Zornige Menschen sagen schnell etwas, wenn sie besser schweigen würden. Danke für den Hinweis, Doktor.«

Brewer wünschte viel Erfolg, ging aus dem Tor und bog eilig in Richtung des Krankenhauses ab. Ein Wachmann brachte Jakob und Bruck zu einem Vernehmungsraum mit Tisch und Stühlen und bat sie, zu warten.

»Seltsam«, sagte Jakob, »ich hätte geschworen, Untersuchungsrichter Meyerhold wäre bei dieser ersten Vernehmung dabei. Aber vielleicht interessiert es ihn ja erst, wenn wir einen geständigen Täter haben.«

Kaum hatte er es gesagt, öffnete sich die Tür, und der Untersuchungsrichter betrat den Raum. Jakob und Bruck standen auf und begrüßten ihn.

»Guten Morgen«, wünschte Meyerhold und setzte sich an den Tisch. »Nehmen Sie ruhig wieder Platz. Danke für die Protokolle, Monsieur le Commissaire. Ich habe sie gestern Abend noch gelesen. Ich bin jetzt zwar umfassend informiert, aber ich würde Sie bitten, die Vernehmung zu führen. Es ist Ihr Fall. Ich höre zu und stelle ab und zu auch eine Frage, wenn Sie einverstanden sind.«

Jakob schluckte sein erneut aufkommendes Lampenfieber herunter und wunderte sich über den Richter. Er war nicht wiederzuerkennen. Er war hellwach, konzentriert und strahlte aus, dass man ihn besser nicht täuschen sollte. Das musste sein professionelles Gesicht sein.

»Ja, sicher, gerne«, sagte Jakob.

Und dann wurde Reichart hereingeführt.

In der Residenz auf der Mühlenstraße knisterte die Luft vor Spannung. Zumindest kam es Jacques Claude de Beugnot so vor, als er aufstand, um zum wiederholten Male ein paar hektische Schritte durch das Zimmer zu gehen. Wie immer brauchte er Bewegung gegen seine Nervosität. Morgen war der große Tag. Nun ja, nicht ganz, denn die Späher hatten berichtet, dass morgen erst die Kaiserin käme, und zwar von der linken Rheinseite her, der Kaiser würde noch in Wesel bleiben und ihr am Samstag folgen. Aber dann! *Enfin!* Endlich! Inzwischen war er froh, wenn er diese Prüfung hinter sich hätte. Wenn der Besuch vorbei wäre. Immer wieder dachte er darüber nach, was er vergessen haben könnte. Kleinigkeiten, Selbstverständlichkeiten übersah man so leicht. *Mon Dieu!* Wenn man sich nicht selbst um alles kümmerte!

Er nahm ein Papier von seinem Tisch und las. Wünsche an Napoleon. Wünsche für Düsseldorf, die viel Geld kosteten. *Eh bien,* man würde sehen, wie viel davon verwirklicht werden könnte. Punkt eins und zwei, eine neue Residenz und ein neues Präfekturhaus. Die Residenz war gar keine Frage und das Präfekturhaus – da hatte von Borcke recht. Nesselrode-Ehreshovens Gastfreundschaft in allen Ehren, aber man konnte nicht ewig die Hälfte seines Palais auf der Schulstraße für die Präfektur benutzen. Und was noch? Punkte drei bis fünf, Maire von Pfeil bat um ein neues Theater und zwei Schulgebäude – das war sinnvoll – und um die Erlaubnis für eine Klassenlotterie. Sie sollte den neuen Hafen und zwei Brücken über den Stadtgraben finanzieren helfen. Sehr gut. Die Bürger brauchten einen solchen Anreiz, dann kam das Geld schon herein.

À propos de l'argent. Alles drehte sich immer ums liebe Geld, gerade jetzt, wenn der Kaiser kam. Nicht umsonst war eine Gewerbeausstellung in der alten Kanzlei neben dem Rathaus geplant. Sieben verschiedene Standorte an Rhein, Wupper und Ruhr waren in der Hoffnung auf gute Geschäfte mit ihren Produkten vertreten. Tuch und andere Webereierzeugnisse, Eisenwaren von der Nähnadel bis zum Säbel und vieles mehr. Und die Fabrikanten brachten zweifellos wieder Petitionen mit, dass die Wirtschaftslage sich verbessern sollte, dass die Zölle gesenkt würden, dass man am besten gleich französisch würde. Das war natürlich untragbar bei einer Gewerbeausstellung. Man sollte seine Waren anpreisen und nicht versuchen, die kaiserliche Politik beeinflussen zu wollen. Überraschenderweise hatte Innenminister Nesselrode etwas Vernünftiges dazu angeordnet. Die Fabrikanten würden stumm bei ihren Waren zu stehen haben, wenn der Kaiser die Ausstellung besuchte, und über nichts als ihre Waren sprechen dürfen, falls der Kaiser sie dazu befragte. Das wäre dann einer der vielen Augenblicke, in denen er, Beugnot, sich freuen würde, wenn der Besuch vorbei war.

Man konnte nämlich nur beten und hoffen, dass die Fabrikanten sich an Nesselrodes Anordnung hielten. Und nicht gegen die Etikette verstießen. Noch so etwas, das ihm gar nicht gefiel. Es gab wieder strenge Vertreter *de l'Étiquette,* der Hofetikette, als hätte es die Revolution nie gegeben. Wenn es so weiterging, dann würde sie wieder so alberne Blüten treiben wie zu Zeiten von Louis XIV. Und da kam schon wieder das leidige Geld ins Spiel. Heerscharen von lächerlichen Hofschranzen ließen sich ihr überflüssiges Dasein bereits etwas kosten, und sie wurden darin immer mutiger – bezahlt wurde es ja von anderen. Seine Rheinländer hier im Großherzogtum würden es bemerken und sich wohl nicht so lange wie sonst mit Hohn und Spott begnügen. Warum nur befürchtete er in letzter Zeit so oft Aufstände und Unruhen? Saßen sie hier auf einem Pulverfass? Und dann auch noch Roederers Ankündigung eines neuerlichen Krieges. Nun, er, Beugnot, hatte alles getan, um die Sicherheit des Kaisers zu gewährleisten. Aber würde das ausreichen? *Ah, mon Dieu!* Wenn doch der Besuch erst vorbei wäre!

Der Wärter stieß Reichart auf einen Stuhl, legte Stock und Daumenschrauben vor Bruck auf den Tisch und stellte sich selbst neben den Ausgang. Immer noch waren die Hände des Gefangenen in Handschellen gefesselt, wenn auch nicht mehr auf dem Rücken. Die Handschellen waren bitter nötig, denn die wütenden Blicke, die Reichart jetzt dem Commissar zuwarf, versprachen nichts Gutes.

»Guten Morgen, Monsieur Reichart«, begrüßte Jakob ihn trotz allem höflich. »Ich darf Ihnen die anderen Anwesenden vorstellen, Monsieur le Juge Meyerhold und Polizeidiener Bruck, an den Sie sich vielleicht noch erinnern. Er wird sich Notizen während unseres Gesprächs machen.« Für beide hatte Reichart nur finstere Blicke übrig. »Zunächst brauche ich die Angaben zu Ihrer Person. Name? Geboren? Wohnhaft? Bitte notieren Sie alles auf diesem Papier und unterschreiben Sie es. Dann haben wir auch die nötige Schriftprobe von Ihnen.«

Reichart warf Richter Meyerhold einen empörten Blick zu, als erwarte er, dass er den Commissar zur Raison rufen würde.

Aber Meyerhold beobachtete ihn aufmerksam durch halb geschlossene Lider und würde ihm keine Hilfe sein, wie Reichart schnell feststellte. Er kam seufzend der Aufforderung nach, was ihm mit Handschellen nicht ganz so leichtfiel, und schob dem Commissar den Zettel wieder zu.

»Peter Reichart«, las Jakob laut vor, »geboren 1790, wohnhaft in Düsseldorf, Berger Straße, Unterschrift. Gut. – Nun, Monsieur Reichart, können Sie mir sagen, wo Sie am Abend des 15. Oktober waren und was Sie da gemacht haben?«

»Woher soll ich das wissen? Das war vor über zwei Wochen.«

Reichart versuchte, die Arme trotzig vor der Brust zu verschränken, aber wegen der Handschellen gelang ihm das natürlich nicht. Er verdrehte die Augen, legte die Hände in den Schoß und blickte an Jakob vorbei auf die leere Wand hinter ihm.

»Nun, vielleicht hilft es Ihnen weiter, wenn ich Ihnen sage, dass damals ein Mord passiert ist?«, fragte Jakob.

»Was für ein Mord? Ich habe keine Ahnung.«

Jakob lächelte. Reichart antwortete ruppig, aber er redete immerhin und versuchte sogar, den Commissar aus dem Konzept zu bringen, indem er ihn einfach nicht ansah. Nun, Jakob hatte es durchschaut, deshalb verfehlte es seinen Zweck.

»Monsieur Reichart«, sagte Jakob gelassen, »kommen Sie, das glaubt Ihnen doch kein Mensch.«

»Ich weiß nicht, wovon Sie reden. Ich habe niemanden ermordet.«

»Dann will ich Ihnen mal erzählen, was ich glaube.« Jakob lehnte sich zurück, blickte aus dem Fenster und erzählte Reichart den an einigen Stellen durchaus fantasievollen Tathergang. Vielleicht würde das Reichart aus der Reserve locken, wenn er wirklich der Täter war. »Am Abend des 15. Oktober haben Sie sich mit anderen im Stall der Gaststätte ›Zum Luftballon‹ getroffen.

Es war nicht das erste Mal, denn Sie und diese anderen haben sich schon länger der Schmuggelei verschrieben.«

Reicharts hastige Bewegung sah Jakob aus dem Augenwinkel, wandte den Kopf und blickte ihm direkt in die Augen. Reichart starrte sofort wieder die Wand an. Jakob spürte, dass er auf dem richtigen Weg war, und sprach weiter.

»Um Schmuggelei geht es uns heute aber nicht. Es geht um den Mord an einem unschuldigen Franzosen, einem kaiserlichen Boten, was den Frevel noch erhöht, denn die stehen unter dem besonderen Schutz des Kaisers. Was haben Sie sich dabei gedacht? Sie haben ihn vor dem Stall niedergeschlagen, sodass er zusammenbrach. Warum?«

Reichart presste die Lippen zusammen.

»Ich glaube, dass Sie Angst davor hatten, als Schmuggler entlarvt zu werden. Aber dann musste der Franzose unbedingt vom Stall verschwinden. Auf keinen Fall sollte er schnell entdeckt werden. Sie sind groß und kräftig. Sie haben den kleineren und leichteren Mann also über die Straße getragen und über die Hecke auf eine Wiese geworfen, in der Hoffnung, dass man ihn nicht so schnell findet. Ärgerlich war nur, dass alle Hecken am Reiseweg Napoleons auf zwei Fuß Höhe heruntergeschnitten worden sind, damit sich kein Attentäter dahinter verbergen kann. Und so bot die Wiese hinter der Hecke auf die Dauer leider gar kein so gutes Versteck. Aber Sie haben Bonnards Tasche an sich genommen, die Auskunft über ihn geben konnte. Ein Namenloser lag jetzt also auf der Wiese, den hier niemand vermissen würde. Habe ich recht?«

Reichart zeigte keine Reaktion, starrte nur weiter vor sich hin. Bruck begann, die Daumenschrauben auf dem Tisch hin und her zu schieben, aber der Gefangene blieb unbeeindruckt. Jakob schüttelte leicht den Kopf, worauf Bruck seine Hände zurückzog und sich wieder auf seine Notizen konzentrierte.

»Er lebte noch«, erzählte Jakob weiter, »als Sie ihn auf die Wiese gebracht haben, wussten Sie das? Er hätte mit gehörigen Kopfschmerzen ein paar Stunden später sein Ziel erreichen können. Er ist aber gestorben, weil er mit dem Hinterkopf auf einen Stein aufschlug, als Sie ihn über die Hecke geworfen haben. Und dafür wartet die Guillotine auf Sie.«

Reicharts Augen weiteten sich entsetzt, aber wieder schüttelte er nur den Kopf. Jakob begann sich zu wundern, denn die Androhung der Todesstrafe lockte jeden Angeschuldigten aus der Reserve.

»Hat Theodor Bausch Ihnen geholfen?«, fragte da plötzlich Richter Meyerhold. »Er war sicher mit von der Partie, Sie machen doch immer alles zusammen.«

Reichart fuhr wütend herum und starrte den Richter an. »Der war doch gar nicht dabei, als …«

Im selben Augenblick merkte er, dass dieser Satz fatal war. Er sank in sich zusammen, und seine Wut verrauchte. »Ich war doch allein.«

»Nein«, widersprach Jakob und beugte sich gespannt vor, »das waren Sie nicht. Friedrich Schmitz war dabei. Erinnern Sie sich?«

Reichart knirschte mit den Zähnen. »Lassen Sie Friedrich aus dem Spiel«, zischte er zornig, sofort wieder aufgebracht.

Jakob lehnte sich zurück und hatte plötzlich eine Idee. War das möglich?

»Gerne, aber eine andere Version der Geschichte sieht folgendermaßen aus. Friedrich hat den Franzosen niedergeschlagen, was er seiner Schwester übrigens auch so erzählt hat. Sie haben gesehen, dass er völlig außer sich war, weil er den Franzosen für tot hielt. Er fing an, Lärm zu machen, zu jammern und panisch zu werden. Und was machen Sie, wenn jemand an einem für Sie gefährlichen Ort dermaßen die Contenance verliert? Sie brausen schnell auf. Sie haben ihm also einen Kinnhaken versetzt, der ihn ohnmächtig werden ließ. Und dann? Was war dann?«

Reichart seufzte laut auf, fast klang es wie ein Schluchzen. »Friedrich lag da. Ich habe mir Sorgen um ihn gemacht. Anna hätte mir nie verziehen, wenn ich ihm nicht geholfen hätte, obwohl er da schon ein Mörder war. Ich habe dann den Franzosen zur Wiese gebracht – ich schwöre, er war tot, ganz bestimmt – und habe Theodor aus der Versammlung im Stall geholt. Die anderen haben nichts gemerkt. Sie haben sich gerade über irgendwas gestritten. Wir haben Friedrich in einen Handkarren gelegt, der neben dem Stall stand, und ihn nach Hause gefahren. Theodor hat der Wache am neuen Flinger Tor erzählt, dass Friedrich zu tief ins Glas geschaut hätte. Die Wache hat uns nicht weiter behelligt. Es war ganz einfach, ihn nach Hause zu bekommen und wie einen Betrunkenen vor die Tür zu legen. Man sollte ihn nicht mit dem toten Franzosen in Verbindung bringen. Und auf dessen Tasche habe ich gar nicht mehr geachtet.«

»Haben Sie den Toten erkannt? Jacques Bonnard?«, fragte Jakob. »Er war ja zuvor schon öfter in der Stadt gewesen.«

Reicharts Mund bekam einen harten Zug. »Ja. Er hat sich an Anna herangemacht. Ich fand das nicht gut. Anna gehört mir. Aber es wäre mir nie in den Sinn gekommen, ihn deswegen zu ermorden. Das habe ich ja auch nicht. Er war tot, als ich ihn über die Hecke geworfen habe. Er hat schon am Stall keinen Mucks mehr von sich gegeben. Ehrlich.«

»Sie sollten nicht einfach irgendetwas behaupten«, warf Richter Meyerhold dazwischen. »Es wird nicht richtiger, wenn Sie es immer wieder sagen. Dr. Brewer – übrigens ein sehr guter Polizeiarzt – hat uns bestätigt, dass der Schlag auf den Kopf nicht tödlich war, erst die Verletzung am Hinterkopf. Glauben Sie mir, Sie haben einen Mord begangen. Und vor lauter schlechtem Gewissen haben Sie dann sogar Bonnards Begräbnis bezahlt.«

In Reicharts Augen war Panik zu sehen. Schnell stellte Jakob die nächste Frage, bevor er sich wieder fassen konnte.

»Haben Sie dann auch Friedrich ermordet, weil er doch zur Polizei gehen wollte?«

Reichart brachte kaum ein Quieken zustande. »Nein, natürlich nicht. Ich habe ihn nicht ermordet.«

»Warum haben Sie eigentlich Mamsell Schmitz entführt?«, wollte Meyerhold wissen. »Sie ist ja bei Ihnen im Keller gefunden worden.«

Jakob feuerte sofort die nächste Frage hinterher. »Warum haben Sie sich die Mühe gemacht, Mamsell Schmitz überhaupt zu entführen? Sie gehört Ihnen doch sowieso schon, wie Sie eben einfach kühn behauptet haben.«

Reichart blickte hastig von einem zum anderen. »Zu ihrem Schutz. Es war nur zu ihrem Schutz«, krächzte er.

Jakob wechselte einen Blick mit dem Untersuchungsrichter. Über diese Aussage musste er erst einmal nachdenken. Das würde auch Reichart guttun.

»Ich breche die Vernehmung hier ab. Wir fahren zu einem späteren Zeitpunkt fort.«

Der Wärter führte den protestierenden Reichart ab. Meyerhold wandte sich Jakob zu.

»Das war gut«, sagte er und zog seine Uhr hervor. »Oh, schon so spät. Ich denke, wir treffen uns am frühen Nachmittag, sagen wir um zwei Uhr, wieder hier zur nächsten Vernehmung mit Theodor Bausch. Ich erwarte übrigens Ihre Vernehmungsprotokolle noch heute Abend.«

Meyerhold nickte grüßend und ging aus dem Raum. Jakob ließ sich wieder auf seinen Stuhl fallen und rieb mit beiden Händen über sein Gesicht.

»Er hat sie zu ihrem Schutz entführt. Was soll das denn heißen? Verstehen Sie das, Bruck?« Der schüttelte den Kopf. »Ich auch noch nicht. Das ist aber wichtig, ich weiß es.« Jakob fuhr sich noch einmal über das Gesicht. »Ich muss dringend nachdenken. Und wenn ich vorher kein Röggelchen von Ihrer Schwester bekomme«, stöhnte er, »dann falle ich um.«

Bruck sprang auf. »Dann kommen Sie, Monsieur le Commissaire.«

Als Jakob und Bruck kurz vor zwei Uhr zum Arresthaus zurückkamen, verließen gerade Reichart und Bausch senior das Haus. Reichart ging sehr aufrecht und sprach erregt auf den kleineren Bausch ein, der immer wieder den Kopf schüttelte und sehr betroffen zu sein schien. Sie nahmen den Commissar und den Polizeidiener gar nicht wahr, so sehr waren sie in ihr Gespräch vertieft. Wortfetzen wie »borniert«, »Geld«, »Unverschämtheit« erreichten Jakob und Bruck jedoch. Als sie den Vernehmungsraum betraten, saß dort bereits Untersuchungsrichter Meyerhold, der vergeblich versuchte, ein zufriedenes Lächeln aus seinem runden Gesicht zu verscheuchen.

»Haben Sie die Herren noch gesehen?«, fragte er. »Sie waren der Meinung, dass ihre Söhne unschuldig gefangen gehalten würden. Ich musste sie leider eines Besseren belehren und war zum allseitigen Erstaunen auch nicht mit Geld zu kaufen. Die Enttäuschung war herb. Offenbar haben sie noch nicht gemerkt, dass seit ein paar Jahren vor dem Gesetz alle gleich sind.«

»Aber man kann doch für jemanden bürgen«, wandte Bruck ein, »und der darf dann aus dem Gefängnis raus. Habe ich gehört.«

»Ja, aber nicht im Falle eines peinlichen Verbrechens«, belehrte Meyerhold den Polizeidiener, während sie sich wieder um den Tisch setzten. »Wir können doch einmal dingfest gemachte Mörder vor dem Urteilsspruch nicht gegen Geld frei herumlaufen lassen. Das wäre dann doch ein wenig zu blauäugig, so schnell, wie die sich dann aus dem Staub machen würden. – Ah, da kommt unser zweiter Verdächtiger.«

Theodor Bausch war das genaue Gegenteil seines Freundes Reichart. Aus seinen Augen sprühten keine zornigen Blitze, seine Bewegungen waren bedächtig, fast vorsichtig. Er glitt auf seinen Stuhl, legte die Hände in den Handschellen vor sich auf den Tisch und senkte den Kopf. Er sah aus wie ein reumütiger Sünder, dachte Jakob, aber das konnte auch alles Fassade sein. Nachdem Bausch die Angaben zu seiner Person auf ein Blatt Papier geschrieben hatte, begann die Vernehmung.

»Monsieur Bausch«, sagte Jakob, »Sie sind hier, weil wir glauben, dass Sie einen Ihrer besten Freunde, Friedrich Schmitz, umgebracht haben. Was sagen Sie dazu?«

Bausch sagte nichts. Es war so, als säße er gar nicht am Tisch, als wäre er körperlich gar nicht anwesend.

»Es geht um Friedrich Schmitz«, versuchte es Jakob noch einmal, »den Sie seit Kindertagen kennen, mit dem Sie in letzter Zeit viel zu tun hatten, weil er auch zu Ihrer Schmugglerbande gehörte. Sie haben ihn sogar gerettet, als Sie denken mussten, er hätte einen Franzosen getötet, und ihn nach Hause gebracht. Friedrich, Ihren Freund.«

Jakob wartete, aber wenn er gedacht hatte, seine Sätze würden Bausch erreichen, hatte er sich geirrt. Er versuchte es weiter.

»Sie haben ihm die Kehle zugedrückt und ihn am Atmen gehindert, bis er starb. Warum, Monsieur Bausch? Hat er sich gewehrt? Hat er vorher um sein Leben gefleht? Oder hat er überhaupt nicht gemerkt, was mit ihm passierte, bis es passierte, weil Sie sich so schnell auf ihn gestürzt haben, dass er nicht mehr reagieren konnte? Er war ja arglos, denn er kannte Sie und erwartete nichts Böses von Ihnen. Was ist passiert, Monsieur Bausch? Und wie ist es passiert? Warum sind Sie zum Mörder geworden?«

Bausch zeigte keine Reaktion, noch nicht einmal bei dem Wort Mörder.

»Ich hätte nicht übel Lust, Sie durchprügeln zu lassen, bis Sie reden«, warf Meyerhold dazwischen. »So haben wir es früher gemacht und können es auch heute noch tun.« Er wies auf den Stock und die Daumenschrauben. »Aber ich weiß, dass Monsieur le Commissaire hier etwas dagegen hat. Sie haben so ein Glück!« Der Richter beugte sich vor. »Es sei denn, ich befehle, Sie zu züchtigen. Also reden Sie, das bekommt Ihnen besser.«

Bausch betrachtete den Stock auf dem Tisch mit abwesenden, fast gleichgültigen Augen und senkte wieder den Kopf.

»Nein«, sagte Meyerhold, »das hat keinen Zweck. Sie haben jetzt Zeit, über Ihr Verhalten nachzudenken, bis wir Sie wieder aus Ihrer Zelle holen lassen. Und, glauben Sie mir, bis jetzt haben Sie keinen guten Eindruck gemacht.« Er machte dem Wärter ein Zeichen. »Nehmen Sie ihn mit. Und danach möchte ich noch kurz mit Ihnen sprechen.«

Als der Gefangene abgeführt worden war, wandte sich Meyerhold an Jakob.

»Ein harter Brocken. Es ist doch immer wieder erstaunlich, wie sehr man in unseren Berufen darauf angewiesen ist, dass Menschen reden. Tun sie das nicht, hat man es schwer. Wir brauchen also eine andere Strategie. Und deshalb hoffe ich, der Wärter bestätigt mir gleich einen Verdacht.«

Es dauerte nicht lange, und der Wärter betrat wieder den Raum.

»Sagen Sie«, fragte Meyerhold, »haben Sie den Gefangenen alles abgenommen, was sie in den Taschen hatten – das machen Sie doch immer, oder nicht?«

Der Wärter nickte. »Ja, schon, nur bei Monsieur Bausch haben wir eine Medizin gefunden, die er unbedingt braucht. Die haben wir ihm natürlich gelassen.«

Meyerhold fuhr hoch. »Was? Haben Sie wenigstens Dr. Brewer darüber informiert? Damit er sich diese Medizin genauer ansieht?«

Der Wärter schüttelte ängstlich den Kopf. »Es war so viel los, wir haben hier Fieberkranke, da habe ich es vergessen.«

»Umgehend!«, befahl Meyerhold. »Und lassen Sie mir die Medizin bringen, wenn Brewer sie untersucht hat.«

Der Wärter lief eilig aus dem Raum, um die Befehle des Richters auszuführen.

»Was vermuten Sie?«, fragte Jakob. »Laudanum? Er ist ständig so verschlafen wegen Laudanum?«

Meyerhold nickte. »Ja. Und wenn er das nicht mehr hat, ist er wach, extrem gereizt und somit verwundbar. Wir warten den Feiertag morgen ab und kommen Samstag früh hierher. Mal sehen, ob er dann nicht von selbst redet. Wir knöpfen uns also beide noch einmal am Samstag vor.« Er blickte auf seine Uhr und stand auf. »Denken Sie an die Protokolle, Monsieur le Commissaire? Und für morgen wünsche ich Ihnen beiden einen schönen Feiertag. *Au revoir,* Messieurs.«

Bruck schaute verblüfft hinter Meyerhold her.

»Das hätte ich nicht gedacht. Der ist ja mit allen Wassern gewaschen. Aber, Monsieur le Commissaire, warum sorgt einer dafür, dass er ständig verschlafen herumläuft? Ich verstehe das nicht. Dann bekommt man doch auch nur die Hälfte von allem mit.«

»Das ist der Sinn der Sache, Bruck, deshalb auch Laudanum. Und es ist ja nicht verboten. Man bekommt es in jeder Apotheke als Schmerzmittel und zur Beruhigung.«

Bruck dachte angestrengt nach.

»Der arme Junge«, sagte er schließlich. »Er muss furchtbar viel Angst vor allem haben.«

Freitag, 1. November 1811

Es war zwei Uhr nachmittags, als die Kirchenglocken plötzlich läuteten und die Kanonen donnerten. Die Kaiserin, dachte Martha, jetzt ist sie mit der Fähre am Hafen eingetroffen. Plötzlich hatte sie es eilig, aus dem Haus zu kommen. Ihr Mann machte ein Mittagsschläfchen und ließ sich auch nicht von irgendwelchen Kaiserinnen davon abhalten. Schließlich war er Bäcker und würde mitten in der Nacht wieder aufstehen müssen, damit jeder am nächsten Tag sein Brot und seine Röggelchen bekam. Martha hatte aufgehört, mit ihm darüber zu debattieren, ob eine Kaiserin vielleicht Grund genug sein könnte, ein einziges Mal auf ein bisschen Schlaf zu verzichten. Das hatte er schon gar nicht mehr gehört, weil er bereits schnarchte.

Schon morgens hatten die Glocken alle in die Kirchen gerufen, um das Fest Allerheiligen zu begehen, eines der wenigen kirchlichen Feste, das die Franzosen überhaupt noch duldeten. Hier im katholischen Düsseldorf gab es sowieso nichts daran zu rütteln. Martha stapfte unmutig vor sich hin. Sie konnte sich noch gut daran erinnern, dass die Franzosen vor sieben Jahren sogar St. Antonius hatten abreißen wollen, als das Kloster an der Schulstraße geschlossen wurde. Da hatten die Düsseldorfer ihnen aber eingeheizt! Ihre lauten Proteste hatten das Gebäude gerettet. Zu Ehren ihres damaligen Kurfürsten Maximilian Joseph hatten sie die Kirche in St. Maximilian umgetauft. Und dann wurden die Stadt und das Herzogtum vom gleichen Kurfürsten an die Franzosen verschachert. Damit Napoleon ihn zum König von Bayern ernannte. Damit der Kurfürst für seine Franzosentreue belohnt wurde. Auf ihre Kosten! Martha war ihm deshalb noch heute böse, und es war doch schon fünf Jahre her. Er hatte sie alle hier in seinem Herzogtum schmählich im Stich gelassen. Jetzt war das Schloss am Burgplatz eine Ruine, in Jan Wellems Galerie hingen keine Bilder mehr, die Franzosen herrschten, und die Kaufleute klagten. Aber immerhin hatten sie die Maxkirche behalten.

In einiger Entfernung sah sie ihre Freundin Minna aus dem Haus treten. Auch sie wollte wohl zusehen, wie die Kaiserin durch die Stadt zum Jägerhof geleitet wurde. Minna winkte ihr zu und wartete auf sie.

»Ich will zur Alleestraße«, sagte sie, als Martha sie eingeholt hatte. »Da ist viel Platz, und man kann wenigstens einen guten Blick in die Kutsche werfen. Und du?«

Martha nickte. »Ich komme mit.«

Einträchtig liefen sie nebeneinanderher, drängten sich an viel zu vielen Menschen auf dem Marktplatz vorbei, gingen die Bolkerstraße hinunter und bogen in die Neustraße ein, hinter deren Häusern die Alleestraße lag. Auf dem Paradeplatz am Ende der Neustraße fanden sie einen guten Platz. Sie würden – und das war das mindeste – alles im Blick haben.

»Die Kaiserin ist so beliebt bei uns, weil sie eine Urenkelin von Kaiserin Maria-Theresia ist«, verkündete Martha ihr Wissen und schielte zu Minna hinüber, wie das wohl bei ihr ankam. »Alle jubeln hier im Rheinland, egal wo sie hinkommt.«

»Ah ja?«, fragte Minna zurückhaltend. »Sie ist eine Kaiserin, da muss man doch jubeln.«

»Das auch, aber nicht nur«, antwortete Martha geheimnisvoll.

Minnas Neugier musste langsam geweckt werden. Sie war nicht so schnell, das wusste Martha aus vielen Jahren des Zusammenseins.

»Nein?«, fragte Minna.

»Nein. Alle jubeln, weil sie eben die Urenkelin von Maria-Theresia ist und weil Maria-Theresia uns damals ihre österreichischen Truppen zu Hilfe geschickt hat. Gegen die Franzosen. Deshalb.«

»Hat ja nichts genutzt«, sagte Minna. »Jetzt sind wir französisch, und die Kaiserin Marie-Louise auch.«

»Trotzdem. Weißt du, wer die Großmutter von Maria-Theresia war?«

Minna überlegte eine Weile. »Also die Großmutter von der Urgroßmutter von unserer Kaiserin Marie-Louise?«, fragte sie schließlich. »Nein, wer denn?«

Martha schmunzelte. Wenn Minna so genau zuhörte, dann war es so weit. Dann wollte sie alles wissen.

»Eleonore von Pfalz-Neuburg«, sagte Martha triumphierend. »Die Schwester von Jan Wellem.«

»Nein!«

»Doch.«

»Woher weißt du das?«, fragte Minna durchaus skeptisch und doch ein wenig verärgert, dass sie es nicht zuerst gewusst hatte.

»Da war letztens der junge Lacomblet bei mir in der Bäckerei, und der vergräbt sich in solche Sachen. Der wusste das.«

»Dann ist die Kaiserin Marie-Louise ja …«, Minna dachte angestrengt über die Menge an Ur-ur-ur vor dem Wort Großnichte nach und nahm dabei sogar ihre Finger zu Hilfe, aber Martha kürzte die Sache ab.

»Ganz einfach. Eine von uns«, freute sie sich. »Und da kommt sie!«

Martha und Minna jubelten aus vollem Herzen – als die fünfzig berittenen Ehrengarden aus Düsseldorf und Elberfeld vorbeizogen, als die Abteilungen von Grenadieren und Lanciers zu Pferde und die berittene Gendarmerie vorbeizogen, als die Kutschen von Hofmarschall, Kammerherr, Leibarzt und der zehn Pagen und der vier Hofdamen vorbeizogen und besonders, als die Kutsche der Kaiserin vorbeizog. Alles ging so schnell, dass es schon vorüber war, bevor man sich richtig daran gewöhnt hatte.

»Hübsch«, nickte Minna. »Und ein bisschen stolz. Irgendwie unnahbar.«

»Ach was«, sagte Martha. »Sie ist einfach müde. Sie sitzt seit Holland jeden Tag stundenlang in der Kutsche. Das möchtest du auch nicht. Und nun komm, wir gehen wieder nach Hause.«

Einträchtig machten sie sich auf den Rückweg und sprachen angeregt über das Erlebnis. Sie hatten eine leibhaftige Kaiserin gesehen. Und dann auch noch eine von hier. Eigentlich.

Samstag, 2. November 1811

Jakob und Bruck trafen sich früh am Morgen mit Untersuchungsrichter Meyerhold im Arresthaus und setzten sich nach der gegenseitigen Begrüßung auf ihre Plätze an den Tisch. Vor Meyerhold stand eine kleine braune Apothekerflasche mit einer Flüssigkeit. Jakob zeigte darauf.

»Was sagt Dr. Brewer dazu?«, fragte er den Richter.

»Laudanum«, nickte Meyerhold, »Opiumtinktur, wie ich mir schon dachte. Ich habe übrigens darum gebeten, dass Bausch zuerst gebracht wird.«

Die Tür öffnete sich, und Bausch wurde hereingeführt. Sogar der Wärter ging nicht ganz so ruppig mit seinem Gefangenen um wie sonst. Bausch war nur noch ein Häufchen Elend. Er zitterte am ganzen Körper, seine Nase lief, und seine Augen tränten. Immer wieder riss er zwanghaft den Mund auf, um herzhaft zu gähnen. Er litt sichtbar. Als er das Fläschchen auf dem Tisch bemerkte, schossen seine gefesselten Hände vor, aber Meyerhold war schneller und nahm es vom Tisch.

»Setzen!«, befahl er.

Bausch ließ sich resigniert auf den Stuhl fallen. »Die Flasche!«, wisperte er heiser.

»Erst, wenn wir Ihre Aussage haben, Monsieur Bausch«, widersprach Jakob. »Es tut mir leid, dass es nicht anders geht. Aber Mamsell Schmitz hat mir erklärt, dass Sie für Ihren Zustand nichts können.«

»Anna? Wieso?«, krächzte Bausch.

»Nun, ich war nach Ihrer Vernehmung am Donnerstag noch bei ihr, um mich über Sie zu erkundigen.« Jakob hatte es nicht ausgehalten, Anna an diesem Tag nicht wenigstens kurz zu sehen, und hatte einen Vorwand gesucht, aber das musste Bausch nicht wissen. »Sie kennt Sie ja sehr gut, und sie hat gesagt, dass Ihre Mutter Ihnen immer ein paar Tropfen von ihrem Laudanum gegeben hat, damit Sie besser einschlafen, und das schon, als Sie ein Kleinkind waren. Ihre Mutter hat sie süchtig gemacht, Monsieur Bausch. Und Sie sind kein Einzelfall, falls Sie das irgendwie tröstet.«

»Nein«, sagte Bausch. »Aber es stimmt, ich komme ohne das Zeug nicht mehr aus. Manchmal hasse ich mich dafür.«

»Wie gesagt, es ist nicht Ihre Schuld. Können Sie mir beschreiben, was passiert, wenn Sie kein Laudanum mehr haben?«

»Das sehen Sie doch«, knurrte Bausch. »Mir geht es schlecht.«

»Und was noch?«

»Und was noch, und was noch«, äffte er Jakob nach. »Ich werde wütend. Ich zerschlage Dinge, ich werfe Sachen an die Wand, ich …«

»… erwürge Friedrich?«, fragte Jakob leise. »Und hänge ihn dann auf, damit es wie Selbstmord aussieht?«

Bausch zitterte jetzt in Schüben, als hätte er Schüttelfrost. Wieder warf er einen sehnsüchtigen Blick auf die kleine Flasche. Meyerhold nickte aufmunternd.

»Sagen Sie uns, was passiert ist, dann gebe ich Ihnen die Flasche wieder. Obwohl Sie besser daran täten, noch ein paar Tage durchzuhalten, denn dann ist es vorbei.«

Mit enormer Willensanstrengung versuchte Bausch, sein Zittern unter Kontrolle zu bekommen.

»Er wollte von mir wissen, was an dem Abend passiert ist.«

»An welchem Abend?«, fragte Jakob.

»Nun, an dem Abend, als wir im Stall beim ›Luftballon‹ waren. Als er den Franzosen erschlagen hat.«

»Hat er das?«

»Peter hat das gesagt. Ich bin also in der Nacht zu ihm. Mir ging es nicht gut, ich hatte keine Medizin mehr«, er wies mit dem Kinn auf die Flasche, »und eigentlich wollte ich gar nicht zu ihm, aber er hatte darauf bestanden. Er wollte mit mir im Lagerhaus im Hof reden, wo niemand etwas mitbekam, schon gar nicht seine Schwester. Er wollte die Dinge erst für sich klären. Er wollte seine Erinnerung zurück. Er wollte wissen, ob er wirklich ein Mörder war. Und genau das wusste ich nicht, ich war ja im Stall gewesen, ich hatte ja nichts von alldem gesehen. Ich habe die Tasche des Toten mitgenommen, ich hatte gehofft … Aber noch nicht einmal daran konnte er sich erinnern.«

Erneut versuchte Bausch, seinen Schüttelfrost in den Griff zu bekommen. Es gelang ihm nicht. Er seufzte tief, aber er sprach weiter.

»Er hat immer und immer wieder gefragt und gebohrt und gefragt, bis ich seine Stimme wie durch Watte gehört habe, und gleichzeitig hat sie so unerträglich in meinem Kopf gehallt. Da bin ich wütend geworden. Er sollte still sein, einfach nur still. Ich wusste doch auch nicht, wie es gewesen war. Ich konnte ihm nicht helfen.«

»Da haben Sie ihn erwürgt?«, fragte Jakob mit angehaltenem Atem.

»Ja.«

»Und ihn dann aufgehängt, in Panik, weil es wie Selbstmord aussehen sollte?«

»Ja.«

»Und die Tasche mit Bonnards Sachen? Und die Botschaft des Kaisers?«

»Das hatte ich vorher schon alles weggeworfen. Und die Tasche habe ich im Lagerhaus auf irgendein Regal gelegt. Noch ein Beweis für Friedrichs Schuld.«

Jakob warf Bruck einen Blick zu. Bruck verstand und nickte, wobei er sich ein kleines Grinsen gestattete. Sie hatten sich die ganze Zeit die Tat nur zusammengereimt. Aber sie hatten recht behalten.

»Noch eine letzte Frage, Monsieur Bausch«, sagte Jakob und hielt die Flasche fest, die Meyerhold dem Gefangenen hatte zuschieben wollen. »Können Sie sich erklären, warum Peter Reichart Mamsell Schmitz entführt hat und uns sagt, das hätte er zu ihrem Schutz getan?«

Bausch warf einen gierigen Blick auf Jakobs Hand.

»Sie wollte noch mal zur Polizei. Sie hat geahnt, wer ihren Bruder umgebracht hat. Sie hat uns verdächtigt, Peter und mich.« Er zuckte die Schultern. »Sie wurde gefährlich. Peter wollte auch nicht, dass sie zu Ihnen geht und alles ausplaudert. Und da dachte er wohl, dass sie sicher vor mir ist und auch nicht zur Polizei gehen kann, wenn er sie in den Keller sperrt. Was weiß ich. Fragen Sie ihn.«

Jakob nickte und gab Bausch das Fläschchen.

»Abführen«, sagte Meyerhold.

Als sein Pferd vor das Tor geführt worden war, verließ Minister-Staatssekretär Pierre-Louis Roederer die Residenz in der Mühlenstraße, wo er zurzeit wohnte. In seine Gedanken vertieft, ritt er zum Präfekturhaus in der Schulstraße. Dort versammelten sich auf Einladung des Generalsekretärs des Präfekten, eines Monsieur Jansen, alle, die Napoleon am Stadtrand willkommen heißen würden – die Unterpräfekten, die Präfektur-, Arrondissements- und Départements-Räte, der Innenminister, die Vertreter der Verwaltungs- und Justizbehörden und der Geistlichkeit. Die berittenen Eskorten waren schon auf dem Weg dorthin. Endlich! Das ungewisse Warten auf den Kaiser, in dem man in letzter Zeit hier gelebt hatte, war für alle nervenaufreibend gewesen. Am schlimmsten hatte es allerdings Beugnot getroffen. Er hatte ganz fürchterlich unter alldem gelitten. Nun war er bereits gestern zusammen mit Präfekt von Borcke in größter Aufregung nach Wesel aufgebrochen, um den Kaiser dort an der Grenze des Großherzogtums zu empfangen und heute nach Düsseldorf zu geleiten.

Beugnot regte sich sowieso viel zu schnell auf, und es war von Vorteil, dass er, Roederer, ihn so gut kannte. In letzter Zeit häuften sich nämlich seine Beschwerden. Fast alle drehten sich um Nesselrode-Reichenstein, einen kompetenten und umsichtigen Innenminister, der durchaus in der Lage war, seine Ämter gut zu führen, ohne dass Beugnot ihm sagte, wie das ging. Nun, er, Roederer, hatte sich dazu entschlossen, diese Streitereien zwischen den beiden zu schlichten, aber zuzulassen. Sie leisteten beide sehr gute Arbeit, und sie waren beide für ihn gerade wegen ihrer Differenzen sehr gut durchschaubar. Beschwerte sich der eine über den anderen und reagierte dann der andere auf den einen – etwas Besseres konnte er sich im fernen Paris nicht wünschen. Er war auf diese Weise immer über alles auf dem Laufenden, nicht nur über die offiziellen Gegebenheiten, sondern auch über die inoffiziellen. Er konnte sich inzwischen auch in beide hineinversetzen und vorausahnen, wie sie reagieren würden. Er konnte sie gegeneinander ausspielen, falls nötig. Sie merkten es nicht. Manchmal war Diplomatie auch aus der Ferne so leicht!

Düsseldorf war aber auch einfach zu weit weg von Paris. Eine kleine Stadt, deren kleines Fest für den Kaiser allerdings wunderhübsch werden würde. Wenn der es überhaupt bemerkte. Es war doch immer so: Für den Hof, der sich nach den langen Kutschfahrten endlich wieder amüsieren durfte, war ein so nettes kleines Fest wie das geplante eine willkommene Abwechslung. Der Souverän dagegen fand es meist langweilig, denn er bekam dergleichen überall geboten. Eigentlich war das schade. Die kleine Stadt gab sich viel Mühe. Ein richtiges Klein-Paris.

Während die Stadt sich auf die Ankunft Napoleons vorbereitete, führte der Wärter Reichart in den Vernehmungsraum. An diesem Morgen war nichts mehr von seiner Wut zu sehen. Reichart beobachtete seine Umgebung wachsam und sehr konzentriert. Offenbar hatte er inzwischen verstanden, dass es um sein Leben ging. Und er hatte sich für die Offensive entschieden. Er wartete gar nicht ab, dass der Commissar die Vernehmung eröffnete, er fing gleich an zu reden.

»Ich habe mir den Kopf zerbrochen«, rief er, »aber ich schwöre, der Franzose war schon tot. Ich bin kein Mörder.«

Meyerhold wurde ungehalten.

»Das haben wir vorgestern doch schon diskutiert. Der Arzt hat etwas anderes gesagt, die Verletzungen der Leiche lassen Ihre Aussage auch nicht zu. Sie müssen sich damit abfinden, dass Sie ihn umgebracht haben, wiewohl unwissentlich, das würde ich Ihnen zugestehen, wenn es denn stimmt.«

Jakob zog die silberne Kette mit dem Anhänger und dem eingravierten *amour éternel* aus der Tasche, die sie in Reicharts Keller gefunden hatten, und zeigte sie ihm absichtlich so, dass er die Wörter nicht lesen konnte. Vielleicht würde das noch ganz aufschlussreich sein. Reichart streckte die Hand aus.

»Wo haben Sie die her? Das ist meine. Ich wollte sie Anna schenken, aber dann wollte das vermaledeite Frauenzimmer ja unbedingt zur Polizei gehen und reden.«

»Was hatten Sie denn da zu befürchten?«, fragte Jakob. »Sie haben doch nichts verbrochen.«

»Sie wollte erzählen, warum wir uns im Stall beim ›Luftballon‹ treffen. Sie wollte uns verraten.«

»Sie ist zu uns gekommen«, erklärte Jakob, »aber sie hat über ihren toten Bruder gesprochen, nicht über Sie. Sie wollte, dass wir seinen Mörder finden. Dabei haben wir natürlich auch herausgefunden, dass Bausch und Sie an Schmuggelgeschäften beteiligt sind. Deswegen hätten Sie sie nicht entführen müssen. Das war völlig unnötig. Wie haben Sie sie überhaupt ohnmächtig, wie sie war, bis zu Ihrem Keller gebracht?«

»In einem Karren unter Kartoffelsäcken.« Reichart lehnte sich in seinem Stuhl zurück, zog die Augenbrauen zusammen und schwieg. Jakob spielte mit der Kette.

»Sie haben uns gesagt, Sie hätten sie zu ihrem Schutz im Keller eingesperrt«, fuhr Jakob fort. »Ich erzähle Ihnen am besten, was ich mir dazu überlegt habe, und da geht es nicht nur um Schmuggel. Mamsell Schmitz wollte noch einmal zur Polizei gehen, weil sie wusste, dass Sie alle an dem Ort waren, wo Bonnard ermordet wurde. Und sie ahnte, dass Bausch und Sie auch ihren Bruder Friedrich auf dem Gewissen haben.«

»Was?«

Die Wut kam zurück, wie Jakob es beabsichtigt hatte. Reichart schlug mit seinen gefesselten Händen auf den Tisch.

»Das ist eine Lüge«, brüllte er. »Ich habe mit Friedrichs Tod nichts zu tun. Das war nur …«

Er schwieg abrupt.

»Das war nur Bausch«, vollendete Jakob den Satz. »Ja, das hat er uns schon erzählt. Im Gegensatz zu Ihnen war er einsichtig und hat gestanden.« Jakob betrachtete die Gravur auf dem silbernen Oval. »Was steht hier eigentlich? Ich habe meinen Zwicker vergessen.«

»Da steht *amour* in schön geschwungenen Buchstaben. Das wollte ich Anna schenken.«

Jakob nickte, ohne Reichart zu korrigieren, und fuhr mit Daumen und Zeigefinger über die Kette. Plötzlich hielt er inne und befühlte sie genauer.

»Seltsam. Hier ist die Kette repariert worden. Warum wollten Sie Anna eine gerissene Kette schenken? Sie haben doch Geld genug für eine neue. Ist Anna Ihnen so wenig wert?«

Reichart schäumte. »Anna liebt mich, nur mich. Schon immer. Wir sind uns versprochen.«

Jakob lächelte. »Vielleicht hat sie sich die Kette selbst vom Hals gerissen, weil sie sie nicht haben wollte? Weil sie Sie eben nicht liebt?«

Man konnte das Rot in Reicharts Augen förmlich sehen. Wutschnaubend versuchte er, Jakob die Kette zu entreißen, aber der Wärter sprang dazu und drückte ihn wieder auf seinen Stuhl.

»Aber vielleicht haben Sie sie ja auch Bonnard vom Hals gerissen? Sehr wütend? Weil sie plötzlich wussten, dass sie für Anna bestimmt war? Weil dieser dahergelaufene Franzose dabei war, Ihnen Anna wegzunehmen?«

»Ich habe sie ihm vom Hals gerissen, na und?«, schrie Reichart. »Er hat ja nichts gemerkt, er hat noch nicht mal gestöhnt.«

»Heißt das, er hätte durchaus stöhnen können?«, fragte Jakob ruhig, beugte sich vor und legte Gewicht in jedes Wort. »Heißt das, er lebte doch noch, als Sie ihn zur Wiese getragen und wie Abfall über die Hecke geworfen haben?«

Reicharts wütendes »Ja!« ging fast im ohrenbetäubenden Kanonendonner und im Glockengeläut unter.

»Das war ein Geständnis«, bellte Meyerhold. »Abführen!«

Er wartete, bis der Wärter den Gefangenen aus dem Raum gebracht hatte. Dann wandte er sich Jakob zu.

»Junger Freund, ich bin beeindruckt. Napoleon ist da, und die beiden Mörder sind überführt. Genau das hatten wir vereinbart, Sie erinnern sich?«

»Monsieur le Commissaire macht das immer so«, sagte Bruck stolz, als würde er seinen eigenen Sohn loben. »Auf ihn ist Verlass.«

Jakob hatte einen schweren Gang vor sich, nachdem Bruck und er das Arresthaus verlassen hatten.

»Soll ich lieber mitkommen, Monsieur le Commissaire?«, fragte Bruck besorgt.

»Nein, Bruck, das müssen Sie nicht.«

Bruck nickte. »Ich gehe dann schon mal vor und fange mit dem Protokoll an.«

»Ja, danke, Bruck. Bis später.«

Beunruhigt ging der Commissar weiter zur Bolkerstraße. Wie machte man einer jungen Frau klar, dass sie in den letzten beiden Wochen drei Vertraute aus ihrer Kindheit unwiderruflich verloren hatte? Ihr eigener Bruder war tot, zwei Freunde waren zu Mördern geworden und würden aus ihrem Leben verschwinden. Sie hatten aus Eifersucht, aus Hass, aus Unvermögen, aus Schwäche und aus Angst vor Konsequenzen gehandelt. Anna selbst hatte Tage und Nächte in einem Keller verbracht. Ihr eigener Hass auf die beiden vermeintlichen Freunde, die ihren Bruder getötet und sie selbst eingesperrt hatten, müsste sie eigentlich überwältigen. Vielleicht verachtete sie die beiden. Oder hoffte sie möglicherweise sogar, dass alles nicht wahr wäre und dass sie wieder auf freien Fuß gesetzt würden? Verschloss sie die Augen vor der Wirklichkeit? Jacob seufzte, als er vor der Tür der Familie Schmitz stand, aber schließlich klopfte er. Rosa öffnete und führte ihn in ein Wohnzimmer.

»Einen Moment«, knickste sie, als er sein Anliegen vorgebracht hatte. »Ich sage Mamsell Schmitz Bescheid.«

Kurz darauf hörte Jakob sie die Treppe hinauflaufen. Er ging im Zimmer auf und ab, weil es ihn beruhigte und er besser nachdenken konnte. Er wollte einfach nicht, dass Anna traurig sein müsste, dass sie weinte oder sogar untröstlich war. Ob sie wie andere Frauenzimmer in ihrem Alter war, die gespielt hilflos und ein bisschen selbstmitleidig ein Taschentuch an ihre Augen drücken und die Welt so furchtbar schlecht finden würden? Oder wünschte sie sich, zu verstehen, warum alles so gekommen war, damit sie es hinter sich lassen konnte? Vielleicht war sie sogar klug genug, ihre ehemaligen Freunde als das zu sehen, was sie waren, nämlich zwei egozentrische Bürschchen, die sich weiß Gott wie viel auf ihren angeborenen Status einbildeten, ihn jedoch bei Weitem nicht ausfüllen konnten. Den einen hielt seine Arroganz davon ab, den anderen seine Medizin. Ob Anna das genauso sah? Jakob war so in Gedanken vertieft, dass er erschrocken herumfuhr, als die Tür aufgestoßen wurde und Anna ins Zimmer lief.

»Und, haben sie gestanden und bekommen ihre gerechte Strafe? Erzählen Sie mir alles, ich möchte endlich den Grund verstehen.«

Jakob erfüllte eine tiefe Zufriedenheit. Das war sie. Das war seine Anna.

Spätabends wanderte Jacques Claude de Beugnot in seinem Wohnzimmer in der Residenz auf und ab. Seine Frau war bereits zu Bett gegangen, nachdem er die Geschichten des heutigen Tages zum dritten Mal hatte erzählen wollen. Nun, und warum auch nicht? Der erste Tag des kaiserlichen Besuchs war auf jeden Fall *un succès* geworden, und dieser Erfolg war nicht selbstverständlich gewesen. Dabei hatte er einen riesigen Schreck bekommen, als er den Kaiser in Wesel gesehen hatte. Napoleon war verärgert, um nicht zu sagen ungehalten. Das musste an den Holländern liegen, hatte er, Beugnot, sich gedacht. Schließlich hatten sie immer gute Beziehungen zu England gepflegt, und es konnte ihnen gar nicht passen, dass es den Wirtschaftskrieg gab und sie nun plötzlich auch noch zu Frankreich gehörten. Wahrscheinlich hatten sie den Kaiser das spüren lassen.

Eh bien, kaum war er im Großherzogtum, ging es ihm sichtlich besser. Bereits um elf Uhr hatte man Düsseldorf erreicht. An der Stadtgrenze beim »Luftballon« bekam der Kaiser den Stadtschlüssel überreicht, im Jägerhof gab er danach den ersten Empfang. Reden wurden gehalten, denen der Kaiser gern zuhörte, zum einen, weil sie kurz waren, zum anderen, weil sie abgelesen und deshalb in verständlichem Französisch vorgetragen wurden. Ganz kurz nur hatten die Verfechter *de l'Étiquette* sich pikiert und düpiert gefühlt, als nämlich für sie unerwartet die Düsseldorfer Geistlichkeit den Saal betrat. Wahrscheinlich war es ihnen nur zu nahegegangen, wie der gebrechliche, würdige Rabbi mit dem fein geschnittenen Greisengesicht, rechts und links gestützt vom katholischen Stiftsdechanten und dem evangelischen Pfarrer der reformierten Gemeinde, den langen Weg zum Kaiserpaar bewältigte. Alle drei Kirchenvertreter waren in einer Reihe angetreten, um Napoleon das gleichberechtigte Nebeneinander ihrer religiösen

Überzeugungen in Düsseldorf unter Beweis zu stellen. Das betonte ihr Sprecher, der evangelische Pfarrer, in einer kurzen Rede. Er, Beugnot, hatte sich selbst die Daumen gedrückt, denn er hatte den Geistlichen gestattet, am Empfang teilzunehmen, weil es bei diesen langweiligen Anlässen eine absolute Neuheit war. Und er hatte den Kaiser richtig eingeschätzt. Napoleon fand so freundliche Worte für die Geistlichen, dass den Vertretern der Hofetikette die gehässigen Bemerkungen im Hals stecken blieben. Einige fanden zuerst, man hätte die Geistlichen aus dem Saal werfen sollen. Aber nach der Erwiderung des Kaisers war es plötzlich das schönste Erlebnis des Tages. *Ah, ces hypocrites!* Diese Heuchler!

Beugnot setzte sich in seinen Sessel, streckte die Beine aus und lehnte den Kopf zurück. Der Tag war lang und anstrengend gewesen. Man wusste nicht, wie Napoleon das machte, aber nach dem *dîner* am frühen Abend hatte er noch den Adeligen und Honoratioren so gezielte Fragen gestellt, dass er danach besser über die Bedürfnisse des Großherzogtums Bescheid wusste als er, Beugnot. War das zu glauben? Nun ja, *il était l'Empereur,* er war der Kaiser. Blieb nur zu hoffen, dass der Kaiser ihm morgen im Verwaltungsrat nicht den Kopf abreißen würde wegen der leidigen Finanzen. Er befürchtete … ach, daran wollte er jetzt gar nicht mehr denken. Beugnot stand auf, nahm die Kerze und machte sich leise auf den Weg zu seinem Schlafzimmer. Der Kaiser arbeitete wahrscheinlich noch und schickte Boten herum, aber er selbst war jetzt einfach müde.

Sonntag, 3. November 1811

Zeitig am Nachmittag trat Hofkammerrat Hermann Joseph Beuth aus seinem Haus, um, auf seinen Stock gestützt, zur Hofgartenstraße zu gehen. Wie immer trug er die Kleidung, in der er sich wohlfühlte: langer Frack, Kniehosen mit blendend weißen Strümpfen, auf dem Kopf seine Perücke mit dem langen, dünnen Zöpfchen. Am Ende der Elberfelder Straße am neuen Flinger Tor, kurz hinter der Behelfsbrücke über den Stadtgraben, stand der Triumphbogen für Kaiser Napoleon. Dorthin wollte er gehen und beobachten, wie der Kaiser durch den Bogen in die Stadt einritt. Für einen alten Mann wie ihn war das ein ganzes Stück zu laufen, und so gut zu Fuß war er dann doch nicht mehr. Er brauchte Zeit. Aber um nichts in der Welt hätte er sich dieses Ereignis entgehen lassen. Er hatte sich auch nicht allein auf den Weg gemacht, obwohl der Kaiser erst gegen vier Uhr erwartet wurde. Die halbe Stadt war bereits zum Triumphbogen unterwegs. Es lag eine erwartungsvolle Stimmung über allem. Man wagte kaum laut zu sprechen, was in Anbetracht der Menschenmengen direkt wohltuend war. Lärm und Geschrei hatte es in letzter Zeit ausreichend gegeben. Jeder erwartete sich etwas anderes von diesem Besuch, aber es war nicht anzunehmen, dass alle Erwartungen erfüllt wurden.

Ein ganz anderer Besuch hatte ihn sehr gefreut, nämlich als gestern noch seine Patentochter Anna und der Commissar zu ihm gekommen waren. Der Commissar hatte nicht viel Zeit gehabt, aber er hatte kurz berichtet, was im Arresthaus geschehen war. Das war traurig, insbesondere für den Ruf der jeweiligen Eltern und ihrer Geschäfte. Es würde ihnen nichts anderes übrig bleiben, als die Stadt zu verlassen, denn eine solche Sache wurde niemals vergessen. Schließlich musste der Commissar wieder gehen, weil er noch zur Gendarmerie wollte, um Gaston Bonnard aufzuspüren und ihm vom Tod seines Bruders zu berichten. Keine leichte Aufgabe. Der Commissar hatte sich also von Anna verabschiedet. Und da hatte er, Beuth, keinen Zweifel mehr gehabt. Genauso völlig absorbiert, dümmlich lächelnd und rundäugig, als würde man sein eigenes Glück kaum fassen, hatte er selbst damals ausgesehen, anno 1766, kurz bevor er seine Anna Sophia, Gott hab sie selig, zum Altar geführt hatte. So jung waren sie da noch gewesen! Und seine Patentochter versenkte sich in die Augen des Commissars und nahm nichts anderes mehr wahr, genau wie seine Anna Sophia damals, vor fünfundvierzig Jahren. Die Welt blieb doch immer gleich. Die beiden hatten ihn dann auch glatt vergessen. Da hatte er sich diskret umgedreht und mit seiner kleinen präparierten *Athene noctua* auf dem Bücherbrett verständnisvoll lächelnde Blicke ausgetauscht – man wusste ja nie, was bei solch verliebten jungen Leuten passieren konnte, eventuell würden sie sich sogar küssen, und wie stand er dann da? Aber da war der junge Commissar schon zu ihm gekommen und hatte ihm die Hand gereicht, um sich zu verabschieden. Zugegeben, die Wangen waren etwas gerötet, aber sonst war er wieder Herr seiner Sinne. Ein netter junger Mann.

Die Erinnerung hatte ihn so beschwingt werden lassen, dass er bereits, ohne es zu merken, die Elberfelder Straße erreicht hatte. Als er die Behelfsbrücke über den Stadtgraben überquert und den Triumphbogen genügend bewundert hatte – es war schon erstaunlich, wie viel steinerne Wirklichkeit man mit ein bisschen Holz und Leinwand vortäuschen konnte –, versuchte er, weder zu straucheln noch in ein Erdloch im unebenen Boden zu rutschen. Hier, wo die Neue Allee, die Elberfelder Straße und die Hofgartenstraße aufeinandertrafen, waren die Bauarbeiten immer noch nicht ganz fertig, schließlich hatte die Glacisspitze des Flinger Ravelins bis hierher gereicht und musste noch weiter abgetragen und geglättet werden. Er gesellte sich zu ihm bekannten Menschen. Da waren Professor Schäffer und Architekt Vagedes, der sogar sein Fernrohr mitgebracht hatte. Und natürlich Maler Petersen. Er fertigte eifrig Skizzen aller Personen um sich herum an. Wahrscheinlich würde es bald ein Bild geben, auf dem er diesen bedeutenden Tag festhielt. Links von ihm, Beuth, standen Hotelier Breidenbach und seine Gattin, die ihn beide freundlich begrüßten, rechts von ihm Kapellmeister Burgmüller mit seiner entzückenden Frau. Er hatte Therese von Zandt noch als Kind erlebt, sie war damals schon so begabt für Musik und Gesang gewesen. Jetzt lächelte sie ihm zu und schaute dann, ungeduldig wie alle anderen, in die Richtung, aus der Napoleon kommen musste. Als er sich selbst umwandte, entdeckte er auch Medizinalrat Abel und andere bekannte Gesichter in der Menge. Sie zeigten Neugier, aber keine Begeisterung. Man konnte nur hoffen, dass wenigstens ein oder zwei jubeln würden. Er selbst würde nicht dazugehören.

Und dann war es fast so weit.

Bruck ließ sich das Ereignis auch nicht entgehen, obwohl oder gerade weil er im Dienst war. Er hatte sich an der gleichen Stelle eingefunden – als Respektsperson am Triumphbogen, mit Schlagstock und dem offiziellen Auftrag, bei Ausschreitungen einzugreifen.

»Guten Tag, Hofrat Beuth«, grüßte Bruck und blickte sehnsüchtig auf einen flachen Erdhügel vor Beuths Füßen, der ihn ein ganzes Stück größer machen würde.

Beuth verstand. »Dann kommen Sie«, sagte er freundlich und machte Platz.

Bruck drängte sich mit vielen Entschuldigungen an Breidenbach und seiner Frau vorbei und stand schließlich quasi eine Stufe höher, und das gerade noch rechtzeitig. Die dumpfen Erschütterungen im Boden sagten jedem, dass jetzt Pferde kamen. Viele Pferde.

Und dann ging alles schneller als gedacht. Fünfzig Reiter der Düsseldorfer und Elberfelder Ehrengarde zogen vorbei und weiter durch den Triumphbogen die Elberfelder Straße hinunter, hoch zu Ross gefolgt von Nesselrode-Reichenstein in der hellblauen, goldbestickten Uniform der großherzoglichen Minister. In glänzenden weiß-goldenen Galauniformen saßen Präfekt von Borcke und Militärkommandant General Damas auf ihren Pferden. Zwischen ihnen ritt ein Mann in der schlichten grünen Uniform der kaiserlichen Jäger zu Pferde und in sehr schlechter, irgendwie schlaffer, aber offenbar bequemer Haltung. Fast hätte man ihn einfach übersehen.

Das war Napoleon.

Vagedes bat Bruck, einen Schritt zur Seite zu treten, und führte sein Fernrohr ans Auge, um den Kaiser ganz aus der Nähe zu sehen. Soweit Bruck es vom Hügel aus überblicken konnte, freuten sich nur die Kinder, die Franzosen im Publikum warfen die Hüte in die Luft, und er selbst schwenkte seinen Stock hoch über dem Kopf. Irgendjemand in ihrer Gruppe musste ja wenigstens ein bisschen jubeln. Ansonsten beobachteten alle skeptisch, aber gebannt, wie der Kaiser, der Herrscher der Welt, der größte Heros unter der Sonne, unscheinbar durch den haushohen Triumphbogen ritt. Der lange Zug von

Militär und Gendarmerie, der ihm folgte, war für das Publikum nicht mehr ganz so interessant. Die Gendarmen blickten fortwährend umher, damit sie Übeltäter frühzeitig entdecken würden, aber es blieb alles ruhig. Und da, mitten unter ihnen, entdeckte Bruck auch Gaston Bonnard. Er sah seinem Bruder sehr ähnlich. Monsieur le Commissaire hatte berichtet, dass er die Nachricht über Jacques' Tod tapfer ertragen hatte.

Überhaupt, dachte Bruck, Monsieur le Commissaire – eigentlich könnte er jetzt wieder zu ihm ins Rathaus zurückgehen, denn für ihn gab es hier nichts mehr zu beobachten und zu bewachen. Die Menge zerstreute sich bereits, alles andere war Sache der Gendarmerie. Auch für die Damen gab es nichts mehr zu sehen, denn die Kaiserin musste inzwischen in Grafenberg am Haus Roland angekommen sein, von wo man einen weiten Blick über die Landschaft bis nach Düsseldorf genoss. Monsieur le Commissaire konnte jetzt seine Hilfe besser brauchen. Schließlich mussten sie die Vernehmungsprotokolle noch zu Ende schreiben. Der Richter wollte sie morgen als Erstes auf dem Tisch haben. Und außerdem gab es gleich einen Umtrunk für Napoleon im Rathaus. Wer wusste, vielleicht sah er den Kaiser dann noch einmal ganz aus der Nähe, was er natürlich umgehend seiner Schwester erzählen müsste. Ja, der Weg ins Rathaus war unumgänglich. In bester Laune machte sich Bruck auf den Weg.

Was für ein Tag! Es war bereits sehr später Abend, als sich Jacques Claude de Beugnot in seinem Wohnzimmer seufzend in den Sessel fallen ließ und an einem alten Cognac nippte. Den brauchte er jetzt zur Beruhigung. Die Sitzung des Verwaltungsrates im Jägerhof war endlich vorbei, dieses grässliche, nervenaufreibende, mühsame, lange befürchtete Ereignis. Und wie erwartet hatte der Kaiser sich aufgeregt. Fürchterlich aufgeregt. Es war ein veritables Gewitter auf sie alle niedergegangen. Er hatte einen Blick in die Rechnungsbücher geworfen und war überhaupt nicht zufrieden gewesen. Nach einer Stunde des Argumentierens rauchte allen der Kopf. Kosten, Pensionen, Credite, Ausgaben, Gelder, Kapitalien – der Kaiser hatte getobt, und sie hatten versucht, ihm sachlich und vor allem ruhig zu erklären, dass im vergangenen Jahr kein Betrag, insbesondere nicht der für die Ausstattung der bergischen Truppen im Spanienfeldzug, umsonst ausgegeben worden war. Erst hatte Monsieur Maret sein Möglichstes getan, ihn, Beugnot, vor dem Zorn des Kaisers zu retten, dann hatte der Präsident der Rechnungskommission, Monsieur Vetter, den sie extra in die Sitzung hatten rufen müssen, dem Kaiser erklärt, dass alles seine Richtigkeit habe und Seine Majestät nur noch nicht genug Zeit gehabt habe, dies auch zu sehen. Ein mutiger Mann! Es hatte ihn fast zu Tränen gerührt. Sogar Innenminister Nesselrode hatte bestätigt, dass er seinen, Beugnots, Ausführungen nichts hinzuzufügen habe und alles in guter Ordnung fände. Sogar er! Aber das Gewitter war nicht gänzlich vorbei gewesen. Und dann hatte der Kaiser sich mit Nesselrodes Innenministerium beschäftigt, alles für gut befunden und den Innenminister für seine Umsicht gelobt. Und dabei hatte Nesselrode nie etwas getan, ohne seinen, Beugnots, Rat!

Nach der Sitzung hatte er sich miserabel gefühlt. Er hatte weder an der Sitzung des Staatsrats um zwei Uhr noch am Umritt durch Düsseldorf um vier Uhr teilgenommen. Er hatte nicht mitbekommen, dass der Kaiser fast jede Straße passiert hatte, dass er sogar einmal um die Stadt herumgeritten war oder dass er auf den Schutthügel beim neuen Hafen geklettert war, um von dort aus einen guten Überblick über die Stadt zu bekommen. Er, Beugnot, war nach Hause gegangen, in dem festen Glauben, dass er nun seine Sachen packen könne und gehen müsse. Er hatte Marguerite, seiner lieben Frau, entsprechende Anweisungen gegeben, nachdem er ihr mehrfach sein Leid geklagt hatte. Er war in Gram versunken. Und gerade hatte er sich mit seiner Frau beraten, ob er nicht doch noch einmal zum Jägerhof gehen solle, da hatte es an die Tür geklopft. Der Kaiser hatte ihm einen Boten gesandt, der ihn zu einem *dîner en famille* einlud, einem Familiendiner nur für einen sehr kleinen, erlauchten Kreis. Oh, er war nach dem ersten Schreck überzeugt davon gewesen, dass er nicht gemeint sein konnte, sondern hatte den Boten zu Roederer geschickt, der ja nun auch in der Residenz wohnte. Aber als der Bote ihm versichert hatte, der Kaiser hätte ihm die Botschaft für Beugnot persönlich gegeben, und dann sogar Maret dazugekommen war und erklärt hatte, der Kaiser meine ihn, Beugnot, wirklich und ganz bestimmt, da war er der Einladung gefolgt.

Er war in den Jägerhof geeilt, hatte den Raum betreten, in dem der Kaiser gerade mit dem Prinzen von Neuchâtel umherspazierte, und hatte sich zweimal tief verneigt. Der Kaiser war auf ihn zugetreten. Da hatte er sich noch tiefer verneigt.

»Nun, Sie großer Narr«, hatte der Kaiser gesagt, »haben Sie Ihren Verstand wiedergefunden?«

Und dann – ihm war fast das Herz stehen geblieben – hatte der Kaiser ihn am Ohr gezupft. Es war der berauschendste Gunstbeweis für den, der das Glück hatte, ihn zu empfangen. Alles war vergessen, in Ordnung gebracht, heiter gestimmt durch diese einzige Geste kaiserlicher Vertrautheit. Es war überwältigend.

Wieder nahm Beugnot einen kleinen Schluck des alten Cognacs. Für ihn war dieser zweite Tag des kaiserlichen Besuchs in Düsseldorf unvergesslich. Das würde er immer sein. Der Tag, an dem der Kaiser ihn am Ohr gezupft hatte.

Montag, 4. November 1811

Der junge Commissar hatte es wieder getan. Er hatte ihn bei seinem Frühstück gestört. Aber heute war Untersuchungsrichter Gottlieb Ferdinand Meyerhold milde gestimmt, nahezu wohlwollend. Deshalb nahm er nicht so übel wie sonst, dass der Commissar hereingekommen war, als er gerade mit kleinen, rasch aufeinanderfolgenden Schlägen des Elfenbeinlöffels sein Frühstücksei zu bezwingen hoffte. Er war es ja selbst schuld. Er hatte bestimmt, dass die Vernehmungsprotokolle morgens auf seinem Tisch liegen sollten.

»Sagen Sie, Monsieur le Commissaire«, war er einer plötzlichen Eingebung gefolgt, »haben Sie eigentlich schon gefrühstückt?«

Als der Commissar so gut wie verneinte, hatte er bei seiner Köchin kurzerhand noch ein Frühstück bestellt. Seitdem saßen sie zu zweit am Tisch, klopften auf Eierschalen, belegten knusprig geröstete und gebutterte Brotscheiben mit Schinken oder Käse und bissen genüsslich hinein. Und Untersuchungsrichter Meyerhold begann sich zu wundern, warum er nicht schon früher auf die Idee gekommen war, in Gesellschaft zu frühstücken, und dann auch noch in so angenehmer. Der junge Commissar redete nicht mit vollem Mund, schlürfte den Kaffee nicht und stellte seine Tasse auch nicht mit einem tief aus der Kehle wachsenden »Ahh!« zurück auf die Untertasse, worauf zumeist noch ein Rülpser folgte – beides Leibesübungen, die er, Meyerhold, noch nie hatte leiden können. All das tat der junge Commissar nicht. Und was ihn darüber hinaus auszeichnet war, dass er nicht über die Arbeit sprach, sondern wartete, bis man überhaupt dazu in der Lage sein konnte. Schließlich, als sie sich beide zufrieden zurücklehnten – er mit seiner Morgenpfeife, der Commissar mit einer zweiten Tasse Kaffee –, war der Moment gekommen. Meyerhold zeigte auf die Mappe mit den Vernehmungsprotokollen.

»Und? Was halten Sie von unseren beiden Delinquenten?«, fragte er.

»Ich weiß, was Sie meinen«, nickte Jakob. »Irgendwie sind beide keine Mörder im landläufigen Sinn. Der eine konnte nicht unbedingt damit rechnen, dass der ohnmächtige Franzose mit dem Kopf auf einem spitzen Stein aufkommt, der andere war durch seine Sucht überfordert. Schwierige Entscheidung für einen Richter.«

Meyerhold schüttelte den Kopf. »Nicht unbedingt. Zwei Menschen haben dafür gesorgt, dass zwei andere Menschen jetzt nicht mehr leben. Nun muss ein Richter abwägen, wie die Tötungen zu werten sind. Absichtlich oder unabsichtlich, mit oder ohne Vorsatz. Da schneidet Reichart auf den ersten Blick besser ab.«

»Ja, aber es heißt doch, dass eine absichtlich begangene Tötung ein Mord ist, und darauf steht die Todesstrafe.«

»Das ist richtig«, stimmte der Richter zu. »Der *Code pénal impérial,* das kaiserliche Strafgesetzbuch von letztem Jahr, differenziert jedoch genauer. Die Frage ist ja: Hat Reichart tatsächlich wissentlich und absichtlich einen Mord begangen? Nach allem, was ich gehört und im Protokoll noch einmal nachgelesen habe, ist das nicht so. Auch wenn wir davon ausgehen, dass sein Opfer noch gelebt hat, konnte Reichart ja tatsächlich nicht damit rechnen, zumal es auch noch dunkel war, dass Bonnards Kopf ausgerechnet auf einem Stein aufkommt.«

Jakob wollte etwas einwenden, aber Meyerhold hob die Hand.

»Sie würden niemanden im Dunkeln über eine Hecke werfen, ich würde das auch nicht tun. Reichart ist ein aufbrausender Mensch. Ein kluger Advokat wird ihn mit Artikel 319 des *Code pénal* auf eine vergleichsweise milde Strafe stufen können. In Artikel 319 steht nämlich, dass ›wer durch Ungeschicklichkeit, Unvorsichtigkeit, Unachtsamkeit, Nachläßigkeit oder Nichtbefolgung irgend einer Verordnung unfreiwillig einen Menschen tödtet, oder unwillkürlich die Ursache davon ist, der wird zu einer zweimonatlichen bis dreijährigen Gefängnißstrafe, und zu einer Geldbuße von fünfzig bis sechshundert Franken verurtheilt‹. Das ist bei Reichart gegeben. Von ungeschickt bis nachlässig kann man seine Handlung mit allen Begriffen beschreiben, wichtig ist, dass er Bonnard nicht absichtlich ermordet hat.«

Jakob nickte. »Und wie ist es mit Bausch? Er war doch nicht Herr seiner selbst, wie er uns berichtet hat. Ihm fehlte seine Medizin und …«

»Moment«, unterbrach Meyerhold, »Reichart hat ja noch mehr verbrochen, zum Beispiel die Freiheitsberaubung an Mamsell Schmitz. Darauf steht laut Artikel 341 Zwangsarbeit auf bestimmte Zeit, wie lange, kommt auf die Tat und auf den Richter an. Dazu kommt noch der körperliche Eingriff durch den Schlafschwamm. Das könnte man als Vergiftung werten. Laut Artikel 302 steht darauf die Todesstrafe. Nun war es keine Vergiftung mit Todesfolge, das könnte dann einfach nur die Gefängnisstrafe erhöhen. In jedem Fall braucht Reichart einen guten Advokaten.«

»Und Bausch?«

»Die Todesstrafe, wenn er Glück hat, lebenslange Zwangsarbeit und Brandmarkung. Aber in seinem angeschlagenen Zustand kommt das einem Todesurteil gleich.«

»So jung«, murmelte Jakob und schüttelte den Kopf.

»Ja, und so dumm. Sie kannten beide die Gesetze«, sagte Meyerhold hart. »Ich lasse da nicht mit mir verhandeln. Sie sind schuldig. Und das wird – mit allen Abwägungen, die wir gerade besprochen haben – in meinem Bericht für das Gericht stehen.«

Jakob blickte Meyerhold nachdenklich an. Es war die Aufgabe eines Commissars, Verbrecher zu fassen, und die Aufgabe eines Gerichts, sie für ihre Taten zu bestrafen. Das war das Gesetz. Und wenn er an Anna dachte, die einen Freund und einen Bruder verloren hatte, dann war das auch richtig so.

Meyerhold stand auf, um sich von Jakob zu verabschieden.

»Egal, was Ihnen jetzt im Kopf herumgeht«, sagte er aufmunternd, »Sie haben Ihre Arbeit sehr gut gemacht. Und wenn Sie möchten, frühstücken wir gerne wieder einmal zusammen – vielleicht bei Ihrem nächsten Fall.«

Sie gaben sich die Hand und wunderten sich beide, dass sie sich plötzlich so gut verstanden.

Staatsrat Georg Arnold Jacobi spazierte entspannt durch seinen Garten, durch die Allee bis zum Teich. Er konnte sich die Muße heute leisten, denn das Kaiserpaar war nach Schloss Benrath gefahren, um an einer Treibjagd teilzunehmen. Sein französischer Gast, Armand Marquis de Caulaincourt, persönlicher Adjutant des Kaisers und zugleich *Le Grand Ecuyer*, der Großstallmeister von Frankreich – von allen Eingeweihten nur »Monsieur Le Grand« genannt –, war natürlich bei diesem

Ausflug dabei. Jacobi schmunzelte. Er fühlte sich, als hätte er den Vormittag frei, als hätte er tatsächlich eine Verschnaufpause. Er wollte sie zum Nachdenken nutzen, denn die Sitzung des Staatsrats hatte ihn nachdenklich gemacht. Der Wind aus Frankreich begann aufzufrischen, und er konnte nur hoffen, dass es gestern außer ihm noch mehr Beteiligte bemerkt hatten. Die Frage war, ob er unter diesen Umständen weiter Mitglied des Staatsrats bleiben wollte oder nicht.

Nun, der Staatsrat war höchster Richter, Gesetzesausleger und Rechnungsrevisor in einem. Gestern war trotz aller freundlicher Floskeln klar geworden, dass Napoleon nicht der Meinung war, dass er gut arbeitete. Der Staatsrat setzte sich nicht durch. Insbesondere Beugnot überging ihn einfach, weil er sich seine Macht von niemandem beschneiden ließ. Das sah der Kaiser nun anders. In Zukunft würde Beugnot nichts anderes übrig bleiben, als den Staatsrat einzubeziehen. Hier im Großherzogtum gewöhnte man sich nur schwer an französische Gesetze oder die französische Gerichtsordnung. Der Unmut war oft groß. Ihm, Jacobi, war das klar. Die *Maires,* besonders in kleineren Städten, und die Mitglieder der Verwaltung und der Justiz waren überfordert und verunsichert. Wer war für was zuständig? Was durfte man delegieren und an wen? Was musste man selbst in Angriff nehmen? Aus dieser Unsicherheit heraus wurden sogar Gerichtsprozesse vermieden, bis sie verjährt waren und die Verbrecher nach Hause gehen konnten.

Gestern hatte er eines verstanden: Napoleon wollte ein System aus Recht und Ordnung schaffen, und er brauchte Personen, die kompetent mit seiner, der französischen Variante dieses Systems umgingen. So viel er, Jacobi, auch gegen die Franzosen als Besatzer hatte, so gut und richtig fand er den *Code Civil,* das neu eingeführte Gesetzbuch. Und deshalb war es nötig, auch ab Anfang nächsten Jahres dem neu gebildeten

Staatsrat anzugehören. Wollte er Veränderungen beeinflussen, sodass sie hierher passten, musste er in Gremien wie dem Staatsrat sitzen, die ihm diesen Einfluss gaben. Er starrte sein Spiegelbild im Teich an und nickte schließlich. Ja, er würde Staatsrat bleiben. Der französische Wind würde vielleicht bald noch stärker wehen, aber das würde ihn nicht abhalten.

Er wandte sich ab und ging weiter an der Obstbaumwiese entlang zurück zum Haus. Und es gab ja noch Hoffnung auf Positives. Maximilian Weyhe hatte tatsächlich eine Privataudienz bei Napoleon bekommen. Weyhes Gast, der junge Baron de Canouville, hatte sie ihm vermittelt. Und der Gartenbaumeister hatte seine Sache gut gemacht. Der Kaiser hatte ihm offenbar aufmerksam zugehört und bereits gestern Nachmittag vom Schutthügel am neuen Hafen aus Weyhes Pläne in seinem Kopf umgesetzt. Weyhe war gestern noch bei ihm, Jacobi, gewesen und hatte Bericht erstattet.

»Ich glaube, wenn er uns wirklich das staatliche Land der alten Befestigungen für den Park überlässt und uns auch noch Geld für die Anlagen gewährt, nenne ich den Hügel am neuen Hafen Napoleonsberg. Was halten Sie davon?«, hatte er lachend gesagt.

Nun. Man würde sehen.

»Der dritte Tag ist vorbei«, frohlockte Beugnot. »Er ist alles in allem gut verlaufen, meinen Sie nicht, meine Liebe?«

Beugnot geleitete seine Marguerite galant ins Wohnzimmer und führte sie zu einem Sessel.

»Ja, das meine ich auch. Aber ich möchte mich nicht setzen. Erlauben Sie, dass ich mich zurückziehe? Ich bin sehr müde.«

Beugnot nickte und wünschte seiner Frau eine gute Nacht.

Sie hatte recht, auch dieser Tag war anstrengend gewesen. Er würde nur noch einen Moment hier sitzen und die Stunden Revue passieren lassen. Nur einen kleinen Moment. Nun, der Tag hatte sehr früh begonnen. Und sehr erfolgreich, denn der Kaiser hatte ihn zum *Lever* gebeten, zum Morgenempfang in aller Herrgottsfrühe, wie es seine Gewohnheit war, und in informeller Atmosphäre. Daran durften nur Auserwählte teilnehmen. Und heute hatte er dazugehört. Als alle gegangen waren, hatte der Kaiser noch kurz privat mit ihm gesprochen und seine Sehnsucht nach Paris durchschaut. *Ah, le cher Paris!*

»Sie sind nicht hartgesotten genug als Minister in Paris«, hatte er gesagt, »nach dem, was ich im Verwaltungsrat beobachten konnte. Sie würden untergehen.«

Er hatte ihm angeboten, einmal im Jahr nach Paris fahren zu dürfen, um dort einige Zeit zu verbringen. Er könnte dann auch gleich seine Bücher mitbringen, sodass man persönlich über die Finanzen des Großherzogtums sprechen könne. Diese Gnade!

Nach der Treibjagd in Benrath und der Revue der Truppen auf dem Exerzierplatz wurde das Festbankett für den Adel im Jägerhof gegeben und ein kleineres für sechsundvierzig Honoratioren hier in der Residenz. Beides war ein voller Erfolg und dauerte länger als gedacht, sodass der Kaiser die wunderbare Aufführung des Don Giovanni erst gegen Ende besuchen konnte. Darüber hatte er sich geärgert, denn er hatte nicht gedacht, dass sie so gut wäre. Diese sehr positive Äußerung hatte man natürlich Kapellmeister Burgmüller weitergegeben. Er hatte es verdient.

In der Gewerbeausstellung nebenan in der alten Kanzlei hatte er, Beugnot, nur einmal entsetzt die Luft anhalten müssen. Der Kaiser war erstaunt über die Qualität der Waren gewesen und lobte die Ausstellung als »die eines großen Landes«.

Da hatte doch tatsächlich einer der Fabrikanten erwidert, dass das Land nicht groß sei, die Industrie es aber gewesen wäre. Gewesen wäre! Tollkühn! Eine Kritik an der Politik des Kaisers, die er natürlich verstanden hatte. Aber – *il était l'Empereur!* Er war der Kaiser, er stand über den Dingen und blieb freundlich. Danach der Ball. Immerhin blieb das Kaiserpaar über eine Stunde auf dem Ball in der alten Galerie, was bedeutete, dass es ihm dort gefiel. Der Kaiser hatte sich unter die Gäste gemischt, aber nur in furchtsame Gesichter geblickt. Die Menschen, auf die er zuging, standen wie unter Schock, als würden sie ein göttliches Wunder erleben. Die Kaiserin dagegen wurde auf das Wärmste empfangen. Beides war nicht dazu geeignet, den donnernden Applaus hervorzurufen, den der Kaiser aus Frankreich kannte. Aber trotzdem hatte Napoleon sich insgesamt sehr zufrieden gezeigt. Und morgen früh um acht Uhr würde er abreisen. Nach Köln. Dann mussten die Kölner sich um ihn kümmern. Nein, der Tag heute war wirklich gut verlaufen. Alles in allem. *Dieu merci!*

Beugnot lehnte seufzend den Kopf zurück und war kurz darauf eingeschlafen.

Montag, 24. Oktober 1814

Liebe und Verbrechen. Das war es doch, was die Leute interessierte, dachte Billa Mertens, während sie in ihrer Küche bei Hofrat Beuth den großen Tisch freiräumte. Sie wollte nämlich Brot backen. Liebe und Verbrechen. Das zog immer. Gestern war sie auf dem Herbstjahrmarkt gewesen und hatte ein altes Bänkellied nach langer Zeit wieder einmal gehört. Und worum ging es? Um Liebe und Verbrechen. Also sie brauchte in ihrer direkten Umgebung ja nicht lange zu suchen, nachdem vor zwei Jahren die kleine Anna ihren Commissar geheiratet hatte. Sie hatte es damals gleich gewusst. So gut aussehend, so freundlich. Das wäre doch was für unsere Anna, hatte sie gedacht. Nun ja, vielleicht nicht direkt beim ersten Mal, aber dann. Und sie hatte recht behalten. So viel Verbrechen, wie damals geschehen war, hätte sie dann doch nicht gebraucht, aber das Leben war eben nicht zu ändern. Und die Liebe war ja auch gekommen. Und jetzt saßen die beiden bei Hofrat Beuth und unterhielten ihn, während Egidius Mengelberg, der kleine Künstler mit dem strengen Gesicht, den Hofrat malte. Sie hätte ja nicht gedacht, dass es dermaßen langweilig war, für ein Porträt zu sitzen. Aber solange alle beschäftigt waren, hatte sie Zeit, Brot zu backen.

Billa trug die Schüssel mit dem Brotteig zum Küchentisch und stellte sie ab. Den Teig musste sie jetzt gut durchkneten. Das war anstrengend und dauerte eine ganze Weile, also würde sie für ein bisschen Unterhaltung sorgen. Natürlich mit Liebe und Verbrechen. Mit dem alten Bänkellied. Billa schmunzelte zufrieden. Genau das Richtige für einen Klumpen Brotteig. Dreiunddreißig Strophen brauchten auch genau die Zeit, die sie kneten musste. Sie verteilte Mehl, hob den Teig aus der Schüssel und klatschte ihn auf den Tisch. Dann rieb sie auch ihre Hände mit Mehl ein, grub die Finger in die zähe Masse und holte tief Luft.

Hört zu, ihr Junggesellen
Und ihr Jungfräulein zart,
Damit ihr nicht zur Höllen
Aus lauter Liebe fahrt.

Die Liebe, traute Kinder!
Bringt hier auf dieser Welt
Den Heil'gen wie den Sünder
Um Leben, Gut und Geld.

Ich sing' euch von dem Mörder,
Der selbst sich hat entleibt,
Er hieß: der junge Werther,
Wie Doctor Göthe schreibt.

Während Billa mit Inbrunst alle Strophen der »Entsetzlichen Mordgeschichte von dem jungen Werther« sang und im Rhythmus den Teig knetete, saß Hofrat Beuth aufrecht in einem Sessel im Studierzimmer, stützte beide Hände auf seinen Stock und blickte geradeaus. Der Maler hatte gesagt, dass er sich so hinsetzen sollte. Er hatte seine beste Kleidung angezogen, denn er wollte mit diesem Gemälde seinen einundachtzigsten Geburtstag feiern und den bestmöglichen Eindruck machen. Und so hatte sein Diener alles für ihn zurechtgelegt: das blütenweiße Hemd mit der gestärkten, plissierten Hemdbrust, die weiße Seidenkrawatte, die helle, lange Weste und den dunklen Rock mit angeheftetem Roten Adlerorden Zweiter Klasse am Revers. All das würde auf dem Porträt zu sehen sein. Und dazu eine modische Neuerung, die dann doch hatte sein müssen. Anna hatte es geschafft, ihn zu überreden, und so hatte er nun auch eine neue Perücke, deren üppige dunkle Lockenpracht ihn wie Julius Cäsar aussehen ließ. In seinem Alter! Nun ja, seine kleine Perücke mit dem langen, dünnen Zöpfchen besaß er ja immer noch, und er hatte auch genug gejammert wegen der Locken, wenn er ehrlich war, aber Anna konnte man auf die Dauer nicht widerstehen.

»Bitte nicht lachen«, meldete sich da die Stimme von Mengelberg, der schon mehrfach hinter seiner Leinwand hatte hervorschauen müssen und jedes Mal verzweifelter gewesen war. »Nur lächeln. Vornehm. Sie verstehen?«

»Aber lieber Monsieur Mengelberg«, lachte Anna ihn aus, »nun seien Sie doch nicht so streng mit meinem Patenonkel. Wie soll er vornehm lächeln, wenn unser Friedrich hier die lustigsten Sachen macht?«

Vor ihr in einem Korbwagen lag ihr kleiner Sohn, spielte mit seinen Zehen und krähte fröhlich. Auch Jakob genoss den Anblick und freute sich, dass er seine Mittagspause hier verbrachte. Gleich würde Bruck ihn abholen kommen, aber bis dahin war noch Zeit. Als er sich über seinen Sohn beugte, war seine Brille viel interessanter als die Zehen. Jakob löste sanft die kleinen Finger vom Brillenbügel. Sie hatten schon erstaunliche Kräfte, aber er brauchte seine Brille, und seit einer Weile nicht nur zum Lesen. Anna hatte ihm energisch diese Ohrenbrille verordnet, denn der Zwicker war unerträglich geworden.

»Wie geht es eigentlich deinem Vater, Anna?«, fragte

Beuth. »Und dem Geschäft, jetzt, wo die Franzosen endlich fort sind?«

»Er hat sich, glaube ich, völlig erholt«, antwortete Anna. »Ich gehe ihn jeden Tag besuchen mit dem kleinen Friedrich hier. Ich sehe ihm an, dass ihm sein Enkel endlich über den Tod meines Bruders hinweghilft. Er ist völlig vernarrt in ihn. Und die Geschäfte gehen voran. Die alten Kontakte nach England sind wiederhergestellt, und sein Lehrling macht sich gut. Ich bin sehr froh darüber.«

»Ich bin gespannt, was jetzt kommt«, sagte Jakob. »Die Franzosen sind weg, seit einem Jahr sind wir ein Generalgouvernement der Preußen, seit letztem Monat tagt der Kongress in Wien – es sieht so aus, als würde der preußische König sich unser Land einverleiben.«

Anna fing an zu lachen. »Was sagst du da, er frisst uns doch nicht!«, rief sie. »Aber die Franzosen sind wirklich endgültig weg. Vor einer Woche hat man sogar die Guillotine zum Grafenberg gefahren und dort verbrannt. Das war das Letzte, was hier von ihnen noch übrig war.«

»Das stimmt nicht, Madame Hartenfels«, sagte Jakob. »Madame, Monsieur, Trottoir, Billet – solche Wörter bleiben uns noch eine Weile erhalten, glaub mir das.«

»Mach keine Fisimatenten, lieber Mann.«

»Ja, das auch. Und noch was«, sagte er grinsend. »Bruck hat gehört, dass die Polizisten in Zukunft Polizei-Sergeanten heißen sollen. Auch ein französisches Wort.«

»Und?«, wollte Anna wissen. »Was hat er dazu gesagt?«

»Er freue sich darauf, denn er wäre eine Respektsperson, und Sergeant würde sich da viel besser anhören als Polizeidiener.«

Beuth beobachtete, wie die beiden lachten und wie der kleine Friedrich fröhlich gluckste. Man durfte nur keinen Fehler machen. Diese winzigen Wesen konnten urplötzlich anfangen zu brüllen, wie man es ihnen gar nicht zutrauen würde. Ohrenbetäubend. Das wusste er noch von seinen eigenen Kindern. Sogar das Mädchen, seine kleine Maria, hatte so gebrüllt. Aber Anna Sophia, Gott hab sie selig, hatte ihn beruhigt und gesagt, das sei ganz normal.

Beuth schaute mit einem nachsichtigen, aber auch zufriedenen Schmunzeln auf die junge Familie.

»Bleiben Sie so!«, rief Mengelberg. »Nicht bewegen.«

Kurzbiografien

Napoleon I. Bonaparte spielt die Hauptrolle in vielen Büchern, Romanen wie Sachbüchern, aber nicht in diesem historischen Roman. Er bleibt im Hintergrund. Historisches Thema in diesem Buch ist die Organisation seines Aufenthaltes in Düsseldorf. Dabei bestimmen die Menschen die Erzählung, die im Jahr 1811 in der Stadt gelebt und den Besuch des französischen Kaisers vorbereitet, ersehnt oder befürchtet haben. Einige sind erfunden, die folgenden Personen sind historisch belegt:

Die Düsseldorfer

✦ **Abel, Johann Gotthelf Leberecht** *(Halberstadt 1749–1822 Düsseldorf)*
Er stammte aus einer alten Halberstädter Familie von Ärzten, Historikern und Dichtern. Nach seiner Approbation als Arzt 1773 praktizierte er zuerst in Mühlheim a. d. Ruhr, ab 1784 in Düsseldorf. Nachdem er 1792 als Freund des Kreises um Friedrich Heinrich Jacobi eine heftige Erkältung (Goethe: »Ein gewaltiges rheumatisches Übel«) kuriert hatte, war er auch bekannt als »Goethes Arzt in Düsseldorf«. Ab 1809 leitete er den Medizinal-Rat, der sich um die Verbesserung der medizinischen Versorgung im Großherzogtum kümmerte. Er besaß ein Wohnhaus mit Garten in der Breiten Straße 12, wo er auch seine umfangreiche Kunstsammlung für Interessierte öffnete.

✦ **Bauer, Christian Wilhelm Gottlieb** *(Düsseldorf 1774–nach 1830 Berlin)*
Der Sohn des Ingenieur-Hauptmanns Georg Bauer wurde nach seiner Ausbildung 1800 zum Wasserbaumeister ernannt, 1806 zum Oberaufseher der Dämme und Uferarbeiten und 1812 zum Inspecteur der Brücken und Straßen. Er arbeitete eng mit Staatsrat Jacobi und Gartenbaumeister Weyhe zusammen. 1819 wurde er unter der preußischen Regierung zuerst Oberbaurat in Düsseldorf und ab 1830 in Berlin. Mit seiner Frau Francisca Nägele hatte er mindestens einen Sohn (geboren 1802).

✦ **Beuth, Hermann Joseph** *(Düsseldorf 1733–1819 Düsseldorf)*
Der Hofkammerrat und Sammler stammte aus dem sehr wohlhabenden Düsseldorfer Zweig der niederrheinischen Familie Beuth. 1766 heiratete er Anna Sophia Fürth (1732–1799) in St. Brigitta in Köln, 1772 und 1775 kamen ihre beiden Kinder in Düsseldorf zur Welt. Am 5. Juni 1776 kaufte er das ehemalige »Rosendahlische Haus aufm Berger Wall nächst dem Casernenbrückelgen«, also das Haus neben dem Stadtbrückchen oben auf der Flinger Bastion, die ab da Beuth'sche Bastion hieß und sich zur Hälfte an der Stelle des heutigen Wilhelm-Marx-Hauses befand. Er besaß eine der größten naturkundlichen Sammlungen am Niederrhein, die bis zu seinem Tod von über 4000 Interessierten besichtigt wurde. Bis 1804 war er Leiter des Botanischen Gartens. Sein größter Wunsch an die Stadt, die Sammlung nach seinem Tod zu bewahren, wurde nicht erfüllt. Heute ist zumindest noch sein handschriftliches Schmetterlingsbuch von 1790 in der Bibliothek des Düsseldorfer Aquazoo Löbbecke Museums erhalten.

✦ **Breidenbach, Johann Wilhelm** *(Düsseldorf 1764–1837 Düsseldorf)*
Sein Grandhotel existiert immer noch unter seinem Namen an gleicher Stelle, seit 1906 nach Süden erweitert um das Haus von Hofkammerrat Beuth. Sein Erfolg als Hotelier wurde von privatem Unglück überschattet. 1807 verlor er seine erste, und 1820 seine zweite Ehefrau, seine Tochter Gertraud Güntzel starb 1834 mit fünfundzwanzig Jahren ein Jahr nach ihrer Hochzeit. Der Düsseldorfer Malerschüler Louis Ammy Blanc hat sie 1834 als »Kirchgängerin« vor dem noch nicht vollendeten Kölner Dom dargestellt. Nach diesem Todesfall überließ Breidenbach sein Hotel einem Gastwirt und verbrachte seine letzten Jahre als Privatier. 1833 wurde statt des geplanten Theaters das Königliche Gymnasium neben das Hotel gebaut. Erst 1904, als die Schule abgerissen worden war, wurde hergestellt, was Breidenbach immer erreichen wollte: statt des lauten Schulhofs eine Straße zur Königsallee für seine Gäste.

✦ **Brewer, Heinrich** *(Düsseldorf 1776–1839 Düsseldorf)*
Er stammte aus einer Düsseldorfer Familie von Wundärzten und erlangte seine Approbation als Arzt 1798. Ab 1808 arbeitete er als Düsseldorfs erster, fest besoldeter Krankenhausarzt und kümmerte sich auch um die Kranken im Arresthaus (Palais Hondheim). 1815–1817 war er zusätzlich einer der Stadt-Armenärzte und arbeitete bis 1824 weiter im Max-Joseph-Krankenhaus, bis 1827 im Arresthaus. Wahrscheinlich hat er sich danach bis 1839 nur noch um seine Hauspatienten gekümmert. Er wohnte mit Frau und Kindern auf der Kasernenstraße.

✦ **Bruck** *(Düsseldorf?)*
Über Polizeidiener Bruck weiß man leider nicht viel. Johann Petersen hat ihn auf seinem Bild über den »Einzug Napoleons« als einzigen, bereits grauhaarigen Polizeidiener abgebildet, obwohl es in einer Stadt wie Düsseldorf mehrere gab. Vielleicht war er etwas Besonderes oder lag Maler Petersen besonders am Herzen, vielleicht stand er aber auch tatsächlich am 3. November 1811 einfach nur an der Stelle zwischen Breidenbach und Beuth, wo der Maler ihn platziert hat. Seine Schwester Martha, mit einem Bäcker verheiratet, ist genauso erfunden wie ihre Freundin Minna.

✦ **Burgmüller, Friedrich August** *(Magdeburg 1766–1824 Düsseldorf)*
1792 kam er als Klavierlehrer nach Düsseldorf und verliebte sich in Therese von Zandt, deren Vater jedoch gegen eine Hochzeit war. Er verlor sie 1794 auf der Flucht vor den Franzosen aus den Augen. Aufgrund ihrer Suchanzeige in der »Allgemeinen Musikalischen Zeitung« traf er sie 1804 in Regensburg wieder, heiratete sie und arbeitete als Musikdirektor der Stadt. Erst 1807, als der Vater seiner Frau gestorben war, konnte die Familie nach Düsseldorf ziehen. Burgmüller war Kapellmeister und Mitbegründer der »Musik-Academie«, 1812 wurde er zum Städtischen Musikdirektor ernannt, 1818 wurde der Städtische Musikverein unter seiner Leitung gegründet, im gleichen Jahr fand das erste »Niederrheinische Musikfest« in Düsseldorf statt. Theaterdirektor Derossi kündigte ihm 1822 ohne ersichtlichen Grund. Die folgende schwere finanzielle Krise führte zu Burgmüllers Erkrankung und Tod. Zwei seiner Söhne, Friedrich und Norbert, wurden auch als Komponisten und Pianisten bekannt.

✦ **Burgmüller, Therese, geb. von Zandt** *(Düsseldorf 1771–1858 Düsseldorf)*
Sie war Pianistin, Sängerin und eine der ersten Musikjournalistinnen. Für die »Allgemeine Musikalische Zeitung«, die auch 1803 ihre Suchanzeige nach Burgmüller veröffentlichte, schrieb sie unter dem Kürzel »Z«, später »B«. 1803 reiste sie nach Wien, wo sie Beethoven kennenlernte und ihn mit dem Libretto »Leonore« bekannt machte, das die Vorlage für seine Oper »Fidelio« wurde. 1804 ging sie nach Regensburg, um Burgmüller wiederzusehen, 1805 und 1806 wurden ihre Söhne Franz und Friedrich geboren, 1810 in Düsseldorf Norbert. Sie war eine gesuchte Klavierlehrerin und wirkte in einigen Konzerten mit. 1824 starb ihr Mann, 1834 ihr ältester Sohn Franz beim Militärdienst, 1836 ihr jüngster Sohn Norbert bei einem epileptischen Anfall. Der dritte Sohn Friedrich lebte als Komponist in Paris. Sie unterrichtete weiter in Düsseldorf und gab 1838 den musikalischen Nachlass ihres Sohnes Norbert heraus.

✦ **Heine, Harry** *(Düsseldorf 1797/1799–1856 Paris)*
Der weltbekannte Dichter Heinrich Heine ist in diesem Roman noch ein zwölfjähriger Schüler, wohnt mit seinen Eltern und Geschwistern auf der Bolkerstraße und erlebt seine eigenen Geschichten aus »Das Buch Le Grand« (1827) – Jupp Flader bewirft ihn mit Pferdeäpfeln, der Dreckmichel fährt mit dem Eselskarren durch die Straßen, der krumme Gumpertz und der verrückte Alouisius singen und tanzen auf dem Marktplatz. Es ist das pralle Leben, direkt von einem Zeitzeugen überliefert. Danke dafür.

✦ **Jacobi, Georg Arnold** *(Düsseldorf 1768–1845 Düsseldorf)*
Nach seinem Studium der Jurisprudenz und Philosophie in Göttingen begleitete er 1791 den befreundeten Grafen Stolberg auf einer Italienreise. 1794 heiratete er seine Cousine Caroline von Clermont, die 1795 nach der Geburt des ersten Sohnes starb. 1798 heiratete er Luise Brinckmann, mit der er auf dem Gut in Pempelfort (heute »Malkasten«) lebte und dreizehn Kinder bekam, von denen zehn überlebten. Als Großherzoglich-Bergischer Staatsrat und Direktor des Straßen- und Wasserbaus in französischer Zeit und ab 1815 als Preußischer Geheimer Regierungsrat erreichte er viel Gutes für Düsseldorf. Wie zu Zeiten seines Vaters unterhielt auch er in Pempelfort ein gastliches Haus. Er starb im März 1845, seine Frau Luise im Oktober desselben Jahres.

✦ **Lacomblet, Theodor Joseph** *(Düsseldorf 1789–1866 Düsseldorf)*
Er wurde als dritter Sohn des Gastwirts Johann Franz Lacomblet geboren. Nach abgeschlossenem Jurastudium an der Düsseldorfer Rechtsakademie war er 1808 Sekretär, 1818 Bibliothekar an der Großherzoglichen Hofbibliothek in Düsseldorf. Ab 1819 arbeitete er zusätzlich am Hauptarchiv Düsseldorf und wurde 1829 Archivrat. 1832 begründete er das »Provinzialarchiv für den Niederrhein« (heute »Landesarchiv Nordrhein-Westfalen Abteilung Rheinland«), gleichzeitig leitete er auch die Königlich-Preußische Landesbibliothek (heute »Universitäts- und Landesbibliothek Düsseldorf«). Als bedeutender Geschichtsforscher des Niederrheins gab er eine Zeitschrift und Urkundenbücher heraus. Daneben war er lange Zeit Mitglied des Stadtrats, später des Kreistages und des Provinziallandtags. Seine Ehe (1822) mit Friederike Dörr, Tochter des Düsseldorfer Cafetiers Georg Dörr, blieb kinderlos.

✦ **Maurenbrecher, Peter Wilhelm** *(Düsseldorf 1777–1861 Düsseldorf)*
Seit 1623 betrieb die Familie Maurenbrecher die private Fahrpost in Düsseldorf, ab 1639 im Stammhaus Zollstraße 7 (»En de Canon«). Um 1800 verlegte Peter Wilhelm Maurenbrecher die Fahrpost zur damaligen Düsselstraße (heute Poststraße) Ecke Benrather Straße und unterhielt einige Häuser weiter eine Wagenwerkstatt, in der ca. hundert Handwerker beschäftigt waren. 1806 ging die Post in den Besitz des Landes über, und Maurenbrecher wurde zum Postdirektor des Großherzogtums ernannt, ab 1817 war er der erste Königlich-Preußische Oberpostdirektor Düsseldorfs. Als er schließlich 1850 in den Ruhestand ging, endete die über zweihundertjährige Tradition der Maurenbrecher'schen Post in Düsseldorf.

✦ **Mengelberg, Egidius** *(Köln 1770–1849 Köln)*
Er besuchte die Kurfürstliche Academie zu Düsseldorf von 1783 bis 1786 und kam 1790 zurück in die Stadt, um im Auftrag eines Londoner Kupferstechers und Kunstverlegers Bilder der berühmten Gemäldegalerie zu kopieren. 1800 bis 1813 lebte er in Elberfeld und wurde zu einem gefragten Porträtisten und Dekorationsmaler. Er verliebte sich in Anne Lisette Risse, die Tochter eines Elberfelder reformierten Protestanten, der die Ehe mit dem katholischen Maler untersagte. Daraufhin zog das Paar nach Düsseldorf, bekam 1814 den ersten Sohn und kurz vor der Geburt des zweiten Sohnes 1816 die Erlaubnis zur Hochzeit. 1822 zog Mengelberg mit seiner Familie nach Köln, wo er eine Sonntagsschule für Handwerker eröffnete, in der er verschiedene künstlerische Techniken lehrte. Mengelberg leitete die sehr erfolgreiche Schule bis zu seinem Tod.

✦ **Petersen, Johann** *(?)*
Leider weiß man nichts Näheres über ihn, außer dass er einer der Dekorationsmaler war, die die alte Galerie für den Ball zu Ehren Napoleons hergerichtet haben. Auf einer von mehreren Versionen seines berühmten Bildes »Einzug des Kaisers Napoleon in Düsseldorf am 3. November 1811« hat er sich als relativ großen, dunkelhaarigen jungen Mann dargestellt. Glücklicherweise hat ein Zeitgenosse eine Namenslegende zu dem Bild erstellt, sodass man die Personen darauf zuordnen kann: den rothaarigen Architekten Schäffer, Vagedes mit seinem Fernrohr, Hotelier Breidenbach und Kapellmeister Burgmüller mit ihren Gattinnen und dazwischen Hofrat Beuth mit Zöpfchenperücke und – mit erhobenem Stock – Polizeidiener Bruck. Sie alle stehen in der linken Gruppe vor dem Triumphbogen, durch den die Ehrengarde unter ihrem Chef Grünendahl

reitet. In der rechten Gruppe sind Medizinalrat Abel und Maler Mengelberg zu sehen und in der Mitte natürlich Napoleon, umgeben von Minister Nesselrode-Reichenstein, Präfekt von Borcke und General Damas.

✦ **Pose, Ludwig** *(Berlin 1786–1877 Frankfurt a.M.)*
Nach seiner Ausbildung als Blumen- und Landschaftsmaler an der Kunstakademie in Berlin kam er um 1800 als Dekorationsmaler nach Düsseldorf. Er machte sich bald einen Namen bei adeligen und bürgerlichen Familien, sodass er auch städtische Aufträge bekam. Er arbeitete häufig mit Architekt Vagedes zusammen, so 1811 bei der Ausgestaltung von drei Sälen der alten Galerie für den Besuch Napoleons. Zahlreiche Großaufträge folgten in Düsseldorf für Schloss Kalkum und Schloss Jägerhof, am Rhein bei Trechtingshausen für die Burg Rheinstein des Prinzen Friedrich von Preußen oder sein Hauptwerk, die Ausmalung von Räumen im Stadtschloss Wiesbaden. Mit seiner Frau Barbara Gerhards hatte er zwei Kinder, 1810 die Tochter Elise, 1812 den Sohn Eduard, einen bekannten Landschaftsmaler der Düsseldorfer Malerschule.

✦ **Schäffer, Karl Friedrich** *(Dresden 1779–1837 Düsseldorf)*
Er begann seine Ausbildung an der Dresdner Kunstakademie mit vierzehn Jahren und spezialisierte sich ab 1796 auf Architektur, besonders auch auf die Ausschmückung von Räumen, gründete eine Sonntagszeichenschule für »Mechanische Künstler und Handwerker« und veröffentlichte seine neuen Ideen zu Pavillons und anderen Blickpunkten in den immer beliebter werdenden Landschaftsgärten. 1805 wurde er als Professor für Architektur und Perspektive an die Kurfürstliche Kunstakademie nach Düsseldorf berufen. Als Leiter der bergischen Hof- und Domänenbaudirektion war er neben Jacobi, Vagedes und Weyhe Mitglied der Bau- und Schleifungskommission der Stadt. Im November 1810 veröffentlichte er in der »Zeitung für die elegante Welt« einen Artikel über das geplante Ratinger Tor, um das große Interesse in der Öffentlichkeit zu befriedigen. Er blieb Professor der Kunstakademie Düsseldorf bis zu seinem Tod.

✦ **Vagedes, Adolph von** *(Münster 1777–1842 Düsseldorf)*
Vorbild bei seinen Studien zur Architektur war einer der bedeutendsten Architekten klassizistischer Baukunst, Friedrich Wilhelm von Erdmannsdorff (1736–1800). An dessen Plänen für Schloss und Park in Wörlitz erlernte er das Zusammenspiel von Architektur und englischer Gartenkunst. Um 1800 studierte er in Paris und kam 1802 als Baumeister nach

Münster zurück. Als Georg Arnold Jacobi ihn 1809 endgültig nach Düsseldorf holte, verpflichtete er einen innovativen und modernen Architekten, dessen Einfluss nicht nur im Stadtplan Düsseldorfs wahrnehmbar ist, sondern auch in denen anderer rheinischer Städte, allen voran Krefeld. Leider war Düsseldorf in und nach der napoleonischen Zeit finanziell nicht in der Lage, Vagedes' Talent voll auszuschöpfen, und so blieb es größtenteils seine Aufgabe, Vorhandenes zu verschönern. 1805–1812 entstand das Palais Spinrath (Ratinger Straße) aus der alten Kirche des Cölestinerinnen-Klosters, 1814 entwarf er nach dem Brand des Turms der Lambertuskirche den neuen, heutigen Turmhelm, 1819 baute er Schloss und Galerie am Burgplatz so um, dass die Kunstakademie unter Peter Cornelius dort einziehen konnte, und vieles mehr. Das einzige Zeugnis seiner eigenen Baukunst in Düsseldorf ist das Ratinger Tor (1811–1815), Vorbild für Karl Friedrich Schinkels Neue Wache in Berlin (1816–1818). Vagedes war künstlerisch vielseitig begabt, dichtete und vertonte Lieder, die auch in Düsseldorf zur Aufführung kamen. Er war mit Clara Franziska Gabler verheiratet, mit der er sechs Kinder hatte, von denen drei Töchter überlebten, die alle Architekten/Gartenarchitekten heirateten.

✦ **Weyhe, Maximilian Friedrich** *(Bonn 1775–1846 Düsseldorf)*
Er stammte aus einer Familie von Hofgärtnern und Gartenbaumeistern. Nach der Ausbildung bei seinem Onkel Peter Joseph Lenné (1756–1821), Studienaufenthalten in München und Wien und Auslandsreisen berief Georg Arnold Jacobi ihn 1804 als Hofgärtner nach Düsseldorf. Insgesamt 25 Gartenanlagen gestaltete er bis zu seinem Lebensende für die Stadt und ihre Umgebung. Der bis 1835 fertiggestellte Hofgarten ist wohl für Düsseldorf die wichtigste Anlage. Dazu kommen an die dreißig Garten- und Parkanlagen für Städte, Schlösser und Herrenhäuser, unter anderen in Krefeld, einer von mehreren gemeinsamen Arbeiten mit Stadtplaner Adolph von Vagedes. Fünf Jahre lang wohnte er mit seiner Familie im Hofgärtnerhaus (heute Theatermuseum), 1808 baute ihm Vagedes sein Haus, die »Schatulle«, an die Jacobistraße 12 (heute eine kleine Parkanlage zwischen Malkasten und Louise-Dumont-Straße). Mit seiner Frau Wilhelmine Esch hatte er neun Kinder. Der älteste Sohn Joseph Clemens Weyhe (1807–1871) wurde sein Nachfolger als Gartenbaudirektor von Düsseldorf. Weyhe starb 1846 kurz nach dem Tod seiner Frau im selben Jahr und ist auf dem Golzheimer Friedhof bestattet, den er 1816 zu einem Friedhofspark umgestaltet hatte.

✦ **Zütphen, Johann Wilhelm van** *(Düsseldorf um 1770–vor 1836 Düsseldorf)*
Ab 1798 war er Besitzer einer Apotheke, Bolkerstraße 46, direkt gegenüber dem Haus der Familie Heine. Er nannte die Apotheke »Zum Elephant« und betrieb sie bis 1833. 1801 kam das erste von sieben Kindern mit Ehefrau Catharina Preyers zur Welt. »In Gegenständen der Apothekenkunst« war er ab 1809 Beisitzer im achtköpfigen Medizinal-Rat von Düsseldorf unter Leitung des Arztes Johann Gotthelf Abel.
Die Elefanten-Apotheke gibt es heute noch in der Bolkerstraße 56.

Die Politiker

✦ **Berthier, Louis Alexandre, Prince de Neuchâtel**
(Versailles 1753–1815 Bamberg)
Er war einer der achtzehn Marschälle Frankreichs, deren Namen am Triumphbogen in Paris verewigt sind. 1811 begleitete er Napoleon nach Düsseldorf. Noch bevor der Kaiser 1814 abdankte, wechselte er die Seiten und bot seine Dienste dem späteren König Louis XVIII. an. Gegen 34 000 Taler trat er sein Fürstentum Neuchâtel an den preußischen König ab. Als bekannt wurde, dass er ein Schreiben Napoleons geheim gehalten hatte, musste er nach Bamberg fliehen und stürzte dort im Juni 1815 aus einem Fenster der fürstbischöflichen Residenz 20 Meter tief auf die Residenzstraße. Man will sechs Maskierte gesehen haben, die ihn aus dem Fenster warfen.

✦ **Beugnot, Jacques Claude, Comte de** *(Bar-sur-Aube 1761–1835 Bagneux)*
Nach seiner Arbeit als Jurist und dann als Abgeordneter während der Französischen Revolution berief ihn Napoleon 1807 zum Finanzminister des Königsreichs Westfalen, 1808 zum Finanzminister und Statthalter des Großherzogtums Berg. Nach dem Sturz Napoleons bekleidete er ab 1814 verschiedene politische Ämter in Frankreich, aus denen er sich 1824 zurückzog und seine Lebenserinnerungen schrieb, in denen die Zeit in Düsseldorf, auch der Napoleon-Besuch, ausführlich geschildert werden.

✦ **Borcke, Friedrich Heinrich Graf von**
(Berlin 1776–1825 Schloss Hueth/Kleve)
Er studierte Forst- und Kameralwissenschaften in Berlin und Halle und verwaltete seine Güter. Er war Erbkämmerer des Herzogtums Cleve und ein enthusiastischer Verfechter der Verbesserung des Landschulwesens.

Er besaß ein Naturalienkabinett auf Schloss Hueth, interessierte sich für Kunst und Astronomie, weshalb er eine Sternwarte im Schloss einrichten ließ. 1806 wurde er Schulrat des Großherzogtums Berg, ab 1809 Präfekt des Departements Rhein bis 1812, als Franz Graf von Spee dieses Amt übernahm. 1818 zog sich Borcke aus der Politik zurück.

✦ **Canouville, Ernest Baron de** *(Paris 1784–1863 Paris)*
Er war *Maréchal-des-logis du palais* Napoleons, also einer von zwei Offizieren, die sich 1811 um die Unterbringung des Kaiserpaares und des Trosses in Düsseldorf kümmerten. Während dieser Zeit wohnte er bei Maximilian Weyhe in der Jacobistraße. Er war bekannt für seine Liebenswürdigkeit und – wie die Prinzessin Julie Bonaparte de Roccagiovine noch 1856 in ihrem Tagebuch festhielt – er konnte sehr charmant Anekdoten »von früher« erzählen.

✦ **Caulaincourt, Armand Marquis de** *(Caulaincourt 1773–1827 Paris)*
Er war Offizier und Diplomat, eine der großen Persönlichkeiten des Kaiserreichs. In Düsseldorf fungierte er als persönlicher Adjutant Napoleons und wohnte bei Staatsrat Jacobi. Er bekleidete eines der wichtigsten Ämter des Landes als *Le Grand Ecuyer,* Großstallmeister von Frankreich. 1815 zog er sich aus der Politik zurück und schrieb seine Memoiren.

✦ **Damas, François-Étienne** *(Paris 1764–1828 Paris)*
Er war der Sohn eines Schreiners und stieg in der Armee Napoleons bis zum Generalmajor auf. Ab 1806 war er Militärkommandant des Großherzogtums Berg und Staatsrat, nach Napoleons Verbannung von 1816 bis 1820 Generalinspekteur der Gendarmerie in Paris. Auch sein Name ist am Triumphbogen in Paris verewigt.

✦ **Daru, Pierre Antoine Bruno, comte de**
(Montpellier 1767–1829 Meulan)
Er schlug eine Militärlaufbahn ein und war während der Revolutionskriege Chef in der Intendantur der Donauarmee. In dieser Funktion fand er Zeit, eine gereimte Übersetzung der Dichtungen von Horaz in zwei Bänden zu veröffentlichen (1800). Napoleon gab ihm immer wichtigere diplomatische Ämter. Daru begleitete ihn auch als Staatssekretär und Finanzexperte 1811 nach Düsseldorf. 1812 wurde er Ehrenmitglied der Preußischen Akademie der Wissenschaften, 1828 Mitglied der französischen Akademie der Wissenschaften. Sein Name ist am Triumphbogen in Paris verewigt.

✦ **Maret, Hugues-Bernard, Duc de Bassano**
(Dijon 1763–1839 Paris)
Er war Anwalt, Publizist und Politiker mit verschiedenen Staatsämtern. Er begleitete Napoleon auf fast alle Kriegszügen und riet ihm 1809 zu einer Heirat mit Marie-Louise von Österreich. 1810 bekleidete er auch das Amt des Minister-Staatssekretärs des Großherzogtums Berg, wurde aber 1811 von Roederer abgelöst, als Napoleon ihn zum Außenminister ernannte. In dieser Funktion begleitete er den Kaiser auf seiner Reise nach Düsseldorf und wohnte bei seinem Freund Beugnot in der Residenz.

✦ **Marie-Louise von Österreich** *(Wien 1791–1847 Parma)*
Ihre Ehe mit dem von ihr gehassten Napoleon war von politischem Kalkül bestimmt, da Napoleon mit ihr nicht nur den erhofften Thronfolger, sondern mit Österreich auch einen Verbündeten für Frankreich zu erreichen hoffte. Den Thronfolger Napoleon Franz gebar sie im März 1811 und floh mit ihm 1814 nach der Abdankung Napoleons nach Wien zurück. Beim Wiener Kongress wurden ihr die Herzogtümer Parma und Piacenza zugesprochen. Sie lebte bis an ihr Lebensende in Parma.
Um ihren Sohn mit Napoleon kümmerte sie sich nicht mehr. Napoleon Franz, Herzog von Reichstadt, starb 1822, ein Jahr nach seinem Vater, an Tuberkulose.

✦ **Napoleon I. Bonaparte**
(Ajaccio/Korsika 1769–1821 Longwood House/St. Helena)
Über eine Militärkarriere erkämpfte er sich die Position eines französischen Kaisers für zehn Jahre, von 1804 bis 1814. Nachdem er seinen Schwager Joachim Murat, von 1806 bis 1808 Großherzog von Berg, zum König von Neapel ernannte hatte, setzte er seinen fünfjährigen Neffen Napoleon Louis Bonaparte, Sohn seines Bruder Louis, des Königs von Holland, als Großherzog ein, vertrat ihn jedoch selbst. Seine Reise durch Holland und das Großherzogtum Berg im Jahr 1811 diente dazu, Präsenz zu zeigen und vor allem auch bei seinem Bruder, der nicht in allem mit ihm übereinstimmte, nach dem Rechten zu sehen. Wirtschaftlich änderte sich nach dieser Reise für das Großherzogtum nichts, denn die Kontinentalsperre zu England blieb bestehen, und Schmuggler wurden vehementer verfolgt und bestraft als zuvor. Auch wurden viele Soldaten ausgehoben. Kaum waren sie im Winter 1811 zu Fuß aus Südspanien zurück im Großherzogtum, wurden sie 1812 zu Fuß nach Russland geschickt.
Was Düsseldorf Napoleons Weitblick jedoch verdankt, ist der *Code Civil,* die Schenkung des Areals der alten Festungsanlagen für einen Park,

die Finanzierung von Teilen des Hofgartens und Denkanstöße, was eine Erneuerung der Kunstakademie und die Einrichtung einer Universität angeht.

✦ **Nesselrode-Reichenstein, Johann Franz Joseph Graf von** *(Burg Vondern 1755–1824 Schloss Herten)*
Er bekleidete verschiedene kurkölnische Ämter und war Erbkämmerer des Herzogtums Berg. 1806 wurde er Innenminister, Kriegs- und Polizeiminister des Großherzogtums Berg, ab 1812 zusätzlich Präsident des Staatsrats. Nach der Auflösung des Großherzogtums 1813 zog er sich auf Schloss Herten zurück. Er wurde als liebenswürdig und populär beschrieben. Er war verheiratet mit Johanna Gräfin von Manderscheid und hatte sieben Kinder, von denen drei Töchter überlebten.

✦ **Pfeil, Maximilian August Freiherr von** *(Köln 1762–1824 Köln)*
Der kurkölnische Kämmerer und Geheime Rat wuchs auf Schloss Stammheim südlich von Leverkusen auf. Von 1806 bis 1813 bekleidete er das Amt des *Maire* von Düsseldorf. Er hat sich sehr engagiert für die Finanzierung von Umbau und Verschönerung der Stadt eingesetzt, so unter anderen erfolgreich für eine Klassenlotterie. Er war mit Marie Anne Freiin von Bongart verheiratet und hatte vier Kinder.

✦ **Roederer, Pierre-Louis Comte de** *(Metz 1754–1835 Paris)*
Obwohl er zu denjenigen gehörte, die 1792 der französischen Königsfamilie zur Flucht verhalfen, überlebte er die Zeit des Terrors als Journalist und war danach in verschiedenen politischen Ämtern tätig, bis er 1810 Hugues-Bernard Maret als Minister-Staatssekretär für das Großherzogtum Berg ablöste. Er war seit 1877 mit der Frankfurter Bankierstochter Eve Régine Guaita verheiratet und hatte mehrere Kinder mit ihr. Für Düsseldorf schuf er bei seinem Besuch 1811 den Begriff »Klein-Paris«, wobei seine Betonung auf »klein« lag, wie aus einigen Briefen ersichtlich wird.

Nachwort

Eine Stadt wie Düsseldorf bietet in jedem Jahrhundert, eigentlich sogar in jedem Jahr interessante Begebenheiten, die sich zu erzählen lohnen. 1811 ist nicht nur wegen des Besuchs Napoleons ein spannendes Jahr. Es ist auch ein Jahr, in dem vieles in Düsseldorf gebaut wird, was noch heute das Stadtbild prägt: Das Ratinger Tor wird begonnen, ein Teil des Hofgartens an der Landskrone und die Berger Allee entstehen, für das Palais Spinrath wird die Barockkirche der Cölestinerinnen umgebaut. Später im 19. Jahrhundert wird das Palais nicht nur eine Kunsthandlung beherbergen, sondern auch die Ateliers der berühmten Malerbrüder Andreas und Oswald Achenbach und ab 1862 die Augenklinik von Albert Mooren. Heute ist leider nur noch die Fassade in der Ratinger Straße erhalten. Die Residenz in der Mühlenstraße, ihr großer Garten und die angrenzenden Armenhäuser an der Liefergasse sind bereits 1913 verschwunden, als das Land- und Amtsgericht Düsseldorf erbaut wird, hinter dessen Fassade sich heute die Eigentumswohnungen des »Andreas-Quartiers« verbergen.

Vom Napoleonsberg im Hofgarten nahe der Inselstraße, 1811 aus dem Aushub des Sicherheitshafens entstanden, könnte man auch heute noch bis zum Ende der Alleestraße (Heinrich-Heine-Allee) blicken, wenn die Bäume und Büsche dafür nicht zu hoch geworden wären. Statt der Reste der Beuth'schen Bastion sähe man heute am südlichen Ende der Allee das Wilhelm-Marx-Haus, das zum Teil genau an der Stelle der Bastion steht. Das Straßenschild im Innenhof des Wilhelm-Marx-Hauses erinnert an das »Stadtbrückchen«, eine etwa 40 Meter lange Brücke, die diagonal über den gesamten Innenhof verlaufen würde, wenn es sie noch gäbe, denn dort war der Wassergraben (an der Grabenstraße), der Festungswälle und Bastion umgab. 1811 wird nach Vagedes' Plänen auch der Breidenbacher Hof schräg gegenüber gebaut, und das an einer der vornehmsten Adressen der Stadt, nämlich an der neuen Alleestraße (Heinrich-Heine-Allee). Ab Juli 1812 wohnen dort die ersten Gäste.

Aber nicht nur das neu entstehende Straßenbild bis zur »Neuen Allee« (Königsallee) ist bemerkenswert, auch und gerade die Menschen, die 1811 in Düsseldorf wohnen, lernt man mit ihren Lebensgeschichten wieder kennen, obwohl ihre Gedanken und Handlungen in einem Roman weitgehend erfunden sein müssen: Hotelier Breidenbach, Hofkammerrat Beuth, Kapellmeister Burgmüller, Apotheker van Zütphen, Medizinalrat Abel, die Architekten Vagedes und Schäffer, Staatsrat Jacobi, Gartenbaumeister Weyhe. Sie alle haben ihren Teil dazu beigetragen, dass die Stadt diese Zeit des Umbruchs in vielen Bereichen – von der Politik bis zur Kultur – meistern konnte. Sogar Jacques Claude de Beugnot gehört dazu, denn er hat es verstanden, Düsseldorf und dem Großherzogtum einen langsamen Übergang zur französischen Verwaltung und Justiz zu verschaffen und die Veränderungen nicht mit Gewalt durchzusetzen. Darin war er sich sogar mit Innenminister Nesselrode-Reichenstein einig.

Unbezahlbar als persönlicher Blick auf die Zeit und besonders auf Düsseldorf und den Besuch Napoleons sind Beugnots Lebenserinnerungen oder Pierre-Louis Roederers Briefe aus Düsseldorf nach Paris. Erstaunlicherweise berichtet die »Düsseldorfer Zeitung« mit keinem Wort über den Besuch des französischen Kaisers. Will man eine Reaktion der Presse, muss man auf den zweisprachigen »Moniteur Westphalien« zurückgreifen, der mit einer Woche Verspätung berichtet. Viele Darstellungen vom 19. Jahrhundert bis in unsere Zeit behaupten,

Napoleon sei am Donnerstag, 2. November, in Düsseldorf angekommen und am frühen Sonntagmorgen, 5. November, wieder abgereist. Aus einem heute nicht mehr nachvollziehbaren Grund sind die Daten zwar richtig, die Wochentage passen jedoch nicht dazu. Schlägt man im »Addreßkalender und Taschenbuch für Geschäftsleute im Großherzogthum Berg auf das Jahr 1811« nach, so ist dort der 2. November ein Samstag und der 5. November ein Dienstag. In diesem Roman sind die Wochentage des Kalenders von 1811 übernommen.

Danksagung

Bedanken möchte ich mich bei den Menschen, die während der Entstehung des Buches gelesen, kritisiert und ermutigt haben – und gespannt waren, wie es weitergeht.

Mein Dank gilt allen voran meinem Mann und meiner Familie: Rainer Holtei, Gabriele und Michael Bleckmann und Petra Bleckmann. Trotz ihrer eigenen Arbeit haben sich Freunde und Bekannte fürs kritische Lesen Zeit genommen, worüber ich mich sehr gefreut habe: Kai Berkenbrink, Christine Hocky, Ines und Gerhard Hottenrott, Markus Krabbe, Heike Reinecke und Andreas Schlieper, Marlene und Karl-Heinz Springer.

Ein besonderer Dank gilt Dr. Christoph Danelzik-Brüggemann vom Stadtmuseum Düsseldorf, der mir den Kupferstich des Porträts von Hermann Joseph Beuth zur Verfügung gestellt hat. Da Hofrat Beuth auf der berühmten Lithographie von Johann Petersen über den »Einzug Napoleons in Düsseldorf« nur von hinten zu sehen ist, war es sehr hilfreich, ihm ins Gesicht schauen zu können.

Und ganz zum Schluss ein herzliches Dankeschön für die gute Zusammenarbeit an meine beiden professionellen Leserinnen, die Lektorinnen Anna Lefringhausen (Droste Verlag, Düsseldorf) und Sara Jakob (wort & wendung, Berlin).

Christa Holtei, im April 2019

Einzug des Kaisers Napoleon in Düsseldorf
1. Architekt Karl Friedrich Schäffer | 2. Architekt Adolph von Vagedes | 3. Hotelier Wilhelm Breidenbach | 4. Polizeidiener Bruck | 5. Hofkammerrat Hermann Joseph Beuth | 6. Kapellmeister August Burgmüller mit Frau Therese und Sohn Franz |

7. Innenminister Johann von Nesselrode-Reichenstein | 8. Präfekt Friedrich von Borcke | 9. Napoleon I. | 10. General François-Etienne Damas | 11. Medizinalrat Johann Gotthelf Abel | 12. Porträtmaler Egidius Mengelberg

Bildnachweis
S. 4/5: „Historischer Plan der Stadt Düsseldorf" –
Ernst von Schaumburg. Historische Wanderung durch Düsseldorf.
Düsseldorf, 1866, p. 82.
urn:nbn:de:hbz:061:1-83418

S. 318/319: „Einzug des Kaisers Napoleon in Düsseldorf am 3. November 1811 nach dem Originale von J. Petersen" –
Otto R. Redlich. Die Anwesenheit Napoleons in Düsseldorf im Jahre 1811. Düsseldorf, 1892, p. 80-81.
urn:nbn:de:hbz:061:1-99135

Bibliografische Information der Deutschen Nationalbibliothek
Die Deutsche Nationalbibliothek verzeichnet diese Publikation in der Deutschen Nationalbibliografie; detaillierte bibliografische Daten sind im Internet über http://dnb.d-nb.de abrufbar.

Schutzumschlag/Einband: Katja Holst, Frankfurt, unter Verwendung von Abbildungen von:
shutterstock / © Roberto Castillo; Johann Wilhelm Spitz: Das malerische und romantische Rheinland in Geschichten und Sagen, mit Stahlstichen (1838), https://commons.wikimedia.org/wiki/File:Das_malerische_und_romantische_Rheinland_in_Geschichten_und_Sagen,_mit_Stahlstichen_(1838)_(14758617406).jpg?uselang=de; Old-Time Vignettes in Full Color, 1992 Dover Publications Inc.
Satz: Droste Verlag Düsseldorf
Druck und Bindung: CPI – books GmbH, Leck
ISBN 978-3-7700-2111-6

www.drosteverlag.de